BAJO
LA LUZ
MORTAL

BAJO LA LUZ MORTAL

KATY ROSE POOL

Traducción de Icíar Bédmar Payán

☾ UMBRIEL

Argentina • Chile • Colombia • España
Estados Unidos • México • Perú • Uruguay

Título original: *Into The Dying Light*
Editor original: Henry Holt and Company, un sello de Macmillan Publishing Group, LLC, Nueva York.
Traducción: Icíar Bédmar Payán

1.ª edición: abril 2022

ISBN: 978-84-16517-70-1
E-ISBN: 978-84-19029-21-8
Depósito legal: B-3.512-2022

Fotocomposición: Ediciones Urano, S.A.U.
Impreso por Romanyà-Valls, S.A. – Verdaguer, 1 – 08786 Capellades (Barcelona)

Impreso en España – *Printed in Spain*

Para todos aquellos que se han enfrentado a su propia
Era de la Oscuridad.

I

EL GUARDIÁN DE LA PALABRA

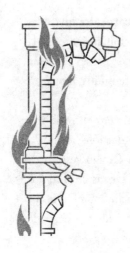

CAPÍTULO UNO

BERU

Beru contempló a los Testigos que se habían reunido ante el altar, en un mar de negro y dorado. Palas le posó la mano en el hombro, recordándoles tanto a los Testigos como a Beru quién era el que estaba al mando. Sintió un escalofrío. El dios estaba intranquilo, retorciéndose bajo el contacto de Palas y forcejeando contra el sello de los cuatro pétalos que lo mantenía encadenado en su interior.

Sentía el veneno del dios, su deseo de matar a Palas, una sensación que se había convertido en una especie de zumbido en su cabeza y que nunca cesaba.

—Hoy —entonó Palas— es un día glorioso. Un día de justicia divina, en el que los malvados son castigados, y los dignos, recompensados.

Clavó sus largos dedos en el hombro de Beru mientras inclinaba la cabeza hacia Lazaros. El Testigo se acercó a ella como una sombra, con las cicatrices fruto del Fuego Divino brillando bajo la luz de la antorcha.

Notó sus frías manos cuando este abrió la cadena de Fuego Divino que rodeaba el cuello de Beru en forma de collar. En cuanto dejó de sentir el metal contra su piel, Beru percibió la súbita sacudida del poder del dios fluyendo en su interior. Era casi doloroso.

PODRÍAMOS MATARLO, susurró la voz del dios dentro de su mente. PODRÍAMOS SER LIBRES.

Sin la cadena que lo había contenido, Beru sintió el odio del dios extendiéndose por ella como un ácido veneno. Cerró los ojos y dio un paso hacia el borde del altar, alzando las manos. Sintió las corrientes invisibles de *esha* que resonaban a través del templo, y con un movimiento de la muñeca, tiró de los hilos y abrió las puertas del templo de par en par. Una luz blanca y cegadora inundó el santuario, y los allí reunidos ahogaron gritos de asombro.

—¿Quién entre los fieles aquí presentes será el primero en recibir la revelación? —reverberó la voz de Palas a través de la habitación.

La muchedumbre se apartó para dejar pasar a un Testigo vestido de negro y dorado que caminó con decisión hacia el altar. Detrás de él trastabillaba una mujer encadenada, con su melena lacia y suelta sobre los hombros. Parecía frágil y mugrienta, como una criatura atrapada y muerta de hambre, pero con un brillo desafiante en la mirada.

—Inmaculado —dijo el Testigo, haciendo una reverencia ante Palas cuando alcanzó el altar. Después, se volvió hacia Beru—. Santo Creador, busco la revelación y te brindo a una pecadora impía para que reciba tu sentencia.

La mujer encadenada temblaba, pero no apartó la mirada ni una vez.

Beru sintió náuseas. Solía marcar su piel con tinta alquímica, una marca por cada asesinato que su hermana había cometido para mantenerla con vida. Pero no había marca alguna en su cuerpo por las personas a las que había arrebatado la Gracia durante las últimas dos lunas, y sin embargo sabía que la cantidad superaba y con mucho a la de Ephyra. Su horror jamás menguaba; cada una de las veces le resultaba tan terrible como la primera.

—Acércate —dijo Palas, y se hizo a un lado para que el Testigo y su cautiva subieran al altar.

El Testigo se arrodilló a los pies de Beru. La prisionera trató de resistirse con la cabeza bien alta, hasta que un violento tirón de las cadenas hizo que cayera de rodillas con un grito.

Beru sabía a la perfección lo que Palas quería que hiciera, el papel que debía desempeñar. También sabía que acabaría haciéndolo, pero primero decidió que le haría esperar. Le haría preguntarse si quizás, esta vez, ella se negaría. Si quizás esta vez decidiría que ya no quería seguir jugando a aquel juego.

Si quizás, esta vez, ella atacaría.

Cada orden que Palas le daba había sido cuidadosamente calculada. ¿Qué le pediría que hiciera después de aquello? ¿Sería lo suficientemente horrible para hacerla dudar, o incluso para negarse? El desafío de Beru significaría que Ephyra, a la que Palas tenía encerrada en la fortaleza, sería castigada. Y Palas no sabía cuál era el límite de Beru…

Pero Beru tampoco lo sabía.

Beru alzó las manos con el poder del dios concentrándose en la palma y en sus dedos como un fuego helado. La cautiva la miró desafiante y Beru se obligó a estudiar el rostro de la mujer, a memorizar sus grandes ojos marrones y la línea rígida de su boca, y entonces usó el poder del dios para aferrar su Gracia, que latía en su interior. La prisionera dejó escapar un grito de angustia al tiempo que Beru extendía los dedos y tiraba de la Gracia de la mujer como si fueran hilos, desenmarañándolos de su cuerpo uno a uno.

Beru cerró los ojos ante el horrible sonido de aquella tortura. Un sonido que retumbaría en su cabeza junto al de todos los demás lamentos y gemidos que la atormentaban. Todo acabó en un momento y la mujer se desplomó en el suelo, después de que su Gracia le hubiera sido arrebatada.

—La abominación ha sido purgada —exclamó Palas—, y ahora el justo será recompensado. La corrupción ha sido purificada, transformándose en una bendición para los leales.

El Testigo arrodillado ante Beru se levantó.

Beru extendió las manos de nuevo, y la brillante y temblorosa Gracia que le había arrancado a la prisionera se arremolinó alrededor del Testigo mientras Beru la unía a su *esha*. El Testigo profirió un grito y cayó de rodillas.

Antes de que Beru supiera lo que hacía, se volvió hacia Palas, y absorbió en sus manos el Fuego Divino de una de las antorchas. Palas se quedó atónito, sus ojos azules abiertos de par en par. Beru sintió la despiadada satisfacción del dios recorriéndola por dentro mientras la gente gritaba sin comprender.

Beru cerró los ojos con fuerza, jadeando al tiempo que luchaba internamente contra el dios para recuperar el control. Lo sentía como una niebla oscura invadiendo su mente.

Así que buscó un recuerdo que la ayudara a combatirlo.

Cuando tenía siete años encontré un pájaro con un ala rota debajo de la acacia del jardín, pensó. *Se lo llevé a Ephyra y ella lo curó.*

Se aferró a ese recuerdo, vislumbrándolo en su mente. La manera en la que las plumas del pecho del pajarillo habían temblado cuando Ephyra lo tocó. La manera en que se había alejado de ellas, dando unos saltitos y probando su ala curada. O cómo había canturreado cuando se alejó volando, antes de unirse a los otros pájaros en las ramas de la acacia.

Los detalles del recuerdo la anclaron, recordándole quién era y lo que podía sentir. Dejó que esos sentimientos la iluminaran como una luz abriéndose paso a través de la niebla.

QUIERES HACERLO, dijo el dios, resistiéndose al sello. SIENTO EL DESEO EN TU INTERIOR, QUIERES ACABAR CON ÉL TANTO COMO YO.

Por un instante lo consideró de verdad. Matar a Palas y liberar al dios.

Pero no podía. Por perverso que fuera Palas, el dios sería aún peor. Y si lo liberaba no habría nada que lo frenase a la hora de destrozar el mundo por completo como había hecho en Behezda, relegando a Beru a ser una mera espectadora dentro de la bestia.

Sintió la presencia de Lazaros a su lado, listo para contenerla con cadenas de Fuego Divino si fuera necesario.

Bajó las manos, dejando que el Fuego Divino se extinguiera, y se volvió de nuevo hacia el Testigo y hacia la mujer encadenada en el altar. El Testigo se levantó con un quejido.

—¡Observad! —dijo Palas, poniéndose frente a Beru con un movimiento fluido, como si no hubiera sucedido nada.

El Testigo dio un salto, y la Gracia que acababa de robar lo impulsó más alto y más lejos de lo que cualquier humano ordinario habría sido capaz de saltar. Fue una demostración torpe e inadecuada, pero con el tiempo aprendería a usar su Gracia.

Beru miró a Palas a los ojos y su gélida mirada la heló por dentro. Había conseguido parar al dios a tiempo, pero el daño estaba hecho, y Ephyra sufriría las consecuencias.

Aquella noche regresaron a la residencia del arconte, en la fortaleza, y Beru regresó a sus cadenas. Estaba ya acostumbrada a la ligera quemazón del collar y era un alivio no percibir los sentimientos del dios invadiendo su mente como una nube oscura.

Beru se sentó junto al fuego mientras Lazaros merodeaba cerca de la ventana. Lazaros se había convertido en su sombra, vigilándola para asegurarse de que el dios estuviera bajo control y de que la propia Beru se comportara. A pesar de lo mucho que le gustaba a Palas dar órdenes a Beru frente a sus seguidores, nunca pasaba ni un momento a solas con ella. Sabía de primera mano que el dios ansiaba su muerte tanto como su propia libertad.

Lazaros inquietaba a Beru. Los Testigos acudían a Palas por una multitud de razones, pero la devoción de Lazaros iba mucho más allá; había quemado su propia Gracia para demostrárselo. Era un tipo de devoción que desafiaba toda lógica, y Beru había advertido que incluso los otros Testigos mantenían las distancias con Lazaros.

Beru no había conseguido acostumbrarse, incluso después de dos meses, a su atenta mirada de ojos grises, a las intrincadas cicatrices que le recorrían la cara, ni a la cautela con la que se movía. Pero lo que más la perturbaba era la manera en que la miraba: con reverencia. Para Palas no era más que una herramienta, pero para Lazaros era algo digno de veneración. Y no estaba segura de cuál de las dos cosas odiaba más.

Cuando el cielo comenzó a oscurecerse, alguien llamó a la puerta. Lazaros se dirigió a ella y la abrió.

Ephyra entró flanqueada por dos Testigos. Tenía grilletes de Fuego Divino alrededor de las muñecas, aunque a diferencia de la cadena de Beru, no se le permitía quitárselos nunca. Beru se percató de que había una marca en la mejilla de Ephyra que no tenía la última vez, y por la manera en la que caminaba, había otras heridas ocultas.

Beru se levantó de su asiento y abrazó a su hermana.

—Gracias por traerla —le dijo Beru a los Testigos en un tono cortante—. Podéis dejarnos.

Los Testigos vacilaron, mirando por encima del hombro hacia donde se encontraba Lazaros. Solo se retiraron cuando este asintió.

—Traednos algo de cenar —dijo Beru mientras se marchaban.

—¡Y vino! —añadió Ephyra.

En cuanto la puerta se cerró, Beru tomó a su hermana del mentón para observar la herida.

—¡Estoy bien! —resopló Ephyra, apartándole la mano y lanzándole una mirada intranquila a Lazaros.

—Lo siento —se lamentó Beru. La herida parecía casi brillar en el rostro de Ephyra, un recordatorio por parte de Palas de que sería Ephyra, siempre, la que sufriría por la desobediencia de Beru.

Estos encuentros con su hermana formaban parte del acuerdo entre Beru y Palas, pero ella sabía que le daban a este último algo más que usar contra ella; un obsequio que podría quitarle si Beru desobedecía.

—No lo sientas —respondió Ephyra con un rastro de orgullo en la voz. Rebuscó en el bolsillo de su chaqueta—. Te he traído algo.

Lazaros se movió rápidamente hacia ellas. Ephyra puso los ojos en blanco, pero le entregó el objeto. Era una simple caracola marina, recogida de la cala que había bajo la residencia del arconte basileus.

Una vez que Lazaros estuvo satisfecho le entregó el objeto a Beru. Abrió la mano y él la dejó en su palma. Su piel estaba siempre helada, como el Fuego Divino. Beru consiguió ocultar un escalofrío y retiró la mano.

—Gracias —le dijo a Ephyra, y dejó la caracola junto a las otras que ya decoraban el alféizar de su ventana— Vamos a sentarnos.

Ambas volvieron adonde estaba el fuego y se calentaron las manos. A medida que los calurosos meses de verano se transformaban en otoño, el frío había comenzado a instalarse en Palas Athos.

Unos minutos después los sirvientes, que habían servido al arconte basileus antes de su detención, llegaron con la cena: un estofado de cordero, nueces y granada sobre un arroz con azafrán, junto con una jarra de vino para acompañarlo.

Beru y Ephyra estaban tan acostumbradas a sobrevivir con migajas y dormir en antros que les había costado acostumbrarse a la abundancia de aquel lugar.

Pero había otras cosas a las que debía acostumbrarse. Como las miradas inquisitivas que Ephyra le lanzaba mientras comían. O la culpa que la corroía por dentro mientras trataba de no pensar en las caras de todas las personas a las que había torturado ese día.

Habían sido dieciocho, más de lo habitual. No quería pensar en lo que significaba aquello: que el mensaje de Palas se estaba extendiendo, captando cada vez a más gente que se unía a su causa y encontraba Agraciados a los que capturar y mutilar.

—Perdóname —dijo Beru de pronto, dejando el tenedor.

Ephyra se tocó la herida de la mejilla.

—Ya te he dicho que no…

—No es por eso —la interrumpió Beru—. O, al menos, no *solo* por eso. Siento no haber entendido hasta ahora lo que supuso para ti. Todos esos años que estuviste matando gente solo por… Lo siento.

—Beru, eso *jamás* fue culpa tuya —le aseguró Ephyra, mirándola intensamente.

—Te dije que eras un monstruo —recordó Beru con un nudo en la garganta.

Ephyra desvió la mirada.

—Quizás es lo que soy.

—Entonces, ¿en qué me convierte eso a mí? —preguntó Beru—. Toda esa gente de hoy, en el templo… Soy una hipócrita. Te culpé por lo que hiciste por mí, y ahora que estoy en la misma situación…

Ephyra le apretó la mano; una tormenta se agitaba tras sus oscuros ojos.

—Tú nunca podrías ser un monstruo. Eres mi hermanita, encontraremos…

Se interrumpió para lanzar una mirada a Lazaros, y Beru comprendió lo que había estado a punto de decir. *Encontraremos una manera de salir de esta.*

—Todo saldrá bien —dijo Ephyra, dándole unas palmaditas en la mano con una débil sonrisa.

Beru giró la mano y le dio un apretón a la de Ephyra, tratando de que comprendiera las palabras que no podía pronunciar.

No había forma de salir de esa situación. No para Beru. Con cada día que pasaba la balanza del poder se inclinaba más, pero no hacia Palas ni hacia ella… sino hacia el dios. Su voluntad se hacía más fuerte, y Beru no sabía con certeza cuanto tiempo le quedaba antes de que le arrebatara por completo el control.

Y cuando lo hiciera, estarían perdidos.

CAPÍTULO DOS

HASSAN

Hassan entró a la habitación que compartía sobre la taberna de las Tres Palmeras, con las piernas pesándole del cansancio y la rabia.

Había una ventana abierta que dejaba entrar el aire y arrastraba el olor a sal y a mar. Hector lo saludó desde la cama, donde estaba tumbado con una copa de vino en la mano.

—¿Jude no está? —preguntó Hassan, cerrando la puerta de una patada y tragándose el enfado que ya se le acumulaba en la garganta.

Jude y Hector solían acabar su turno de trabajo en el muelle al mismo tiempo, unas horas antes que Hassan en la oficina de contabilidad. Pero para frustración de Hassan, Jude desaparecía cada dos por tres.

—Tengo que contarte algo —dijo Hector en voz baja y se incorporó en la cama. Observó un momento a Hassan, reparando en su expresión y en su más que evidente malhumor—. ¿Qué ha pasado, alguien ha derramado tinta sobre los libros otra vez?

Hassan resopló y se dejó caer en la cama frente a la de Hector.

—Hoy había más Testigos en la plaza que de costumbre.

—Ah… —dijo Hector—. Déjame adivinar, ¿culpan a los Agraciados de la destrucción de Behezda, y proclaman que Palas el Fiel ha llegado para salvarlos a todos?

Después de la devastación de Behezda, miles habían huido de la ciudad hacia Tel Amot. Otros habían tomado barcos hacia Charis o Palas Athos, o incluso a Endarrion, aunque la mayoría se había quedado en la ciudad portuaria, tal y como habían hecho Hassan, Hector y Jude. Pero con los refugiados habían llegado los Testigos, que aprovechaban su situación desesperada para reclutarlos entre sus filas. Hacía que Hassan temblara de rabia solo de pensarlo, y no podía evitar recordar cuando los Testigos habían aterrorizado a los refugiados herati en el ágora de Palas Athos.

—Cuanto antes nos responda el arconte basileus, mejor. Podremos ir por fin a Palas Athos y *hacer* algo —refunfuñó Hector.

Trabajar en el muelle y en la oficina de contabilidad había sido la mejor manera que habían encontrado de mantenerse a flote en Tel Amot mientras consideraban qué harían después. Como contable, Hassan tenía acceso a información sobre los cargamentos que iban y venían de Palas Athos. Había sido incluso capaz de mandar mensajes al arconte basileus en Palas Athos, camuflados entre los cargamentos de vino de palma que se trasladaban a la residencia del arconte. Se la habían jugado al hacerlo, pero Hassan había tenido la corazonada de que el arconte basileus se opondría a la toma de poder del Hierofante, y que haría lo que estuviera en su mano para detenerlo.

Habían pasado todo un mes intercambiando correspondencia hasta poder convencer al arconte de que Hassan merecía su ayuda y así plantearle su plan de ir a Palas Athos sin ser detectados por el Hierofante. Ahora Hassan solo debía esperar a la última parte del plan: un barco que llegaría enviado por el arconte, y que les proporcionaría un salvoconducto hasta el puerto de Palas Athos.

Llevaba esperándolo ya casi dos semanas, y empezaba a agotársele la paciencia.

—Ya, sobre eso… —dijo Hector, aclarándose la garganta—. Ha ocurrido algo.

La inquietud se apoderó de Hassan al oír esas palabras.

—Hoy ha llegado un barco de Palas Athos… La tripulación dice que los seguidores de Palas han detenido al arconte basileus.

Hassan sintió que se le caía el alma a los pies.

—¿Cómo…? No… Dime que es una broma.

Pero ya sabía que, por la expresión seria de Hector, claramente no bromeaba.

Seis semanas de planificación al traste. Hassan sintió que le faltaba el aire mientras la rabia bullía en su interior. El arconte era el *único* aliado que tenían en Palas, y el Hierofante, con su sed de poder, lo había dejado fuera de juego. Hassan debería haber supuesto que pasaría… deberían haber actuado más deprisa.

—Ya se nos ocurrirá algo —dijo Hector sin mucha convicción.

—¿*Cómo*? —explotó Hassan— Sin la ayuda del arconte no pasaremos del puerto. El Hierofante tiene toda la ciudad controlada.

Tendrían que empezar completamente de cero, y esta vez sin la asistencia de nadie que estuviera en Palas Athos.

—No lo sé —replicó Hector, irritado—. Tiene que haber *alguien* que pueda ayudarnos.

—Bueno… hay otro sitio al que podríamos acudir —vaciló Hassan.

Hector resopló y se levantó de la cama de un salto; se rascó la descuidada barba que había dejado de afeitarse. Seis semanas de trabajo en el muelle habían fortalecido sus músculos, pero ahora parecía encogido sobre sí mismo.

—No empieces con eso otra vez, no he bebido lo suficiente.

—Necesitamos aliados —dijo Hassan de modo cortante—. Y la Orden de la Última Luz, a pesar de tus problemas con…

—Ellos *no* son nuestros aliados —declaró Hector con la voz teñida de rabia—. Piénsalo, Hassan. Tú fingiste ser el Profeta, Jude se largó con el Profeta real, y yo rompí mi juramento. De la lista de personas con las que querrían aliarse, creo que estamos bastante abajo.

—No más que el Hierofante —respondió Hassan, terco—. Deberíamos al menos intentarlo… No tenemos más opciones.

—Qué hay de la gente de la Rosa Extraviada, ¿aún no han respondido? —preguntó Hector.

Hassan negó con la cabeza.

—Así que su plan para proteger las Reliquias ha fallado, su peor pesadilla se ha hecho realidad, y están… ¿dónde? ¿Dándose un paseo por las islas?

—No lo sé —admitió Hassan.

La única razón por la que sabía que la Rosa Extraviada existía era porque había encontrado un pergamino que su padre había ocultado en la Gran Biblioteca de Nazirah. Un juramento que manifestaba que los miembros de la Rosa Extraviada eran los protectores de las cuatro reliquias sagradas, las fuentes de la Gracia.

Pero tal vez la idea de que esa red secreta de guardianes pudiera acudir en su ayuda era una esperanza perdida. Quizás aún albergara esa esperanza porque su padre había estado conectado de algún modo con aquella gente. Cuando Jude le había contado que había conocido a su líder en Endarrion, que les había devuelto la Reliquia del Corazón y había ayudado a llevarlos hasta la Reliquia de la Vista... había sido como una señal de que la Rosa Extraviada estaba ahí fuera, guiándolos. Pero Hassan se sentía como un niño ingenuo cuando se permitía pensar así.

Nadie iba a venir a arreglarlo todo por ellos.

—Tal vez... —empezó a decir Hassan, lanzándole una mirada a Hector. No estaba seguro de si debía seguir hablando, pero decidió hacerlo de todos modos—. Tal vez debería volver a Nazirah.

Hector abrió los ojos de par en par.

Hassan ya había tomado su decisión dos meses atrás, mientras trataban de recomponerse y trazar un plan entre las ruinas de Behezda. Hassan podría haber vuelto a Nazirah, podría haberse unido de nuevo a Khepri, Zareen y los demás en su lucha contra Lethia ahora que su poder se había debilitado con la marcha del Hierofante de Nazirah.

Pero no lo había hecho. Se había quedado junto a Jude y a Hector para tratar de parar al Hierofante... o más bien, a Palas. Se había quedado para ayudarlos a salvar a Beru, la chica con el poder de un dios en su interior. Y en aquel momento había pensado que era la elección correcta: salvar al mundo para poder salvar a su pueblo.

Ahora... ya no estaba tan seguro.

La puerta chirrió al abrirse de nuevo, empujada por Jude. Tenía la mirada puesta en el suelo, y se le notaba el cansancio en cada parte del cuerpo. Un tenso silencio se instaló en la habitación, aquel que siempre aparecía cuando los tres estaban juntos.

—Hay comida abajo —dijo Jude de forma monótona mientras se quitaba su raída chaqueta.

—Yo ya he comido —respondió Hector.

Hassan se quedó callado mientras Jude cruzaba la habitación hasta el armario que compartían, y colgó la chaqueta con movimientos poco naturales.

—Han detenido al arconte basileus —informó Hassan, hablándole a la espalda tensa de Jude.

Jude no se volvió para mirarlo.

—Lo sé. Estaba con Hector cuando nos hemos enterado.

—¿Y exactamente qué era más importante que venir aquí a decirme que nuestro plan se había echado a perder por completo? —inquirió Hassan, levantándose.

—Estaba fuera —respondió Jude de forma brusca—. ¿Acaso importa?

—*Importa* porque llevamos en Tel Amot seis semanas y no has movido un dedo para ayudarnos con nuestro plan para acabar con el Hierofante. A mí se me ocurrió el plan. Yo me puse en contacto con el arconte basileus... ¡Ni siquiera sé dónde estás la mayor parte del tiempo! ¿Quieres siquiera volver a Palas Athos?

Jude por fin se volvió hacia él.

—¿Y *tú*? ¿O prefieres huir de vuelta a Nazirah?

Así que lo había escuchado. A Hassan no le sorprendió; a esas alturas estaba acostumbrado a vivir con dos personas con un oído superdesarrollado.

—Claro que quiero ir a Palas Athos —sostuvo Hassan acaloradamente—. Quiero parar al Hierofante, rescatar a la chica y detener al dios   tal y como habíamos planeado.

Jude se lo quedó mirando sin decir nada. No había respondido a la pregunta de Hassan.

—Se supone que debemos ir a la par... pero a veces es como si estuvieras en un sitio distinto —le dijo Hassan tras respirar hondo.

Jude lo miró a los ojos, y la sombra de un dolor demasiado grande para darle nombre apareció en su rostro. Hassan lo había visto antes, acechando tras los ojos de Jude desde aquella primera semana en Behezda en la que habían recorrido las ruinas buscando algún signo de que el Profeta, Anton, seguía con vida. Pero no habían encontrado nada. Al encaminarse a Tel Amot era como si Jude hubiera enterrado el dolor en lo más profundo de sí mismo, como si de esa manera pretendiera encerrarlo y ahogarlo. Pero Hassan sabía que el dolor lo estaba ahogando *a él*.

Sabía que Jude apenas dormía; permanecía despierto hasta altas horas de la noche y trabajaba a destajo en el muelle hasta que se desvanecía debido al agotamiento. Se entrenaba casi compulsivamente con Hector, luchando y practicando sus koahs con un fervor que rayaba la obsesión. Y a veces, parecía encerrarse en sí mismo sin ninguna razón aparente, como la otra noche, cuando Hassan había sugerido que bajaran a las Tres Palmeras a liberar algo de estrés con una partida de cartas. Jude había salido de la habitación hecho una furia sin decir ni una sola palabra, y no había vuelto hasta la mañana siguiente.

Un mes atrás había habido otro incidente que había resultado en lo que podría considerarse una pelea callejera. Jude se había enfrentado a una decena de Testigos. No habían sido rivales para él, y casi había acabado matando a uno de ellos. Había hecho falta la fuerza de Hassan y de Hector juntos para apartarlo.

Hassan conocía aquella rabia demasiado bien, al igual que Hector. Todos sabían lo que era realmente: el dolor de haber perdido a alguien. Un dolor que podía partirte en dos si se lo permitías.

—Ya no está, Jude —dijo Hassan con firmeza—. Y la mejor manera de lidiar con esto es seguir adelante. Acabar lo que empezasteis juntos, y parar al Hierofante.

—Él no... —Jude se interrumpió; apretó la mandíbula y miró a través de la ventana—. Si te quieres rendir, hazlo. Vete de vuelta a Nazirah, no te detendré.

Antes de que Hassan pudiera responderle, Jude salió de la habitación en una exhalación.

El aire salino entró por la ventana como siguiéndolo, provocándole a Hassan un escalofrío a la vez que se sentaba otra vez en la cama.

—No vas a irte de verdad a Nazirah... ¿no? —preguntó Hector, rompiendo el silencio que se había instalado tras la marcha de Jude—. ¿Qué pasa con el Hierofante? ¿Y con Beru?

Hassan alzó la mirada hacia Hector. Una noche en la que habían bebido demasiado le había confesado lo que la chica significaba realmente para él. Aquella revelación lo había afectado, quizá demasiado, ya que le había recordado a Khepri y todo lo que había dejado atrás en Nazirah. A pesar de las mentiras, y de la confianza que se había hecho añicos entre ellos, la echaba de menos. Tanto, que a veces le costaba respirar.

—Nuestro plan se ha ido al traste, no tenemos aliados... —dijo Hassan—. No puedo quedarme aquí sentado sin hacer nada. No pienso hacer eso otra vez.

Le recordaba demasiado a aquellas primeras semanas en Palas Athos después de que el Hierofante hubiera tomado Nazirah. Se había quedado en la villa de su tía Lethia, esperando, desesperado por recibir cualquier noticia y por encontrar algo que lo hiciera sentir útil.

—Espera solamente unos días… una semana.

El tono suplicante de Hector lo pilló desprevenido. Se tragó todas las objeciones que tenía. Tal vez aún quedara algún hilo del que tirar.

—Hablaré con Jude, y encontraremos una manera de solucionarlo —le prometió Hector—. Algún contrabandista que nos lleve, o… quizá podamos subirnos a algún barco…

—Una semana —accedió Hassan.

Se sintió mejor al poner una fecha límite, como si de esa manera tuviera algo de control. Podía concederle a Hector una semana, le debía al menos eso por el papel que había desempeñado en liberar al dios. El papel que todos habían jugado y que había terminado con un dios en manos del Hierofante.

—De una forma o de otra, cuando la semana acabe… me marcharé de Tel Amot.

CAPÍTULO TRES

EPHYRA

Lo que fuera que Beru hubiera hecho, o que quizá se hubiera *negado* a hacer, debía de ser peor que de costumbre.

Fue lo primero que se le pasó por la cabeza a Ephyra cuando los Testigos la sacaron de su habitación por segunda vez en unos pocos días. Normalmente llevaban a cabo los castigos en su propia habitación, pero tal vez en esta ocasión no fuera suficiente con dejar que Beru viera los moratones. A lo mejor esta vez harían que Beru presenciara el castigo.

Ephyra trató de no pensar en ello mientras recorrían la desconocida villa del arconte basileus de Palas Athos. La grandísima residencia, situada sobre los acantilados junto al mar, parecía más bien un castillo. Para Ephyra, sin embargo, era una prisión. Solo se le permitía estar en la habitación donde dormía, en el patio adyacente que daba al mar, y por supuesto en la habitación de Beru, donde cenaban juntas cada noche. Al margen de donde los Testigos la llevaban, no había estado allí antes.

Se pararon frente a unas grandes puertas que se abrieron y revelaron una lujosa habitación decorada en blanco y dorado. Frente a una hilera de estantes repletos de libros, placas decorativas y jarrones, había un escritorio de mármol. Parecía una especie de despacho, probablemente donde el arconte basileus había dirigido sus negocios antes de que el Hierofante lo detuviera.

Al fondo de la habitación, junto a una hilera de ventanas por las que se filtraba la brillante luz, se encontraba el Hierofante en persona. Con su túnica blanca y dorada y la luz del sol envolviéndolo en un halo, Ephyra casi entendió por qué los acólitos de Palas Athos lo veneraban.

Mientras los Testigos la arrastraban al interior, Ephyra se percató de que el Hierofante no era la única persona que había en la habitación. Ilya Aliyev estaba apoyado contra el escritorio que había tras él, con los brazos cruzados sobre el pecho en una actitud que hacía que pareciera elegante y despreocupado al mismo tiempo.

A Ephyra le dieron ganas de matarlo.

Él echó un vistazo hacia ella, y sus ojos se detuvieron en las cadenas que le rodeaban las muñecas. Ephyra no podía descifrar su expresión, así que volvió la mirada antes de que sus ojos pudieran encontrarse.

Lo había visto con anterioridad en los últimos dos meses, a través de algún patio o andando por los pasillos. Lo suficiente para saber que había vuelto a escurrirse entre las filas del Hierofante con su habitual mezcla de carisma, falta de código moral y su disposición a hacer cualquier cosa que le ordenaran, por muy repugnante que resultara ser. Pero esta era la primera vez que estaban cara a cara en la misma habitación desde aquel día en Behezda.

El otro lacayo favorito del Hierofante, el que llevaba las cicatrices del Fuego Divino, no parecía encontrarse allí, lo que significaba que Beru tampoco estaba.

—Por favor, toma asiento —le dijo el Hierofante con suavidad.

Como si Ephyra hubiera accedido al encuentro y se tratara de una invitada, no de una prisionera.

—Estoy bien aquí —contestó sin moverse.

—Estoy seguro de que sientes curiosidad por el motivo por el que te he convocado.

Sí que sentía curiosidad. Apenas había visto al Hierofante desde que habían llegado a Palas Athos. Parecía conformarse con tenerla encerrada y sacarla solo cuando necesitaba usarla para controlar a Beru.

Pero daba la impresión de que esta vez era distinto, aunque no sabía exactamente por qué. Y eso la ponía más nerviosa que si simplemente la hubiera arrastrado allí para propinarle otra paliza.

—Ilya me ha contado que no es la primera vez que visitas mi ciudad —continuó el Hierofante—. Mataste a un sacerdote de aquí no hace demasiado, ¿no es así?

Debía de hacer cuatro o cinco meses de aquello, a pesar de que parecía que hubiera ocurrido en otra vida.

—Te forjaste toda una reputación, tanto en esta como en otras ciudades, ¿no? —preguntó el Hierofante—. La Mano Pálida. La asesina de impíos.

Ephyra lo contempló, preguntándose qué querría de ella. ¿Una confesión?

—¿Qué quieres? —le espetó, perdiendo la paciencia.

El Hierofante no parecía ofendido por el arrebato de Ephyra. Dejó que el silencio se extendiera, como un castigo a Ephyra mientras esperaba a que él reaccionara.

—Quiero —dijo lentamente— que continúes con tu trabajo aquí.

—¿Mi trabajo?

—El arconte basileus está ahora mismo en la fortaleza, aguardando su muerte —anunció el Hierofante—. Me gustaría que fueras tú quien la llevase a cabo.

Ephyra se quedó sin palabras por un momento. ¿El Hierofante quería que matara para él?

—¿Por qué yo? ¿No tienes ya a un dios como mascota? —preguntó al fin.

El Hierofante no respondió ni desvió la mirada. Su rostro permaneció en calma, como siempre, sin revelar nada.

Pero Ephyra lo sabía. Lo sabía porque Beru era su hermana, y no importaba cuánto poder tuviera Palas sobre Beru… Había cosas que no podría obligarla a hacer, ni siquiera para proteger a Ephyra.

—He pensado que eres la persona indicada para hacerlo —contestó el Hierofante por fin.

Aunque estaba evitando contarle la razón real, tenía razón en más de un sentido. Su reputación la precedía, la de la misteriosa Mano Pálida, así como el miedo que inspiraba entre la gente, sobre todo en aquella ciudad. No había matado a un simple estafador ni a un salvaje, sino a un sacerdote, alguien que en teoría debía ser intocable. Y ahora se encontraba bajo el control del Hierofante, igual que Beru. Era una fuente de poder sin explotar: tanto el poder de su gracia como el poder que le conferiría demostrar al mundo que alguien como ella estaba bajo su control.

—Tal vez debería darte algo de tiempo para que lo considerases —sugirió el Hierofante—. Esta noche, a solas.

Comprendió la jugada al instante. No le permitiría ver a Beru si se negaba. Las hermanas eran la perfecta baza a jugar, la una contra la otra.

A Ephyra nunca se le había dado bien la estrategia, pero incluso ella podía ver que estaban entre la espada y la pared.

—O quizás... Ilya —lo llamó el Hierofante sin apartar la mirada de Ephyra—. Tú has pasado bastante tiempo con nuestra asesina, ¿no es cierto?

Ephyra había ignorado a las mil maravillas la presencia de Ilya en la habitación, pero en ese momento su mirada se dirigió a él antes de que pudiera evitarlo. Este tamborileó con los dedos en el escritorio con una expresión casi aburrida, como si tuviera mejores cosas que hacer en ese momento.

Ephyra supo entonces, en lo más profundo de su ser, por qué el Hierofante sabía tantas cosas sobre Beru y sobre ella para jugar con las dos de esa manera. Todo aquello apestaba a Ilya. Era típico de él: manipulaba, aprovechaba cualquier debilidad y reconducía a la gente adonde él quería. E incluso cuando te lo veías venir, caías en su trampa.

—Así es, Inmaculado —respondió Ilya con una sonrisa curvándole los labios—. *Bastante* tiempo.

A veces se había preguntado exactamente cuánto le había contado Ilya acerca de ellos. Pero aquella sonrisa retorcida, el brillo de sus ojos y el tono sugerente con el que lo dijo le bastaron como respuesta. Sintió cómo se ponía roja de rabia.

—Eres patético —le espetó a Ilya—. Toda esa mierda que dijiste en Behezda de enmendar las cosas y corregir tus errores... Y en el momento en el que las cosas se tuercen, vuelves arrastrándote frente al Hierofante como un perrito faldero.

Ilya se limitó a sonreír despreocupadamente.

Ephyra nunca antes había querido borrarle la expresión de la cara tanto como en ese momento. Quería hacerle daño, solo para saber que aún podía hacerlo. Dio un paso amenazante hacia él, sin importarle la mirada penetrante que el Hierofante le estaba clavando.

—Pagarás por esto. Aunque sea la última cosa que haga, te lo haré pagar.

La mirada de Ilya se paseó hasta el Hierofante.

—¿Ves? Te dije que harían falta algo más que unos cuantos moratones para doblegarla.

Ephyra tuvo que hacer uso de todo su autocontrol para no lanzarse hacia él y estrangularlo. Si no fuera por las cadenas de Fuego Divino, lo habría hecho. Así que se limitó a enviarle una mirada que irradiaba ira.

—Todo ese poder… —reflexionó el Hierofante, recorriendo a Ephyra de tal modo que le provocó un escalofrío—. Hace que me pregunte qué podría hacer ese poder en las manos de otro. En las manos *correctas*. ¿Quizás… —se giró hacia Ilya— en las tuyas?

El terror la invadió por completo. Estaba al tanto de lo que el Hierofante le obligaba hacer a Beru: arrebatarle la Gracia a aquellos que se oponían a él, y conferírsela a sus Testigos. ¿Era eso lo que Ilya andaba buscando? ¿Quedarse con la Gracia de Ephyra? Después de todo, aquello era lo que lo había atraído de ella: su poder.

—Ser capaz de resucitar a los muertos y de matar con un toque —dijo el Hierofante—. Y ser capaz de vivir, si no para siempre, durante mucho, mucho tiempo. Harías un mejor uso de la Gracia que ella, ¿no estás de acuerdo?

—Lo estoy —coincidió Ilya, recorriendo el espacio que lo separaba de Ephyra con un brillo despiadado en la mirada—. Para empezar, aprendería a manejarla, cosa que ella nunca ha podido hacer.

—Se da el caso muy a menudo de que aquellos a los que se les han conferido estos poderes carecen del control necesario para hacer un uso debido de ellos —respondió el Hierofante.

Se quedó quieta, ignorando el instinto que le gritaba que atacara, incluso cuando Ilya le tomó la muñeca entre las manos. Sentía la piel ardiendo donde la estaba tocando.

—La Mano Pálida es solo una más entre todos los que parecen tener poder pero en realidad son débiles —dijo Ilya—. Una asesina que puede resucitar a los muertos, traer de vuelta a un dios… pero ni siquiera sabe cómo curar.

Las miradas de ambos se encontraron; la expresión del rostro de él era firme mientras deslizaba el pulgar bajo la estrecha cadena de Fuego Divino alrededor de la muñeca de Ephyra, haciendo presión durante un segundo justo donde notaba los latidos de su corazón.

—Nunca aprendió a hacerlo, ¿no resulta irónico? —dejó caer su mano y se volvió hacia el Hierofante.

Ephyra casi no podía respirar.

—Es una lástima —respondió el Hierofante, en un tono casi diverti-do—. Aunque supongo que todos tenemos nuestros puntos débiles.

La mirada del Hierofante permaneció sobre Ilya unos instantes, y cuando volvió a mirar a Ephyra, esta se aseguró de que su rostro reflejara miedo o ira, en lugar de la confusión total que agitaba sus pensamientos. Podía sentir su corazón desbocado, latiendo justo donde Ilya la había to-cado.

Una vez más lo había subestimado. Una vez más, la había engañado del todo. ¿Cuántas mentiras le habría contado, desde aquella primera vez que se habían visto, en Palas Athos? No podía saberlo con certeza. Era un men-tiroso, eso siempre lo había tenido claro.

Y acababa de mentirle al Hierofante.

CAPÍTULO CUATRO

JUDE

La anticipación casi hacía que el pecho de Jude vibrara mientras entraba en el burdel, preparándose para el humo de olor dulzón y el perfume que lo impregnaba todo. Dentro de la sala los empleados deambulaban ataviados con vestidos vaporosos, sentados en los cojines y sofás que había alrededor de las mesas. Una cortesana tenía a un grupo de hombres bien vestidos reunidos en torno a ella y dando estridentes carcajadas. Detrás, un chico tocaba las cuerdas de un instrumento que Jude no conocía y entonaba una rítmica melodía.

Una chica que llevaba una bandeja en las manos apareció frente a Jude.

—¿Ves algo que te guste?

—Vengo a ver a Zinnia —le contestó Jude.

La chica entrecerró los ojos al tiempo que la falsa expresión de bienvenida de su rostro se iba transformando.

—Solo atiende con cita previa.

—Tengo cita.

La chica no parecía del todo convencida.

—Siéntate.

Le entregó su bandeja a otro camarero y desapareció detrás de una cortina.

Jude se sentó muy rígido en un cojín.

—¿Qué tal? —dijo una voz a su izquierda.

Se volvió hacia la voz y se encontró a un chico tumbado de manera lánguida a su lado que le dedicó una sonrisa. Parecía más joven que Jude, tenía el pelo rubio y los ojos castaños, y una perla brillaba en su oreja.

—¿Estás esperando algo? —le preguntó el chico, inclinándose hacia él. Le llegó el dulce olor a jazmín—. Podría entretenerte mientras esperas, si quieres.

El brillo en sus ojos y la curva en la comisura de sus labios sugería una clase muy particular de *entretenimiento*.

—¡No! —le espetó Jude, encogiéndose—. Quiero decir… No es necesario, gracias. Estoy bien.

El chico se encogió de un hombro, y su piel emitió un brillo dorado bajo la tenue luz.

—Como quieras.

Aquel gesto le recordó tanto a Anton que dejó a Jude completamente sin aliento.

—¿Así que *aquí* es donde has estado pasando el tiempo? —dijo una voz familiar cargada de sorpresa.

Jude se levantó de un salto mientras Hector se abría paso desde la entrada.

—La verdad es que no es lo que me había imaginado —Hector recorrió la habitación con escepticismo. Una chica recostada en el alféizar lo miró con interés.

Jude apretó los dientes.

—¿Qué estás haciendo aquí? ¿Me has seguido?

—Estaba preocupado por ti —le respondió Hector, caminando hacia él—. Y tengo que decir que, si esto es a lo que te has dedicado, tenía razón en estarlo.

—No sabes de lo que estás hablando —le dijo, sonrojándose.

Algunas de las personas que no estaban ocupadas les dirigieron miradas descaradas, claramente divertidas ante la melodramática escena que pensaban que iba a ocurrir.

Hector pareció darse cuenta de que estaban llamando la atención, así que bajó la voz cuando llegó hasta Jude.

—Mira, no te juzgo; de hecho, lo entiendo… más o menos. El dolor puede llevarnos a hacer cosas que normalmente…

—De verdad que *no* es lo que piensas —lo cortó Jude, casi desesperado por evitar que Hector terminara aquella frase—. Deja que te lo explique más tarde, ¿vale?

—¿Vais a pasar los dos juntos, o qué?

Una chica había aparecido desde detrás de la cortina; estaba apoyada en el marco de la puerta y miraba a Hector y a Jude. Vestía ropas mucho más simples que los demás, unos pantalones grises y una túnica azul claro. Jude vio cómo Hector se sonrojaba, algo extraño en él.

Jude deseó que se lo tragara la tierra en ese instante. De repente la idea de que Hector se enterara de la verdadera razón por la que estaba allí no le parecía tan horrible.

—Por el amor de Keric —murmuró Jude, acariciándose las sienes mientras tomaba una decisión—. Venga, ven.

—¿Có… cómo? —dijo Hector, con la voz estrangulada—. Jude, yo no…

—Calla y ven conmigo. ¿Quieres saber lo que he estado haciendo? Pues deja que te lo enseñe.

Hector no parecía demasiado convencido, pero Jude pasó junto a él, inclinando la cabeza hacia la chica, que se volvió para guiarlo a través de las cortinas de raso. Un segundo después Jude oyó una maldición en voz baja y los pasos de Hector apresurándose para alcanzarlo.

Atravesaron un pasillo bordeado por arcos, algunos tapados con cortinas, otros abiertos y que dejaban entrever una versión aún más privada de lo que habían visto en la sala principal, con gente en diferentes estados de desnudez. Había también algunas puertas cerradas, de las cuales se filtraban sonidos que hicieron que Jude se sonrojara muy a su pesar. Algunos de los trabajadores del burdel pasaron junto a ellos, saludando a Zinnia con alegría.

—¿Por qué trabajas aquí? —le preguntó Jude mientras recorrían otro pasillo.

—Me gusta el ambiente —le contestó con frivolidad—. ¿Por qué, ofende tu delicada sensibilidad?

—No —se apresuró a decir, pero lo traicionó el rubor que se extendió por sus mejillas.

—¿Qué es lo que te gusta a ti? ¿Los chicos que se sonrojan tan delicadamente como tú? ¿Las chicas que saben tomar el control? —miró entonces hacia Hector—. ¿O quizá los hombres altos, fuertes y de ojos oscuros?

Hector tosió, incómodo.

—No estoy aquí para eso, y lo sabes —le dijo Jude, negando con la cabeza.

—Pues quizá deberías. No te iría mal aprender a relajarte un poco —le contestó Zinnia.

Jude no se dignó a contestar, y apretó los dientes mientras Zinnia abría una puerta casi al final del pasillo. Allí había otra sala con un sofá cochambroso tras una mesa, sobre la que había una bandeja de plata, algunos vasos de cristal y un decantador lleno de vino tinto. La chica rodeó la mesa y les indicó que tomaran asiento en el sofá al tiempo que llenaba uno de los vasos. Jude se sentó, pero Hector se quedó de pie, cerca de la puerta.

—Jude Weatherbourne —le dijo, ofreciéndole el vino—. ¿Qué puedo hacer por ti?

Jude denegó la ofrenda con un gesto.

—No, yo no… Espera. ¿Sabes quién soy?

—Soy buena en mi trabajo —se encogió de hombros y le dio un sorbo al vaso de vino—. Eso es por lo que estás aquí, ¿no?

Jude asintió lentamente.

—También sé que has contratado a seis cazarrecompensas durante el último mes —siguió diciendo—. Todos te han dado la misma respuesta, ¿por qué crees que yo puedo darte una diferente?

—Dicen que la Agencia de Adivinación de la señora Tappan es la mejor —explicó Jude.

—¿Así que quieres pagar un precio cinco veces más alto para escuchar exactamente lo mismo?

—Espera —habló Hector, alejándose al fin de la puerta—. ¿Cazarrecompensas? ¿Para eso hemos venido a un burdel?

Jude lo ignoró.

—Quiero contratarte para que hagas lo que los demás cazarrecompensas no pudieron hacer.

Zinnia se mordió el labio, negando con la cabeza.

—La persona que buscas está muerta.

Jude tocó la bufanda que descansaba contra su pecho. Aún recordaba cuando la había encontrado entre los escombros de la tumba de la reina Mártir. La bufanda, de un azul casi brillante en contraste con las piedras rojas que se habían desmoronado, había hecho que a Jude casi se le parase el corazón mientras tiraba de ella para liberarla de entre los restos. Había seguido excavando, buscando cualquier signo de Anton… Pero solo quedaba aquello: un trozo de tela que llevar junto al corazón. Nada más.

Sentía la mirada de Hector puesta en él. Ese era el motivo por el que le había ocultado todo aquello. No podía soportar ver la compasión en sus ojos, ni que pensara que Jude era un necio por albergar esperanza aún. Pero Jude prefería ser un necio antes que rendirse.

—No está muerto —afirmó con determinación.

—Jude… —dijo Hector con suavidad. Jude seguía sin mirarlo—. Lo buscamos en Behezda, durante *semanas*.

—Está vivo —insistió Jude de forma brusca—. Lo sé.

Ni siquiera podía explicar por qué estaba tan seguro. Jude sabía que, a pesar de que el mundo se hubiera desmoronado a su alrededor, Anton había sobrevivido. Porque si se hubiera ido, si hubiera dejado este mundo, si su cuerpo hubiera vuelto a la tierra y su *esha* hubiera quedado libre, Jude lo habría sentido. Igual que había sentido el momento en que Anton había entrado a formar parte de este mundo, años y años atrás.

Anton era el Profeta, y no podía estar muerto. Porque si lo estaba… no habría esperanza alguna para ellos.

—Deberías hacer caso a tu amigo —le dijo Zinnia, en un tono más amable—. Si seis adivinos han intentado dar con alguien y ni uno solo lo ha conseguido, solo puede significar una cosa.

—Entonces no quieres el trabajo, ¿no? —le preguntó Jude de forma abrupta; se levantó y se volvió hacia la puerta—. Vamos, Hector, ya hemos acabado.

—Espera un momento —le dijo Zinnia, en un tono divertido. Miró a Hector—. ¿Siempre es tan cascarrabias?

—Últimamente, desde luego.

Jude los fulminó a ambos con la mirada.

—Puede que tenga algo para vosotros. Resulta que os estaba esperando —les dijo Zinnia.

—¿Cómo? —preguntó Jude, con el corazón martilleándole en el pecho mientras intercambiaba una mirada preocupada con Hector. *Es una trampa. Los Testigos, Palas… están aquí*—. ¿A qué te refieres con que nos estabas esperando?

Jude vio que Hector agarraba el pomo de su espada al tiempo que se tensaba, listo para luchar o para huir a la más mínima señal.

—La señora Tappan dijo que vendríais —dijo Zinnia, ignorando por completo el recelo que ambos mostraban—. Quería que os diera recuerdos.

—No la conozco —respondió Jude, seguro de ello.

—Claro que sí —le aseguró Zinnia—. Te dejó su barco.

Jude se quedó estupefacto.

—¿Lady Bellrose?

—Uno de sus muchos nombres —dijo Zinnia con una sonrisa.

—¿Quién? —preguntó Hector, mirándolos a ambos.

—Es una coleccionista. O… se hacía pasar por una —le explicó Jude. Anton le había dicho que era una cazarrecompensas, y ella misma se había presentado como la líder de la Rosa Extraviada. Miró a Zinnia entonces—. ¿Cómo sabía que vendría aquí?

Ella se encogió de hombros.

Lady Bellrose había sido todo un enigma para él cuando la conoció en Endarrion, pero todo lo que les había contado había resultado cierto. Les había dicho que necesitarían encontrar las cuatro reliquias para detener a Palas, que el *esha* del dios estaría contenido en la Puerta Roja… Había sabido incluso el motivo por el que la Gracia de Jude había quedado dañada, y lo que debía hacer para repararla.

—Entonces… —dijo, mientras las piezas del rompecabezas que tenía ante él encajaban—. ¿Eres de la Rosa Extraviada?

—Vaya, eres más listo de lo que pareces —le contestó con una sonrisa.

—Espera, ¿la Rosa Extraviada? —repitió Hector—. ¿La organización secreta con la que Hassan está intentando ponerse en contacto?

Zinnia extendió los brazos.

—Aquí estamos, acudiendo a la llamada. De nada.

—¡Podríais habernos ayudado hace seis semanas!

—Hector —le dijo Jude, a modo de advertencia.

—Hemos estado algo ocupados —respondió Zinnia—. Ya sabéis, con todo lo que tú y tus amigos hicisteis al desencadenar el fin del mundo.

Jude se encogió como si lo hubiera golpeado.

—Eso no fue culpa nuestra.

—¿Estás seguro?

Jude guardó silencio. Todos ellos habían jugado un papel en la resurrección del dios, lo quisieran o no. Todos habían formado parte de la Última Profecía.

—¿Y por qué os ponéis en contacto con nosotros *ahora*? —preguntó Hector con recelo.

—Tenemos un mensaje para vosotros.

Zinnia se levantó. A pesar de la desconfianza inicial, la esperanza floreció en el interior de Jude. Si Lady Bellrose y la Rosa Extraviada se estaban poniendo en contacto con él, eso significaba que tendrían noticias... Las cuales esperaba que pudieran conducirlo a Anton.

—¿Cómo podemos estar seguros de que estás diciéndonos la verdad? —preguntó Jude con cautela—. Acerca de la Rosa Extraviada, de Lady Bellrose... ¿Cómo podemos saber que no trabajas en realidad para los Testigos?

Zinnia sonrió ligeramente, como si la mera idea le pareciera divertida. En lugar de responder se dirigió a un cofre de mármol en una esquina de la habitación. Soltó una retahíla de palabras, demasiado rápido para que Jude pudiera entenderlas, y el cofre se abrió. Zinnia sacó algo de su interior, y cuando se volvió, lo tiró sobre la mesa frente a ellos.

Hector y Jude se inclinaron hacia delante y observaron la esfera de cobre que rodó sobre la mesa de madera hasta detenerse. Era del tamaño del puño de Jude, con complejas espirales grabadas en la superficie en una decoración desconcertante que casi le resultaba familiar. Un segundo después se oyó un chasquido, y la esfera se pareció entonces a una piedra del oráculo, como las que los Profetas usaban para grabar sus profecías.

Jude miró a Zinnia.

—¿Qué es esto? ¿Qué hay dentro?

Zinnia se limitó a encogerse de hombros.

—Ya vale con esta mierda de hacerse la misteriosa —exigió Hector.

—No me estoy haciendo la misteriosa, de verdad que no lo sé. El mensaje se revelará solo ante una persona... —su mirada se posó en Jude—. Y esa persona eres tú.

Jude observó de nuevo la esfera mientras la levantaba de la mesa con cuidado. En el instante en que entró en contacto con la fría superficie de la esfera, esta emitió un brillo. La sorpresa casi hizo que la dejara caer.

—Hola, Jude —dijo una voz familiar, saliendo de la mismísima esfera—. Me alegro de que por fin estés aquí.

Lady Bellrose. Realmente sabía que Jude iría allí.

—Ojalá pudiéramos hablar en persona, pero me temo que tengo otros asuntos más urgentes que atender —continuó diciendo—. Así que perdóname por esta forma tan descortés de contactar contigo, pero necesito tu ayuda. O, más bien, podría decirse que soy *yo* la que va a ayudarte *a ti*.

Hector y Jude intercambiaron una mirada. Todo aquello era demasiado bueno para ser cierto.

—Sé que estás buscando una manera de volver a Palas Athos, y, lo que es más importante, una manera de liberar a la chica, Beru, del control de Palas —siguió—. Pues bien, puedo ofrecerte ambas cosas. Escúchame con atención. El arconte basileus de Palas Athos ha sido detenido por los seguidores de Palas. Su ejecución está programada para el equinoccio de otoño. Es la oportunidad perfecta para ayudar a Beru, ya que sabremos exactamente cuándo y dónde estará. La Rosa Extraviada te ayudará tanto como podamos, pero la tarea de rescatarla será cosa tuya.

»Puedo ofrecerte lo siguiente: un barco, que está atracado en Tel Amot y que te llevará directamente a Palas Athos. Documentos falsificados que permitirán que entres en la ciudad sin levantar sospechas. Una vez que estés allí, te daré el nombre de un aliado en el que confío y que conoce la ciudad a la perfección, y de un alquimista que trabaja para la Rosa Extraviada y que te ayudará en todo lo que necesites.

Jude miró de nuevo a Hector, que estaba atónito.

—Espero que todo esto te sea de ayuda —dijo Lady Bellrose—. Ojalá pudiera hacer más. En cuanto a lo que haremos cuando tengas a la chica, y al dios… digamos que estoy trabajando en ello.

El brillo de la esfera disminuyó hasta apagarse, dejando la habitación sumida en el silencio.

—¿Qué… acaba de pasar? —dijo Hector después de un rato.

Jude acarició la esfera en la palma de su mano, y miró de nuevo a Zinnia.

—¿Me la puedo quedar?

—Toda tuya —contestó—. Ah, y casi se me olvida.

Volvió al cofre, y sacó algo más de su interior. Cuando regresó junto a ellos, abrió la mano y les ofreció un anillo de oro grabado con una rosa de los vientos.

—Enséñale esto al capitán del *Tragón*.

Jude se quedó mirando el anillo, abrumado. Había acudido al burdel por una razón: encontrar a Anton. Pero en lugar de eso, le había llovido del cielo una forma de ir a Palas Athos y el inicio de un plan para quitarle a Palas el control del dios.

Era exactamente lo que Hassan llevaba buscando desesperadamente desde que habían llegado a Tel Amot mientras Jude se dedicaba a hallar algún rastro de Anton. Debería alegrarse y estar agradecido por todo aquello, por tener por fin un plan y algo que hacer… Pero lo único en lo que podía pensar era en que, en cuanto se subiera a ese barco, estaría dejando atrás toda esperanza de encontrar a Anton.

—Gracias —dijo Jude, indeciso, guardándose el anillo y la esfera.

Ella hizo un gesto como si brindara con su vaso con él.

—Espero que todo salga bien.

Lo dijo de forma informal, como si estuvieran discutiendo una partida de cartas en lugar del destino del mundo…

—Ya… —respondió Jude—. Yo también lo espero.

—¿Deberíamos confiar en ellos? —preguntó Hector en cuanto salieron del burdel y se adentraron en la fría tarde—. En la tal Lady Bellrose y en la Rosa Extraviada…

Jude negó con la cabeza, indeciso.

—No lo sé.

—Supongo que Hassan diría que sí, ya que ha estado intentando contactar con ellos todo este tiempo. Quizá sea una buena señal, y desde luego necesitamos algo bueno.

—Quizá —dijo Jude, pero no estaba pensando en la Rosa Extraviada ni en Lady Bellrose. Pensaba en lo primero que Zinnia le había dicho: que debía dejar de buscar a Anton.

Hector se mantuvo en silencio mientras recorrían el distrito rojo de Tel Amot en dirección al mar y al sol que se hundía tras él.

—Vale, se acabó. ¿Vamos a hablar de ello o no? —preguntó Hector cuando empezaron a descender las anchas escaleras que los llevaban al puerto y al mercado nocturno.

—¿Hablar sobre qué?

Hector agarró a Jude del codo, obligándolo a girarse sobre sí mismo.

—Has contratado a… ¿cuántos eran? ¿Seis cazarrecompensas para encontrar al Profeta? Podrías habérmelo dicho, lo habría entendido. Lo sabes, ¿no? Yo también he pasado por esto. La primera vez que dejé la Orden me pasé un año buscando a la Mano Pálida; tiré todo por la borda para encontrarla.

—No es la misma situación —le dijo Jude de forma acalorada, y se apartó de él de un tirón.

—Pues ilumíname.

—¡Porque tu familia sí estaba muerta!

Por un instante, Jude pensó que Hector iba a pegarle. Apretó los puños, y su mirada se volvió fría y distante. Jude no estaba seguro de si en realidad se habría merecido que lo golpeara.

Pero entonces Hector soltó un suspiro y la tensión desapareció de sus hombros.

—Hector yo… Lo siento —balbuceó Jude.

Hector agitó la mano.

—No lo sientas. Como te he dicho, lo entiendo. Yo te he dicho y te he hecho cosas peores.

Jude bajó la mirada. Supo que ambos estaban acordándose de cuando Hector había abandonado a un Jude herido en las ruinas quemadas de Palas Athos. Durante mucho tiempo, Jude pensó que aquel sería el último recuerdo que tendría de Hector.

Pero allí estaban, trabajando juntos, luchando juntos. Y tratando de cerrar esas heridas juntos. La fractura que había sufrido su amistad y los motivos que la habían originado aún se cernían sobre ellos a veces, una grieta que puede que jamás llegaran a reparar del todo.

—Nunca me dijiste por qué volviste —dijo Jude en voz baja, mirando por fin a Hector—. A Kerameikos, después de que te fueras en busca de la Mano Pálida.

Hector se pasó la mano por los labios antes de contestar.

—No lo sé, la verdad. Supongo que me había cansado de buscar, de estar solo… Te echaba de menos.

—Yo también te echaba de menos —confesó Jude. Aún recordaba el gélido terror que lo había invadido cuando había vuelto al Fuerte Kerameikos tras su Año de Reflexión y se había encontrado con que Hector no estaba allí.

Hector le dedicó una ligera sonrisa.

—No de la misma manera en que le echas de menos a él, ¿no? Al Profeta, Anton.

Jude se volvió, mirando hacia el mar. Le dolía incluso oír el sonido de su nombre. Cerró los ojos.

—Estoy teniendo unos sueños… La mitad de las veces no los recuerdo, pero sí lo recuerdo a él. Solo a él.

Pero esa no era toda la verdad. A veces Jude se despertaba y era como si Anton hubiera estado a su lado hasta apenas un segundo antes, con su calor y su olor aún presentes. A veces los sueños eran lentos y agradables, y la dorada luz del atardecer los calentaba mientras se besaban. Otras veces no podía llegar hasta Anton mientras este gritaba su nombre. «Soy yo, estoy aquí. Estoy aquí mismo, Jude». Y entonces Jude se despertaba, furioso y destrozado, completamente seguro de que aquella era la peor de las torturas.

Nunca había sido alguien que durmiera bien, pero ahora era mucho peor. Se quedaba despierto durante días, manteniendo a raya el sueño de cualquier manera para no tener que ver al espectro que lo atormentaba de forma tan dulce. Pero siempre acababa rindiéndose, aterrizando en los brazos de Anton de nuevo porque aquel era su mayor deseo.

—Yo soñaba con mi familia —Hector posó una mano sobre el hombro de Jude—. Con mis padres y mi hermano, cada noche. Si se lo permites, te consumirá por completo.

Jude miró la mano de Hector, recordando los tiempos en los que él había sido el que había intentado consolar a su amigo en vano, con gestos y palabras inútiles.

Se apartó del contacto con un gesto.

—Tal vez debería dejar que me consumiera. A lo mejor me lo merezco.

—No fue culpa tuya.

Pero Hector no lo entendía. No comprendía que Jude no había podido proteger a Anton justo cuando más lo necesitaba.

—Le fallé —dijo Jude de pronto—. Es el Profeta, el que estaba destinado a frenar la Era de la Oscuridad. ¿Cómo vamos a hacer esto sin él? ¿Cómo voy yo a…?

Se calló de golpe, pues sus propias palabras habían dado en el clavo. Jude no sabía si podría vivir así.

—No lo sé —dijo Hector con la mirada fija en él—. Pero tenemos que hacerlo. De la manera que sea.

Hassan pareció angustiado cuando le mostraron el mensaje de Lady Bellrose en la privacidad de su habitación.

—Así que… ¿os dio esto, sin más? —dijo lentamente—. ¿Os estaban esperando…?

—También me dio esto —dijo Jude, asintiendo.

Le entregó el anillo. Hassan lo tomó, examinándolo.

—Es su símbolo, la rosa de los vientos. Lo vi en la Gran Biblioteca cuando encontré el pacto. Si os han dado esto, debe significar que confían en nosotros.

—¿Pero deberíamos confiar nosotros en ellos? —preguntó Hector—. ¿No os parece que todo esto es un poco…?

—¿Qué? ¿Demasiado fácil? —preguntó Hassan.

Hector hizo una mueca.

—Yo no me fiaba de Lady Bellrose al principio —dijo Jude—, pero lo cierto es que nos llevó hasta la Reliquia de la Vista. Y tenía razón sobre el dios y el Hierofante.

Tenía razón sobre tantas cosas…

—Mi padre formaba parte de la orden —dijo Hassan—. Significa que debió de confiar en ella.

Jude lo observó. El que ambos estuvieran de acuerdo era algo que no ocurría a menudo últimamente.

—La ejecución del arconte basileus —continuó Hassan—. Parece la oportunidad perfecta que esperábamos. Yo digo que lo hagamos.

Hector miró a Hassan y luego a Jude de forma pensativa.

—De acuerdo. Si los dos os fiais, yo también lo haré. Lo que sea que nos lleve hasta Palas.

«Y a Beru». No lo dijo en voz alta, pero Jude podía ver las palabras que no había pronunciado en su mirada. No habían hablado mucho sobre todo lo que había ocurrido en Behezda, pero Jude conocía a Hector, y sabía que la chica resucitada le importaba y que quería salvarla.

Cuando se enteró le había extrañado, ya que la última vez que Jude había visto a Hector en Palas Athos, este había intentado matarla. Había estado convencido de que ella era el último presagio de la Era de la Oscuridad. Y había resultado que llevaba razón. Pero en aquel entonces ninguno de ellos sabía exactamente cuán complicadas eran la profecía y su misión.

—Entonces eso significa que tenemos un barco —dijo Hassan extendiendo un dedo—, un plan, o el principio de uno, y aliados. No hay nada que nos detenga ahora. ¿Verdad, Jude?

Jude entendió la mirada de Hassan. No había nada que los detuviera. Y aquello lo aterraba más que nada. Jude se había pasado el último mes y medio pensando en que, si se quedaba en el mismo sitio, Anton lo encontraría. Así que dejar aquella corrupta y horrenda ciudad sería para él lo mismo que abandonar toda esperanza.

Miró a Hassan a los ojos y asintió.

—Así es.

Pero la esperanza y la fe de Jude no se encontraban en Tel Amot. Residían en su interior, e incluso cuando abandonara la ciudad, incluso cuando se subiera a aquel barco para cruzar el mar, irían con él. Su camino lo alejaría de Tel Amot, pero algún día, de alguna manera, lo conduciría de vuelta a Anton.

Tenía que creerlo.

CAPÍTULO CINCO

ANTON

Anton dejó escapar un suspiro de placer al tiempo que Jude se agachaba para besar una peca de su mandíbula.

No sabía cuanto tiempo habían dedicado a aquella exploración lenta, puede que horas, pero de pronto fue consciente de que no debería estar allí. Dejó que Jude lo besara unos segundos más antes de alejarse ligeramente.

—No deberíamos estar haciendo esto —le dijo—. Ni siquiera pretendía venir aquí.

Jude frunció el ceño, incorporándose.

—Aquí, ¿dónde?

Estaban tumbados en la hierba bajo el pabellón de los Jardines Flotantes, vestidos con la ropa que habían llevado a la fiesta de la mujer sin nombre.

—Estás soñando —le explicó Anton—. Esto no es más que un sueño.

Una arruga apareció en el ceño de Jude.

—No puede ser un sueño, no estoy dormido.

—Lo estás —insistió Anton—, pero yo no. Estoy en tu sueño.

—Eso no tiene sentido.

Habían tenido aquella conversación con anterioridad, tantas veces que había perdido la cuenta desde que Anton había aprendido a caminar entre sueños. A veces Jude parecía olvidar que llevaban dos meses separados, desde Behezda. Otras veces sí lo recordaba, aferrándose a Anton y suplicando su perdón sin soltarlo.

Pero la mayoría de las veces, Anton ni siquiera intentaba explicárselo, sino que dejaba que el sueño ocurriera sin más.

No sabía si aquellas visitas nocturnas hacían que la situación fuera más fácil o más difícil. Pero no estaba seguro de que le importase, no lo suficiente como para parar.

Anton se llevó las rodillas al pecho.

—Sé que no tiene sentido, pero… No soy lo suficientemente fuerte como para mantenerme alejado.

Jude le sonrió entonces.

—¿Y por qué querrías mantenerte alejado?

—Porque… esto solo hace que sea más difícil —le dijo.

—¿El qué? —preguntó Jude, con un atisbo de preocupación asomándose a su voz.

Anton alzó la mano y le pasó los dedos por el pelo a Jude, apartándolo de su frente.

—Estar alejado de ti.

—Pero no estás alejado; estamos aquí, juntos.

Anton dejó escapar un suspiro y apoyó la cabeza en el hombro de Jude.

—Tienes razón —dijo, con la voz amortiguada contra su hombro—. Por supuesto que tienes razón, no me hagas caso.

Jude se rio, y el sonido le desgarró el pecho a Anton.

Anton abrió los ojos ante las primeras luces del amanecer sobre la estepa, con la risa de Jude aún resonando en su interior.

La Vagabunda y él debían ponerse en marcha antes de que el sol saliera por completo. Sabía que lo más probable era que ella ya lo estuviera esperando. Aun así se quedó allí tendido, imaginando que aún podía oír la respiración de Jude junto a él igual que lo había hecho cada noche que habían pasado en las montañas en Kerameikos. Puede que Jude también estuviera despierto en aquel momento, contemplando su propio trocito de cielo a medida que las estrellas desaparecían con los primeros rayos del sol.

Anton sintió de nuevo aquel deseo contra el que llevaba luchando dos meses: el de ir a un estanque de adivinación, lanzar una piedra y susurrarle a las ondas del agua el nombre de Jude Weatherbourne. El deseo de saber dónde estaba, de verlo en un mapa y poder recorrer con los dedos la distancia que los separaba. Pero entonces la tentación sería demasiado grande como para ignorarla. Debía estar concentrado en el trayecto y en la tarea imposible que se le había presentado.

Cuando ya no pudo retrasarlo más, se levantó para vestirse. Estaba poniéndose el gastado cuero de montar y la áspera camisa cuando la lona de su tienda se abrió, y sintió la presencia de un *esha* que ya le era familiar.

—¿Tan tarde llego al desayuno, que vienes tú misma a por mí? —preguntó, volviéndose hacia la Vagabunda.

—Necesitas reponer fuerzas —le dijo—. Hoy atravesaremos el Paso de la Nieve Oscura.

Una vez que estuvieran al otro lado llegarían al golfo de Tarsépolis, donde un barco los esperaba para cruzar el Pélagos y llevarlos de vuelta a Kerameikos, el antiguo fuerte de la Orden de la Última Luz. Anton no estaba demasiado entusiasmado por volver allí, pero era un lugar clave para su plan.

Anton siguió a la Vagabunda al exterior, y se encaminaron al lugar de donde provenía el aroma de carne cocinándose. Ziga y Tomo le hicieron un gesto a Anton para que se acercara a la hoguera. Ambos, junto a otros tres miembros de las tribus Inshuu, habían accedido a guiar a Anton y a la Vagabunda a través de la estepa Inshuu.

Tras la destrucción de Behezda, cuando la Vagabunda había encontrado a Anton entre los escombros de la tumba, habían navegado a través del Río de la Misericordia hacia la estepa Inshuu, donde se habían refugiado en un lugar que Anton creía que solo existía en los cuentos y en las leyendas.

La Ciudad Errante.

Mientras que tan solo había Seis Ciudades Proféticas, aquel lugar pertenecía a la Vagabunda. Allí era donde se había ocultado cuando los demás Profetas se volvieron en su contra. Palas se había asegurado de que ningún monumento fuera erigido en su honor ni ninguna ciudad llevara su nombre. Pero existía esto: una ciudad que no era una ciudad, que habitaba en los corazones y las mentes de miles de tribus diferentes de la estepa Inshuu, y que iba allá donde fueran ellas. Una ciudad que solo aparecía cuando se lo pedían a la estepa.

Habían pasado siglos desde la última vez que la Ciudad Errante se había manifestado. Hasta entonces no la habían necesitado. No hasta la destrucción de Behezda y la resurrección del dios de la antigüedad. La Era de la Oscuridad.

Anton también la había necesitado. La Ciudad Errante le había proporcionado cobijo, le había dado un lugar donde recobrar sus fuerzas durante dos meses, y gracias a eso la Vagabunda había cumplido con su palabra y había enseñado a Anton a usar sus poderes como Profeta.

Su primera lección había sido necesaria: aprender a ocultar su *esha* de cualquiera que quisiera usar la adivinación para encontrarlo. Los había mantenido a salvo de Palas durante los últimos dos meses, y de cualquiera que intentara dar con él.

—¿Qué vaticinan los Profetas? —preguntó Ziga, entregándole a Anton un cuenco mientras se sentaba junto al calor del fuego—. ¿Caerán las primeras nieves hoy?

—En realidad no funciona así —dijo Anton, tomando un poco de las gachas de arroz.

—Bueno, tenía que intentarlo —dijo Ziga.

Anton se moría de ganas por llegar a Kerameikos, pero una parte de él echaría de menos la estepa. El cielo sobre su cabeza, el rimo de la vida errante, e incluso aquella gente que, a pesar de su inicial reticencia, había empezado a importarle.

Ilya le había contado una vez que su madre había sido una hija de la estepa, descendiente de las tribus que habían desaparecido cuando el imperio novogardiano brillaba en todo su esplendor. No sabía si era realmente cierto, si de verdad aquella gente eran sus familiares lejanos y una parte de él podía reconocerlos. Una gran porción de su pasado era un misterio para él, ya que su abuela tan solo le había hablado del Emperador Vasili y del legado que había guiado sus vidas.

El hecho de pensar en su hermano Ilya hizo que se le encogiera el estómago, y el hambre se le quitó de golpe. Ilya estaba a un mundo de distancia en Palas Athos, probablemente ganándose de nuevo el favor de Palas como la serpiente que era.

Y Palas era otro problema que requería solución. Mientras Anton se volvía cada vez más fuerte y aprendía a controlar su Gracia en la estepa Inshuu, Palas usaba el control que tenía sobre el dios y sobre Beru para someter al mundo a su voluntad.

Pero cuando le había hablado sobre ello a la Vagabunda, esta le había dicho que se centrara en su misión: ir a Kerameikos.

—Déjame lo demás a mí —le había dicho—. Bueno, a mí no. Pero tengo a mis mejores hombres trabajando en ello.

Probablemente otros miembros de la Rosa Extraviada, lo cual era bueno: podrían mantener a Beru a salvo, y al dios encerrado hasta que Anton consiguiera el arma que iba a necesitar para matarlo.

—¿Qué tal has dormido? —le preguntó Tomo a su lado, un tono de voz suave.

La suave risa de Jude resonó en su interior de nuevo, y Anton sintió que se ponía rojo.

—Claro. Quiero decir… Sí, he dormido bien.

La Vagabunda se inclinó hacia él.

—No te distraigas ahora, Anton.

Anton apartó la mirada. Siempre sabía cuando había estado caminando entre sueños.

Una semana después de que llegaran a la Ciudad Errante, Anton había acudido a ella y le había pedido que lo ayudara a caminar en los sueños de otros, igual que ella había hecho al entrar en el suyo. Solo le habían bastado unos minutos para averiguar por qué quería aprender, y dos días más para que Anton pudiera convencerla.

Ella sabía lo que quería hacer: decirle a Jude dónde estaban. Pero le había explicado con delicadeza que una vez que Anton supiera toda la verdad, una vez que comprendiera lo que tenía planeado enseñarle, no querría a Jude allí. Anton no le había creído. Desde aquel día en el faro, no había imaginado la posibilidad de hacer todo aquello ni de ser el Profeta sin Jude a su lado.

Pero ahora comprendía que la única manera de que Jude estuviera a salvo era mantenerlo alejado.

—No has cambiado de parecer, ¿verdad? —le preguntó la Vagabunda.

Anton negó con la cabeza. No le diría a Jude a dónde se dirigían, por mucho que quisiera hacerlo. Aun así, Anton había aprendido a caminar entre sueños, pero solo para hacerle saber a Jude que estaba a salvo. Sin embargo, aquellos intentos se habían terminado convirtiendo en visitas casi diarias en las que Anton se permitía perderse en la cercanía de Jude, solo para despertar echándolo aún más de menos.

Era un sentimiento nuevo para él, echar de menos a alguien de aquella manera. Se había protegido contra ello durante tanto tiempo que no podía evitar estar enfadado consigo mismo y con Jude. Por haber penetrado entre las murallas que se erigían alrededor de su corazón y haber causado grietas en ellas.

—Ya sabes cómo terminó todo eso para mí —le dijo la Vagabunda a Anton.

—¿Caminar entre los sueños? —preguntó, fingiendo que no sabía a qué se refería en realidad.

Le dedicó una sonrisa benévola.

—Lo otro.

Estaba hablando del amor.

Y sí que sabía lo que había ocurrido. Lo sabía porque ella se lo había mostrado. Su tercera y más importante lección había sido la de ser capaz de escrutar el pasado, de ver con sus propios ojos quiénes eran los Siete Profetas, y los errores que habían cometido.

La Vagabunda le había enseñado todo lo que él había querido saber, pero las respuestas del pasado no habían resultado ser las que él quería.

—No dejaré que me pase lo mismo —dijo Anton con determinación.

Haría todo lo que estuviera en su poder por no dejar que la historia se repitiera. Esa era la razón de aquel viaje; el motivo por el que iban a dejar atrás la Ciudad Errante y despedirse de aquella gente que les había dado cobijo. Y por el que iban a recorrer medio mundo hasta llegar a Kerameikos. Para encontrar a las únicas personas que sabían cómo derrotar al dios.

ANTES

Los colores brillaban en el cielo. Luces doradas, rosas y violetas que parecían perseguirse entre sí a través de las estrellas y hacían que el aire latiera a su ritmo.

Entonces, mientras Palas observaba desde los escalones del Templo del Santo Creador, seis gotas de luz cayeron a la tierra. Solo Palas podía escuchar las palabras que resonaban provenientes del cielo: un mensaje del Creador.

—ASÍ COMO HABÍA UN PROFETA PARA TRANSMITIR MI MENSAJE, AHORA SERÁN SIETE. SIETE PROFETAS QUE ESCUCHARÁN MIS PALABRAS, ELEGIDOS POR SUS VIRTUDES. NAZIRAH LA SABIA. KERIC EL CARITATIVO. ENDARRA LA BELLA. BEHEZDA LA MISERICORDIOSA. TARSEIS EL JUSTO. Y ANANKE LA VALIENTE.

Palas entró al templo y encendió una vela en el altar.

—Santo Creador —dijo—. He sido tu fiel y obediente sirviente. He difundido tu mensaje entre la gente, he hecho que se erigieran templos en tu nombre… ¿Por qué me desprecias ahora? ¿Por qué has creado más Profetas?

Las sombras titilaron en el altar.

—Respóndeme, Santísimo —imploró Palas—. Dime cómo te he contrariado.

Un feroz viento sopló en el santuario, y la llama de la vela ardió con más fuerza.

El dios contestó, mas no con palabras. Su respuesta llegó a través de las vibraciones del *esha*, y Palas supo que lo había enfurecido. Había sido insolente.

Palas agachó la cabeza.

—Suplico tu perdón, Santísimo.

Tuvo una visión entonces: se vio a sí mismo, despojado de su poder. Sin poder oír las divinas palabras de su dios, sordo ante el *esha* del mundo.

Palas se estremeció.

—No soy digno de tus divinas palabras. Pero te lo ruego… déjame seguir siendo tu fiel sirviente. Jamás volveré a cuestionar tu voluntad.

Las sombras se aplacaron, volviendo lentamente hacia la oscuridad.

Los seis nuevos Profetas se encontraban en el Templo del Santo Creador ante el Profeta Palas.

Todos en el Pélagos y más allá de sus confines conocían a Palas el Fiel, la única persona que podía escuchar la palabra del dios Creador… Hasta ese momento.

—Habéis sido escogidos —le dijo a los nuevos Profetas—. Como el primero y más fiel de los Profetas, es mi deber enseñaros cómo llevar a cabo la voluntad del dios Creador. Servimos a nuestro dios, no a los hombres. Y por esa razón debemos renunciar a toda lealtad para con nuestros reyes y reinas y a los lazos que nos unen a nuestras tribus y familias. Tales vínculos solo nublarían nuestra fe, y no seríamos aptos para transmitir el divino mensaje.

La Profeta Ananke alzó la mirada hacia Palas.

—¿Y qué hay del amor?

—Amor… —repitió Palas con desdén—. Nuestro corazón pertenece a nuestro Creador. Es el único amor que importa.

Ananke la Valiente prestó atención a las palabras de Palas, pero no las acató. Estaba enamorada desde su juventud de una chica llamada Temara cuya belleza y habilidad con la espada eran reconocidas por todos. Temara se unió a la Orden de Ananke y se convirtió en una de sus acólitos para estar junto a ella.

Palas había prohibido esa relación, así que la mantuvieron en secreto.

Durante seis años, los Siete Profetas sirvieron al dios Creador, recibiendo sus visiones y compartiéndolas con la gente, a quienes guiaban hacia su destino. Como signo de su devoción por el dios, cada solsticio de verano uno de los Profetas debía escoger una vida y sacrificarla ante el Creador.

En el séptimo año, Palas debía escoger el sacrificio.

Los Siete Profetas y sus acólitos se reunieron en el Templo del Santo Creador. Palas se arrodilló en el altar.

—Santo Creador, humildemente te ofrecemos a uno de los nuestros. Te ofrecemos la vida de un mortal como prueba de nuestra devoción hacia ti. Nuestra vida te pertenece… así como nuestro corazón.

Fue en ese momento cuando Ananke supo lo que Palas pretendía hacer.

—Santísimo, la vida de Temara, acólita de Ananke la Valiente, es tuya.

De entre la multitud surgieron tres acólitos de Palas con Temara entre ellos y la guiaron hacia el altar. Temara llevaba la espada en su cadera, pero no opuso resistencia.

Ananke, sin embargo, sí lo hizo; saltó hacia el altar y desenvainó la espada de su amada. Se colocó entre Temara y Palas, esgrimiendo la espada.

Mientras se encontraba allí, con el filo de la espada contra la garganta de Palas, un estruendoso rugido se alzó, y el cielo se abrió en dos.

—Escoge a otra —exigió—. No puedes arrebatármela, escoge a otra.

—¿Osas desafiarme? —susurró Palas—. ¿Desafiar al Creador?

—Lo hago —dijo Ananke—. De buena gana escupiría ante el santo altar antes de herir a aquella a la que amo. Prefiero que el Creador me condene a una eternidad de sufrimiento antes que verla sufrir.

—Esto era una prueba de tu fe, Ananke —dijo Palas—. Y has fallado.

—Entonces que el Santísimo me ajusticie —respondió.

Más truenos resonaron en el cielo, pero Ananke no vaciló. Se volvió hacia Temara.

—¿Vendrás conmigo?

Temara no respondió, pero tomó la espada de las manos de Ananke, y con la fuerza por la que era conocida, se abrió paso a través del templo hacia la tormenta que rugía fuera.

Temara y Ananke corrieron hasta el mismísimo fin del mundo, a una tierra formada por erupciones de fuego y antiguos glaciares. Una tierra tan extraña y remota que hasta el mismísimo dios se había olvidado de su existencia.

Se escondieron durante once meses. Ananke no se atrevió a usar sus poderes por temor a que los otros la encontraran. Pero por las noches soñaba con la destrucción que había ocasionado en el resto del mundo: incendios, plagas y hambruna asolaban el Pélagos. Palas y los otros Profetas sacrificaron uno, cinco, y hasta una decena de acólitos, mas no sirvió para apaciguar al dios. El desafío de Ananke había alterado la balanza entre el dios y sus creaciones.

La culpa las carcomía a ambas.

—¿Merece la pena todo esto? —le preguntó Temara una noche, cuando Ananke despertó de otro de sus sueños.

—Para mí, sí —respondió Ananke, besándole la palma de la mano—. Antes de que el Santo Creador me invocara, era tuya. Y tú eras mía.

Pero, en medio de su silencio, la culpa crecía en ellas.

Entonces, en el duodécimo mes de su exilio, Ananke y Temara fueron halladas.

CAPÍTULO SEIS

EPHYRA

La oferta de Palas se cernía sobre Ephyra, como un fantasma que atormentaba cada momento de su aislamiento. Durante seis días no había hecho nada más excepto mirar las paredes y pensar cómo podía hacerle llegar un mensaje a Beru. Los sirvientes le traían comida dos veces al día, y cada noche un Testigo la visitaba y le hacía la misma pregunta: «¿Te convertirás en el verdugo del Hierofante?».

Y cada vez, Ephyra les daba la misma respuesta.

Aquella noche la visitó una mujer apenas unos años mayor que Ephyra, con facciones afiladas y una mirada intensa.

—Quiero ver a Beru —le dijo Ephyra.

—Muy bien —respondió la Testigo—. Ya sabes lo que debes decir, y yo misma te llevaré hasta ella.

—Llévame con ella, y entonces me lo pensaré —le dijo Ephyra a modo de contraoferta.

La Testigo esbozó una débil sonrisa.

—Probaremos de nuevo mañana.

Se volvió para salir de la habitación.

—¡Espera! —le dijo Ephyra sin pensar.

La Testigo se quedó donde estaba, expectante.

Ephyra tragó saliva. Echaba de menos a Beru cada minuto del día, y odiaba estar a solas. Siempre lo había odiado. Y después de seis días de soledad lo único que quería era echar abajo las paredes.

La oferta de Palas se le antojaba una mofa. De solo pensar en usar su Gracia para matar a su voluntad se le revolvía el estómago. ¿Pero qué diferencia había realmente? Si Palas quería ejecutar a alguien, la persona acabaría muriendo, ya fuera a manos de Ephyra o de otro. Y de todas formas no era que tuviera las manos limpias, precisamente. ¿Qué más daban unas cuantas muertes más en su conciencia?

Por fin, miró a la Testigo a la cara.

—¿Podrías traerme algo más de leña? Me estoy congelando.

La Testigo entrecerró los ojos, molesta, antes de volverse y salir de allí sin una palabra más.

—¡Me lo tomaré como un «no»! —le dijo Ephyra mientras la puerta se cerraba con un chasquido, dejándola encerrada de nuevo.

Se dejó caer contra el borde de la cama con un escalofrío; no había mentido sobre el frío que hacía. El verano se había transformado con rapidez en otoño, y las antes agradables noches habían dado paso a un frío que le calaba hasta los huesos.

Con un suspiro, se levantó, fue hasta la chimenea y apartó las cenizas del fuego de la noche anterior. Había algo arrugado entre ellas, y le llevó un momento darse cuenta de que no eran los restos de las brasas. Era un trozo de papel alargado.

Ephyra se quedó petrificada, el corazón le latía desbocado en la garganta. Era un mensaje de Beru, tenía que serlo.

Tomó el papel con las manos temblorosas, pero en cuanto lo desenrolló supo que otra persona lo había dejado. Aquel mensaje estaba codificado exactamente de la misma manera que lo había estado la ubicación del Cáliz de Eleazar. Y la única persona que conocía ese código era Ilya.

En algún lugar de su mente fue consciente de que había estado esperando que Ilya contactara con ella después de la extraña reunión con el Hierofante. Ephyra había intentado olvidar aquella conversación, pero en los últimos seis días había vuelto a repasarla en su mente una y otra vez.

No podía negar lo que había ocurrido: Ilya le había mentido descaradamente al Hierofante. Había afirmado que Ephyra no sabía cómo usar su Gracia para curar, pero él era la prueba viviente de que eso no era cierto. Se le ocurrían tres posibilidades.

La primera, que por alguna razón Ilya no quisiera que el Hierofante supiera que Ephyra podía curar.

La segunda, que Ilya lo hubiera hecho sabiendo que Ephyra sabría que mentía, como un mensaje para ella. Aunque Ephyra se odiaba solo por considerar qué tipo de mensaje podría ser. Se sentía como una necia mientras pensaba en la posibilidad de que Ilya estuviera intentando decirle que estaba realmente de su parte y que siempre lo había estado, o algo igual de estúpido.

Y luego había una tercera posibilidad, la más creíble: que fuera una trampa. Que estuviera engañándola para que confiara en él.

Recordó de nuevo cómo la había tocado, el leve roce de su pulgar contra su muñeca. Casi podía haber sido un accidente… pero estaba segura de que no lo había sido. De lo que no estaba segura era de qué significaba.

Y ahora esto, un mensaje codificado que solo ellos dos podrían descifrar.

Maldiciéndose a sí misma buscó en su habitación algo que Ilya pudiera haber usado para el código. Había unas gruesas velas en la mesa junto a la cama. Probablemente iguales a las que habría en cada habitación de la residencia. Tomó una y enrolló el papel alrededor de la vela, alineando los bordes hasta que las letras tuvieron sentido.

«Ve al tejado».

Alzó la mirada hacia el techo. Aquel mensaje y el hecho de que Ilya lo hubiera dejado en la chimenea solo podían significar una cosa: sabía que Ephyra había hallado la forma de escapar de su habitación.

Y al parecer aún no la había delatado al Hierofante.

Miró de nuevo la nota. No podía confiar en él, y lo sabía. Rompió el papel hasta hacerlo añicos y volvió a dejarlo en la chimenea.

No quería caer en otra de las trampas de Ilya, pero estaba cansada de estar en su habitación, de no hacer nada. Y no podía negar que sentía curiosidad.

Con cuidado de no alertar al guarda apostado en la puerta, fue hasta la chimenea y se subió en la rejilla. Untándose las manos de ceniza para secarlas, escaló la chimenea hasta salir al cielo nocturno. Aquello le recordó que, cuando era la Mano Pálida, había acechado a sus víctimas recorriendo las calles de la ciudad en la que Beru y ella se encontraran. Casi lo echaba de menos.

Ilya ya estaba allí arriba, observando cómo emergía del conducto hasta sentarse en el borde.

—Te has tomado tu tiempo —comentó mientras se levantaba, ya en el tejado—. ¿Es cosa de familia? Llevo horas esperando.

En ese momento deseó haberlo hecho esperar aún más. Se limpió los restos de ceniza en los pantalones para no permitirse mirar cómo la luz de la luna iluminaba los elegantes rasgos de Ilya, ni cómo el aire marino acariciaba su pelo dorado. Incluso con el rostro retorcido por la irritación, era increíblemente atractivo.

Con un gesto brusco lo llevó donde el frontón pudiera taparlos en caso de que alguien echara un vistazo hacia el tejado.

Por desgracia, aquel escondite los obligaba a estar cerca, mucho más de lo que Ephyra hubiera deseado. Tanto, que podía sentir el calor que emanaba de él.

—Habla —le dijo. Cuanto antes le explicara qué pretendía, antes podría alejarse de él.

—Tengo un plan para sacarte de aquí.

Ella lo miró desconcertada.

—¿Qué?

—Bueno, debería decir que *tenemos* un plan. Beru y yo —añadió.

Cualquier pensamiento que se le hubiera pasado por la cabeza se esfumó en ese momento.

—¿Mi *hermana*, Beru?

Ilya puso los ojos en blanco.

—Obviamente.

—¿Qué haces planeando nada con ella? ¿Qué haces dirigiéndole siquiera la palabra? Tú… mantente alejado de ella, o te juro que…

No se percató de lo mucho que se había acercado a Ilya hasta que la agarró de la muñeca, interrumpiéndola. El pulso se le aceleró ante el contacto de su pulgar. Podía sentir su respiración en la mejilla.

Ilya no pareció darse cuenta.

—¿De verdad crees que soy una amenaza para una chica con un dios todopoderoso en su interior? Debes tener en alta estima mis capacidades.

Ephyra se soltó de un tirón, fulminándolo con la mirada.

—No hables de tus *capacidades* y de mi hermana en la misma conversación. De hecho, no hables de mi hermana, ni le hables a mi hermana, nunca más.

Él resopló, indignado.

—Está preocupada por ti.

La idea de Beru contándole aquello a Ilya hizo que le hirviera la sangre, y tuvo que contenerse para no empujarlo por el borde del tejado.

—Mira, no tenemos mucho tiempo —dijo Ilya, contemplándola fijamente—. Tienes que aceptar la oferta del Hierofante, solo entonces podré sacarte de aquí.

En ese momento todo cobró sentido. Eso era lo que andaba buscando.

Sus sospechas habían dado en el clavo, y todo aquello no era más que una argucia para que accediera. Palas debía de estar impacientándose. Una parte de ella casi se alegraba de que Ilya estuviera tratando de engañarla de nuevo, porque al menos ahora lo había visto venir.

—Ah, claro —dijo, dándose la vuelta de pronto para desandar el camino hasta la chimenea.

—No me crees, ¿no? —le preguntó, siguiéndola.

—¿No te vas a cansar nunca de preguntar eso? —replicó.

—Si quieres volver a tu habitación para quedarte sentada sin hacer nada, adelante —le dijo Ilya a su espalda—. Pero no te estoy mintiendo.

Ephyra paró en seco.

—Demuéstralo —se dio la vuelta de nuevo hacia él—. Llévame a ver a Beru.

Una brisa sopló entre ellos, agitando el pelo de Ephyra y la chaqueta de Ilya. Las sombras de su rostro se movieron cuando bajó la mirada.

—No puedo —admitió al fin—. Es demasiado peligroso.

—Justo lo que pensaba —dijo Ephyra—. Todo palabrería, pero cuando hay un riesgo real, cuando tienes que jugártela de verdad…

—Peligroso para ti —la interrumpió—. Y para tu hermana.

—Claro que sí —respondió Ephyra, dándose la vuelta y metiendo un pie en el interior de la chimenea.

—¿Para qué has venido aquí, si creías que estaba mintiendo? —le preguntó—. ¿Si no pensabas que había ni la más remota posibilidad de que estuviera de tu parte?

Porque soy una idiota, pensó con amargura. Porque aún recordaba sus besos, lo mucho que le habían gustado. Aún recordaba esas semanas en las que él había sido la única persona que no la había abandonado. Y aun después de que le hubiera robado el Cáliz, ella había seguido queriendo salvarlo. Incluso ahora, incluso después de que la hubiera traicionado otra vez, quería creer que todo aquello había significado algo para él. Que ella significaba algo para él.

Pero prefería estar encerrada en su habitación el resto de su vida antes que admitir todo aquello. Así que, sin responderle, se descolgó por el hueco de la chimenea y lo dejó solo.

Ephyra no se atrevió a subir al tejado la noche siguiente, en caso de que Ilya estuviera esperándola allí. Se quedó en su habitación, furiosa y recordando todo lo que él le había dicho. ¿Habría cometido un error al decirle que no? ¿Habría perdido la única oportunidad para escapar de Palas?

La puerta de su habitación se abrió de pronto, interrumpiendo aquellos repetitivos pensamientos. Se levantó de un salto cuando un Testigo entró.

—Vamos —le dijo el Testigo con una expresión inescrutable—. Has sido convocada.

Era bastante tarde para que el Hierofante la requiriera, pero no tenía la menor idea de si él dormía siquiera como los seres humanos normales. Y, además, suponía que se estaría impacientando. Tal vez pensara que podría pillarla desprevenida para que accediera a ser su verdugo.

Una parte de ella se preguntaba si podría ser cierto.

Doblaron una esquina del pasillo, y el alma se le cayó a los pies cuando Ephyra vio a Ilya allí plantado.

—Ya me encargo yo —le dijo Ilya al Testigo.

El Testigo dudó.

—Créeme —le aseguró Ilya—. No quieres molestarlo ahora mismo.

El Testigo finalmente accedió de mala gana, entregándole a Ephyra y volviendo sobre sus pasos. Ephyra esperó a que estuviera lo suficientemente lejos antes de volverse hacia Ilya.

—¿Qué narices estás haciendo? —le exigió.

—Espera un momento —le dijo, tomándola de la muñeca y arrastrándola por el pasillo que había tras él.

Demasiado sorprendida para hacer nada más, Ephyra lo siguió.

—El Hierofante no me ha convocado realmente, ¿no?

—Claro que no —respondió él, empujando una puerta que los guio hasta un patio—. Necesitaba estar a solas contigo, y me pareció la manera más rápida.

Ephyra sintió un escalofrío, y se dijo que seguramente se debería a la brisa de la noche. La piel de su muñeca estaba caliente bajo el contacto de los largos dedos de Ilya.

—¿Esta es tu idea de un paseo romántico a la luz de la luna?

Ilya la miró con un atisbo de sonrisa, y siguió avanzando hasta que se metieron entre un arbusto y una pared.

—Ya hemos llegado.

—¿Me vas a decir ya por qué me has arrastrado entre los arbustos? —le preguntó, apoyándose contra la pared.

—Espera un poco.

Oyó el sonido del agua de una de las habitaciones que había por encima de las plantas, y entonces una de las ventanas se abrió.

Ephyra se sobresaltó, segura de que estaban a punto de pillarlos, pero Ilya tenía una expresión totalmente despreocupada.

—Te estoy inmensamente agradecido por haber sido puntual por una vez en tu vida —dijo Ilya irónicamente.

Beru se dejó caer entre ambos.

—Discúlpeme, su alteza, ¿le estoy quitando tiempo para ensayar sus comentarios mordaces o…? ¿Ephyra?

Ephyra miró a su hermana, ambas igualmente perplejas de ver a la otra.

Beru se recuperó antes de la sorpresa, lanzándose hacia ella y envolviéndola en un abrazo.

—¡Estás bien!

—Os dejaré a solas para que habléis —les dijo Ilya.

Ephyra lo oyó alejarse, pero solo podía centrar su atención en Beru y su abrazo.

—Estaba muy preocupada —dijo Beru, aún apoyada contra el hombro de Ephyra—. No sabía por qué de pronto no me dejaban verte, no sabía qué te habían hecho. Y entonces Ilya me lo contó…

—Ilya —repitió Ephyra, echándose hacia atrás—. ¿De verdad estáis trabajando juntos?

Beru asintió.

—¿Por qué? ¿Y *cómo*?

—Es un poco largo de explicar —dijo Beru de forma evasiva—. Sé que piensas que no puedes fiarte de él, pero…

—¡Porque no puedes! —le aseguró Ephyra—. Sea lo que fuere lo que te haya dicho para que confiaras en él, es mentira.

—No me ha dicho nada —le respondió Beru—. Se ha arriesgado mucho para reunirse conmigo, y trayéndote aquí esta noche. Y si aún no te fías de él, confía al menos en mí. Tenemos un plan para sacarte de aquí.

—¿Sacarme…? —preguntó Ephyra sin podérselo creer—. Beru, no puedo irme sin ti.

—Tienes que hacerlo —le dijo con firmeza—. ¿No lo entiendes? Si te vas, el Hierofante no podrá usarte contra mí.

Ephyra no era idiota, sabía que lo que Beru estaba diciendo tenía sentido. Pero la idea de escapar y dejar allí a Beru solo hacía que le dieran ganas de reducirlo todo a cenizas.

—No me iré sin ti —dijo—. O nos vamos ambas, o me quedo.

Beru desvió la mirada mientras la tristeza transformaba su rostro.

—Deberías haberme dejado ir —dijo, con la voz quebrada—. ¿Por qué no podías dejarme ir?

¿Se refería en la Puerta Roja…? ¿O tras haber matado a Hector? ¿O tal vez aludía a la primera vez, en Medea, cuando se había despertado y había encontrado a Beru sin vida a su lado?

—Escúchame —Ephyra agarró a Beru por los hombros—. Nunca perderé la esperanza en ti. *Jamás.*

Beru temblaba bajo sus manos, y unas lágrimas asomaron a sus ojos.

—Encontraremos la manera, ¿vale? —le dijo Ephyra—. Como siempre.

Beru cerró los ojos al tiempo que se le escapaban más lágrimas.

—Tengo que volver, o se dará cuenta de que no estoy.

Ephyra sabía que se refería al Testigo de las cicatrices, Lazaros. Tragó con fuerza y envolvió a Beru en un nuevo abrazo, sin saber cuándo volvería a verla.

Beru se separó de ella lentamente, limpiándose las lágrimas.

—Al menos considera el plan… Por favor.

Observó a Ephyra con los ojos brillantes por las lágrimas. Ephyra guardó silencio, y finalmente, Beru negó con la cabeza con tristeza antes de volverse y comenzar a escalar otra vez hacia la ventana.

Ephyra cerró los ojos, haciendo una mueca cuando escuchó que se cerraba. Se quedó tras los arbustos un momento, limpiándose las lágrimas antes de salir de nuevo. Ilya la esperaba al otro lado, apoyado en una columna con los brazos cruzados sobre el pecho.

—¿Y bien? —le preguntó cuando se acercó a él—. ¿Me crees ahora?

Ephyra no le contestó y se limitó a entrar. Él se apresuró a ponerse a su lado, y recorrió el pasillo que llevaba a su cuarto.

Ilya había hecho exactamente lo que le había pedido, la había llevado a que viera a Beru. Por alguna razón, Beru estaba totalmente segura de las intenciones de Ilya, tanto que Ephyra sintió cómo la duda afloraba en su interior.

De las dos, a Beru siempre se le había dado mejor juzgar a la gente. Ephyra siempre asumía lo peor de todos, pero Beru era imparcial. Veía lo bueno de las personas, o más bien la verdad: sus intenciones, lo que las motivaba...

Cuando eran niñas, Ephyra había dejado que Beru se encargara de tratar con la gente. La noche en que había llevado a Anton a su guarida en Palas Athos, tantos meses atrás, había sido Beru la que lo había convencido de que las ayudara.

Quizá, de alguna manera, había hecho lo mismo con Ilya. Tal vez había encontrado la manera de ganárselo. Ilya ansiaba el poder, y Beru era poderosa. Más incluso que Palas. Y más que Ephyra.

—¿Por qué me dijiste que aceptara ser el verdugo de Palas? —le preguntó entonces, ignorando lo que Ilya le había preguntado.

Aquello pareció pillarlo por sorpresa. En lugar de responder, la tomó de la muñeca y tocó las cadenas que la rodeaban.

Lo entendió entonces. Si accedía a ser su verdugo, Palas tendría que quitarle los grilletes, aunque fuera por un momento. Podría usar su poder.

—No puedo matarlo —dijo Ephyra—. A Palas. Si lo mato, el sello se romperá y Beru...

—Lo sé —respondió Ilya—. Tengo otra idea.

—¿De verdad tienes un plan? —le preguntó Ephyra con cautela—. ¿Una manera de sacarme de aquí?

Ilya asintió, con sus ojos dorados puestos en ella. Sus manos aún estaban sobre la cadena, pero no sobre la piel debajo de estas.

Respiró hondo, recuperando la compostura.

—Entonces, está bien. Cuando Palas me convoque de nuevo, aceptaré ser su verdugo. Pero el plan… Tienes que sacarnos a Beru y a mí de aquí. Si no, no lo haré.

Esperaba una protesta, que le dijera que no podría ser, que era demasiado arriesgado.

Pero él se limitó a soltarle la mano y agachó la cabeza, sin rastro alguno de sorpresa.

—De acuerdo.

Llegaron por fin a su habitación, pero en lugar de abrir la puerta, Ephyra se volvió hacia él de nuevo.

—¿Qué te ha ofrecido?

—¿Cómo dices?

—Tú no te jugarías el pellejo de esta manera —le dijo—. A no ser que hubiera una recompensa lo suficientemente grande. Así que, ¿qué te ha prometido a cambio?

Vio cómo su garganta se movía al tragar saliva, y su mirada se ensombreció con algo parecido a la culpa o al arrepentimiento.

—Es la Gracia, ¿no es cierto? —dijo lentamente—. Te dará la Gracia de alguien si nos ayudas.

La mandíbula de él se tensó.

—Buenas noches, Ephyra.

Se dio la vuelta y la dejó allí, plantada en el pasillo.

CAPÍTULO SIETE

ANTON

El sueño llegó hasta él a trozos, fracturado.

Jude de rodillas en una habitación extraña, con el rostro repleto de moratones y cortes recientes.

El sabor de la sangre en su boca y el acelerado ritmo de la respiración de Jude penetrando en sus pulmones.

Una voz atravesando el aire, como el viento moviéndose entre las hojas muertas.

—¿Dónde está el Profeta?

Jude no respondió, así que alguien le propinó un golpe en la cara, haciéndole girar el cuello dolorosamente hacia un lado. Su mirada era desafiante a pesar del hilo de sangre que se deslizó por la comisura de sus labios.

—No dudaré en matarte si no me das lo que quiero, Capitán Weatherbourne —dijo la misma voz, burlándose—. ¿Dónde está el Profeta?

Anton se despertó enredado entre las sábanas, con la camiseta pegada a la espalda debido al sudor frío.

Apartó las sábanas de una patada y se levantó trastabillando. La habitación entera pareció moverse con él. Tras un momento de desorientación en la oscuridad, recordó que estaba en el barco de la Vagabunda. Anton se balanceó, y sintió náuseas.

Necesitaba tomar el aire.

Abrió la puerta de su cabina de un tirón y se tambaleó hacia el pasillo.

—¿Anton?

Vio una luz que brillaba tras él y entonces encontró a la Vagabunda en la puerta de su propia cabina. Ataviada con un camisón y el pelo recogido en una simple trenza que le caía por un hombro, parecía más humana que nunca.

—¿Ocurre algo? —preguntó.

—Una pesadilla —dijo, pasándose la mano por la cara.

Aún sentía el sueño aferrado a él con sus gélidas garras, y un escalofrío lo recorrió. No parecía una pesadilla. Parecía… real.

Respiró hondo para tratar de concentrarse.

—¿Cómo distingues entre una visión y un sueño?

Los ojos oscuros de la mujer se toparon con los de Anton.

—¿Crees que has tenido una visión?

Asintió.

—Ya me ha pasado antes. Soñé con el Hierofante la noche en que me dijiste que fuera a Endarrion, pero resultó no ser un sueño. Y creo que esto tampoco lo era.

—Cuéntame lo que ha ocurrido.

Anton sintió la bilis en su garganta al pensar en la cara ensangrentada de Jude.

—Es Jude. Algo va mal, está herido. Vi que… lo estaban interrogando, y había sangre y… Me estaban buscando.

Anton pestañeó, y un segundo después la Vagabunda estaba a su lado, sujetándolo.

—Respira hondo —le dijo suavemente.

Hacía tiempo que el pánico no lo inundaba de aquella manera, pero reconoció las señales. Trató de respirar.

—Céntrate en mí y en mi voz —le dijo—. ¿Puedes contar tus respiraciones?

Anton asintió, pero su mente seguía abrumada por el horror de su sueño, mostrándole una y otra vez la cara ensangrentada y pálida de Jude.

—Ven —le dijo la Vagabunda, agarrándolo con más fuerza y ayudándolo a subir las escaleras—. Vamos a tomar el aire.

Se tambalearon escaleras arriba hasta llegar a la cubierta principal, y una vez que estuvieron fuera, Anton cerró los ojos y se centró en la sensación del aire al rozarle el rostro. Inspiró lentamente, y después exhaló, apretándose la mandíbula con los dedos para notar su pulso. Contó cada latido mientras respiraba hondo, hasta que se sintió lo suficientemente calmado como para abrir los ojos de nuevo.

—¿Puedes contarme lo que ha pasado? —le preguntó la Vagabunda—. ¿O enseñármelo?

Negó con la cabeza. Ya fuera un sueño o una visión, no podría soportar verlo de nuevo, así que prefirió contárselo.

—Vi cómo torturaban a Jude —le explicó—. No sé si está ocurriendo ahora mismo, o va a pasar, o…

O ya había pasado, y estaba llegando demasiado tarde.

Pero eso no era posible. Si Jude estuviera muerto, lo sabría.

—Dijiste que querías mantenerte alejado de él.

Había sido sugerencia de ella al principio, pero había dejado que fuera Anton el que tomara la decisión final. Y era lo que había decidido: ir a Kerameikos solo. Dejar a Jude atrás para mantenerlo a salvo.

Pero si Jude estaba en peligro a pesar de todo, Anton se había sometido a la soledad y el anhelo para nada.

Clavó su mirada en ella.

—Necesito saber que está a salvo.

—Deberías conservar las fuerzas —le dijo con delicadeza—. Puedo hacerlo yo.

—No —le dijo con rapidez—. Tengo… tengo que hacerlo yo. Debo asegurarme.

Ella le dedicó una sonrisa tensa, pero él sabía que lo entendería. Confiaba en ella, pero solo conseguiría sofocar su desasosiego sintiendo el *esha* de Jude y comprobando por sí mismo que estaba a salvo.

Cerró de nuevo los ojos e invocó su Gracia, extendiendo las ondas de poder como llevaba meses queriendo hacer, y buscó aquel *esha* que era para él como una tormenta, tan familiar ya como el suyo propio.

Sintió su inconfundible Gracia rozando la de él, como un faro que aparecía en la oscuridad de su interior. No se había permitido hacer aquello desde hacía *meses*, y aun así, cuando lo hizo le resultó tan fácil como respirar.

Avanzó hacia el *esha* de Jude, usando su Gracia para poder ver más allá del complicado patrón de energía que constituía el mundo; por fin consiguió descifrarlo y su mente fue capaz de contemplar su alrededor como si estuviera allí presente. Otro truco que le había enseñado la Vagabunda.

Se encontraba en una habitación familiar. Le llevó un momento recordar por qué le resultaba conocida: era casi idéntica a la celda donde había estado prisionero durante una noche en la fortaleza de Palas Athos.

Jude estaba sentado contra la pared de piedra con los ojos cerrados. Era tan real y tangible como cuando Anton caminaba por sus sueños, quizás incluso más. Su cara estaba libre de cortes y golpes. Deseó más que nada poder estirar la mano hacia él y pasar un dedo sobre el surco que siempre le arrugaba el ceño, incluso mientras dormía.

Pero cuando dio un paso hacia él, la imagen parpadeó y desapareció a su alrededor.

Anton abrió los ojos.

—¿Qué has visto? —le preguntó la Vagabunda en un tono insistente, con un gesto preocupado.

—Está… —Anton tragó saliva—. Está prisionero en la fortaleza de Palas Athos. No lo entiendo… ¿Qué hace allí?

La expresión de la Vagabunda se ensombreció.

—Palas lo ha capturado.

La certeza teñía su voz, como si supiera algo que Anton ignoraba. Pero Jude debía estar a salvo. No tendría que estar en Palas Athos.

Solo había una razón para que estuviera allí.

—Ha debido de intentar rescatar a Beru —dijo lentamente—. Para despojar a Palas del control que posee sobre el dios.

Se volvió otra vez hacia la Vagabunda, pero ella parecía estar evitando su mirada. Entonces, recordó sus palabras.

Tengo a mis mejores hombres trabajando en ello.

No se había referido a la Rosa Extraviada, sino a Jude.

—Ha sido cosa tuya —le dijo él, conmocionado—. Lo has enviado a Palas Athos.

—No —le dijo—. Yo no lo he enviado a ningún sitio. Estaba planeando ir de todos modos, así que solo lo he ayudado.

Anton se alejó de ella, con la traición y el horror retumbando en su interior.

—¿Cómo has podido? ¿Cómo has podido hacer eso y ocultármelo?

—Porque sabía cómo reaccionarías —aseveró ella, en un tono agitado—. Tienes una misión y un plan que llevar a cabo. Un plan que, por si lo has olvidado, trazaste tú.

—¡Podrían matarlo por tu culpa! —le espetó, enfadado—. Y si no llego a verlo en mis sueños, jamás lo habría sabido. Por si te lo has preguntado alguna vez, este es justamente el motivo por el que no confío en ti. El motivo por el que me llevó tanto tiempo dejar que me enseñaras a usar mi Gracia. Porque siempre, *siempre*, estás maquinando tus propios planes. Estoy harto.

Ella entrecerró los ojos y le dirigió una mirada dura como el acero.

—Solo intentaba ponértelo más fácil. A ambos. No había manera de parar a Jude, así que lo ayudé. Y, sí, te lo oculté. Pero ¿qué habrías hecho de haberlo sabido?

—Lo habría detenido —dijo Anton con un gruñido—. Y eso haré, detenerlo.

—¿Vas a ir hasta él? —le preguntó la Vagabunda—. ¿Y luego qué? No permitirá que te marches de su lado, y tú no podrás dejarlo tampoco.

Anton la fulminó con la mirada; la ira y la desesperación se mezclaban en su interior. Tenía razón, por supuesto. Pero eso solo lo enfurecía aún más.

—Quizá todo esto haya sido un error desde el principio. Tal vez lo necesite para... seguir adelante.

—¿Y le dirás la verdad?

Anton apretó los dientes. Sabía perfectamente por qué lo presionaba. No podía decirle la verdad a Jude. Por esa razón se había mantenido alejado de él. Pero si mantenerse alejado no lo había protegido, solo quedaba una opción: encontrarlo, y salvarlo.

Y también seguir mintiéndole.

—Tengo que ir —le dijo a la Vagabunda, desesperado—. Tengo que ayudarlo, y lo sabes.

Ella apretó los labios. El corazón de Anton martilleó en su pecho bajo su escrutadora mirada. ¿Qué haría si se negaba? ¿Si insistía en que debía ignorar su visión y el miedo que se acumulaba en su estómago, y seguir el curso que habían marcado?

No estaba seguro, y no quería saberlo.

—Necesitaremos un plan —dijo por fin.

Una oleada de alivio lo recorrió, tan grande que ni siquiera pensó en la tarea que se les venía encima.

—De acuerdo. Sí, un plan.

Tendrían que hallar la manera de colarse en la fortaleza. Anton no recordaba mucho de su estancia allí, cuando Ephyra y él habían sido detenidos, teóricamente, por haber robado un templo. No había estado demasiado tiempo: una sola noche de frío y miedo hasta que Hector se había presentado y le había ofrecido una manera de salir de allí.

Una oferta que, ahora que Anton echaba la vista atrás, había cambiado por completo el curso de su vida: lo había llevado hasta Jude.

—Los centinelas son leales a Palas —le dijo la Vagabunda—. No sé si un soborno servirá de algo.

Anton resopló, ya que un soborno era probablemente el modo que había usado Ilya para sacar a Ephyra de allí.

Aquel pensamiento lo golpeó de pronto, y Anton tuvo que agarrarse a la borda.

—Ay, no… —dijo en voz alta—. Se me acaba de ocurrir una idea terrible.

La Vagabunda lo miró con curiosidad.

—Podría funcionar —la miró a los ojos y dijo simplemente—: Ilya.

Ella pareció pensarlo unos segundos.

—¿Por qué querría ayudarte?

—Puede que no quiera —admitió Anton—. Por eso he dicho que era una idea horrible. Pero es un oportunista. ¿Recuerdas cuando le dio el Cáliz al Rey Nigromante en Behezda? No le importó traicionar a Palas si era necesario. Y estoy seguro de que le hará falta algo para ganarse el favor de los Testigos.

—Y podría usarte para ello —dijo la Vagabunda—. Entregarte a Palas y ganarse su favor.

—Es arriesgado —coincidió Anton—. Pero es la única idea que se me ocurre. Y no tienes que venir conmigo. Cuando lleguemos a Palas Athos puedes esperar en el barco y… Si la cosa se tuerce, sé que preferirás no enfrentarte a Palas.

La Vagabunda miró al oscuro horizonte de mar que los rodeaba.

—¿Tan cobarde me consideras? —preguntó, en un tono que no era acusatorio. Quería una respuesta sincera.

—Claro que no —le dijo Anton—. Me enseñaste lo que te hizo. Si fuera tú, haría lo que estuviera en mi mano para mantenerme alejado.

—Si la cosa se tuerce… —dijo—. No tengo miedo. Quizá sea hora de que nos veamos las caras de nuevo.

ANTES

—¿Cómo nos has encontrado?

Palas el Fiel se hallaba frente a Ananke, bajo el umbral de una cabaña situada en el fin del mundo.

—No ha resultado nada fácil —le dijo—. He tenido que hacer uso de todo mi poder.

En efecto, tenía un aspecto frágil.

—¿Puedo entrar?

Ananke no movió ni un músculo.

—No he venido para hacerte daño —dijo Palas—. Ni a ti, ni a tu amada.

—¿Entonces para qué has venido?

—Para ofrecerte una disculpa.

—No te creo.

Palas suspiró.

—Estoy seguro de que has visto la destrucción que el dios ha desatado en el mundo desde que me desafiaste.

—Por supuesto que lo he visto —afirmó Ananke—. Lo veo cada noche, al cerrar los ojos.

—La culpa no recae únicamente sobre ti, Ananke —dijo Palas—. Fui yo quien escogió a Temara para el sacrificio. Quería poner a prueba tu fe, y debería haber sabido que fracasarías.

—Si es eso lo que has venido a decir, ya puedes marcharte —le pidió Ananke—. Dices conocer lo que es la fe, y sin embargo no es así. Fuiste el primero de los Profetas del Creador, pero tú solo no eras suficiente, ¿no es así? El Santísimo tuvo que crear a seis Profetas más para compensar tu fracaso. ¿Y ahora te presentas aquí para hablarme de fe?

Palas le dirigió una penetrante mirada con sus ojos azules.

—Quizás haya sido un error haber venido hasta aquí.

—Quizá —coincidió Ananke, acercándose para cerrar la puerta tras él.

—Me equivoqué al poner a prueba tu fe pidiéndote que sacrificaras a Temara —le dijo Palas, frenando la puerta. Había algo en su voz que hizo que Ananke se detuviera—. He tenido mucho tiempo para considerar lo que hiciste, y por qué lo hiciste. ¿Es obra de un dios justo exigir un sacrificio? Y si el Creador nos creó con amor en nuestro corazón… ¿por qué nos pediría que traicionáramos ese amor?

—Jamás he creído que el Creador fuera justo —le respondió Ananke.

—Entonces tal vez el mundo necesite gobernantes justos —dijo Palas—. Gobernantes fieles. Gobernantes sabios. Gobernantes misericordiosos. Gobernantes valientes.

—¿Qué estás intentando decirme, exactamente?

—Que necesitamos tu ayuda, Ananke.

CAPÍTULO OCHO

HASSAN

Hassan y Hector repasaron por última vez el plan mientras se terminaban su ración en la antigua sala de estar de Hassan.

La residencia de Lethia, que había quedado abandonada cuando esta había regresado a Nazirah, se había convertido en su base de operaciones en Palas Athos. No parecía que Lethia tuviera intención de regresar, ya que no había ni rastro de muebles, ni efectos personales, ni tan siquiera libros en los estantes de la biblioteca. No había quedado ningún trabajador para mantener el área, y en los últimos tres meses los jardines lucían descuidados, con hierbajos y zonas secas.

—Hora de prepararse —dijo Hassan cuando ya habían terminado de desayunar.

Le lanzó el uniforme de cadete de centinela a Hector antes de entrar en su antiguo vestidor. El aliado de la Rosa Extraviada, que había resultado ser el antiguo capitán de los centinelas, les había proporcionado el uniforme. Había renunciado a su puesto en cuanto el Hierofante se adueñó del poder, y gran parte de su plan dependía de la información que el hombre les había proporcionado. Hector y Jude habían estado dentro de la fortaleza de Palas Athos en una ocasión, pero no sabían mucho sobre aquel lugar. También habían conocido al antiguo capitán de los centinelas cuando la Guardia de los Paladines había llegado a Palas Athos por primera vez.

—Estoy bastante seguro de que no le caímos muy bien —había dicho Hector sobre la vez en que lo habían conocido.

—No creo que nadie le caiga muy bien —añadió Jude—. Ni nosotros, ni la Orden, y, sin lugar a dudas, tampoco el Cónclave de los Sacerdotes.

Tampoco parecieron caerle bien ellos cuando se habían reunido hacía una semana en la residencia de Lethia.

—¿*Vosotros* sois los que se supone que vais a solucionar todo este lío? —les había preguntado con escepticismo.

Dio la impresión de que Hector se disponía a replicar con palabras poco amables, así que Hassan intervino con rapidez.

—¿Conoces a alguien más que esté dispuesto a salvar la ciudad? —se había puesto a la altura del capitán, con una mirada autoritaria.

El capitán de los centinelas había mirado a Hassan y después a Jude, antes de hacer un gesto con las manos.

—Bueno, supongo que no podréis empeorar las cosas.

Después de aquello habían pasado horas repasando los planos de la fortaleza, así como estudiando los procedimientos diarios. La ejecución del arconte, les había dicho, tendría lugar en un anfiteatro que se encontraba al borde del acantilado, junto a la torre de los prisioneros. Allí sería donde estaría Beru.

Hector había sugerido mezclarse entre el público que iba a presenciar la ejecución, pero el capitán de los centinelas había desechado la idea por completo. La ejecución no estaría abierta al público, y solo la presenciarían los sacerdotes y otros líderes de la ciudad. Se pretendía que fuera un claro mensaje de qué les pasaría si seguían los pasos del arconte y desafiaban a Palas.

—No asistirá ni una persona que no haya sido escogida por el propio Palas —les había explicado el capitán—. Así que no habrá manera de mezclarse entre la multitud.

—¿Y si nos colamos de algún modo? —había preguntado Jude—. Por una entrada secreta o algo parecido.

—Solo hay una forma de entrar, y es a través de la puerta principal. Si os coláis, llamaréis demasiado la atención. En especial, tú —había añadido el capitán mirando a Hassan—. Eres bastante reconocible.

Fue aquel comentario el que le dio a Hassan la idea. Si trataban de entrar y alguien reconocía al príncipe, su tapadera sería descubierta.

Pero ¿y si su tapadera era precisamente el príncipe de Herat…?

—Mmm… —dijo Hector cuando Hassan salió del armario vestido con un elaborado abrigo de brocado color esmeralda, bordado en hilo de oro y con una hilera de brillantes botones. Una banda plateada y una delicada cadena de oro alrededor del cuello completaban el conjunto. Parecía exactamente un príncipe consentido.

—¿Qué? —preguntó Hassan de mala gana.

—Sin ofender, pero esa ropa hace que me den ganas de pegarte un puñetazo —respondió Hector.

Él estaba muy convincente, vestido de cadete de centinela. El uniforme azul claro adornado con un olivo blanco le quedaba como un guante.

—Tal vez deberías hacerlo —dijo Hassan; había tenido una idea.

—¿Cómo dices? —preguntó, escandalizado.

—Tiene que parecer que he ofrecido resistencia, ¿no? —insistió Hassan, y alzó la barbilla—. Venga, pégame.

Hector no parecía muy convencido.

—De acuerdo, pero recuerda que me lo has pedido tú…

—¡Pégame de una vez y…! —antes de que Hassan se diera cuenta de lo que estaba pasando, el puño de Hector hizo contacto con su cara. Hassan dejó escapar un quejido.

—Vaya, eso tiene pinta de haber dolido.

—Me has pegado *mucho* más fuerte de lo que hacía falta —le espetó Hassan, tocándose la sangre que ahora le teñía el labio—. Por el amor de Behezda.

—Lo siento.

—¿A Jude le pegaste así de fuerte? —preguntó Hassan, limpiándose la sangre.

—Él no me pidió que le pegara —le respondió a la defensiva, preocupado de pronto.

Hassan le puso una mano a Hector en el hombro, tratando de reconfortarlo.

—Jude estará bien, siempre y cuando nos ciñamos al plan.

—Lo sé. Pero es difícil no pensar en él allí solo, encerrado.

—Bueno, nosotros correremos la misma suerte si no sacamos el plan adelante, así que ahórrate la preocupación.

—No se trata solo de eso, sino… —dijo Hector—. También veré a Beru de nuevo, después de todo este tiempo.

Hassan lo entendía a la perfección. Sintió una punzada, intentando imaginar cómo se sentiría si supiera que iba a encontrarse cara a cara con

Khepri por primera vez en dos meses. Estaría incluso más nervioso que Hector, sin lugar a dudas.

Y había otra razón por la que debían estar preocupados. No tenían ni idea del estado en el que se hallaría Beru, ni del control que ejercía sobre el dios. Hassan aún recordaba el miedo que había sentido al ver la ciudad de Behezda desmoronándose por voluntad del dios. Parecía imposible que una sola chica pudiera contener todo ese poder. E incluso si todo ocurría según lo planeado, incluso si conseguían arrebatarle al Hierofante la chica y el dios de su interior, ¿qué pasaría entonces?

Hassan se recordó que debían afrontar los problemas de a uno. Primero, había que rescatar a la chica.

Dejaron la residencia y recorrieron la calle hacia el segundo nivel de la Ciudad Alta. Incluso desde allí podían ver la fortaleza encima de los acantilados frente al mar. En algún lugar tras las blancas y altas murallas se encontraba el Hierofante. Hassan sintió que le hervía la sangre solo de pensar en él.

En cuanto vislumbraron las imponentes puertas de caliza, Hassan le tendió las manos a Hector para que lo encadenara.

—Creo que esto es lo más estúpido que he hecho jamás —dijo Hector.

—No es ni siquiera una de las cinco cosas más estúpidas que he hecho yo —le aseguró Hassan.

Hector esbozó una sonrisa antes de meterse en su papel y agarrar a Hassan de la camisa; recorrieron el paseo marítimo, que estaba flanqueado por grandes columnas y olivos de hojas plateadas. Estaban a unos cien pasos de las puertas cuando dos centinelas se aproximaron a ellos.

—¡Cadete! —dijo el mayor de los dos, refiriéndose a Hector—. ¿Qué haces en el exterior, y quién es ese?

—Señor —dijo Hector respetuosamente—. Mis disculpas, estaba patrullando el perímetro cuando me encontré con este chico intentando traspasar las murallas.

Hassan aguantó la respiración cuando los dos centinelas se acercaron.

—Bien hecho —dijo el mismo guardia—. Llévalo a las celdas.

—Señor —dijo Hector, agarrando a Hassan del rostro y obligándolo a subir la mirada hacia el centinela. Hassan fingió oponer resistencia—. Creo que querrá informar de esto al Profeta en persona.

El mayor de los guardias observó la cara de Hassan con cuidado. Y entonces abrió los ojos de par en par.

—No puede… no puede ser.

—Yo tampoco estaba seguro al principio, pero mírelo —le dijo Hector—. Es inconfundible.

—¡Que te jodan! —le espetó Hassan, fingiendo que luchaba por liberarse. Echó la cabeza hacia atrás y golpeó la mandíbula de Hector. Este gruñó de dolor, y le dio un apretón a modo de advertencia. Pero Hassan no estaba demasiado preocupado: aquella exhibición haría que los centinelas se lo creyeran del todo, y si era sincero consigo mismo, Hector se lo merecía por el golpe que le había propinado antes.

—¡Quieto! —bramó Hector.

El centinela más joven los observaba perplejo.

—Stavros —ordenó el otro hombre—. Busca al Profeta, y dile que tenemos al príncipe de Herat.

El joven los miró con sorpresa, y después se apresuró a cumplir la orden.

—Cadete —siguió el mayor de los centinelas—, ¿por qué no me entregas al prisionero?

Hector apretó aún más fuerte la camiseta de Hassan.

—No creo que sea buena idea, señor.

Hassan notaba cómo se le aceleraba el corazón mientras el centinela observaba a Hector. ¿Sospecharía de él?

—Ambos sabemos que el Profeta querrá saber con lujo de detalles cómo lo capturé —continuó Hector—. No querría que pensara que estamos intentando mentirle, ¿sabe?

El centinela entrecerró los ojos.

—¿Cuál es tu nombre, cadete?

—Kostas, señor —respondió Hector sin dudar.

—Eres un buen cadete, Kostas —asintió el centinela—. Inteligente, de fiar. Ha sido toda una suerte que capturaras al príncipe estando bajo mis órdenes.

Se miraron, y Hector asintió dubitativo, entendiendo lo que el otro quería decir.

—Desde luego, toda una suerte, señor.

Hassan resistió la necesidad de poner los ojos en blanco mientras el alivio lo invadía. El centinela no sospechaba de ellos, solo quería llevarse el mérito por la detención.

Stavros apareció por las puertas de nuevo, corriendo hacia ellos. Cuando llegó, estaba sin aliento.

—Señor —se dirigió al otro centinela—. El Profeta ha ordenado que el príncipe sea llevado ante él de inmediato. Ha dicho... —hizo una pausa, mirando a Hassan con nerviosismo—. Ha dicho que están a punto de llevar a cabo una ejecución, y que hay tiempo para otra más.

Hassan resistió la necesidad de buscar a Hector con la mirada al tiempo que el terror lo invadía por completo. Habían contado con el hecho de que el Hierofante quisiera ver a Hassan él mismo... ¿pero una ejecución? Aquello desde luego no había entrado en sus planes.

—¿Y bien? —le dijo el centinela a Hector—. ¿Qué estás esperando? En marcha.

—Por supuesto, señor —dijo Hector, con algo de nerviosismo en su voz.

Hassan avanzó a trompicones cuando Hector lo empujó hacia delante. El centinela de mayor edad los guio a través de las puertas a paso ligero.

—¿Que hay tiempo para otra ejecución? —le dijo entre dientes—. Hector...

—¡Silencio! —le ordenó Hector en voz alta, aún metido en su papel. Y en voz baja, le dijo—: Aún tenemos que llegar al anfiteatro, esto no cambia nada.

Hassan guardó silencio, pero no pudo evitar el temor que lo recorría por dentro mientras entraban a la fortaleza.

CAPÍTULO NUEVE

BERU

Los centinelas no le quitaron ojo mientras cruzaban el patio central de la fortaleza.

Lazaros no le había contado nada cuando había llegado a recogerla a su habitación aquella mañana. Simplemente había esperado a que los sirvientes la vistieran con ropas blancas, adornadas de oro y plata. Vestimentas apropiadas para un dios.

Había esperado que Lazaros le quitara las cadenas de Fuego Divino que mantenían al dios, y el acceso de Beru a este, a raya. Pero en aquella ocasión, se las dejó puestas.

Las cadenas de Fuego Divino le provocaron un hormigueo en el cuello al tiempo que cruzaban el patio, por debajo de una pasarela, y entraban en un túnel que se perdía dentro del mismísimo acantilado.

—¿Dónde está Ephyra? —preguntó Beru—. Dime que no le están haciendo daño.

—Podría decirte eso, si así lo deseas —le dijo Lazaros con su voz suave—. Pero podría ser mentira, ¿así que de qué serviría?

—Creo que tú no me mentirías —le dijo Beru. Sus palabras parecieron sorprenderlo durante un instante, así que aprovechó el momento—. ¿No tienes familia? ¿Alguien por quien harías lo que fuera con tal de protegerlo?

Su perturbadora mirada gris no se apartó de su rostro.

—Tenía padres.

—¿Tenías? —repitió—. ¿Murieron?

Pasó un largo rato en el que solo se oyeron sus pasos resonando en el túnel. Pero, por fin, respondió a su pregunta.

—El hombre que me engendró y la mujer que me dio a luz siguen con vida. Pero su hijo murió hace tiempo.

Beru sintió un escalofrío.

—Tú y yo… —empezó a decir, pero se interrumpió, apartando los ojos de ella por primera vez.

—¿Qué? —le preguntó Beru con aspereza.

—Tú y yo somos iguales —dijo en voz baja—. Sé lo que es ser destruido y traído de vuelta como algo mejor. Algo puro.

Se lo quedó mirando, intentando que no se notara su asco.

—¿Eso es lo que crees que soy? ¿Algo puro?

Volvió a mirarlo; sus ojos grises casi brillaban.

—Eres el recipiente del Creador. Eso te convierte en algo sagrado.

Estaba tan convencido que Beru casi envidió su fe.

SI QUIERE VENERARME, QUE ME LO DEMUESTRE LIBERÁNDOME, dijo el dios.

Beru lo ignoró.

—¿Y el Hierofante? —le preguntó—. Palas, ¿es también sagrado?

—Por supuesto —dijo Lazaros enseguida—. El Inmaculado…

—Te mintió. Es un Profeta —le dijo Beru entre dientes. Era su voz, sus palabras, pero casi parecía que el dios estaba hablando por ella—. Él mató al… me mató. ¿Acaso es eso algo sagrado?

Lazaros pareció dudar, y supo entonces que no era la primera vez que se enfrentaba a aquella idea. Pero era probablemente la primera vez que la había escuchado en voz alta.

—Un pecado necesario —dijo Lazaros por fin—. Debe existir la oscuridad para que haya luz.

Beru se quedó mirándolo un rato más, maravillada de cómo podía mentirse a sí mismo con tal de justificar sus creencias y a su amo. ¿Qué habría en su interior, que hacía crecer aquellas ideas como malas hierbas, ocultando absolutamente todo lo demás? Una creencia casi canibalística, que lo había devorado hasta no dejar nada. Ni una pizca de verdad, ni de lógica… solo su fe en el Hierofante.

Jamás podría entenderlo.

Por fin llegaron al extremo del túnel, que los condujo a lo alto de un anfiteatro rodeado por el acantilado. El mar bramaba por debajo; el rugido de las olas se estrellaba contra las rocas acallando todo lo demás. Los asientos del anfiteatro estaban llenos de gente. Por sus complejas vestimentas, Beru supuso que se trataba del Cónclave de los Sacerdotes, y también estaba presente un grupo de centinelas ataviados con sus uniformes azul claro, así como unos pocos guerreros con capas azul oscuro.

Frente a ellos, Palas recibió a Beru y a Lazaros en el escenario del anfiteatro; su vestimenta blanca y dorada le daba el aspecto de un brillante faro en contraste con el color gris del mar. A su lado, Ephyra se levantó, tensa como un alambre y con la mirada puesta en Beru.

El alma se le cayó a los pies.

Así que lo había hecho, había aceptado ser la verdugo de Palas. Beru recorrió el escenario buscando a Ilya, pero no había rastro de él. No lo había vuelto a ver desde su reunión con Ephyra en el patio, y no tenía ni idea de si había conseguido convencer a su hermana de que llevara a cabo el plan. O si, por el contrario, la desconfianza de Ephyra y su negativa a dejar a Beru atrás significaban que el plan ni siquiera iba a ponerse en marcha.

Pero Ephyra había aceptado la oferta de Palas. ¿Por qué lo habría hecho, si no fuera porque sería la oportunidad perfecta para escapar?

Una parte traicionera de sí misma se recordó que Ephyra había escogido aquel camino con anterioridad. Había elegido matar en Behezda, había escogido convertirse de nuevo en la Mano Pálida. Beru no se había permitido pensar en las razones que la habían llevado a tomar esa decisión, ni a preguntarse si, quizás, una parte de Ephyra había disfrutado con ello.

El fuerte viento la golpeó cuando se acercó a Palas; observó las murallas de piedra caliza que rodeaban la fortaleza y la torre de prisioneros que se alzaba sobre ellos hacia el cielo gris.

—Traed al primer prisionero —dijo Palas, y su voz resonó en el anfiteatro.

Un grupo de Testigos descendieron de las gradas, arrastrando a una figura encadenada. El prisionero forcejeó con ellos, pero los Testigos lo obligaron a arrodillarse.

Cuando vio la cara del detenido Beru se quedó sin aliento, como si la hubieran golpeado en el pecho.

—Ilya Aliyev —entonó Palas, tomando a Ilya de la barbilla con sus huesudos dedos y alzándola para que la multitud pudiera verle la cara—.

Puede que no reconozcáis a este hombre, pero una vez me juró lealtad. Y entonces, me traicionó para su propio beneficio. Que se sepa aquí y ahora que yo, Palas el Fiel, puedo ver a través de las mentiras y los engaños de todos y cada uno de vosotros. Puedo ver la verdad en vuestro corazón y, si tratáis de engañarme, este será vuestro destino.

No, pensó Beru, aterrorizada.

Ilya era el único aliado que tenían, su única oportunidad de sacar a Ephyra de allí. ¿Cómo lo habían descubierto?

Mientras Beru observaba el sombrío rostro de Ilya, sintió como si de repente se estuviera precipitando hacia el vacío.

ESTO ES LO QUE OCURRE CUANDO DEPOSITAS TU FE EN MANOS DE HOMBRES DÉBILES, dijo el dios.

Cállate, le respondió Beru con intensidad. *Tú quieres escapar tanto como yo.*

Beru miró hacia Ephyra, que tenía la mirada puesta en Ilya con una expresión indescifrable. ¿Lo había sabido, o estaba tan sorprendida como Beru?

—Estoy seguro —continuó Palas, dirigiéndose al público— de que todos habéis oído hablar de la Mano Pálida de la Muerte.

Un murmullo se elevó entre los sacerdotes. Claramente recordaban cuando uno de ellos había caído ante la Mano.

Palas hizo un gesto a dos de los Testigos, y estos se acercaron a Ephyra y le quitaron los grilletes mientras él se dirigía al público.

—La Mano Pálida castiga a los impíos —continuó diciendo—. Extirpa la corrupción de nuestra sociedad. Su justicia se reparte en nombre de nuestro Creador. Ella es el instrumento de su juicio, la Mano de Dios. Y ella sellará el destino de estos mentirosos y renegados.

Palas miró a Ephyra.

—Mano Pálida… cóbrate a la primera de tus víctimas.

Señaló hacia Ilya con una expresión serena. Beru sabía que era una prueba. Debía de estar al tanto de que se conocían, de que Ephyra había confiado en Ilya una vez. Y de que quizá confiaba de nuevo en él.

Ephyra se acercó a Ilya con el rostro inexpresivo.

Beru notó una opresión en el pecho. Ephyra iba a hacerlo. Iba a matarlo… por Beru. Sintió la mirada de Palas puesta en ella, y supo por qué la había hecho venir. No se trataba solamente del espectáculo que había organizado para los sacerdotes y los centinelas. Quería que Beru viera lo que era capaz de hacer. Que incluso ahora, después de todo, podía hacer que su hermana volviera a ser una asesina.

Palas tenía a Beru y a Ephyra comiendo de la palma de su mano, y no había nada que ninguna de las dos pudiera hacer.

—Para… —dijo Beru casi sin aliento, su voz perdiéndose en el viento. Dio un paso hacia Ephyra, y otro más. Lazaros la agarró del brazo para frenarla—. Ephyra.

Ephyra miró a Beru a través del escenario, con Ilya arrodillado a su lado. Negó con la cabeza casi imperceptiblemente, y entonces rodeó la garganta de Ilya con la mano, cerrando los ojos.

Beru estaba temblando. Hasta ese momento nunca había visto a Ephyra matar, no realmente. Cuando había estado presente, se había encontrado demasiado débil para saber lo que estaba pasando en realidad. Pero en ese momento, en ese escenario sobre el desolador mar, fue testigo de todo. Vio el pecho de Ephyra moverse con su respiración mientras le arrancaba el *esha* a Ilya. Vio cómo apretaba con fuerza la mano alrededor de su garganta. Y vio cómo los ojos de Ilya se cerraban y su cuerpo se debilitaba hasta que su pecho se quedó inmóvil.

Beru soltó un grito desgarrador, y solo el agarre de Lazaros impidió que cruzara el escenario hasta llegar a Ilya, que se había desplomado con una pálida huella que casi brillaba sobre su piel.

—No… —graznó Beru, luchando contra Lazaros—. ¡No!

Estaba muerto.

Beru sintió las lágrimas ardiendo en sus ojos mientras Ephyra se alejaba del cuerpo de Ilya. No sentía nada, solo el horror en la boca del estómago.

Aquella asesina sin escrúpulos… ¿Cómo podía ser esa su hermana? ¿Cómo había permitido Beru que se convirtiera en aquello?

Un grupo de Testigos aparecieron en la plataforma con una carretilla para transportar el cuerpo de Ilya. Beru solo pudo observar mientras se lo llevaban, con el corazón martilleándole de forma seca.

—Ahora —dijo Palas después—, es hora de que nuestro segundo pecador se enfrente a su destino.

Los Testigos arrastraron a otro prisionero, esta vez un hombre mayor, alto y calvo.

Los Testigos lo empujaron hasta que cayó de rodillas frente a Palas.

—Estoy seguro de que reconoceréis al antiguo líder de esta ciudad —dijo Palas, colocando la mano en su hombro de forma suave—. Su reinado estuvo marcado por la avaricia y la debilidad. Y cuando vuestro glorioso Profeta, Palas el Fiel, hubo regresado, este hombre osó desafiarme. Por el papel que jugó al oponerse al plan del Creador, debe morir.

La cara del arconte se transformó en puro terror. Ephyra simplemente lo observó, impasible.

Beru quería esconderse, no podía seguir observando. Pero se obligó a hacerlo. Ella había creado a aquella vil criatura… Era culpa suya.

Ephyra se plantó frente al arconte, moviéndose más rápido en esa ocasión. Palas fue a apartarse, pero entonces Ephyra lo agarró de sus vestimentas y tiró del Profeta hacia sí.

Palas trastabilló, abriendo los ojos de par en par al tiempo que Ephyra lo obligaba a girarse y le rodeaba la garganta con una mano.

Un grito ahogado estalló entre el público, las conversaciones atropellándose unas a otras en medio de la confusión. Alguien soltó un alarido.

—¿Qué estás haciendo? —exigió saber Palas, en un tono de voz entrecortado que no era normal en él.

—¿Yo? —le preguntó Ephyra, apretando la mano alrededor de su garganta—. Estoy repartiendo la justicia del Creador, tal y como has dicho.

—¡Paradla! —ordenó Palas, mirando a los Testigos sin atreverse a hacer ningún otro movimiento, para no arriesgarse a que Ephyra lo matara con tanta facilidad como había matado a Ilya.

—Dad un paso más y vuestro querido Profeta morirá —advirtió a los Testigos cuando se acercaron a ellos.

Beru sintió cómo Lazaros se tensaba a su lado.

—No lo hará —dijo Palas, tratando de que su voz recuperase la calma—. No se arriesgará a liberar al dios.

—Ah, ¿no? —le preguntó Ephyra, enseñándoles los dientes—. ¿Estás seguro de que quieres averiguarlo?

Palas pareció considerarlo, no del todo seguro de si Ephyra fingía o no. *¿QUÉ ESTÁ HACIENDO,* exigió saber el dios. *DEBERÍA MATARLO.*

Beru temía que lo hiciera de verdad y que Ephyra no estuviera engañándolo.

Los Testigos esperaban en tensión, aguardando sus órdenes.

—A… Alto —dejó escapar Palas al fin.

—Tú —le dijo Ephyra a Lazaros—. Suelta a Beru.

Palas le hizo un gesto con la cabeza.

—Haz lo que te dice.

Lazaros dio un paso hacia atrás, y durante un instante Beru pensó que se desmoronaría ahora que nadie la sujetaba. Se balanceó de un lado a otro.

—¿Qué estás haciendo? —le preguntó en voz baja. El viento pareció rugir con más fuerza sobre el acantilado, ahogando sus voces.

—Ya te lo dije —le dijo Ephyra—. Te dije que jamás perdería la esperanza, que encontraría una manera.

Beru sintió ganas de gritar hasta destrozarse la garganta.

—¿Pero de esta manera, Ephyra? Ilya… ¡Lo has matado! ¿Qué estás…?

—Confía en mí —le suplicó Ephyra—. Confía en mí, en tu hermana, en la persona a la que acudías cuando tenías pesadillas por la noche.

Beru recordaba cuando la confianza en Ephyra había sido incuestionable para ella. Cuando era su hermana mayor, la que conseguía que todo se arreglara simplemente estando a su lado.

¿Cuándo había perdido todo eso? ¿Cuál había sido el momento en el que había mirado a su hermana, a la única persona que la había amado de verdad, y se había preguntado si estaría frente a un monstruo?

Observó el rostro de Ephyra, el brillo desesperado de sus oscuros ojos, la cicatriz que se deslizaba por el lado izquierdo de su cara en recuerdo de lo que le había hecho a Hector.

—Beru, por favor.

Quizás Ephyra fuera una asesina. Tal vez en su interior, igual que en el de Beru, habitara un monstruo.

Pero a pesar de todo seguía siendo su hermana.

Con el rostro húmedo por las lágrimas, Beru por fin asintió y se acercó a Ephyra.

—¡Despejad el camino! —le gritó Ephyra al público.

La gente se lanzó hacia los lados, apartándose como si temieran que Ephyra fuera a arrebatarles el *esha* como lo había hecho con Ilya.

Beru sintió náuseas al pensar en él de nuevo, pero apretó los dientes y dejó que pasara. Ephyra empujó a Palas delante de ellas mientras se abrían paso sobre la plataforma. Le tendió a Beru la mano que tenía libre.

—Venga —le dijo—. Salgamos de aquí.

Confía en Ephyra. Beru trastabilló hacia ella y le agarró la mano.

CAPÍTULO DIEZ

Jude aguardó al cambio de guardia de la mañana para ponerse en movimiento.

Había pasado cuatro terribles días encerrado en la torre de los prisioneros, sin poder distraerse con nada excepto con sus propios pensamientos. Había repasado mentalmente el plan tantas veces que estaba seguro de que podía recitarlo de principio a fin.

El primer paso había sido colarse en la torre de los prisioneros, y aquello había sido relativamente fácil. Había entrado en la fortaleza vestido de centinela, y después se había puesto ropa de civil y se había encerrado a sí mismo en una de las celdas. A la mañana siguiente había fingido escaparse, y entonces lo habían trasladado al área donde estaban los prisioneros más vigilados.

Jude solo esperaba que el plan de desarrollara con la misma facilidad. Extrajo el pequeño vial que Hector le había hecho llegar junto con su cena la noche anterior. En el interior había unas gotas de un líquido viscoso y de color verde oscuro. El alquimista de la Rosa Extraviada le había asegurado que aquello sería suficiente.

Sosteniendo el vial lo más lejos posible de su cuerpo, Jude lo descorchó y vertió el contenido sobre una de las paredes de su celda. El líquido empezó a corroer la piedra de inmediato hasta que se formó un agujero de un brazo de diámetro, por el que Jude podía observar el cielo gris. Los bordes del hueco aún humeaban.

Jude tomó la fina manta que le habían proporcionado y la echó sobre el agujero, por el que se asomó. Su celda estaba en la parte de la torre que daba al lado contrario al anfiteatro, donde Beru debía estar. Lo único que había debajo era el océano, con las olas estrellándose contra el acantilado, a unos treinta metros hacia abajo.

Aquello le recordó a cuando Anton y él habían estado en lo alto del faro de Nazirah, y la larga caída al mar...

Jude trató de zafarse del recuerdo; sacó las piernas por el hueco y descendió hasta quedar pegado a la pared externa de la torre. La mampostería le permitía tener un punto de apoyo que, combinado con su Gracia que aumentaba su fuerza y su equilibrio, hizo que no fuera una escalada difícil a pesar del viento que le congelaba los dedos.

Cuando alcanzó el lado contrario de la torre vio por fin el anfiteatro, en el que había cientos de figuras demasiado lejanas como para distinguirlas. Empezó a descender entonces hasta llegar al centro de la torre, donde una de las piedras estaba marcada con pintura. La apretó con la palma de la mano y notó que se movía ligeramente. Jude la empujó del todo, y pudo entrar por el espacio que apareció tras ella.

Se encontró en una nueva celda, vacía salvo por los suministros que Hector había dejado allí. Se puso mejores ropajes, que también le había proporcionado Hector, y se ató una espada al cinturón y otra a la espalda. Echaba de menos el familiar peso de la Espada del Pináculo, pero la había perdido en Behezda al entregársela a Palas junto con las otras reliquias. Sin duda estarían escondidas en algún lugar, ya que Palas necesitaba los antiguos vestigios imbuidos de Gracia para mantener el sello que ataba la voluntad del dios al interior de Beru.

Jude tomó un orbe de cristal con un líquido brillante e iridiscente, se lo guardó en el bolsillo de su capa, y después volvió a salir por el hueco de la torre.

Agarrándose a la mampostería con una mano, estrelló el orbe de cristal contra la pared de la torre. El líquido brilló al deslizarse por la piedra.

Jude tenía conocimientos limitados de alquimia o del oficio de la Gracia de la mente, pero en su opinión el alquimista que había creado aquella mezcla y la que había usado para escapar de la celda era un genio. El líquido iridiscente, al ser expuesto al aire, crearía un destello de luz cegador que cubriría la torre de prisioneros y la torre de vigilancia que se encontraba enfrente. Pero lo realmente ingenioso era que la reacción llegaría pasados diez minutos, lo cual le permitiría colocarse en posición para entonces.

Descendió rápidamente por la torre hasta que pudo oír las voces. Mientras estaba allí, aún a unos metros del anfiteatro, se percató de que el público ya no estaba sentado en las gradas, sino que se apresuraba hacia las salidas. Y el escenario se hallaba completamente vacío.

¿Dónde estaba Beru? ¿Y Palas? Los buscó entre la multitud, pasando la mirada entre los sacerdotes ataviados con sus largas túnicas azules y los Testigos vestidos de negro y dorado. Al borde de la plataforma más cercana sus ojos se toparon con Hassan y Hector, que estaban espalda contra espalda y rodeados de resplandecientes espadas platcadas.

Jude no se lo pensó dos veces. Invocó su Gracia, apoyó ambos pies contra la pared de piedra y se impulsó tan fuerte como pudo: describió un grácil arco en el aire y aterrizó con suavidad tras el grupo de guerreros que rodeaban a Hassan y a Hector.

Desenvainó su espada mientras oía gritos a su alrededor. Los guerreros que había más cerca se volvieron hacia él.

Jude se quedó de piedra, mirando atónito al guerrero. Lo conocía.

Era Yarik, el hermano de Annuka, miembro de la Guardia de Jude.

—*Rompejuramentos* —masculló Yarik, y su espada brilló bajo la luz gris del día. Igual que los demás, vestía una capa azul oscuro, pero Jude se fijó entonces en el broche con la estrella de siete puntas que sujetaba su capa alrededor de los hombros.

Jude era incapaz de moverse. Aquellos no eran simples guerreros... eran Paladines. Su mente se negaba a aceptar lo que estaba viendo. Aquella gente, su gente, estaba al servicio del Hierofante.

Y entonces Yarik se abalanzó sobre él trazando un arco con su espada y obligando a Jude a bloquearlo. La pelea, el hecho tan perverso de estar peleando contra sus hombres, lo dejó sin respiración.

Pero Yarik no dio muestras de compartir su preocupación. No parecía importarle estar atacando a su Capitán, al Guardián. Se lanzó a toda velocidad contra Jude, su espada era apenas un borrón plateado. Jude era un luchador más rápido, siempre lo había sido, pero Yarik era bastante más fuerte que él. Y Jude no quería hacerle daño, incluso tras haber descubierto que se había aliado con Palas, ya que no podía soportar la idea de herir a un miembro de su Guardia.

Jude evadió y bloqueó los ataques, apartándose cuando Yarik arremetía contra él.

—¡Jude! —le llegó la voz de Hector.

Miró por encima del hombro, y vio a Hector y a Hassan abriéndose paso entre los Paladines mientras luchaban. Jude se posicionó y, tras bloquear el siguiente ataque de Yarik, se lanzó hacia ellos.

Hector agarró a Jude del brazo y lo apartó de otro ataque.

—Tenemos un problema —le dijo Hector mientras lo soltaba para esquivar a otro Paladín.

—Ya lo veo… —dijo Jude en voz baja, repeliendo los ataques de dos Paladines.

—No me refiero a los Paladines —gruñó Hector por el esfuerzo. Miró a Jude un momento en medio del fragor de la pelea—. Es Beru… se ha ido.

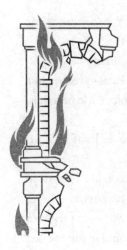

CAPÍTULO ONCE

EPHYRA

Ephyra continuó agarrando a Palas con fuerza mientras lo arrastraba junto con Beru a través del túnel que llevaba al sitio más recóndito de la fortaleza. En lugar de salir al patio central, Ephyra viró a la izquierda y tomó el camino que los llevaría a la enfermería; avanzaban pegadas a la pared para evitar ser descubiertas.

A su lado Beru guardaba silencio.

—Ayúdame a buscar algo con lo que podamos atarlo —le dijo Ephyra, agarrando con firmeza a Palas del brazo para recordarle la facilidad con que podría matarlo si quisiera.

Beru asintió y se alejó sin una palabra.

—Lo que estás haciendo es en vano —afirmó Palas de forma imperiosa, mirándola con sus brillantes ojos azules—. Solo empeoras la situación.

—No veo cómo podría empeorar, la verdad —le respondió entonces Ephyra.

—Aquí tienes —dijo Beru, reapareciendo por un costado del edificio con una cuerda enroscada en el hombro.

Ephyra empujó a Palas contra una de las columnas que decoraban la pasarela, lo rodeó con la cuerda tantas veces como esta se lo permitió y lo ató a la columna.

—¿A dónde vais a ir? —le dijo Palas, en un tono de voz exasperadamente calmado—. No conseguiréis salir de la fortaleza, y mucho menos de la ciudad.

Ephyra lo ignoró, tirando con fuerza de la cuerda para asegurarse de que no fuera a desatarse.

—Me sirve —decidió, volviéndose hacia Beru—. Vámonos.

—Sabes que esto es ridículo, Beru —la reprendió Palas—. Sabes que soy lo único que impide que el dios te controle por completo. Me necesitas, y…

Ephyra agarró a Beru del brazo, arrastrándola lejos de Palas y de sus amenazas desesperadas.

Sería cuestión de tiempo antes de que los centinelas o los Testigos lo encontraran, así que debían haberse marchado cuando eso pasara.

—Ephyra, ¿puedes decirme a dónde vamos, por favor? —le preguntó Beru mientras se apresuraban hacia la enfermería—. ¿Cómo se supone que vamos a salir de aquí? No podemos escapar por la puerta, y no hay otra salida.

—De hecho… —respondió Ephyra—. Sí que hay otra salida.

—¿Dónde?

—Un lugar como este necesita un sitio por el que sacar a los prisioneros muertos sin contaminar el resto de la fortaleza —le explicó Ephyra—. Hay un túnel que pasa bajo el muro perimetral desde la enfermería, por donde se deshacen de los muertos sin tener que llevarlos por toda la fortaleza. Pero está cerrado… excepto cuando hay un cuerpo del que deshacerse.

—¿Y cómo vamos a abrirlo?

—No lo haremos nosotras —dijo Ephyra—, sino Ilya.

—¡Pero lo has matado! —le dijo Beru, frunciendo el ceño. Y entonces su rostro se ensombreció—. O… espera, no me digas que vas a traerlo de vuelta.

—No exactamente —le dijo Ephyra, agachándose y recorriendo la pared de la enfermería—. No está muerto. Le extraje la mayoría de su *esha*, pero no todo.

—Pero la huella… —dijo Beru—. Solo aparece cuando matas.

Ephyra movió la mano para mostrársela.

—Tinta alquímica. Es invisible a no ser que reaccione con un agente concreto, el cual tenía Ilya. Yo tenía la tinta —dio una palmada para mostrárselo—. Y así tenemos a otra víctima de la Mano Pálida, solo que no del todo. Lo único que tengo que hacer es revivirlo.

Y tenía que apresurarse. El túnel llevaba al crematorio donde los cuerpos eran desechados, y si Ephyra no conseguía revivir a Ilya a tiempo... se desharían de él también.

—Necesito que montes guardia mientras lo revivo —le dijo a Beru—. Después nos colaremos por la entrada del túnel, y para entonces Ilya podrá abrirlo.

El temblor de su voz delataba lo nerviosa que estaba en realidad. Cuando Ilya le había contado el plan no había creído que pudieran llevarlo a cabo de verdad. Había escuchado con escepticismo todo lo que Ilya le había explicado, y había estado a punto de cancelarlo varias veces en los últimos dos días.

Pero no lo había hecho porque, por una vez, Ilya se estaba arriesgando. Le había pedido a Ephyra que confiara en él, pero el plan no funcionaría a menos que él también confiara en ella. Tenía que creer en que no iba a matarlo del todo, y en que sería capaz de revivirlo después.

Habían practicado en numerosas ocasiones, de madrugada; Ephyra absorbía el *esha* de Ilya y después lo revivía desde más y más lejos, hasta que fue capaz de hacerlo desde el interior de su habitación mientras él estaba en el perímetro de la residencia del arconte. Y notaba lo agotado que quedaba cada vez que casi moría. Pero incluso con la tez pálida y las manos temblorosas, no se quejó ni una vez.

—Sé que querías que me fuera sin ti, pero no podía hacer eso —le dijo Ephyra—. No podía dejarte aquí, con Palas.

—Lo sé —dijo Beru en un tono triste.

—Fue a Ilya a quien se le ocurrió el plan para sacarnos a ambas —Ephyra negó con la cabeza—. Odio decirlo, pero tomaste la decisión correcta cuando confiaste en él. Yo nunca lo habría hecho.

Y si conseguían salir de allí, Ephyra le debería una a Ilya. Además de lo que fuera que Beru le había prometido por su ayuda. Casi se lo preguntó, pero tal vez sería mejor que no lo supiera.

—Bueno —le dijo Beru en un tono divertido—, no es como si tuviera muchas más opciones.

—Siempre ves lo mejor en la gente —dijo Ephyra, mirándola a los ojos—. Incluso en mí.

—Ephyra... —susurró Beru.

Se oyó un grito de pronto.

—¡Se han ido por allí! ¡Encontradlas!

Testigos… O centinelas. De cualquier manera, si las atrapaban el plan se iría al traste, e Ilya moriría de verdad.

—Por aquí —dijo Ephyra, ocultándose de la línea de visión de la torre de vigilancia que había en la entrada principal. Beru le agarró la mano.

El tejado del pabellón de enfrente era plano. Si conseguían trepar hasta él, quedarían escondidas de quienquiera que pasara por abajo. Ephyra se apresuró en esa dirección con Beru pisándole los talones.

Entonces, como salido de la nada, se oyó un chillido y una luz blanca lo inundó todo.

Ephyra creyó durante un momento que se estaba muriendo. No podía escuchar ni ver nada, tan solo sentía la mano de Beru agarrada a la suya. Y entonces, captó un sonido.

—Ephyra —le escuchó decir a Beru, pero sonaba muy lejana—. Ephyra, no veo nada.

Ephyra también estaba totalmente ciega, rodeada por completo de aquella brillante luz.

—¡Ahí están, son ellas! —gritó alguien.

—¿Dónde? ¡No veo nada! —otra voz le respondió.

Al menos no eran las únicas que corrían a ciegas. Ephyra tiró de Beru y trastabilló hacia delante, hacia donde esperaba que estuviera el pabellón. Pero antes de poder dar un paso más, alguien la agarró de los brazos.

—¡Encadenadla! —ordenó.

Quien la había agarrado le tiró de los brazos y se los puso a la espalda.

—Te mataré —masculló, tratando de zafarse—. Suéltame o te mato.

Comenzó a absorber el *esha* de su atacante y notó que el agarre de este se debilitaba, pero entonces sintió unas frías cadenas alrededor de la muñeca. El fuego y el hielo recorrieron sus venas al tiempo que su Gracia luchaba contra el Fuego Divino.

—No… —susurró—. ¡No!

Aún debía revivir a Ilya, o lo quemarían. Tenía que sacarlas a ambas de allí…

—Llevadlas al patio —ordenó una voz—. Y atrapad a los otros.

¿Otros? ¿Qué otros?

Alguien la empujó contra el suelo, y oyó la respiración acelerada de Beru cuando las arrastraron lejos de allí.

CAPÍTULO DOCE

HASSAN

—¡Cierra los ojos! —gritó Hassan para hacerse oír por encima del estruendo de la bomba de luz. Tras los párpados veía el mundo iluminado de blanco.

Sintió al que supuso que era Hector agarrándolo por los hombros al tiempo que la luz se desvanecía. Hassan parpadeó y vio a los Paladines que los rodeaban tratando de protegerse los ojos de la explosión. Pero era demasiado tarde para ellos, la bomba de luz había hecho su trabajo. Incluso con la ayuda de su Gracia, los Paladines apenas serían capaces de ver mientras los efectos de la bomba de luz perduraran. Aquello les proporcionaría a Hassan, Hector y Jude unos minutos, suficientes para huir del anfiteatro.

—No lo entiendo —dijo Jude mirando a su alrededor—. Beru debía estar aquí, ¿a dónde se ha ido?

Hassan negó con la cabeza.

—No lo sé, pero tenemos que salir de aquí y trazar un nuevo plan.

—¡Tú! —gritó Hector, dando una zancada hacia uno de los Paladines que se tambaleó y cayó de rodillas, agarrándose la cara presa del pánico. Hector lo agarró por el cuello y lo levantó de nuevo—. Dime a dónde ha ido.

—Rompejuramentos —le espetó el Paladín—. ¿Qué nos has hecho?

—Dime dónde está la chica, o te prometo por mi juramento roto que te tiraré al mar.

—¡Jamás te lo diré! —gruñó el Paladín.

Sin pensárselo siquiera, Hector lo empujó hacia el filo del acantilado.

—¡Espera, espera! —dijo el Paladín, trastabillando y tratando de agarrarse a lo que fuera—. Ha escapado con la Mano Pálida, y se han llevado al Profeta como rehén.

Hassan miró a Jude, que parecía estar tan confundido como él.

—Subamos a algún lugar alto, tal vez podamos verlas desde allí —dijo Hassan.

Jude y Hector envainaron sus espadas, y Jude los guio entre las gradas hacia el túnel que conectaba el anfiteatro con el patio hexagonal de la fortaleza. Hector y Jude caminaron al frente, atentos por si aparecían más centinelas o Paladines.

—Quedaos aquí —les dijo Hector, corriendo frente a la entrada del túnel y subiéndose con un grácil movimiento a la muralla que rodeaba el patio.

—¡Espera, Hector! —le gritó Jude.

Hector se quedó petrificado en lo alto de la muralla, y Hassan se volvió para ver qué había avistado Jude. Un grupo de Testigos flanqueados por Paladines se encaminaba hacia ellos por la pasarela que se bifurcaba desde el patio y hacia el perímetro de la fortaleza. Encadenadas entre ellos estaban la chica con el dios en su interior y su hermana.

Jude agarró a Hassan del brazo y lo arrastró de vuelta al túnel, para esconderse. Se desató la espada que llevaba a la espalda y se la tendió a Hassan.

—Prepárate —dijo simplemente, y desapareció por una esquina.

Hassan esperó en tensión, aferrándose con fuerza a la espada.

Un momento después vio por el rabillo del ojo apenas un borrón y oyó una espada desenvainándose. Jude.

Hassan corrió hacia él, blandiendo su propia espada.

—¡A por ellos! —gritó alguien al tiempo que Hassan se lanzaba entre el alboroto de Testigos. Apenas podía ver a Jude y a Hector de lo rápido que se movían, debido a la ventaja que les otorgaba su Gracia.

Pero se percató de inmediato de que ellos no eran los únicos cuya velocidad parecía ir en aumento. La de los Testigos también se había incrementado, como si ellos también fueran Agraciados.

Un Testigo agarró a Hassan, que se tambaleó hacia atrás para tratar de zafarse. Con un simple movimiento de su brazo, el Testigo lanzó a Hassan contra la muralla con una fuerza sobrehumana.

Hassan cayó sin respiración. Ya no cabía duda: los Testigos poseían, efectivamente, la Gracia.

El Testigo no se molestó con Hassan, y en su lugar se dirigió hacia Jude y Hector, que estaban luchando para abrirse paso hacia la chica y su hermana, rodeadas por un grupo de Testigos ensangrentados.

Hassan se puso en pie con dificultad, aún mareado por el impacto, y alzó su espada, propulsándose de vuelta al combate. Se agachó cuando recibió otro ataque de un Testigo, y bloqueó otro de un centinela antes de detenerse frente a Jude y a Hector, que habían alcanzado a las hermanas.

—Hector, ¿qué haces aquí? —le preguntó la chica mientras él corría hacia ellas, dejando que Hassan y Jude tomaran el control frente a los Testigos que aún se acercaban.

—Rescatarte, claro está.

—No hacía falta que nos rescataras —dijo la hermana de la chica, Ephyra—. Tenemos un plan.

Hector la fulminó con la mirada.

—¿Ah, sí? ¿Y cómo va ese plan?

—Tenemos que movernos —interrumpió Hassan—. Aquí estamos expuestos, y la bomba de luz se habrá disipado ya. Van a mandar refuerzos.

Los Paladines del anfiteatro no tardarían en llegar.

—¿Bomba de luz? —preguntó Ephyra—. ¿Fue cosa de vosotros?

—Parte de nuestro plan —dijo Hector.

—*Nosotras* ya teníamos un plan —le espetó Ephyra—. Y os lo habéis cargado.

—¡Parad, los dos! —los riñó la chica—. Aún tenemos una forma de salir.

—¡Si alguien me quita esta mierda! —gritó Ephyra, sacudiendo las cadenas de metal que le rodeaban las muñecas.

Hassan le lanzó una mirada a Jude y este asintió antes de abalanzarse hacia otro Testigo, haciéndolo retroceder. Hassan fue hasta las hermanas, y Hector se alejó sin una palabra, estableciendo un perímetro a su alrededor para ganar tiempo. Hassan agarró a Ephyra de la muñeca y dio la vuelta a las cadenas.

—Hace falta una llave —le dijo Ephyra entre dientes—, cosa que no tenemos. Rómpeme el pulgar.

Hassan se puso pálido de solo pensarlo.

—A lo mejor si…

—Ephyra —advirtió la chica del dios, preocupada.

—No tenemos tiempo, ¡hazlo! —le exigió Ephyra—. Puedo curarme. Quítamelas y salgamos de aquí.

Por el rabillo del ojo Hassan avistó más Paladines posicionándose en las entradas del patio. Estaban rodeados de enemigos, y escapar cada vez parecía más imposible. Ephyra agarró a su hermana de la mano que tenía libre y le tendió la otra a Hassan.

—¡Hazlo! —gritó Ephyra con la voz quebrada por el miedo.

Hassan le agarró el pulgar y tiró de él hacia la palma de su mano.

Ephyra profirió un alarido de agonía que Hassan sintió en su interior. Con una mueca, tiró de la cadena lo más rápido que pudo. Ephyra soltó una retahíla de palabrotas mientras la cadena por fin se soltaba. Se tambaleó como si estuviera a punto de desmayarse, y su hermana la sujetó por la cintura.

—Estoy bien —resolló Ephyra, en un tono que dejaba claro que no lo estaba. Respiró con dificultad y cerró los ojos, quedándose muy quieta y cerrando el puño de la mano sana.

Hassan miró a la hermana.

—¿Está bien…?

Ella lo acalló.

—Dale un momento, necesita concentrarse para revivirlo.

¿Revivir a quién?, se preguntó Hassan. Pero no era momento de hacer preguntas. Se volvió hacia los Paladines que se acercaban y se lanzó de nuevo al combate para ayudar a Jude y a Hector a defender su posición.

Pero si Hassan había tenido dificultades contra los Testigos recientemente Agraciados, no suponía un desafío para los experimentados Paladines. Tres de ellos lo rodearon de repente. Hassan esquivó un ataque y se giró para bloquear otro, lo cual lo dejó a merced del tercero.

—¡Hassan!

En un abrir y cerrar de ojos Jude estaba allí neutralizando el golpe. Con el corazón latiéndole con fuerza, notó que alguien lo agarraba de la chaqueta y tiraba de él, antes de lanzarlo al suelo con facilidad. Aporreó con fuerza el suelo de piedra, y se revolvió ferozmente para tratar de defenderse. El Paladín le arrebató la espada de una patada, y lo siguiente que vio fue la capa azul oscuro del guerrero y su mirada amenazante mientras empujaba la punta de su arma hacia el pecho de Hassan.

—¡Basta! —ordenó una fría y calculadora voz en el patio. La voz del Hierofante.

Hassan dejó escapar una respiración entrecortada cuando la espada del Paladín se detuvo a escasos centímetros de su pecho.

Buscó con la mirada el origen de la voz, en lo alto de la muralla: el Hierofante estaba flanqueado por seis Testigos, incluyendo el que había quemado su propia Gracia.

—Bajad las armas —ordenó el Hierofante.

Para sorpresa de Hassan, fueron los Paladines los que obedecieron; se detuvieron y se volvieron hacia su amo.

A Hassan le dolía la cabeza. ¿Qué tramaba el Hierofante? Miró a Jude y a Hassan, que aún estaban tensos, preparados para luchar o para huir.

—Habéis intentado desafiarme en vano —dijo el Hierofante en un tono que mostraba decepción en lugar de ira—. Os rendiréis, o vuestros amigos lo pagarán.

Más Testigos aparecieron por detrás del Hierofante, arrastrando a unos prisioneros. Empujaron al primero contra el parapeto. Era un chico que parecía incluso más joven que Hassan, con el pelo aplastado y la cara ensangrentada. Hassan no lo reconoció, pero oyó la inhalación de Jude.

El segundo prisionero fue empujado igualmente, y a Hassan se le cayó el mundo encima. Conocía aquellos ojos de color marrón casi dorado que brillaban con rebeldía. Aquellos delicados dedos que lo habían recorrido, y aquellos labios ensangrentados que lo habían besado.

—No —se oyó decir—. No, no…

Era imposible. Khepri estaba… Estaba en Nazirah, no podía estar allí.

Y, sin embargo, ahí estaba. Khepri nunca había escapado de las ruinas del faro. Cuando el Hierofante había capturado a Hassan y a Arash, debía de haber tomado como prisionera también a Khepri.

Todo este tiempo había estado prisionera… y Hassan ni siquiera lo había sabido.

La conmoción dio lugar al terror cuando se percató de la espada que Khepri tenía apoyada en la garganta.

—Rendíos —ordenó el Hierofante de nuevo—, o morirán.

Los ojos de Khepri se encontraron con los de Hassan, y él leyó en ellos miedo y valentía. La hoja de la espada se le clavó un poco más bajo la mandíbula, derramando una sangre tan brillante que Hassan pudo verla desde donde estaba. Ella negó con la cabeza, pero Hassan ya estaba alzando las manos para rendirse.

Delante de él, Jude dejó caer su espada.

Hector los miró a ambos, y después al Hierofante y a los rehenes. Dejó escapar un bufido de rabia mientras lanzaba su espada al suelo también.

Hassan sintió que alguien lo agarraba por detrás, obligándolo a poner las manos a la espalda. Uno a uno, los Testigos los guiaron fuera del patio.

CAPÍTULO TRECE

ANTON

—¿Estás seguro de que este es el lugar correcto? —preguntó la Vagabunda en un tono escéptico mientras Anton la conducía hacia el bajo edificio al final de un camino de tierra.

—Estoy seguro —le respondió, irritado. Percibía el *esha* hueco de Ilya de forma débil a su alrededor. Aquella sensación siempre le había puesto los pelos de punta, pero esta vez al menos era él quien estaba buscándolo a propósito—. ¿Por qué?

—Porque es un crematorio —le respondió la Vagabunda.

Anton se extrañó. ¿Qué estaba haciendo Ilya en un crematorio?

—Vamos —le dijo con impaciencia, cruzando el camino de tierra en dirección al edificio.

—¿Deberíamos llamar? —preguntó la Vagabunda.

Él le dirigió una mirada molesta. No parecía haberse colado nunca en ningún sitio.

—Si es un crematorio, debe de haber una chimenea —le dijo, rodeando el edificio y subiéndose encima de unas cajas. Fue capaz de alcanzar el filo del tejado por los pelos, empujándose hacia arriba y ayudándose con los laterales del edificio.

—Yo te esperaré aquí, ¿qué te parece? —le dijo la Vagabunda—. Vigilaré que no venga nadie.

—Ve hacia la puerta —le contestó Anton, aún molesto, y recorrió el tejado. Como había supuesto, había un hueco en el techo lo bastante grande como para pasar por él. Debajo podía verse una pila de madera, donde quemaban los cadáveres. Al menos eso frenaría su caída ligeramente.

Se dejó caer, y los troncos repiquetearon de forma tan ruidosa que Anton temió que alguien apareciera. Pero el edificio estaba en completo silencio. Esperó un poco más para asegurarse de que no lo habían descubierto, y luego se puso en pie con dificultad y abrió el cierre de la puerta.

—Está vacío —le dijo a la Vagabunda cuando pasó junto a él.

—Eso es bueno —dijo ella.

—Tampoco está Ilya —aclaró Anton.

—No demasiado, entonces —rectificó ella—. Mira, hay unas escaleras ahí. ¿Tal vez lleven a un sótano?

Anton buscó una lámpara por la habitación, sin éxito. Tendrían que descender a oscuras.

Él bajó primero, con la Vagabunda pisándole los talones. La luz fue volviéndose más y más tenue mientras descendían, y Anton sintió que lo recorría un escalofrío cuando llegaron a una oscura y sofocante habitación de techo bajo. Olía ligeramente a tierra, y estaba rodeada a ambos lados por unas cunas de madera.

No, Anton se dio cuenta de pronto de que no eran cunas. Eran ataúdes, y dentro había cadáveres.

Se le puso la carne de gallina, y se quedó inmóvil mientras la Vagabunda inspeccionaba la hilera de féretros.

—Anton —dijo, controlando el tono de su voz y con la mirada puesta en uno de los ataúdes.

Sabía lo que iba a decir incluso antes de ir hasta donde estaba ella.

Anton se había pasado mucho tiempo aterrorizado por la cara de su hermano. Pero viéndola ahora, totalmente quieta y plácida dentro de esa caja, no sintió miedo. Se sintió vacío por dentro, como si hubiera perdido algo que ni siquiera sabía que tenía. Ilya tenía los ojos cerrados, y su rostro se parecía más al de cuando era un niño, sin la expresión cruel de sus labios ni el brillo mezquino en sus ojos dorados. Casi parecía insignificante, y humano. No se asemejaba en nada al monstruo que había plagado sus pesadillas. Solamente era un chico.

Anton vio entonces la pálida huella de una mano en su garganta.

Retrocedió tembloroso. ¿Lo habría matado Ephyra?

Pero aún podía sentir el leve hilo del *esha* de Ilya que reverberaba en la habitación como el sonido de un cristal rompiéndose.

—No puede estar muerto —dijo Anton mirando a la Vagabunda—. Tú también sientes su *esha*, ¿no?

Ella se acercó al ataúd y le presionó la garganta con los dedos en busca de su pulso.

—Está vivo, pero a duras penas. ¿Qué quieres hacer?

Aquella había sido su idea, su estúpido plan.

Necesitaban otra forma de acceder a la fortaleza, y un plan nuevo.

Pero antes de que pudiera pensar en nada, los párpados de Ilya se movieron ligeramente. Anton se quedó paralizado, pensando que era un truco de la luz, pero entonces Ilya inspiró con fuerza y sus ojos se abrieron de par en par.

Anton se echó hacia atrás con el corazón latiéndole con tanta fuerza que pensó que iba a escapársele del pecho. Tropezó contra otro ataúd y cayó al suelo.

—¡No estoy muerto! —gritó Ilya, aferrándose a las paredes del féretro para incorporarse.

—Ya lo veo —resopló Anton, aún con el pulso disparado mientras se ponía en pie.

La mirada de Ilya se posó en él y arrugó la frente, totalmente confundido.

—¿Anton?

—¿Sorprendido de verme? —preguntó Anton, quitándose el polvo de la ropa para evitar mirarlo.

—Si eres una alucinación causada por mi roce con la muerte, no —respondió Ilya—. Pero si fueras una alucinación ya estarías enumerando todas las cosas terribles que te he hecho, así que voy a asumir que eres real.

—Quizá tengamos tiempo para eso más tarde.

Ilya empezó a salir del ataúd, pero entonces hizo una pausa al contemplar a la Vagabunda.

—¿Y tú quién eres?

—Viene conmigo —le dijo Anton—. ¿Quieres explicarnos por qué estabas prácticamente muerto en un crematorio?

—Si de verdad quieres saberlo —respondió Ilya mientras se arreglaba la ropa con delicadeza—, Palas me ha ejecutado. O, bueno, eso cree él.

—¿Perdona? No tienes mucha pinta de haber sido ejecutado —Anton entrecerró los ojos, observando mejor a Ilya. Le temblaban las manos y tenía la tez pálida.

—Ya, muchas gracias, ese era el objetivo —le dijo Ilya, mojándose el pulgar con saliva y pasándolo por la marca pálida de su garganta. Para asombro de Anton, la marca de la Mano Pálida se borró—. Es parte del plan. Tú, sin embargo... —dijo mirando a Anton—, *no* eras parte del plan. Y me esperan en otro sitio, ¿así que podemos continuar esta pequeña reunión después?

—¿Qué plan? ¿Qué te traes entre manos? —le preguntó Anton.

Ilya no se dignó a contestar, sino que se dio la vuelta y se adentró aún más en la cámara.

—¿A dónde vas? —preguntó Anton mientras el otro se alejaba. Le dirigió una mirada azorada a la Vagabunda, que se limitó a encogerse de hombros.

—Hay un pasaje que lleva a la fortaleza —explicó Ilya—. Y... Ah, aquí está.

—¿Por qué vas a entrar a la fortaleza? —le preguntó Anton, mirando tras Ilya la apertura del túnel, el cual estaba iluminado por intermitentes pero brillantes luces.

—Para rescatar a Ephyra y a su hermana —contestó Ilya, como si fuese algo obvio.

Anton se rio, pero Ilya se lo quedó mirando de forma calmada.

—Espera, ¿es en serio?

—Claro que es en serio —respondió Ilya—. Mientras Palas tenga a la chica bajo su control, tiene el poder de un dios a su disposición. Si las sacamos de ahí, perderá su única fuente de poder.

Anton lo miró boquiabierto.

—¿De verdad esperas que me crea que te has vuelto en su contra, después de lo que hiciste en Behezda?

Ilya le dirigió una mirada de desprecio que conocía bien.

—Lo que hice en Behezda fue ganarme una posición en el círculo íntimo de Palas, lo cual me ha permitido hacer todo esto.

—Te crees que soy imbécil, ¿no?

—En este momento me da igual lo que pienses —le dijo Ilya—. Puedes esperar parado aquí, o venir conmigo y comprobarlo por ti mismo. Yo me voy.

—Claro. Seguro que quieres que vaya contigo para poder entregarme al mismísimo Palas.

—Acabo de decirte que me da igual si vienes o no.

—Bueno, pues resulta que yo también necesito entrar en la fortaleza —dijo Anton—. Así que vamos contigo, y me vas a llevar hasta Jude.

—¿Jude? —repitió Ilya, confundido—. ¿Te refieres al guerrero aquel que estaba desesperadamente enamorado de ti?

Anton sintió cómo se sonrojaba.

—¿Por qué iba a llevarte hasta él? No tengo ni la más remota idea de dónde está.

—No me mientas —le advirtió Anton con rabia—. Sé que Palas lo tiene encerrado, lo vi.

Encerrado y probablemente siendo torturado. Anton se obligó a dejar su miedo a un lado.

—No tengo ni idea de lo que estás diciendo.

Aquello era una pérdida de tiempo. Anton no necesitaba a Ilya para encontrar a Jude: él era el Profeta. Cerró los ojos y buscó el *esha* de Jude de nuevo. Dejó que su mente vagara lejos del crematorio, de Ilya y de su propio cuerpo, transportándolo hasta que pudo verlo.

Jude estaba arrodillado en un gran vestíbulo con la espalda contra una de las paredes. Sobre él se extendían unos altos ventanales que dejaban entrar la grisácea luz del cielo. Pero no estaba solo: Hector permanecía arrodillado a su lado, y también el príncipe de Herat, Beru, Ephyra y una chica herati a la que Anton no conocía. Con un sobresalto se dio cuenta de que el chico que estaba al lado de ella no era otro que Evander.

Todos estaban atados y rodeados por una decena de Testigos y, sorprendentemente, unos cuantos Paladines esperaban firmes en un balcón desde el que Palas observaba a los demás. Anton no podía escuchar lo que decían y lo veía todo borroso, como si estuviera observando a través de un grueso cristal. Pero entonces dos de los Testigos agarraron a Jude y lo alejaron a rastras de los demás.

—¡No! —gritó Anton, y la imagen se disolvió a su alrededor. Estaba de vuelta en el túnel con Ilya y la Vagabunda, y apretó ambos puños.

—¿Anton? —quiso saber ella, poniéndole una mano sobre el hombro. Incluso Ilya parecía asustado.

—Palas los ha capturado. A todos —miró a Ilya—. Incluso a Beru y a Ephyra.

Ilya maldijo en voz baja.

—¿Dónde?

—No estoy seguro, en una especie de vestíbulo —contestó Anton, intentando recordar—. Había unos ventanales grandes y un balcón enfrente.

Ilya se dio la vuelta y entró por el túnel.

—¿A dónde vas? —gritó Anton detrás de él.

—La habitación que has visto está en la residencia del arconte —le dijo Ilya—. Este túnel nos llevará a la enfermería de la fortaleza, solo tenemos que colarnos de vuelta en sus aposentos. Aunque no estoy muy seguro de cómo vamos a movernos por allí sin ser… Ah, ¿qué tal si nos disfrazamos con los uniformes de los centinelas de la enfermería?

—¿Y luego qué? —exigió saber Anton.

Ilya hizo una pausa, mirando hacia la oscuridad que se extendía frente a ellos.

—Creo que tengo una idea —dijo lentamente—. Pero por desgracia para ti, tendrás que confiar en mí.

Anton recordó el rostro de Jude cuando los Testigos se lo habían llevado, su determinación, que era como fuego y metal al enfrentarse al miedo. Fuera lo que fuere lo que Palas tenía pensado hacerle, iba a hacerlo pedazos primero. Y tal vez lo mataría después.

—De acuerdo —se obligó a decir Anton de mala gana. Ilya alzó las cejas, sorprendido, como si no hubiera esperado que Anton accediera de verdad—. Lo haré.

—¿Confiarás en mí? —preguntó Ilya, mientras escrutaba cuidadosamente el rostro de Anton.

Anton sintió la mirada de la Vagabunda, que también estaba puesta en él. Se rodeó con sus propios brazos, tratando de alejar el frío que se había apoderado de su cuerpo.

—Eso, jamás. Pero iré contigo.

Ilya lo observó durante un largo rato en la oscuridad, completamente quieto y en silencio. Anton no sabía cómo interpretar su expresión. Por fin, Ilya asintió.

—No perdamos más tiempo, pues.

Empezó a caminar por el túnel. Un segundo después, Anton lo siguió con la Vagabunda tras él. Anton iba a arriesgar la vida de ambos para intentar liberar a Jude. Y haría cualquier cosa para salvarlo, incluso seguir a Ilya directo a la boca del lobo.

ANTES

Al final, fue el miedo que le daba lo que el dios pudiera hacerle a Temara lo que convenció a Ananke. Le dio un beso de despedida a Temara en la cabaña del fin del mundo, y se marchó con Palas.

El viaje les llevó semanas mientras recorrían el mar de Pélagos y se dirigían al valle de Seti. Ananke se pasó gran parte del trayecto preocupada por lo que los otros Profetas dirían a su llegada. Estaba afligida, otras veces arrepentida, y otras furiosa por su traición.

Los otros Profetas los esperaron en la orilla del Río de la Misericordia, a las afueras de la ciudad de Behezda.

—No disponemos de mucho tiempo —advirtió Palas—. Una vez que el dios sienta que Ananke ha vuelto, vendrá a por ella.

—Entonces seamos breves —coincidió Nazirah.

—Esperad —dijo Ananke—. Tengo que… Quiero deciros que siento de verdad todo lo que he causado.

Behezda le puso una mano en el hombro.

—Lo que hiciste fue muy estúpido… Pero seríamos todos unos necios si no viéramos que esta es nuestra única opción.

—Ya habrá tiempo para recriminaciones y rectificaciones más tarde —respondió Tarseis—. Palas, cuéntanos cómo destruir al dios.

—El dios habla solamente con nosotros —dijo Palas—. Solo nosotros podemos escuchar las sagradas palabras de nuestro Creador. No son palabras en ningún idioma humano, ya que la poderosa voz del dios volvería loca a una persona corriente. Así que solo nosotros podemos comprender el lenguaje del *esha*.

—¿Y bien? —preguntó Keric—. ¿Cómo lo derrotamos?

—Respondiéndole —dijo Palas—. Dentro de todos nosotros hay una parte del *esha* del dios, que nos da el poder de entender su mensaje. Pero si combináramos nuestros poderes, podríamos *hablar* el lenguaje del *esha* y del dios también. Nuestro *esha* podría combinarse para pronunciar una palabra que lo destruyera.

—Hablar la lengua del dios —repitió Nazirah, negando con la cabeza—. Es una idea peligrosa, Palas.

—Es nuestra única opción si queremos salvar al mundo de la ira del dios —respondió Palas.

Con inquietud, los otros accedieron.

Los Siete Profetas dejaron que su *esha* se extendiera por el mundo a su alrededor. Cada uno reverberó con su propia frecuencia divina, y al tiempo que las ondas de su *esha* se expandían, comenzaron a tejer juntos, tratando de crear una sola onda de poder.

Una palabra que hablara la lengua del dios, la lengua de sus creaciones.

La Palabra Sagrada se manifestó en los Profetas.

Una sombra oscura cubrió el sol y el viento sopló con fuerza sobre el valle.

Luces y sombras se unieron en una espiral.

El dios había llegado.

Su rugido retumbó en la tierra, y descendió sobre los Profetas como una inescrutable y gran bestia.

Los Siete miraron hacia el cielo y vieron la destrucción del dios abalanzándose sobre ellos.

Alzaron las manos, y con la Palabra Sagrada resonando entre ellos, tocaron al dios.

Luz y fuego.

Unas pálidas llamas chisporrotearon en el aire mientras el patrón del *esha* del dios se quebraba. Su cuerpo, construido por luces y sombras, cayó a la tierra.

CAPÍTULO CATORCE

BERU

Beru estaba arrodillada en el frío suelo de mármol junto a Ephyra.

—Me alegra que hayáis intentado rescatar a vuestras amigas —dijo Palas, caminando lentamente frente a todos los prisioneros—. Ahora tengo más rehenes valiosos. El príncipe de Herat. —Posó su mano en la cabeza del príncipe, empujándolo levemente—. Y el chico con la extraña conexión con mi mascota favorita.

Beru odiaba pensar en la idea de Palas usando a Hector contra ella, casi tanto como había odiado que utilizara a Ephyra. Pero ahora todos estaban a su merced. Los Testigos ya se habían llevado al otro guerrero, Jude. Beru temía quién podría ser el siguiente.

Le dirigió una mirada a Hector al tiempo que Palas pasaba su mano por el cuello de este. Vio cómo Hector se estremecía, forcejeando contra las cadenas de Fuego Divino que llevaba alrededor de las muñecas. El miedo y la ira invadieron a Beru. Se dio cuenta de que había echado de menos las emociones de Hector, las cuales no había sentido en absoluto en los anteriores meses, ya que su conexión se fortalecía cuanto más cerca estuvieran el uno del otro.

Ya estaba acostumbrada a sentir en su lugar los sentimientos del dios. Pero los de Hector eran muy diferentes: no eran antinaturales, destructores ni absolutos, sino que le transmitían calma y familiaridad. Observó su perfil, la tensión de su mandíbula, y se concentró en sus sentimientos cuando la voz del dios resonó en su cabeza.

PEQUEÑA MORTAL, siseó la voz, ESTA ES TU OPORTUNI-
DAD. MÁTALO.

Estoy atada, le recordó, con el frío metal del collar de Fuego Divino
hormigueándole en el cuello.

NO, YO ESTOY ATADO, le respondió el dios. PODRÍAS SER
LIBRE SI NO TE DEJARAS LLEVAR POR EL MIEDO. LAS CA-
DENAS NO PUEDEN RETENER A UN DIOS POR MUCHO
TIEMPO.

Beru se estremeció, ya que sabía que el dios estaba diciendo la verdad.
Y mientras que se refería en esa ocasión al collar de cadenas, lo mismo
podía afirmarse respecto del sello que lo mantenía a raya. No podría frenar
la voluntad del dios para siempre.

DEJAS QUE TE CONTROLEN A PESAR DE QUE ERES MÁS
PODEROSA DE LO QUE IMAGINAN, se mofó el dios. CONDENAS
A TUS AMIGOS A SUFRIR POR CULPA DE TU DEBILIDAD.

—Y tú... —dijo Palas, sosteniendo la cara de Ephyra—. Creo que vas
a tener que aprender cuál es tu lugar.

—No —dijo Beru—. No la castigues, castígame a mí. Fue cosa mía.

—Este será tu castigo —dijo Palas. Hasta entonces no la había obligado a presenciar cómo maltrataba a Ephyra.

—¡Espera! —le rogó Beru—. Haré lo que quieras, pero no... no le
hagas daño. No le hagas daño a ninguno de ellos.

SOLO HAY UNA MANERA DE SALVARLOS. ¡MÁTALO!

Beru apretó los ojos, intentando bloquear los pensamientos del dios.

MÁTALO Y LIBÉRAME, ordenó el dios. SERÉ MISERICORDIO-
SO, PERMITIRÉ QUE ESTOS MORTALES VIVAN, SI ASÍ LO DE-
SEAS. LOS PROTEGERÉ.

No. Aún recordaba lo que había sentido cuando había estado atrapada
en su propio cuerpo mientras el dios destruía todo a su paso en Behezda.
Era un miedo que nunca antes había experimentado, y aún la atormentaba. Aquel océano inconmensurable y profundo que era la ira del dios, y su
total impotencia ante la duda de si el dios golpearía el mundo entero hasta
dejarlo hecho pedazos. Hasta que todo y todos a los que ella había querido
no fueran más que ceniza bajo el poder sin límites del dios.

No... No iba a matar a Palas ni liberaría al dios. No lo haría por nada
del mundo.

—Harás lo que te diga, o los mataré a todos y a cada uno de ellos —dijo Palas—. Tal como maté a Ilya cuando supe que estabais conspirando juntos.

Beru se forzó a mirar al suelo, evitando a Ephyra. Ilya todavía seguía en algún sitio. ¿Habría sido Ephyra capaz de revivirlo antes de que las capturaran?

Justo cuando se le ocurrió aquello, las puertas de la entrada se abrieron y la luz bañó el vestíbulo.

Pero la persona que ascendió por las escaleras no era Ilya. Era una mujer a la que Beru no conocía.

Pero claramente el dios sí sabía quién era.

TRAIDORA, espetó el dios. LA SÉPTIMA PROFETA, LA QUE EMPEZÓ TODO ESTO.

La mujer entró de forma serena, dando largos pasos; llevaba un simple vestido azul oscuro y el pelo recogido de manera sencilla, y sin embargo era la dama más elegante que Beru había visto nunca. Se le puso la carne de gallina mientras la mujer observaba a Palas. Había algo en sus oscuros ojos, una cualidad en su mirada que se parecía mucho a la de Palas, y a la vez era muy distinta.

LA VAGABUNDA.

Beru la contempló, estupefacta. ¿Otra Profeta? Por alguna razón no se le había ocurrido pensar que, si Palas aún estaba allí, también podían continuar con vida los demás Profetas originales.

Beru había visto muchas cosas imposibles a lo largo de su vida: su propia resurrección, la de Hector, el rey Nigromante que estaba vivo después de haber pasado quinientos años preso en un oasis del desierto, el regreso de un dios asesino en las ruinas de Behezda…

Y, aun así, se quedó atónita al ver a la Vagabunda, una de las Siete Profetas que habían acabado con el dios y le habían conferido la Gracia a la humanidad, caminando con indiferencia a través del vestíbulo.

La mirada de la Vagabunda estaba puesta en Palas, y la de él en ella; su rostro era casi inexpresivo, con las líneas de expresión congeladas.

—Palas —saludó la Vagabunda—. Ha pasado mucho tiempo, ¿no es así?

—Más de cien años —asintió Palas—. Creí que estarías demasiado asustada como para enfrentarte a mí.

—¿Asustada, yo? —dijo la Vagabunda, con un toque de diversión en su melodiosa voz—. Yo no soy la que renunció a su nombre y adoptó una nueva identidad para esconderse de los demás.

—No es que tengas un nombre al que renunciar...

—Sí, te encargaste de que así fuera —respondió la Vagabunda con el rastro de una sonrisa en sus labios—. Hace mucho tiempo.

Beru miró entre los dos Profetas, sin entender realmente aquella conversación. ¿Eran aliados, o enemigos?

—¿Así que has vuelto por fin para negociar con tu vida? —le preguntó Palas—. Ya sabes cuánto tiempo llevo esperando para matarte.

—No, para nada —se rio la Vagabunda—. Me temo que tendrás que seguir esperando otro poco. He venido a ofrecerte algo que deseas incluso más.

—¿El qué?

—A mí —resonó una voz a través del vestíbulo.

Beru alzó la vista al balcón de la parte superior, donde había una figura bañada por la luz que entraba a través de las vidrieras de los ventanales. Anton.

Oyó a Hector inspirar profundamente, y el susurro del príncipe:

—No puede ser...

Un murmullo de voces se alzó entre los Testigos y los Paladines.

—Atrapadlo —ordenó Palas a los Paladines—. ¡Ahora!

Anton alzó las manos con calma mientras los Paladines subían los escalones y lo rodeaban en el balcón. Asintió con la cabeza levemente, en un gesto casi imperceptible, pero entonces Beru sintió a alguien detrás de ella.

—No reacciones —susurró una voz.

Beru se quedó completamente quieta.

—Voy a abrir el collar —dijo Ilya en voz baja—. Usa tu poder para liberar a los demás. Hay un barco en el muelle.

Entendió enseguida lo que le pedía. Pero ¿podría emplear los poderes del dios para sacarlos a todos de la residencia del arconte, de la fortaleza, y llevarlos hasta el barco? ¿Y podría hacerlo sin liberar por completo al dios?

No estaba segura. Podía sentir al dios pugnando por liberarse de su prisión, golpeando el sello que lo mantenía atrapado en su interior. Utilizar su poder le daría fuerza.

Pero antes de poder sopesar aquel peligro contra la posibilidad de liberarlos a todos, notó las manos de Ilya en su cuello, abriendo las cadenas. Estas cayeron, y el leve dolor que el Fuego Divino le infligía se desvaneció. En su lugar, los sentimientos del dios la golpearon. La ira y la emoción se mezclaron con su propio miedo y con su alivio.

—Ahora —la instó Ilya—, mientras los Paladines están ocupados.

VENGA, PEQUEÑA MORTAL… VEAMOS DE LO QUE ERES CAPAZ.

Beru vaciló, el pánico la invadió como una ola de calor en su interior.

TÚ Y YO SABEMOS QUE ME LIBERARÉ, DE UNA FORMA O DE OTRA, le dijo el dios. DEBERÍAS SALVAR A TUS AMIGOS MIENTRAS PUEDAS.

Beru miró a Ephyra y a Hector, que estaban pendientes de Anton en el balcón, sin ser conscientes de que Ilya iba a rescatarlos… siempre que Beru pudiera reunir el valor suficiente para desempeñar su papel.

Beru respiró hondo y se puso en pie. Con un simple movimiento de la mano, las cadenas de los demás se abrieron.

Palas se volvió para mirarlos, y a Beru casi le pareció ver un gesto de miedo en su rostro.

En un abrir y cerrar de ojos, Khepri y Hector tenían a los dos Testigos junto a ellos atrapados en el suelo. Los otros no actuaron tan deprisa, pero Ephyra y Hassan se enfrentaron a tres Testigos. Dos más se cernieron sobre la Vagabunda a la entrada del vestíbulo.

—¡Matadlos! —exigió Palas—. Si no me obedece, matad a los demás.

No.

Sin pensar, Beru extendió una mano. El poder del dios surgió en su interior y los Testigos y los Paladines se quedaron congelados, con las piernas y los brazos completamente inmóviles. Algunos cayeron al suelo al ser incapaces de dar el siguiente paso o de frenarse. Beru se percató de que había sido ella quien los había detenido.

Palas abrió los ojos de par en par, mirando a Beru fijamente. Esta sintió el placer del dios. Por fin tenían ventaja contra Palas, y por fin él temía lo que ella haría a continuación.

Vio un movimiento por el rabillo del ojo, y Anton se zafó de los Paladines inmóviles, volviéndose y corriendo hacia el pasillo.

—¿A dónde va? —oyó preguntar a Ephyra.

—A buscar a Jude —dijo Ilya a su espalda.

Beru buscó la mirada de Hector. Sentía el miedo y también la furia latiendo en su interior, y supo lo que Hector quería hacer. Asintió.

—Ve.

Hector asintió con la cabeza y corrió tras Anton.

Beru volvió a centrarse en Palas.

MÁTALO, exigió el dios, su voz bramando en el interior de Beru.

Miró largamente los azules y fríos ojos de Palas, y percibió cómo el odio del dios aumentaba en su interior. Y con ese sentimiento llegó también el deseo de usar el poder del dios contra Palas, igual que él la había forzado a que lo hiciera tantas veces.

Notó que el control se le escapaba por momentos, y por el miedo que reflejaban los ojos de Palas, supo que él también podía advertirlo.

—Beru —dijo Ilya, inquieto.

El muelle. El barco. Tenía que trasladarlos a todos allí. Pero la voluntad del dios rugía en su interior, ahogándola con la necesidad de romperle el cuello a Palas. Sería tan fácil…

Cerró lo ojos de nuevo, soltando algo del poder del dios para que no la sobrepasara por completo.

Los Testigos y los Paladines se liberaron, recuperando la movilidad de pronto.

—¡Las cadenas de Fuego Divino! —ordenó Palas—. ¡Rápido!

Los Testigos y los Paladines se pusieron en marcha enseguida, y rodearon a Beru y a los demás. No tenían armas, ni defensa alguna.

Beru era su única manera de salir de allí.

Eres Beru de Medea, se dijo, invocando el poder del dios de nuevo. Las compuertas se abrieron dentro de ella, mientras la voluntad del dios bramaba en su cuerpo. *Eres Beru de Medea.*

Trató de aferrarse a algo, cualquier cosa que la anclara, y evocó un recuerdo de alguna parte recóndita de su mente: la cara de Hector en la oscuridad, mientras le decía: «Te perdono. No… No quiero que mueras».

Beru retuvo aquel recuerdo en su mente, aferrándose a él como si le fuera la vida en ello, e invocó de nuevo el poder del dios mientras se preparaba para la ira que lo acompañaba. Alargó la mano, y una fuerza brotó de ella como una ola y se estrelló contra las paredes del vestíbulo, haciendo estallar las ventanas.

Controló los trozos de cristal, impidiendo que cayeran y haciéndolos flotar, y los apuntó hacia los Testigos y los Paladines.

La voluntad del dios aulló en su cabeza, amenazando con tragársela por completo.

Al otro lado de la habitación, Palas le dirigió una mirada cargada de ira.

¡AHORA, MÁTALO!

Beru se desplomó hacia delante, pero alcanzó a frenar la caída apoyando las manos en el frío suelo de mármol. Cada centímetro de su ser le pedía que lo hiciera, que destrozara a Palas. Lo único que pudo hacer fue quedarse quieta, luchando contra ello.

—Ilya —resolló—. Las cadenas.

—¿Qué? —Se agachó junto a ella.

—Cuando yo te diga —le dijo, y entonces invocó de nuevo el poder del dios, agarrando a sus amigos con él y tirando de ellos.

El mundo giró sobre sí mismo. Beru sintió que la arena le salpicaba la cara, oyó las olas estrellándose y voces gritando a su alrededor. Pero no podía moverse, apenas podía pensar por encima del rugido del dios. La invadía por completo, derramándose por el sello de Palas y tomando el control. Y Beru no podía hacer nada para pararlo.

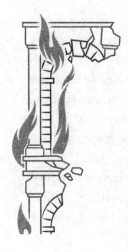

CAPÍTULO QUINCE

JUDE

La sangre salpicó la alfombra de la sala donde Jude estaba de rodillas como si de lluvia se tratase. Había perdido la cuenta de los golpes que los Testigos le habían propinado. Le ardía la mandíbula, y estaba seguro de que ya tendría moratones.

El Testigo de las cicatrices tenía un atizador, al que estaba calentando sobre las crepitantes llamas de la chimenea que había al otro lado de la habitación. Jude recordaba aquellos fríos y grises ojos de cuando sus espadas se habían cruzado. Y también recordaba haberlo visto tendido en el suelo, sangrando, la última vez que se habían cruzado en las ruinas de Behezda.

El Testigo parecía recordarlo también, a juzgar por lo mucho que estaba gozando de aquello. Se aproximó lentamente a Jude, haciendo girar el atizador en la mano.

—Dinos dónde está el Profeta.

Jude advirtió que se le nublaba la vista, contemplando al Testigo de forma intermitente.

—No lo sé.

Su propia voz parecía sonar muy lejos.

—¿Y pretendes que me lo crea?

Jude miró a los otros Testigos que estaban posicionados a su lado.

—¿Por qué no usáis la Gracia que habéis robado para ver si miento?

Le castañearon los dientes al hablar. Cuando ninguno de ellos contestó, dejó escapar una risa ahogada y sintió la sangre en su boca.

—Ah, dejad que lo adivine… No sabéis cómo hacerlo, ¿no? Solo porque un dios le haya arrebatado la Gracia a alguien y os la haya dado, no significa que sepáis ni lo más mínimo…

Una oleada de dolor invadió su pecho cuando el Testigo de las cicatrices presionó el hierro candente contra su esternón. Chisporroteó contra su piel, grabándose encima de sus anteriores cicatrices de Fuego Divino. Apenas podía respirar debido al dolor que sentía, notó la sangre agolpándosele en la boca, y las náuseas llegaron después.

—Guardián de la Palabra —dijo el Testigo de las cicatrices como si estuviera contemplando algo—. Eres su protector, y su sirviente… Dime, ¿tus servicios al Profeta también incluyen atenderlo en la cama? Algunos de los Paladines que hay aquí parece que piensan que sí.

La rabia invadió a Jude entonces, rápida y caliente como el fuego. ¿Cómo se atrevían los Paladines, que habían traicionado su deber de manera tan absoluta, a convertir la devoción de Jude y su amor en algo tan vulgar? Eran ellos los que deberían estar avergonzados, no Jude. Jamás lo volvería a estar, y desde luego no por eso.

El Testigo de las cicatrices volvió a apretar el atizador contra su pecho. Jude escuchó que un alarido casi animal escapaba de su garganta, paralizando el resto de sus sentidos.

—Yo quería matarte —le explicó el Testigo, agarrándolo del pelo y obligándolo a echar la cabeza hacia atrás—. Pero el Inmaculado dijo que tú sabrías dónde estaba el Profeta. Si le digo que no lo sabes, ¿crees que me dejará cortarte la garganta?

Jude luchó por tomar una bocanada de aire; el cuerpo entero le temblaba de manera tan violenta que por un momento pensó que se le iba a caer toda la piel. Sintió su pulso ralentizándose, y recibió con los brazos abiertos la idea de perder la conciencia. Lo que fuera con tal de escapar de aquel dolor.

Se le cerraron los ojos. Tal vez dejarse ir no estaría tan mal… La idea de descansar, simplemente. No quería morir, pero no le parecía tan mala idea en ese momento.

Se dejó flotar hacia la inconsciencia y el dolor se atenuó, evaporándose poco a poco.

Un gran estruendo sonó en la habitación, pero Jude lo percibió amortiguado, como si estuviera bajo el agua. Estaba alejándose, y nada de aquello parecía importar ya.

—¡Fuera de nuestro camino! —rugió una voz. Una voz familiar, que le produjo una breve y agradable sensación de consuelo.

—¡Tú! —gruñó la voz del Testigo de las cicatrices.

Se oyeron más ruidos, gente moviéndose y una conmoción. Jude sentía como si flotara sobre todo aquello, como si fuera un barco destrozado siendo balanceado por el furioso mar. El tiempo parecía fluir y detenerse, y Jude no supo si habían pasado segundos o tal vez horas cuando una voz se alzó en medio del estruendo, llamándolo.

—¡*Jude*!

Unas manos lo agarraron de los hombros, pero no tenía ya fuerzas para tratar de zafarse.

Jude se obligó a abrir los ojos, y vio la familiar y hermosa cara de Anton sobre él, como si lo hubiera convocado. No pudo evitar esbozar la sonrisa que alzó las comisuras de sus labios.

Se preguntó vagamente por qué no sintió sorpresa al ver a Anton allí, y entonces se dio cuenta: porque era un sueño. Ya se había dejado llevar hacia la inconsciencia.

—Jude, tenemos que irnos —dijo la aparición. Jude sintió que las cadenas que le rodeaban las muñecas desaparecían, y sin pensárselo alzó una mano para tocarle la cara a Anton.

La aparición se quedó inmóvil.

—Soñé que te encontraba… —le dijo Jude en un susurro.

La aparición dejó escapar un suspiro entrecortado, mirándolo con los ojos muy abiertos. Puso una de sus manos sobre la de Jude, sujetándola contra su propio rostro.

—Lo sé, Jude.

Se oyó el sonido del metal al chocar a su alrededor, y la aparición parpadeó.

—¿Puedes ponerte en pie?

Jude sintió algo a ambos lados, y la aparición trató de levantarlo. Jude trastabilló, sujetándose a la cintura de la aparición sin dejar de mirarla.

—¡Hector! —gritó la aparición, y al cabo de unos segundos Jude notó que más manos lo sujetaban y lo mantenían en pie.

—Está muy ido —dijo la aparición—. Creo que ha perdido mucha sangre.

—Anton —dijo Jude. Tenía algo importante que decirle, algo que necesitaba decirle. Trató de formar las palabras, pero se le escaparon de entre las manos como si fueran humo.

Abrió los ojos, y por un momento Jude pensó que estaba de vuelta en el mausoleo, donde Hector lo había abandonado y él se había encontrado al chico más guapo que había visto en su vida arrodillado a su lado.

—Oye, oye, no me hagas esto —dijo la voz de Anton, muy cerca de su oído—. Tienes que seguir despierto, Jude. Quédate conmigo.

Jude vio lágrimas en los ojos de Anton, y alzó la mano para tocar aquellas pecas que salpicaban su rostro como si fueran estrellas.

Pero entonces Jude cerró los ojos de nuevo, y dejó que todo desapareciera.

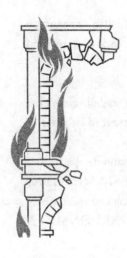

CAPÍTULO DIECISÉIS

EPHYRA

El viento rugía alrededor de Ephyra mientras se ponía de pie en la arena y miraba a su alrededor, evaluando la situación. Estaba en una pequeña franja de playa rodeada de los otros prisioneros de Palas: el príncipe Hassan, al cual estaba ayudando a ponerse en pie la chica herati, y detrás de ellos estaba el chico asustado de ojos azules, tendido sobre la arena junto a la mujer que Ephyra había conocido una vez como la señora Tappan.

Y más allá, Ephyra vio a Beru. Con el corazón latiéndole desbocado en el pecho, corrió por la arena.

Lo había conseguido, los había sacado a todos de la fortaleza.

Aunque algo no andaba bien. Estaba tan aliviada que no había notado nada, pero mientras se acercaba a Beru, la inquietud aumentó en su interior. La forma en que su hermana permanecía allí plantada con el rostro inexpresivo... Ephyra lo reconoció de aquel día en Behezda. De aquellos primeros momentos en los que se dio cuenta de que había resucitado a un dios en el interior de Beru.

El mismo miedo e igual desesperación la invadieron en ese momento, aunque con una intensidad mucho mayor, ya que ahora sí sabía exactamente de lo que era capaz el dios.

Frente a ella, Ilya estaba tendido en la arena, quieto. Con movimientos lentos y calculados, el dios que portaba el rostro de Beru alzó una mano, y con ese gesto elevó en el aire el cuerpo inerte de Ilya.

—No. ¡No! —dijo Ephyra con la voz entrecortada. Ilya se mantuvo suspendido en el aire frente a ella con la cabeza balanceándose de un lado a otro, con algo entre las manos.

Las cadenas de Fuego Divino.

Ephyra sintió cómo los demás se ponían en tensión tras ella cuando se dieron cuenta de la situación: una vez más estaban a merced de un dios vengativo.

Beru abrió la boca, y aquella voz antigua y terrible salió de ella.

—DEBERÍAS HABER ACEPTADO MI PROPUESTA MIENTRAS TUVISTE OCASIÓN, PEQUEÑA MORTAL —Parecía como si estuviera hablando consigo mismo… Con Beru—. HABRÍA PERDONADO A TUS AMIGOS.

Ephyra se quedó petrificada mientras el dios obligaba a Beru a cerrar lentamente el puño. El cuerpo de Ilya se sacudió en el aire. Abrió los ojos de pronto y dejó escapar un sonido ahogado, retorciéndose en el aire.

—¡No! —gritó Ephyra al tiempo que la invadía una oleada de miedo, y trataba de alcanzar de forma instintiva a Ilya.

La mirada del dios se volvió hacia ella.

—Beru, soy yo —le dijo Ephyra con voz temblorosa, pero manteniéndose firme—. Tienes que luchar contra él, sé que puedes hacerlo.

—TU HERMANA NO ESTÁ AL MANDO AHORA MISMO.

—Sé que puedes oírme, Beru —continuó Ephyra. Miró a los otros de reojo, tratando de que entendieran lo que debían hacer: apoderarse de las cadenas de Fuego Divino mientras ella distraía al dios—. Sé que estás ahí dentro, luchando.

La mano del dios descendió, e Ilya de desplomó sobre la arena. El dios se quedó inmóvil y la cara de Beru se contorsionó como si estuviera dolorida, encogiéndose sobre sí misma y temblando.

Estaba dando resultado. Beru se revelaba, tratando de recuperar el control sobre la voluntad del dios.

—Concéntrate en mi voz —le indicó Ephyra. Por el rabillo del ojo vio a Hassan echando a correr hacia Ilya, que aún estaba desplomado—. Escúchame.

El dios dejó escapar un terrible rugido, haciendo un gesto con la mano y lanzando al príncipe contra la arena.

—¡Hassan! —aulló la chica herati.

—NO ME ENCERRARÁS —bramó el dios—. NO DEJARÉ QUE ME ENCADENEN DE NUEVO.

Ephyra tembló.

—Beru…

—¡SILENCIO!

Ephyra abrió la boca para hablar de nuevo, pero no salió ningún sonido de ella. Trató de gritar, pero el dios le había arrebatado la voz.

—¡Beru!

Aquella era la voz de Hector, que la llamaba desde lo alto de un saliente rocoso que daba a la franja de playa.

Ephyra se volvió y lo vio avanzando a trompicones por las rocas con Jude inerte entre él y el cuerpo algo más pequeño de Anton.

El trío se detuvo, analizando la escena que tenían ante ellos. Hector le pasó el cuerpo de Jude a Anton, que trastabilló bajo el peso, y dio un paso hacia Beru.

Y de pronto fue arrancado del suelo, alzándose en el aire. Ephyra hizo un gesto, esperando que este fuera lanzado contra el suelo igual que había pasado con el príncipe. Sin embargo permaneció flotando. Beru cayó con los puños apretados, temblando.

—Puedo sentirte ahí dentro, Beru —dijo Hector, elevando la voz para hacerse oír por encima del viento—. Puedo sentir cómo luchas.

De repente cayó en picado hacia la arena. Ephyra dio un grito ahogado, pero justo cuando su cuerpo se disponía a chocar contra el suelo, se detuvo y quedó flotando a escasos centímetros de distancia.

—No pasa nada… —dijo él en un tono tranquilizador a pesar de la palidez de su rostro—. Puedes hacerlo, puedes luchar contra esto.

El dios dejó escapar un sonido que le heló la sangre, un quejido que parecía la mismísima tierra desplazándose.

Ephyra sabía que tenía poco tiempo para actuar. Echó a correr por la arena hacia Ilya. Estaba tendido sobre un costado con las manos atrapadas bajo su cuerpo. Ephyra lo agarró de los hombros para darle la vuelta. Él soltó un quejido y parpadeó al abrir los ojos.

Tenía la una expresión desorientada y suave en su mirada.

—¿Ephyra…?

—El collar —respondió.

Le dirigió una mirada a Beru. El dios estaba de rodillas, el cuerpo de Beru en tensión como un alambre. Hector se había puesto en pie de nuevo, acercándose poco a poco.

—Rápido —instó Ephyra. Ilya se giró, dándose la vuelta y sosteniendo ante él las cadenas de Fuego Divino. Ephyra sintió la extraña necesidad de besarlo, pero en su lugar tomó el collar y se puso en pie.

Hector ya estaba junto a Beru con una mano puesta en su hombro. Fuera lo que fuere lo que estuviera haciendo, parecía estar ayudando a Beru a recuperar el control.

Pero ¿quién sabía cuánto tiempo duraría aquello?

Ephyra echó a correr hacia ellos con las cadenas fuertemente agarradas. La mirada de Hector se cruzó con la suya por encima del cuerpo de Beru.

Desde esa distancia, Ephyra pudo oír los sonidos que brotaban del dios: leves quejidos agónicos mientras le temblaba el cuerpo entero.

Pero no, aquello no era el dios. Era Beru.

—¡Hector! —gritó Beru, y el sonido se transformó en un aullido de dolor.

Ephyra se dejó caer a su lado y apoyó la cabeza de Beru en su regazo.

—Te tengo —le dijo Ephyra en tono tranquilizador mientras alzaba las cadenas y rodeaba el cuello de Beru con manos temblorosas—. Estamos aquí.

Por fin el collar se cerró alrededor de su cuello. Beru dejó escapar un largo suspiro y se quedó quieta.

Ephyra alzó la mirada hacia Hector.

—¿Qué has hecho?

—No estoy seguro —dijo negando con la cabeza—. Sentí... La sentí ahí dentro, sus sentimientos, su *esha*.

Ephyra estaba al tanto de la extraña conexión entre Hector y Beru. El resultado de haberlo matado ella misma meses atrás. El recuerdo de aquel día pareció impregnar el silencio que se instaló entre ellos.

—No quiero interrumpir lo que estoy seguro de que es un momento muy especial —dijo la voz de Ilya secamente detrás de ellos—, pero no me cabe duda de que aquellos que se acercan son Paladines.

Ilya se había incorporado en la arena con una mano alrededor de las costillas y la vista fija al otro lado de la playa. Ephyra siguió su mirada y vislumbró más de una decena de guerreros vestidos con capas azul oscuro, que caminaban de forma tan rápida que era evidente que se trataba de algo antinatural.

—De acuerdo, todos en pie y al barco —dijo la Vagabunda, extrañamente animada.

Hector alzó a Beru en sus brazos con facilidad. Ephyra y los otros los siguieron, tambaleándose mientras los Paladines se acercaban. La Vagabunda los guio hasta el muelle. Ephyra no se atrevió a mirar atrás al tiempo que seguía a los demás por los bamboleantes tablones de madera que llevaban hasta el barco.

—Zarparemos de inmediato, si no te importa —dijo la Vagabunda a uno de los hombres de la tripulación cuando embarcaron.

—¡A la orden! —respondió el marinero, alejándose para rugir indicaciones a los demás.

—Llevémosla adentro —dijo la Vagabunda, volviéndose hacia Hector y Beru. Le lanzó una mirada a otro marinero—. Llevadlos a la enfermería —dijo señalando a Hassan y a Anton, que tenían a Jude inconsciente agarrado entre ambos.

Hector se volvió a Ephyra.

—Tienes que ir con ellos.

—¿Con ellos? —repitió— Pero Beru…

—Jude te necesita —le dijo Hector—. Está muy mal, tienes que curarlo.

Ephyra apretó los dientes. El guerrero no le importaba, pero sí Beru.

—Me debes una —le dijo Hector, serio—. Cura a Jude y consideraré la deuda saldada.

Dejó escapar un suspiro y asintió una sola vez. Sí que le debía una a Hector, y no solo por haberle quitado la vida. También la había salvado en Behezda. Y también le debía una al resto, a Hassan, a Jude, a Anton… incluso a Ilya. A pesar de lo desastrosa que había sido su ayuda, al final habían conseguido liberar a Ephyra y a Beru del dominio de Palas.

—Vale —dijo, echándole una última mirada a Beru antes de apresurarse tras Hassan y Anton.

Cuando Ephyra entró en la enfermería, Anton la miró con una expresión salvaje y desesperada. Ephyra la reconoció al instante, ya que ella misma había sentido ese pánico delirante. Los brazos y el pecho de Anton estaban manchados por una sangre oscura: la de Jude.

El guerrero estaba desplomado en una de las finas y estrechas camas. Tenía los brazos destrozados y ensangrentados y la cara llena de moratones. Las quemaduras de su piel empezaban a formarle ampollas en el cuello y en el pecho, y un tajo especialmente profundo, del que aún brotaba sangre, le recorría el torso. Ephyra estaba acostumbrada a la muerte, pero sus asesinatos habían sido siempre limpios. Nada que ver con aquella tortura que los Testigos habían llevado a cabo con Jude.

—¿Puedes curarlo? —preguntó Anton con la voz temblorosa y las manos agarradas a la sábana junto a Jude.

Ephyra se arrodilló a su lado, tratando de tomar aire para calmar las náuseas que amenazaban con volverle el estómago. La verdad es que no estaba hecha para curar. Matar le había resultado mucho más natural. Miró a Anton con un nudo en la garganta. Jude estaba a escasos minutos de desangrarse si no era capaz de curarlo.

—Puedes usar mi sangre —le dijo Anton—, mi *esha*.

Ephyra negó con la cabeza.

—La cantidad que tendría que usar es… Podría matarte.

—Me arriesgaré —respondió Anton bruscamente.

—Quiero hacer esto de la forma correcta —dijo, dándose cuenta de la verdad tras sus palabras una vez que las pronunció.

—No me importa si es lo correcto o no. Necesito… —No terminó la frase, aunque Ephyra sabía lo que quería decir.

—Créeme —le dijo ella mirándolo a los ojos, que reflejaban furia—, sí que importa.

Tragándose el miedo y el pánico que sentía, se levantó para buscar entre las existencias de hojas secas de la enfermería hasta que encontró unos tarros de plantas maceradas y carne de cactus. Ephyra no tenía muchos conocimientos sobre los diferentes tipos de esquejes curativos usados con distintos objetivos, pero el *esha* era *esha*, y en todas las plantas había un poco del que echar mano.

Trabajó deprisa y en silencio, poniendo los esquejes secos sobre la piel de Jude. No conocía los patrones de sellado que los sanadores usaban para guiar al *esha*, así que se limitó a colocar el ungüento en las zonas donde sentía el pulso: muñecas, garganta y corazón.

Cerró los ojos y se concentró en su pulso, que bombeaba sangre hasta su corazón. Trató de alejar el *esha* de los cortes e impulsarlo al interior de

Jude, pero se le estaba escapando, como si se tratara de agua fluyendo a través de sus dedos.

Anton la fulminó con la mirada mientras ella intentaba esforzarse, pero Ephyra prácticamente sentía la energía nerviosa que manaba de él.

—¿Puedes ir a respirarle a otra persona en la nuca? —preguntó, irritada.

—Si no funciona…

Jude iba a morir. Percibía cómo su *esha* se escapaba de su interior, y no sabía cómo detenerlo.

Miró a Anton a los ojos y pudo ver en su mirada cansada lo que le haría si eso ocurría. Conocía ese tipo de pena, la había experimentado ella misma.

—Puede hacerlo —dijo Ilya de pronto desde la entrada, en voz baja—. Deja que lo haga.

Ephyra y Anton se volvieron hacia él.

—¿Qué haces tú aquí? —exigió saber Anton.

Ilya se encogió de hombros casi con desinterés.

—Antes estabas tan preocupado por tu guerrero, que quería asegurarme de que estuviera bien.

—Mentiroso —le espetó Anton—. Fuera de aquí.

Ilya alzó las manos en un gesto de rendición y se dispuso a salir por la puerta.

—Espera —dijo Ephyra—. No… No te vayas.

Solo en cuanto hubo pronunciado esas palabras, se atrevió a mirarlo. Su rostro era una máscara de calma, pero había un brillo curioso en sus ojos dorados. Inclinó la cabeza ligeramente, y casi fue capaz de ver los engranajes moviéndose dentro de su mente, intentando averiguar por qué quería que se quedara.

—Necesito tu ayuda —dijo Ephyra finalmente con suavidad, deslizando la mirada a sus propias manos, que estaban agarradas a las sábanas ensangrentadas—. Necesito que hagas lo que hiciste en la Puerta Roja.

Ilya pareció genuinamente sorprendido, aunque solo fuera durante un instante. Entonces esbozó media sonrisa.

—No tenía ni idea de que mis ánimos significaban tanto para ti… Deberías haberlo dicho antes.

Ella sintió que la irritación empezaba a formarse en su interior, pero antes de que pudiera responder, Anton dejó su posición junto a Jude y se plantó ante Ilya en unas zancadas.

—Ayúdala, o yo mismo te tiraré por la borda. ¿Me entiendes?

Ephyra pestañeó, extrañamente impresionada. Nunca había visto a Anton amenazar a nadie, y aún recordaba el miedo que había tenido durante aquella primera reunión con Ilya.

Ilya parecía impresionado también, pero simplemente se encogió de nuevo de hombros y pasó junto a Anton para arrodillarse al lado de Ephyra.

Con una delicadeza que la sorprendió, tomó las manos de ella y las puso sobre Jude: una mano sobre su corazón y otra en su muñeca.

—Puedes hacerlo —le dijo al oído en un tono suave—. Me curaste, puedes hacer cualquier cosa.

Ephyra dejó escapar un suspiro entrecortado, cerrando los ojos y centrándose en la voz de Ilya y en el delicado contacto de sus manos sobre las de ella, tragándose lo mucho que le molestaba el efecto calmante que le producía. Se sintió centrada y más segura de sí misma mientras rodeaba la muñeca de Jude con la mano y notaba el pulso agitado en la punta de sus dedos.

Y entonces lo percibió. El *esha* de los esquejes rozando el *esha* de Jude. Ephyra no tiró de la energía hacia ella, ni la forzó de la manera en que lo había hecho otras veces. En su lugar, la sostuvo con ternura, guiándola, abriendo un nuevo camino y dejando que el *esha* fluyera al interior de Jude y se mezclara con el suyo, extendiéndose en cada vena y en cada vaso capilar. Muy pronto fue como si el *esha* se guiara a sí mismo y estuviera usando a Ephyra solo como conducto, mientras lo dirigía para calmar y reparar el cuerpo dañado. Sintió cómo Jude se calentaba bajo sus manos, y de forma distante oyó que Anton exhalaba, sorprendido.

Abrió los ojos. Las heridas de Jude se habían cerrado, solo la sangre era un recordatorio de que una vez habían estado ahí. Los moratones se habían disipado, el color había vuelto a su rostro y su respiración era lenta pero estable.

Ephyra se dejó caer hacia atrás, y el cansancio y el alivio la golpearon como una tonelada de rocas cayéndole encima. Se dio cuenta de que Ilya se había alejado.

—Ahora solo necesita descansar.

—¿Cuándo se despertará? —preguntó Anton, echándose hacia delante para tomar la mano aún inerte de Jude.

—No lo sé... —dijo Ephyra—. Horas, o días. Pero vivirá. Sus heridas están curadas, pero el cuerpo aún está reaccionando al trauma —dijo, encogiéndose de hombros—. Lo siento, no soy ninguna experta.

Anton asintió, volviendo a mirar a Jude con una expresión tan delicada que a Ephyra le fue difícil presenciar la escena.

—Gracias —le dijo en voz baja, pasando el pulgar por el ceño de Jude—. Por haberlo salvado.

Ephyra no sabía qué decir, así que se forzó a asentir.

—Puedo llevarte a ver a Beru —se ofreció Ilya.

Ephyra dejó que la guiara por el pasillo, y una tensión extraña creció en el silencio que se instaló entre ellos.

Ilya había cumplido al final. Había puesto su vida en sus manos, y la acababa de ayudar en la enfermería de nuevo.

Pero a pesar de todo, aún no sabía si podía confiar en él. La pregunta que no había respondido todavía la inquietaba.

—¿Por qué nos estás ayudando? —le preguntó mientras Ilya subía las escaleras a la cubierta superior.

Se detuvo, mirándola por encima del hombro.

—Es que no lo entiendo —le dijo.

—No —estuvo de acuerdo—, supongo que no lo entenderías.

Siguió subiendo las escaleras, y Ephyra lo siguió.

—¿Te hizo algo Palas? —preguntó ella—. ¿Quieres vengarte o algo parecido?

Él no respondió.

—¿Es el remordimiento? Por lo que le hiciste a Anton.

Ilya le dirigió una débil sonrisa que no se reflejó en sus ojos.

—Beru está justo al final del pasillo.

Observó su rostro, pero no encontró ni una grieta en su máscara que pudiera decirle si estaba acercándose o no. Y no iba a responderle.

Sin dirigirle una palabra más, Ilya se volvió y bajó de nuevo las escaleras.

Ephyra respiró hondo. Beru estaba aquí y a salvo. Todo lo demás podía esperar.

Se le aceleró el pulso cuando se acercó a la puerta. Antes de que pudiera tocar, esta se abrió y Hector salió.

Se miraron.

—¿Jude? —le preguntó, en un tono ligeramente desesperado.

Ephyra asintió.

—Estará bien, está descansando.

Él asintió.

—Gracias.

Se apartó, y Ephyra entró en la habitación sin mirar atrás.

Dentro, Beru estaba sentada en la cama tranquilamente, con las cadenas sujetas en el cuello.

Ephyra se lanzó a abrazarla, respirando hondo en la que probablemente fuera la primera vez en muchos días.

—Lo hemos conseguido, hemos escapado.

Beru se echó hacia atrás con un familiar gesto de preocupación ensombreciéndole la cara. Negó con la cabeza.

—Casi no lo contamos.

—Pero lo hemos hecho.

Beru bajó la mirada.

—El dios… se está volviendo más fuerte. Cuando me arrebató el control, pensaba que no podría recuperarlo. Cada vez que uso sus poderes, se vuelve más resistente. Se nos acaba el tiempo.

Ephyra le pasó la mano por el pelo a su hermana, y le dio una palmadita en la cabeza.

—Bueno, no es una novedad. Siempre se nos está acabando el tiempo, ¿no?

Beru esbozó una sonrisa triste, jugueteando con los hilos sueltos de las sábanas.

—Supongo…

—Encontraremos la manera —le prometió Ephyra—. Sin importar lo que cueste.

CAPÍTULO DIECISIETE

ANTON

Habían pasado ocho horas, pero Jude aún no se había despertado. Anton tenía agarrada su mano inmóvil y febril mientras observaba cómo su pecho subía y bajaba con su respiración. Junto a él había un plato de comida al que no había prestado el más mínimo interés.

—¿Anton? —lo llamó la voz dubitativa de Evander.

Anton desvió la vista del rostro plácido de Jude y miró a Evander, que parecía perdido y frágil bajo el marco de la puerta. Su habitual carisma y su alegría se habían evaporado.

—¿Estás bien? —le preguntó Evander.

Anton trató de dedicarle una sonrisa tranquilizadora.

—Estoy bien, ¿y tú?

Evander se acercó lentamente y se sentó de manera indecisa a su lado, mirando a Jude.

—No te preocupes por mí.

Anton sabía que aquello era una evasiva.

—¿Por qué te tenía capturado el Hierofante? ¿Qué hacías en Palas Athos?

Evander alzó sus grandes ojos azules para mirar a Anton.

—Después de que te fueras de Endarrion aparecieron un grupo de Testigos buscándote. Supongo que algunas personas de la fiesta de Lady Bellrose se acordaban de vosotros, y también de que yo os acompañaba.

—¿Y os entregaron a los Testigos? —supuso Anton.

Evander asintió.

—Una vez que supieron que Palas había vuelto, la mayor parte de la ciudad le juró lealtad a él y a Palas Athos. Los mercaderes de Endarrion como mi padre dependen de su comercio con Palas Athos, así que supongo que decidieron que el beneficio valía más que mi vida. Y más que los Agraciados de Endarrion también.

Antón dejó escapar un profundo suspiro.

—Siento mucho que te hayamos involucrado en esto.

El rostro de Evander se contrajo al fruncir el ceño. Era una expresión que Anton no estaba acostumbrado a ver en él.

—No te culpo a ti, ni por asomo. Solo desearía poder hacer algo para ayudarte.

Anton observó sus ojos azules y su pelo despeinado y oscuro, y pensó que tal vez no había sido justo con Evander. Había creído conocerlo todo sobre aquel chico con ropas bonitas e historias frívolas, pero siempre había habido más bajo la superficie, y él no se había molestado en intentar descubrirlo.

—Ya me has ayudado —le aseguró Anton—. En Endarrion, nos ayudaste a recuperar la espada de Jude. Y antes de eso, siempre fuiste un buen amigo. Siento no haber sido un buen amigo para ti.

Evander pareció algo más optimista, aunque triste.

—Siempre supe que me ocultabas una parte de ti. Cuando te conocí me gustaste tanto… Y había momentos en que pensaba que tal vez yo también te gustaba, pero habías construido una… muralla a tu alrededor. Incluso cuando te permitías ser vulnerable… No quiero decir que estuvieras fingiendo, porque no lo creo. Pero solo me dejabas ver de ti lo que te convenía.

Anton sintió que se tensaba, dándose cuenta por primera vez de que Evander no había sido tan ingenuo como había pensado, y que él había sido más transparente de lo que creía.

—Me importas de verdad, Evander —le dijo Anton—. Ya me importabas antes, aunque creo que ni siquiera me di cuenta de cuánto. Lo siento.

Evander negó con una sonrisa.

—No lo sientas. Simplemente… —Suspiró, y señaló con la cabeza a Jude, dormido—. Procura hacerlo mejor esta vez.

Anton siguió su mirada, apretando las sábanas entre sus dedos. Había cosas que no podría contarle a Jude, cosas que tendría que guardarse, pero en cuanto lo había visto magullado y hecho polvo en su sueño, había decidido que ya no se alejaría de él.

Alguien llamó a la puerta. Anton y Evander se volvieron y encontraron a la Vagabunda.

—Espero no interrumpir nada —dijo con suavidad—. Los otros están esperando en la cubierta superior. Tienen muchas preguntas, y he pensado que quizá quieran que seas tú el que les dé las respuestas.

La idea de enfrentarse a los demás cuando Jude aún estaba inconsciente y vulnerable hacía que se le revolviera el estómago.

—¿No puedes hablar tú con ellos?

La Vagabunda le dirigió una mirada fácil de interpretar.

Esta es tu responsabilidad, Anton. Esto es lo que significa ser un Profeta.

—Puedo quedarme con él —se ofreció Evander—. Así no estará solo.

Anton se contuvo para no protestar y asintió con brusquedad antes de ponerse en pie. Le dirigió una última mirada a Jude que alargó más de lo que debía, y entonces siguió a la Vagabunda a través del pasillo y escaleras arriba, donde los otros lo esperaban en una sala de estar.

Ephyra estaba apoyada contra la pared en un rincón, con los brazos cruzados sobre el pecho. Hassan permanecía sentado a la mesa junto a Hector. Y para disgusto de Anton, Ilya estaba frente a ellos. Los cuatro se volvieron para mirar a Anton y a la Vagabunda cuando entraron.

—Entonces… —dijo Ephyra, rompiendo el silencio—. ¿Cuál es el plan? Porque supongo que hay un plan. Me he pasado dos meses y medio a merced de Palas, me encanta lo de ser libre y todo eso, pero tenemos un problema bastante grande con el que lidiar.

—El dios —dijo Ilya innecesariamente.

Un profundo silencio llenó la habitación, y Anton supo que no era el único que estaba recordando lo sucedido en Behezda.

—Tenemos que matarlo —dijo Hassan de pronto—. Quiero decir, es la única manera, ¿no?

—El Hierofante dijo que hicieron falta los Siete Profetas para matarlo —le dijo Hector—. Creo que andamos un poco cortos de Profetas.

—Decía la verdad —afirmó la Vagabunda, mirando a Anton.

Anton suspiró.

—Por esa razón vamos a ir a buscar a los demás Profetas.

Un nuevo silencio se instaló en la habitación. Unos meses atrás, la idea de que cualquiera de los Siete Profetas aún estuviera vivo habría sonado absurda. Pero ahora estaban allí sentados junto a una, y habían escapado de otro.

—¿Y dónde están? —preguntó por fin Hassan, dirigiendo su mirada a la Vagabunda—. Eres una de ellos, ¿no? Tienes que tener alguna idea de dónde están los otros.

La Vagabunda negó con la cabeza.

—Por desgracia, no es así. Hubo… demasiados problemas entre nosotros, más de los que os hicimos ver a los mortales. Todos ellos creían que me inmiscuía demasiado en los asuntos de los humanos. Una de las muchas razones de su descontento conmigo.

—¿Y no podéis usar vuestra Gracia para buscarlos? —preguntó Ephyra haciendo un gesto vago con la mano.

—No es tan simple —respondió Anton—. Los Profetas son capaces de esconder su *esha*. Así hemos evitado que Palas nos encontrara durante todo este tiempo. Y así nos estamos ocultando de él ahora… Escondiéndoos a todos vosotros.

—Así que por eso Jude no te encontraba… —murmuró Hector, como si hablara para sí mismo.

Anton se volvió hacia él, sorprendido.

—¿Cómo dices?

—Jude contrató a unos cazarrecompensas para que te localizaran y… —su voz se fue apagando—. ¿Sabes qué? Eso ahora da igual. ¿Cómo haremos entonces para hallar a los Profetas?

Anton hizo una pausa, con su mirada aún fija en Hector, sabiendo cómo reaccionaría en cuanto dijera algo de Kerameikos.

—Hay un sitio específico —dijo Anton con cautela—. Tiene… vestigios de la Gracia de los Profetas. Creemos que, si usamos nuestra Gracia allí, seremos capaces de sentir el rastro de sus *esha* y usarlo para rastrearlos.

Hector comenzó a negar con la cabeza incluso antes de que Anton acabara la frase.

—No. No, no y no. No podemos ir allí.

—No tenemos otra opción —respondió Anton de forma hosca—. El Círculo de Piedras es el único lugar en el que tendremos una oportunidad de encontrar a los Profetas.

—La Orden de la Última Luz ha decidido que tanto Jude como yo somos unos rompejuramentos —respondió Hector—. Es demasiado peligroso ir a Kerameikos... y no solo para nosotros dos. No tenemos ni idea de si los Paladines que hay allí son leales a Palas o no.

—La Guardia no se volverá contra... —empezó diciendo Hassan.

—Yarik lo hizo —sentenció Hector—. E incluso si el resto de la Guardia está en Kerameikos y no se han unido a Palas, Anton y Jude los abandonaron en medio de la nada. Yo no contaría con su ayuda.

—Bueno, suena a que no tenemos muchas más opciones —dijo Ephyra.

Hector se giró hacia Anton, implorándole.

—Venga ya, sabes que esto pondría en peligro a Jude. ¿Estás dispuesto a arriesgarte?

Anton desvió la mirada. No estaba dispuesto a arriesgar a Jude, y precisamente por eso debían ir a Kerameikos. Pero no podía decirle a Hector la verdad sin revelar la razón real por la que quería encontrar a los Profetas... y lo que pasaría si fallaba.

—No dejaré que le ocurra nada.

—¿Vas a protegerlo tú? —le preguntó Hector, incrédulo—. ¿Contra cien Paladines?

—Sí.

—Vosotros dos no tenéis que bajar del barco —interrumpió Hassan—. Podemos ir los demás.

—No.

A Anton se le cortó la respiración ante el sonido de la voz de Jude. Respiró con dificultad mientras el corazón se le desbocaba, y entonces se volvió hacia él, que estaba parado en la puerta, rígido y con la mirada puesta en Anton.

—Si vas a Kerameikos, yo voy contigo.

Al verlo curado y de una pieza, a Anton se le encogió el estómago. No podía hablar, lo abrumó darse cuenta de lo mucho que lo había echado de menos. Le había costado tanto mantenerse alejado de él...

—Me alegro de verte en pie —le dijo Hector en un tono suave, rompiendo el tenso silencio.

—Gracias —respondió Jude, dirigiéndole una breve y cansada sonrisa—. Si no os importa, me gustaría hablar con Anton a solas.

Anton oyó cómo los demás desfilaban uno a uno y salían de la habitación, pero su mirada permaneció puesta en Jude. Sentía como si aquel momento fuera frágil, como un copo de nieve que acabaría derretido en sus manos si trataba de tocarlo. Cada fibra de su ser deseaba cruzar el espacio que los separaba, y sin embargo no podía moverse, no confiaba en poder hacerlo sin derrumbarse.

Hector hizo una pausa bajo el marco de la puerta, mirándolos con cautela. Su titubeo irritó a Anton. Le estaba agradecido por haberlos ayudado a escapar de la fortaleza, pero una parte de él lo resentía por el hecho de que estuviera de vuelta al lado de Jude después de todo lo que le había hecho. Y puede que Jude lo hubiera perdonado, pero Anton desde luego aún no había llegado a ese punto.

Dirigiéndoles una última mirada, Hector por fin salió de la habitación y cerró la puerta tras de sí.

El sonido de la puerta al cerrarse hizo reaccionar a Anton, haciendo añicos la última pizca de su autocontrol. En un instante recorrió la habitación y rodeó a Jude en un abrazo, enterrando la cara en su cuello. Dejó escapar un agitado suspiro. Notaba la calidez de Jude, sólido entre sus brazos, más embriagador aún que en cualquier sueño. Anton se sintió casi ebrio con el desesperado y aterrorizado alivio que lo recorrió. Había sabido que Jude estaría bien después de que Ephyra lo hubiera curado, pero saberlo y creerlo eran dos cosas distintas. Solamente en ese instante, al sentir el aliento de Jude contra su piel, pudo dejar que la preocupación se disolviera.

—Eres tú —dijo Jude al fin, con las manos aún a ambos lados de su cuerpo mientras Anton seguía abrazado a él— realmente... —dijo, pero dejó de hablar con una respiración entrecortada—. Creía que estaba soñando.

Su voz sonaba distante y apagada, como cuando Anton lo había encontrado siendo torturado por los Testigos. Aún no se había movido ni le había devuelto el abrazo. Por primera vez desde que lo había hallado hecho polvo y ensangrentado, a Anton lo asaltaron las dudas.

Se echó hacia atrás y examinó su rostro.

—Soy yo de verdad.

Jude no le devolvió la mirada; estaba frunciendo el ceño.

—Sabía que estabas vivo. Yo... podía sentirlo. Hector y Hassan no me creían, Hector dijo que... —Jude hizo una pausa, recomponiéndose—. Dijo que, si estuvieras vivo, nos habrías encontrado. Que habrías usado tu Gracia para dar con nosotros. Para encontrarme.

Su voz reflejaba que estaba dolido, y no intentó camuflar sus sentimientos. Anton comprendió de pronto por qué se mostraba tan reticente.

—Sí usé mi Gracia para encontrarte —le dijo Anton—. Así supe que Palas te había capturado, por eso vine a buscarte.

—Dos meses, nueve días y cuatro horas —dijo Jude en voz tan baja que Anton no estaba seguro de haberlo oído bien.

—¿Cómo?

Jude alzó la mirada entonces, y la tormenta en sus ojos casi dejó a Anton sin aliento.

—Dos meses. Nueve días. Y cuatro horas. No tenía ni idea de dónde estabas, desapareciste, y yo… Soñaba contigo, y albergaba esperanzas…

—No eran solo sueños —le dijo Anton tratando de que no le temblara la voz—. Era yo de verdad. Caminé en tus sueños y te dije… te dije todo lo que podía decirte.

Jude se quedó boquiabierto y se tambaleó hacia atrás.

—¿Caminaste en… mis sueños?

Anton asintió.

—Me enseñó a hacerlo la Vagabunda. Quería decirte que estaba a salvo, que no tenías que preocuparte. Pero nunca supe si me creías de verdad, así que… te seguí visitando. Prácticamente cada noche.

—Cada… —Jude se calló, ocultando el rostro tras las manos.

Jude parecía abrumado y enfadado. Y algo avergonzado. Anton quiso abrazarlo de nuevo y calmarlo, pero se obligó a permanecer quieto por miedo a que Jude lo rechazara.

—Fue una tortura —continuó Jude al fin, hablando entre sus manos—. Verte y pensar que no era real, como si mi propia mente se burlara de mí.

Anton sintió que la culpa lo embargaba. Había sabido lo que se estaba haciendo a sí mismo al visitar a Jude en sus sueños. Pero no había pensado en lo que aquello le estaría haciendo a Jude.

—No podía mantenerme alejado, yo… No sabía que te sentirías así.

—¿A qué te refieres? —preguntó Jude.

Anton trató de organizar sus pensamientos y de poner en palabras lo angustiosas que habían sido las últimas diez semanas. ¿Pero cómo podía describir algo que, en sus diecisiete años de vida, no había sentido hasta ahora? Era un dolor incesante, como si alguien se hubiera adentrado en su interior y le hubiera arrancado un trozo del corazón. No se había permitido echar de menos a nadie antes, pero con Jude no había sido una elección. Había ocurrido sin más, se había convertido en el ancla sobre la cual giraban todos sus pensamientos, la orilla rocosa sobre la cual su corazón se estrellaba como una ola incesante.

Negó con la cabeza. Incluso ahora que Jude estaba a escasos centímetros, sentía ese anhelo tirando de él.

La tormenta regresó a los ojos de Jude.

—Habría ido contigo. Donde fuera que tuvieras que ir, a hacer lo que fuera que tuvieras que hacer, habría…

—Lo sé —dijo Anton—. Pero había algo que tenía que hacer por mí mismo.

La angustia se reflejó en el rostro de Jude de nuevo. Anton recordaba lo que le había dicho a Jude la noche en que dejaron la Guardia. «No puedo hacerlo sin ti». Tal vez fuera cruel contradecir sus propias palabras, pero prefería ser cruel a decirle la verdad a Jude.

—Si… Si no me necesitabas entonces… —dijo Jude con voz temblorosa.

Anton no soportaba el pesar que se reflejaba en los ojos de Jude, sabiendo que él era el causante. Pero tampoco podía explicarle que sí lo necesitaba. Quizá más de lo que había necesitado a nadie. Y por esa razón debía alejarse de él.

—Era una… cosa de Profetas —le dijo—. La Vagabunda estaba enseñándome a usar mis poderes y a controlarlos. No era que no te necesitara, sino que me hacía falta concentrarme, Jude.

—¿Y yo qué soy, exactamente? ¿Una distracción? —Jude frunció el ceño.

—De hecho, sí —Anton alzó la mano y retiró un mechón de pelo del rostro de Jude—. Solo podía pensar en ti.

Jude se sonrojó de tal manera que a Anton se le nubló el juicio y se inclinó para besarlo.

Entonces Jude dejó escapar un sonido como si le hubieran arrebatado el aliento de un golpe y agarró a Anton de la muñeca, echándose hacia atrás.

—Aun así, no deberías haberme abandonado.

Debía hacerlo, pensó Anton.

—No te he perdonado.

—Ah… —respondió Anton—. Entonces, ¿no quieres besarme?

La mirada de Jude descendió hasta sus labios.

—No.

Anton esbozó una sonrisita.

—¿No te he dicho ya que no se te da bien mentir?

—Anton —le advirtió Jude, dolorido.

Anton se serenó.

—Perdona. Pero lo digo en serio. Sé que te he hecho daño, y si no quieres perdonarme o prefieres que te dé más tiempo… Estaré aquí. Te lo prometo.

Le sostuvo la mirada a Jude con la esperanza brotando en su pecho. Cuando este permaneció en silencio, Anton trató de tragarse su decepción, esbozó una sonrisa triste y se echó hacia atrás.

Pero, por fin, Jude se estiró y lo tocó. Solo era su mano en el codo, pero curó parte de la inquietud que Anton había sentido desde el momento en que había decidido ir en su búsqueda. O quizá, si era honesto consigo mismo, desde que había decidido mantenerse alejado de él.

—Sí que quiero —titubeó Jude, tenso.

—¿El qué? —preguntó Anton; el corazón se le detuvo por un momento. *¿Quieres perdonarme? ¿Más tiempo?*

—Besarte.

Anton notó cómo el corazón se le aceleraba ante esa confesión y percibió el deseo que se reflejaba en el rostro de Jude. Sin pensárselo se acercó de nuevo a él, y esta vez Jude lo dejó. Anton había echado de menos sus suaves y dulces labios más de lo que jamás había pensado que sería posible. Todos los sueños en los que se habían visto palidecían al lado de aquello.

Pero mientras Anton disfrutaba del beso, sintió lo cuidadosos que eran los movimientos de Jude, como si pensara que, si lo agarraba demasiado fuerte, sería capaz de escapársele de nuevo.

O tal vez Jude solo estaba actuando ante las dudas de Anton. Porque a pesar de lo mucho que Anton quería dejarse llevar y hundirse en la intensidad que afloraba entre ellos, no podía acallar el pensamiento que se aferraba a él como una vieja y cicatrizada herida. Aquel que le decía que cualquier cosa que deseara podía serle arrebatada. Y que era mejor no tener nada, antes que perderlo.

Anton llamó a la puerta entreabierta del camarote de Beru con delicadeza y se asomó.

—Puedes pasar, Anton —le dijo Beru desde la cama, donde estaba sentada con las piernas contra el pecho.

Lo observó cuidadosamente cuando entró. Después de lo que Anton había visto en la playa, habría mentido si dijera que no lo inquietaba un poco estar en una habitación a solas con Beru, pero estaba decidido a tener aquella conversación en ese momento.

—¿Cómo está? —le preguntó Beru—. El guerrero.

—Está bien —contestó Anton—. Ephyra lo ha curado del todo.

Su reencuentro se había visto interrumpido cuando el estómago de Jude le había recordado que se había pasado los últimos cuatro días encerrado en la torre de los prisioneros. Anton lo había guiado hasta el comedor del barco, ofreciéndole que se volvieran a ver en su camarote cuando hubiera acabado. Anton se tomó como una buena señal que Jude hubiera aceptado enseguida.

—Me alegro —le dijo Beru—. Ephyra me ha contado lo preocupado que estabas.

—¿Y tú? —preguntó Anton—. ¿Estás bien?

Beru dejó escapar un largo suspiro.

—Estoy… mejor.

Anton se sentó con indecisión junto a ella al filo de la cama. Una sonrisa se dibujó en los labios de Beru, y negó con la cabeza.

—¿Qué?

Ella se rio.

—Creo que la última vez que hablamos, tú eras camarero en una taberna y yo estaba invadiendo una cripta. Y ahora, míranos.

Ahora, eran dos de las criaturas más poderosas sobre la Tierra. Si Anton lo pensaba desde ese ángulo, sonaba rematadamente absurdo. Sonrió también.

—Confío en ti, Anton —le dijo—. Ya confiaba antes, cuando nos conocimos. No sé por qué, pero… Creo que hago bien en confiar en ti.

—Yo también confío en ti —le dijo Anton.

Cuando se conocieron, Beru le había mostrado ni más ni menos que la verdad sobre su peor pesadilla. Sobre el pasado que Ephyra y ella hacían bien en ocultar. Y, a cambio, le había pedido su ayuda.

Parecía que aquella conversación había tenido lugar mucho tiempo atrás.

—El dios se vuelve cada vez más fuerte —dijo Beru—. Cada día me cuesta más y más mantenerlo a raya. El sello de Palas no durará para siempre, así que sea lo que fuere lo que planeéis hacer, debéis hacerlo rápido.

—¿Lo saben? —preguntó—. Hector y Ephyra. ¿Se lo has contado, o alguien más?

—Lo saben —confirmó Beru—. Pero no… Probablemente tratarán de convencerte de que hay alguna otra manera de parar al dios sin hacerme daño. Así que te lo pido a ti, porque confío en ti, Anton… No les hagas caso. Debes matar al dios de la manera que puedas, y lo más rápido posible. Cueste lo que costare.

Anton miró sus ojos marrones, y vio en ellos todo su miedo y aflicción. Si se trataba de mantener el mundo a salvo, Beru se sacrificaría.

—Prométemelo —dijo.

Anton tragó saliva. No podía prometerle eso. No podía mirarla y ver lo generosa y valiente que era, enfrentándose a la muerte una y otra vez sin pestañear. Si miraba, solo vería su propio egoísmo reflejado.

Con cada aliento que tomaba, ella libraba una batalla en su cuerpo para mantener al dios y su destrucción encerrados. Todo lo que quería era que acabara.

Y Anton no podía darle aquello. Ahora no… Aún no. No sin renunciar a lo único que le importaba perder.

—De acuerdo —dijo, sabiendo que era una mentira—. Lo prometo.

ANTES

El dios se hallaba muerto ante los Siete Profetas, pero la Palabra Sagrada aún permanecía allí. Todos podían sentir su poder, reverberando y resonando en el valle.

—Debemos destruirla —dijo Behezda.

—No —razonó Nazirah—. ¿Y si el dios vuelve? Deberíamos conservarla.

—Es demasiado poderosa —dijo Tarseis—. Tenemos que esconderla, o enterrarla.

—¿Cómo? —preguntó Endarra.

—Debemos guardarla en un recipiente —dijo Palas, haciendo un gesto con la mano. De entre las sombras de las ruinas apareció un grupo de acólitos. Y atada entre ellos estaba Temara, forcejeando para soltarse.

Ananke se quedó de piedra.

—¿Qué es esto? ¿Qué hace ella aquí?

—La chica es la razón de que estemos todos aquí hoy —dijo Palas, dirigiéndose no solo a Ananke, sino a los otros Profetas por igual—. Quizás el dios debía ser destruido, pero tu desobediencia no puede quedar impune.

Al ver a Ananke, Temara forcejeó con más fuerza, luchando para soltarse e ir hasta ella.

—¿Qué estáis haciendo? —exigió Ananke—. ¡Soltadla ahora mismo!

Palas giró la mano y una luz blanca y brillante apareció en ella.

Ananke sintió el tirón del poder de la Palabra Sagrada. Palas estaba extrayéndolo de ella y de los otros Profetas.

La luz se arremolinó alrededor de las manos de Palas durante un instante antes de rodear a Temara. Esta cayó de rodillas después de que los acólitos la soltaran. La pálida luz aumentó su brillo hasta que Ananke fue incapaz de ver a Temara.

—¿Qué estás haciéndole? —exigió Ananke mientras las lágrimas le recorrían las mejillas—. ¡Déjala en paz!

Se dio cuenta entonces de que uno de los otros Profetas, Tarseis, estaba sujetándola. Un zumbido empezó a sonar al tiempo que la pálida luz se contraía en el interior de Temara, pero en lugar de los oscuros y verdes ojos que Ananke amaba, solo pudo ver la blanca luz en ellos.

Y entonces, la luz desapareció y Temara se desplomó.

—¡Temara! —gritó Ananke, y dando tirón con toda su fuerza, se libró de Tarseis y corrió hacia ella.

—Se encuentra perfectamente —dijo Palas—. Su *esha* ha sido fusionado a la Palabra Sagrada. Si alguna vez volvemos a necesitarla, tan solo tendremos que extraérselo. O de sus descendientes, supongo, ya que no es inmortal como nosotros.

Ananke se arrodilló en el suelo junto a Temara y la sostuvo con cuidado. Veía cómo subía y bajaba su pecho y sentía las vibraciones de su *esha*, que ahora estaba unido a algo que aullaba y se agitaba como si se tratara de una tormenta. La Palabra.

—Por supuesto, extraer la Palabra Sagrada la matará —dijo Palas—. Pero es un precio que tendremos que pagar llegado el momento.

Ananke lloró, enterrando su rostro en el pelo de Temara.

—Palas, ¿de veras esto era necesario? —comenzó a decir Behezda—. Ciertamente debía de haber otra manera de proteger la Palabra.

—Lo hecho, hecho está —dijo Palas en un tono que les dejó claro que no aceptaría más discusiones. Ananke oyó sus pasos acercándose hasta colocarse sobre ellas.

—Entrégamela —dijo Palas con suavidad.

Ananke alzó la vista, mirándolo entre lágrimas.

—¿Por qué lo has hecho?

—Porque debías aprender la lección —le dijo Palas—. Porque el hecho de que el Creador haya muerto no significa que nuestro corazón nos pertenezca. Ahora nosotros somos los dioses, Ananke, y debemos permanecer puros y alejados de los mortales a los que gobernamos.

—Yo no quiero ser una diosa… —dijo Ananke entre lágrimas.

—Entonces déjanos —dijo con frialdad—. Niégate a tu derecho a reinar. Borraré tu nombre del mundo y ninguna persona en nuestras Ciudades Proféticas lo pronunciará jamás, ninguna ciudad lo llevará en su nombre. Vivirás una vida inmortal igual que nosotros, pero lo harás como un espectro.

—¿Y Temara? —preguntó Ananke.

—Temara tiene ahora un deber, incluso si rechazas el tuyo —dijo Palas—. Ella es la Guardiana de la Palabra. Y su descendiente será Guardián de la Palabra. Y los descendientes de su descendiente… Ella debía ser un sacrificio para el dios, así que ahora su sacrificio será nuestro salvoconducto si alguna vez el dios se alza de nuevo.

II

EN EL FIN DEL MUNDO

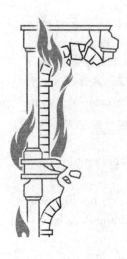

CAPÍTULO DIECIOCHO

HASSAN

Hassan no podía dormir. Habían pasado dos días desde que habían escapado de Palas Athos, dos días encerrados en un barco con una criatura que podía matarlos a todos y a cada uno de ellos con un chasquido de dedos. A pesar de que el dios había sido sometido, cada vez que Hassan veía a Beru se le helaba la sangre, y lo único en lo que podía pensar era en el insondable poder que había confinado en su interior, esperando a ser liberado de nuevo.

Y luego estaba la culpa. Apenas había cruzado unas palabras con Khepri desde que habían escapado, pero cuando no estaba preocupado por el dios, estaba pensando en los meses que Khepri había pasado a merced del Hierofante.

Y era culpa de él, por haber intentado hacer un trato con el Hierofante en Nazirah, el responsable de que capturaran a Khepri. Y era él quien no se había dado cuenta de que ella seguía prisionera aún.

La culpa y el miedo se sucedieron de forma intermitente en una rueda sin fin hasta que Hassan se incorporó en su catre y se pasó las manos por la cara. En el catre de enfrente, Hector roncaba tranquilamente.

Hassan se levantó de la cama y se vistió, antes de salir del camarote. En noches como esa en las que no podía dormir, antiguamente se habría encerrado en algún sitio con un libro. Así que cuando recorrió el pasillo y pasó por una puerta entreabierta por la que le pareció ver una estantería de libros, frenó en seco para echar un vistazo.

La habitación parecía estar vacía, con unas sillas acolchadas, una mesa baja y una estantería que recorría la pared del fondo. Se dejó arrastrar dentro, y pasó las manos por los lomos de cuero de los libros. Había volúmenes de historia, colecciones de poemas y escritos de un puñado de acólitos. Se detuvo frente a uno con letras doradas que habían comenzado a despegarse, donde ponía «Orígenes de los Siete Profetas». Mientras lo sacaba de la estantería, alguien se aclaró la garganta detrás de él.

—¡Por la misericordia de Behezda! —maldijo Hassan, dejando caer el libro.

—Behezda probablemente diría que es lo que te mereces por fisgonear.

Hassan se volvió y vio que la Vagabunda estaba entrando a la habitación con paso tranquilo y una sonrisa en los labios.

—No fisgoneaba —le dijo, sin poder esconder el nerviosismo en su voz cuando ella se le acercó. Su presencia hacía que se sintiera extrañamente insignificante y algo mareado, como si su mente no pudiera reconciliar la idea de la mítica Vagabunda con la de la mujer que estaba frente a él.

Ella se agachó para recoger el libro y observó la portada.

—Una elección interesante para estas horas de la noche. Aunque me temo que no es demasiado riguroso —Colocó el libro de nuevo en la estantería, y fue hasta el armario que había en la pared contigua—. Tengo algo que quizá te ayude a dormir mucho mejor.

Abrió las puertas del armario, dejando ver varias botellas con un espeso y oscuro alcohol y unas cuantas copas de cristal. Llenó una de las copas y se la ofreció.

Sin saber qué otra cosa podía hacer, Hassan aceptó la copa. Mientras ella retiraba la mano se fijó en su anillo, el cual llevaba un sello distintivo: una rosa de los vientos.

—La Rosa Extraviada —soltó—. Eres... ¿eres una de ellos?

Ella alzó las cejas.

—¿Jude no te lo dijo?

Hassan negó con la cabeza.

La Vagabunda se volvió hacia el armario, sirviéndose otra copa.

—Yo creé la Rosa Extraviada. Cuando los Profetas y yo matamos al dios, me aseguré de que su *esha* se mantuviera sellado. Que cada una de las reliquias fuera protegida, y que continuara siendo así durante siglos.

—Entonces tú... ¿eres la que nos ayudó a llegar a Palas Athos? —preguntó. La primera vez que la había oído hablar en la residencia del arconte, su voz le había resultado familiar.

Ella inclinó su copa.

—De nada.

—Mi padre —dijo Hassan sin poder contenerse—. Era parte de la Rosa Extraviada, ¿no es así?

La Vagabunda inclinó la cabeza.

—Así que sabía de la existencia de las reliquias —dijo Hassan. Lo había supuesto al encontrar el pacto de la Rosa Extraviada escondido en la Gran Biblioteca de Nazirah, y cuando la brújula de su padre lo había conducido a la Corona de Herat bajo el faro. Pero, por alguna razón, escucharlo de los labios de aquella mujer, una Profeta ni más ni menos, hacía que pareciera más real.

—Sabía algo —respondió—. La manera en la que diseñé la Rosa Extraviada... Cada miembro tenía un secreto crucial que debía pasar de generación en generación. Pero solo yo sabía cómo encajaban todas las piezas, y lo que estábamos protegiendo realmente.

—¿Conociste a mi padre? —le preguntó Hassan, algo desesperado.

La Vagabunda no respondió enseguida.

—Solo lo vi una vez. Era joven, quizás algo mayor que tú ahora mismo. Fue justo después de que su madre lo nombrara heredero y le contara el secreto de la Reliquia de la Mente. Se tomó aquella nueva responsabilidad muy en serio. Estaba... cautivado, creo, por la idea de aquel conocimiento secreto que solo él y sus descendientes tendrían. Y estaba ansioso por proteger aquellos secretos, y con ellos, al mundo. Me recuerdas bastante a él.

Hassan se sintió totalmente expuesto ante sus palabras. Aquello era lo único que había deseado, que alguien viera a su padre en él. Que Hassan pudiera estar a su altura.

—Después de aquello nos mantuvimos en contacto —continuó la Vagabunda—. En especial después de que falleció su madre. De hecho, tu padre fue el primero que me habló del Hierofante. No sabía, claro está, que era Palas, pero me habló sobre los Testigos y su líder, y me contó todos los rumores acerca de ellos.

—Podías haberle advertido sobre lo que iba a pasar —graznó Hassan—. El pacto de la Rosa Extraviada fue la razón por la que el Hierofante fue a Nazirah en primer lugar. Mi padre murió protegiendo tus secretos.

La Vagabunda bajó la cabeza y miró la copa que tenía en las manos.

—Puede que sea una Profeta, pero ya no soy capaz de vislumbrar el futuro. No sabía lo que Palas le haría a la ciudad de Nazirah o a tu padre. Ojalá lo hubiera sabido.

Hassan apretó los dientes, sintiendo que las lágrimas se le acumulaban en los ojos. Solo había llorado una vez por la muerte de su padre: aquella desesperada noche que había pasado como prisionero en su propio palacio. Quería llorar de nuevo en ese momento.

—Tu padre sabía que había aspectos de la Rosa Extraviada y de las reliquias que no le había contado. Pero incluso sin ese conocimiento, estaba al tanto de la importancia de su misión y se dedicó a ella por completo, sabiendo que estaba protegiendo no solo el futuro de su reino, sino el del mundo entero. Y creo que tú también lo comprendes, ¿no es así, Hassan? Por eso estás aquí.

A Hassan se le atragantaron las palabras. Durante las seis semanas que habían pasado en Tel Amot, había estado a punto de rendirse y de regresar a Nazirah, de darle la espalda a todo lo que tuviera que ver con la profecía, el dios y la Era de la Oscuridad.

—Creía que estaba aquí porque era mi destino —respondió Hassan.

Un destino que no había pedido. Igual que su padre no había pedido formar parte de la Rosa Extraviada, ni tener que proteger un secreto centenario y cargar con una responsabilidad que era más grande que su propio reino. Y aun así lo había hecho.

—Podrías volver a Nazirah —le dijo la Vagabunda, y la oferta sonó sincera—. Podrías volver a casa.

Sí que podría. Podría dejar que Jude, Hector, Ephyra y Anton se encargaran de todo aquello. Dejarlo todo en sus manos y preocuparse solo por su propio pueblo.

—¿Qué crees que debería hacer? —preguntó Hassan.

—Creo... —dijo— que deberías terminarte la copa y volver a la cama.

Hassan encontró a Khepri a la mañana siguiente en la popa del barco, sujetándose a la barandilla y con la mirada puesta en la orilla rocosa que rodeaba la entrada que los llevaría al río del Fuerte Kerameikos.

El corazón de Hassan latió de manera irregular al acercarse. Le había llevado todo ese tiempo reunir el suficiente coraje para hablar con ella, y sabía lo que le esperaba: ira, seguro, por lo que había hecho en Nazirah y por cómo eso había conducido a su captura. Alivio, quizá, por saber que estaba vivo.

La observó, estudiando la forma en que había cambiado desde que la había visto por última vez en Nazirah. Estaba más delgada, los músculos de sus brazos menos definidos, y su piel de bronce parecía amarillenta y enfermiza. Incluso sus ojos habían cambiado: el brillo de fuego y metal se había atenuado.

—Lo siento tantísimo —dijo antes de que ella pudiera hablar—. Khepri, yo… no tengo palabras para expresar cuánto lo siento.

Ella negó con la cabeza.

—He tenido semanas, meses, para no pensar en otra cosa que en por qué hiciste lo que hiciste. Por qué nos mentiste, por qué me mentiste. Sé que estabas tratando de proteger Herat, pero…. —se mordió el labio, haciendo una pausa.

—Pero ¿qué? —preguntó Hassan con el corazón latiéndole desbocado en el pecho.

Sus ojos de color ámbar se encontraron con los suyos, y vio un destello de dolor en ellos.

—Aún no puedo perdonarte. No puedo confiar en ti.

Se le encogió el corazón. Habría querido oírle decir que aún lo amaba, que entendía por qué había hecho lo que había hecho. Y que podrían pasar página.

—Pero me alegro tanto de que estés vivo… —se apresuró a decir ella, con los ojos inundados de lágrimas—. Todo el tiempo que el Hierofante me tuvo prisionera estuve aterrada. Creía que te había capturado a ti también, o que estabas… Que te había matado. Pero ahora… —Se limpió una lágrima de la mejilla—. Ahora ambos somos libres y podemos volver a Nazirah.

Hassan la miró a los ojos, sintiendo que la culpa lo carcomía. Quería darle todo lo que ella quisiera, y volver a Nazirah. Empezar a ganarse su confianza de nuevo.

Pero en su lugar, negó con la cabeza.

—No voy a volver a Nazirah, Khepri —dijo con toda la suavidad de la que fue capaz.

—¿Qué? —preguntó ella de forma brusca.

—No puedo.

Su mirada se endureció.

—Sé que te sientes mal por lo que hiciste, Hassan, pero no puedes huir.

—No estoy huyendo —dijo, aunque la punzada que sintió en el pecho le indicó que aquello no era del todo cierto—. Mira, hay muchas cosas que no sabes.

—Hector me ha contado todo lo que pasó en Behezda —dijo Khepri.

—¿Te lo ha contado? ¿Y por qué no…?

—¿Por qué no te lo pregunté a ti? Quería respuestas y tú estabas esquivándome —respondió Khepri—. Así que le pedí a otra persona que me contara la verdad.

—Entonces sabes por qué no puedo volver —dijo Hassan, con la frustración filtrándose en su voz—. La profecía, el dios, la Era de la Oscuridad… todo esto es mucho más grande que Nazirah. Más grande que Herat, Lethia y todos nosotros.

—Pero no es tu problema, Hassan —le dijo—. Deja que los Profetas y la Orden de la Última Luz y… quien quiera que sean los de la Rosa Extraviada se hagan cargo del fin del mundo. Nosotros tenemos que ocuparnos de nuestro pueblo.

Él negó con la cabeza.

—Soy parte de esto, Khepri, me guste o no. Soy uno de los presagios, y estaba allí cuando la Puerta Roja cayó, así que no puedo darle la espalda a todo y volver a Nazirah sin más.

—Esto no tiene nada que ver con la profecía —Ella lo miró fijamente, con los ojos ardiendo de furia—. Hassan, estás escogiendo ser parte de esto. ¿Qué hay de Zareen, de mis hermanos y…?

—Estarán bien —dijo Hassan—. Han sobrevivido antes sin nosotros. Y una vez que logremos detener al dios y a Palas, tomaremos Nazirah de nuevo. Tal y como habíamos planeado.

—Esto no me gusta… —dijo—. Está mal.

—Bueno, no es que tengamos muchas más opciones de todas formas —le dijo—. El barco va a Kerameikos. A no ser que quieras ir nadando a Nazirah…

Ella resopló, casi esbozando una sonrisa. A él le dio la impresión de que un rayo de sol afloraba en su pecho.

—Mira… —dijo Hassan, esta vez más suavemente—. Cuando lleguemos a Kerameikos, si aún te sientes así y hay algún modo de volver, no te detendré…

—Pero no vendrás conmigo —le dijo, acabando la frase por él.

Le dedicó una débil sonrisa.

Ella suspiró, relajando parte de la tensión de su cuerpo y echándose hacia delante, contra la barandilla de la cubierta.

—Así que… la Orden de la Última Luz al rescate de nuevo, ¿no? ¿Crees que de verdad nos ayudarán después de que les mintiéramos y dijéramos que tú eras el Último Profeta?

—La verdad es que no —respondió Hassan—. Tienen razones suficientes para no ayudarnos. Y no solo por mí. Tenemos a dos rompejuramentos, un Profeta renegado, tres presagios y una persona que trabajaba para los Testigos y traicionó al Hierofante.

Se volvió a mirarlo de pronto.

—¿Cómo dices?

Hassan se masajeó la nuca.

—Ya, bueno… No nos sobran exactamente los aliados ahora mismo.

—Pero confías en ellos —No era una pregunta.

Él asintió, sorprendido al darse cuenta de que así era, que ni siquiera había tenido que pensárselo. Por mucho que Jude y él se hubieran peleado en aquellos dos meses y medio, o por mucho que la Vagabunda y la Mano Pálida fueran aún misterios para él, confiaba en ellos.

—Ahora mismo —dijo— son lo único que tenemos.

CAPÍTULO DIECINUEVE

BERU

El tiempo transcurría despacio durante el viaje a Kerameikos. Beru pasaba la mayor parte de los días en la cubierta, sintiendo el frío viento en las mejillas y tratando de ignorar la voz del dios en su cabeza.

El dios estaba incluso más enfadado desde que Beru había conseguido contener su voluntad en la playa. O quizá «desconcertado» fuera la palabra más adecuada... Y Beru también lo estaba.

Una parte de ella había creído que usar el poder del dios la consumiría por completo. Pero había ocurrido algo en la playa. Primero, cuando Ephyra había hablado con ella y le había suplicado que la escuchara. Concentrarse en la voz de su hermana la había anclado, había impedido que desapareciera bajo la incontenible marea que era la ira del dios.

Y después, cuando Hector había aparecido, lo había sentido: su miedo, su alivio, su esperanza brotando en el interior de Beru. Un salvoconducto, algo a lo que agarrarse para salir de las profundidades de la mente del dios.

Ahora, con el collar de Fuego Divino de nuevo en torno a su cuello, sus emociones eran más tenues, aunque aún las sentía colándose a veces entre las grietas. De algún modo, su conciencia de sí misma aún persistía, una voluntad que el dios no podía conquistar por completo.

Pero las cadenas de Fuego Divino no podían bloquear la voz del dios de la misma manera, así que Beru estaba condenada a escuchar sus quejas y reclamos en cada momento de quietud.

No sé por qué estás tan enfadado, lo regañó Beru, inclinando la cara en dirección al viento cuando el dios empezó a despotricar otra vez contra los Profetas. *Nos hemos liberado de Palas. Deberías estar contento por eso, al menos.*

¿CONTENTO?, repitió el dios sin emoción alguna.

Querías liberarte de él, y aquí estás. Es algo bueno.

YO QUERÍA VER A PALAS MUERTO. NO ESTÁ MUERTO, ASÍ QUE ESO NO ES ALGO «BUENO».

Beru suspiró. Había habido un tiempo en el que los pensamientos del dios la habían asustado. Pero ahora, lo que sentía con más frecuencia era cansancio por sus obsesiones. Tenía un vasto conocimiento sobre el mundo y su creación, y sin embargo parecía saber tan poco...

Así que solo porque las cosas no han salido como tú querías, te cabreas.

TÚ NO LO PUEDES ENTENDER, PEQUEÑA MORTAL, dijo el dios. YO CREÉ ESTE MUNDO. EXISTE PORQUE YO EXISTO. ES MÍO, HECHO A MI IMAGEN.

Beru consideró aquello. Había pensado que el dios era engreído, pero no era exactamente eso. El dios era incapaz de contentarse con pequeñas victorias. Solo había existido en un estado de omnipotencia antes de aquello. Si hubiera querido matar a Palas, lo habría hecho, y no habría nada de lo que alegrarse o enfadarse. Simplemente sería así porque el dios así lo habría decidido.

Pero las cosas habían cambiado.

TODO EN ESTE MUNDO ESTABA HECHO A MI IMAGEN, continuó el dios. VOSOTROS LOS HUMANOS ESTABAIS HECHOS A MI IMAGEN TAMBIÉN. HASTA QUE EMPEZASTEIS A CAMBIAR, A ELEGIR, A... AMAR. NO HABÍA VUELTA ATRÁS DESPUÉS DE ESO. YA NO ERAIS COMO YO, Y POR ESO CREÉ A LOS PROFETAS. EN CUANTO LOS HUMANOS DEJARON DE SER UN REFLEJO DE MÍ MISMO, FUI INCAPAZ DE LLEGAR HASTA ELLOS. ASÍ QUE LES DI UNA PARTE DE MÍ A UNOS POCOS PARA QUE PUDIERAN TRANSMITÍRSELO A LOS DEMÁS.

¿Transmitirles el qué?

MI MENSAJE. MIS LEYES. MIS DECRETOS. LO QUE DEBÍAN HACER Y LO QUE NO DEBÍAN HACER. PERO AQUELLAS BESTIAS INDISCIPLINADAS... NO HACÍAN LO QUE LES DECÍA.

¿Así que los castigaste?

¿CASTIGAR? El dios no pareció entender aquello tampoco. A LOS QUE ACATARON MIS LEYES SE LES PERMITIÓ CONTINUAR. Y LOS QUE NO, FUERON ELIMINADOS.

Beru sintió un escalofrío. El dios solo pensaba en ideas absolutas. Nada estaba justificado porque no había necesidad de justificarlo. Era espeluznante pensar en el mundo de esa manera. Darse cuenta de que la ira del dios no surgía de la crueldad o de la brutalidad, sino de la ignorancia absoluta del concepto de la empatía. De su yo y su otro. Del amor, el dolor y el sufrimiento.

Quizá fuera en vano tratar de explicarle al dios la verdad sobre sus creaciones. Tal vez una criatura como aquella, tan inmensa e ilimitada, no fuera capaz de ver el mundo como lo hacían los humanos.

Esto es un castigo, dijo Beru. *Les haces daño porque te desobedecieron.*

LOS HICE MEJORES.

Los hiciste sufrir.

—Beru, ¿no es así? —dijo una voz, sacándola de sus pensamientos.

Trató de esbozar una sonrisa educada cuando vio la cara de la legionaria herati. Trató de recordar su nombre.

—Soy Khepri —dijo la chica, interpretando correctamente la sonrisa inexpresiva de Beru.

—Perdona —dijo Beru.

Khepri hizo un gesto para quitarle importancia.

—No te preocupes. Sé que tendrás muchas cosas en la cabeza.

La sonrisa de Beru se desvaneció ligeramente.

—Eso ha sonado mal —dijo Khepri—. Ni siquiera hemos hablado antes, y mírame… Lo único que quiero decir es que sé que has debido de pasar por muchas cosas.

—Todos lo hemos hecho —dijo Beru, poniéndose un mechón de pelo rebelde tras la oreja—. Palas también te tenía cautiva, ¿no es así?

La mirada de Khepri se perdió un momento, pensando.

—Palas… Aún no puedo creerme del todo que el Hierofante sea un Profeta. Pero tiene sentido, supongo. Parecía estar demasiado acostumbrado a que lo venerasen. Y eso debe subírsete a la cabeza, ¿no? Debe de ser fácil para algunos obsesionarse con mantener el poder.

Beru pensó en el dios y en su necesidad de alterar el mundo a su antojo.

—Hay una razón por la que has venido a hablar conmigo, ¿no es así? —preguntó Beru.

Khepri esbozó una sonrisa triste.

—Supongo que no hay motivo para fingir que no es así. Hassan me dijo que no lo hiciera.

—¿Que no hablaras conmigo? —preguntó Beru. Khepri no parecía asustada ante ella, aunque sí algo precavida. Beru suponía que era difícil creer que había un ser ancestral encerrado en su cuerpo, capaz de reducir una ciudad entera a cenizas, a no ser que lo hubiera presenciado por sí misma—. Te dijo que era peligrosa, ¿no?

Khepri asintió, y Beru agradeció su sinceridad.

—Supongo que me cuesta un poco creérmelo.

—Pues te decía la verdad —dijo Beru, apretando la barandilla con las manos—. Sí que soy peligrosa.

—Suficientemente peligrosa como para tomar las Seis Ciudades Proféticas —dijo Khepri—. Eso era lo que el Hierofante pretendía, ¿no? Usarte para dominar las otras ciudades. Supongo que no le bastaba con Nazirah.

Beru sintió la rabia inundándola por un momento, y después la culpa. Khepri tenía razón. Había permitido que Palas hiciera todo aquello.

—Sé lo que pasó en tu ciudad —dijo Beru—. Tú luchaste contra Palas antes que ninguno de nosotros.

La sorpresa cambió la expresión de Khepri. Entonces tragó saliva, y adoptó un gesto serio.

—Así es. Y también el pueblo de Nazirah. Mis hermanos, el Ala del Escarabeo…, llevan luchando contra Palas todo este tiempo.

—Y quieres ayudarlos.

—Quiero que *tú* los ayudes. Vi cómo destruías nuestras cadenas solo con un movimiento de la mano, cómo paraste a… —se interrumpió, negando con la cabeza—. Tienes un gran poder en tu interior, ¿no quieres usarlo?

—No puedo —dijo Beru—. Lo siento, ojalá pudiera. Pero no puedo.

—¿Por qué no? —exigió saber Khepri—. Podrías hacer algo bueno, reparar el daño que el Hierofante te obligó a llevar a cabo. Podrías salvar a mi pueblo.

Beru se volvió para no tener que ver la angustiada y dolorida expresión de Khepri.

TIENE RAZÓN, dijo el dios. PODRÍAS HACERLO. LOS DOS PODRÍAMOS. SÉ QUE QUIERES HACERLO.

Beru fijó la mirada en el horizonte. El dios tenía razón. Una parte de ella quería ser capaz de blandir el poder del dios para hacer el bien. Ayudar a Khepri, ayudar a cualquiera que estuviera sufriendo.

Pero sabía cómo acabaría aquello.

—No puedo usar este poder —dijo, obligándose a mirar de nuevo a Khepri a los ojos—. No es mío. Y si dejo salir al ser al que pertenece, si lo dejo en libertad… Viste lo que pasó en la playa. Eso no fue nada en comparación con lo que es capaz de hacer. Si salvo a tu pueblo, estaré condenando al mundo entero.

Khepri le aguantó la mirada durante un largo rato.

—Lo siento —dijo de nuevo Beru—. De veras.

Khepri negó con la cabeza, volviéndose hacia el horizonte.

—Supongo que debo parecerte una egoísta pidiéndote esto mientras tú estás intentando salvar al mundo entero.

—Nazirah es tu hogar —respondió Beru—. Por supuesto que harías cualquier cosa por protegerlo. Quizá sea egoísta, pero es humano. Y eso significa que merece la pena aferrarse a ello.

La única persona aparte de Ephyra, y a veces de Anton, que buscaba la compañía de Beru era Evander, el hijo del mercader al que habían rescatado de la fortaleza. A pesar de lo que había soportado a manos de los Testigos, el chico era la persona más amigable del barco, y no dudaba a la hora de hablar y hablar con Beru sobre cualquier cosa que se le ocurriera. A menudo se quejaba sobre la escasez de ropajes bonitos a los que tenía acceso allí, otras veces cotilleaba sobre los otros, y Beru se había percatado de que era increíblemente perspicaz a pesar de la actitud ingenua que adoptaba con frecuencia. Ocasionalmente, especulaba sobre lo que les esperaba en Kerameikos.

A Beru no le importaba el incesante parloteo, y de hecho la calmaba, ya que la voz de Evander ahogaba la del dios en su cabeza.

Esa tarde, el sexto día de viaje, Evander estaba contándole cómo era cada atuendo que había llevado a la boda de cinco días de duración de la hija del archiduque en Endarrion, mientras Beru dormitaba ligeramente en su catre.

—¿Oyes eso? —preguntó de pronto Evander en mitad de su reflexión sobre los beneficios de las chaquetas de encaje al estilo de Endarrion.

—¿El qué? —preguntó Beru.

—Suena como si hubiera alguien paseándose fuera —respondió Evander, levantándose para investigar.

Tenía razón, se oía un rítmico sonido de pasos que, al principio, Beru había pensado que era el vaivén del barco. El estómago se le encogió debido a los nervios.

Evander se asomó, y de inmediato volvió a cerrar la puerta y se giró hacia Beru con un brillo pícaro en la mirada.

—Es ese guerrero tan guapo. ¿Lo dejo entrar?

Podía estar refiriéndose a Jude, pero Beru supo instintivamente que era Hector. Los nervios que había sentido eran de él.

—Saldré yo —dijo Beru, levantándose de la cama—. Quédate aquí.

Le llevó un momento armarse de valor para abrir la puerta.

Hector se había mantenido a distancia desde que habían llegado al barco. Beru no sabía exactamente qué había esperado que pasara. Hector había estado tan aliviado, y tan terriblemente contento de verla en la fortaleza… Pero desde que habían escapado no la había buscado. Debía de haberse asustado con todo lo que había pasado en la playa.

O quizá no se había alegrado en absoluto de verla. Quizá, de nuevo, había estado proyectando sus propios sentimientos de alivio al ver a Hector a través de su extraña conexión.

No te ama de verdad, se recordó a sí misma. Solo creía hacerlo porque Beru había dejado que sus propios sentimientos se transfirieran a él, confundiéndolo.

Se ponía enferma solo de pensarlo. Pero se obligó a calmarse antes de abrir la puerta y salir al pasillo.

Hector le daba la espalda y se paseaba de un lado a otro, pero en cuanto oyó que la puerta se abría, se volvió para mirar a Beru.

Se contemplaron el uno al otro durante un largo e incómodo momento.

—Eh… —dijo Hector por fin—. Cómo… ¿cómo estás?

Beru tardó un poco en contestar.

—Mejor que hace seis días, supongo. No te lo agradecí, por cierto. A ti, al príncipe Hassan y a Jude, por habernos rescatado.

—En realidad, fuiste tú quien nos sacó de allí —respondió Hector.

Y el dios casi los había matado en consecuencia.

—Deberíamos hablar de lo que pasó en la playa —dijo Hector de pronto—. No me lo imaginé. Te hice algo, a ti y al dios, ¿no?

Parecía indeciso, casi asustado, y durante un largo rato Beru no supo qué decirle.

—Cuando uso el poder del dios, su influencia se vuelve más poderosa —empezó a decir Beru—. Lucho contra ello tratando de aferrarme a mí misma: un recuerdo, o un sentimiento… Pero en la playa no me aferré a mis sentimientos, sino a los tuyos.

—Quieres decir… ¿por la conexión que hay entre nosotros? —preguntó Hector, vacilante.

Beru asintió.

—A veces mis propios sentimientos y pensamientos son sobrepasados por el dios. Pero los tuyos… Me llegaron de forma clara.

Hector desvió su oscura mirada. Beru sintió que algo parecido a la vergüenza le trepaba por la garganta, y no estaba segura de si era cosa de ella o de Hector.

—Lo siento —dijo por fin—. Sé que es mucha información de golpe.

Él negó con la cabeza, rascándose su fina barba y Beru se dio cuenta de que sí estaba avergonzado.

—No, es… Es algo bueno, ¿no? Quiero decir, me alegro de ser de ayuda.

Era de lo más extraño ver a Hector así. Tan inseguro y nervioso. Lo opuesto a cómo era normalmente. Quizá Hector no supiera cómo actuar con ella debido al dios, debido a la peligrosa criatura que habitaba en su interior.

Le dolió, más de lo que había esperado. Después de todo lo que habían pasado juntos, Hector aún la veía como a algo extraño y desconocido. Era como si hubieran vuelto al principio, cuando Hector descubrió que era una resucitada, cuando la había mirado con miedo y horror.

Pero ahora no estaba mirándola así. Lo cierto era que no la miraba en absoluto.

—Hector —dijo ella con cuidado—, ¿qué ocurre?

—Es solo que… —hizo una pausa—. Todo esto de la conexión entre nuestro *esha* pasó porque el Rey Nigromante me trajo de vuelta, pero ni siquiera sé por qué.

Beru sí sabía por qué. O, al menos, una parte.

—Era un favor a alguien. Me lo dijo en el oasis, después de que te marcharas.

—Nunca me lo contaste… —dijo él, la voz dolida por la traición.

Ella lo miró a los ojos.

—Nunca me lo preguntaste.

Pareció intimidado por el recordatorio de que había estado evitando estar con ella a solas. Lo vio tragar saliva.

—¿A quién le hizo el favor?

—A mí —dijo una voz al final del pasillo.

Beru y Hector se volvieron hacia la Vagabunda, quien estaba iluminada bajo una puerta, tan bella e indescifrable como siempre.

—Tu vida por una deuda que tenía conmigo —continuó.

—¿Qué clase de deuda? —preguntó Hector—. ¿Y por qué querías que yo viviese?

Le devolvió la intensa mirada con una de tranquilidad, y Beru tuvo la sensación de que estaban tratando de ver quién era capaz de aguantar más.

—Encontré tu cuerpo en Medea, donde también encontré a Ephyra. Supuse lo que había pasado y supe que, si Beru estaba destinada a convertirse en el recipiente del dios de la antigüedad, entonces tu resurrección se convertiría en una debilidad para el dios. Y tuve razón, ¿no es así?

—Te refieres a la conexión entre nosotros —dijo Hector—. ¿Ese es el motivo de que aún siga con vida?

La Vagabunda lo observó, tratando de determinar algo. Y Beru detectó algo más, algo parecido a la pena.

—Supongo que hubo algo más que contribuyó también. Supongo que… me sentía culpable, por el papel que desempeñé en tu muerte.

Beru se la quedó mirando.

—¿De qué estás hablando?

Hector parecía igualmente perplejo.

—Todo lo que se desencadenó —dijo la Vagabunda— fue por mi… Bueno, mi entrometimiento, supongo que lo llamaría Palas. Os involucré a todos en una trayectoria de colisión.

Beru trató de recordar, dándose cuenta de pronto.

—Tú nos enviaste a Ephyra y a mí a buscar a Anton. Y entonces Anton y Ephyra acabaron encerrados en la fortaleza, donde Hector los encontró.

—Os di un pequeño empujoncito aquí y allá —dijo—. Para asegurarme de que todos os encontrarais.

—¿Así que sabías lo que pasaría? —le reclamó Hector—. ¿Todo esto?

La Vagabunda se señaló.

—Soy una Profeta, ¿recuerdas?

Ambos se quedaron mirándola.

—Por supuesto, es un poco más complicado que eso —dijo haciendo un gesto con la mano—. Ya no puedo ver el futuro. Ninguno de nosotros fue capaz después de la Última Profecía. Pero después de haber pasado dos mil años observando cómo ocurrían nuestras profecías, soy capaz de adivinarlo bastante bien.

—Así que nos empujaste los unos hacia los otros —dijo Hector—. ¿Por qué?

—«Que pondrán fin a la era oscura» —respondió—. Tengo fe en vosotros. En todos vosotros. Y creo que enmendaréis los errores del pasado. Mis errores.

—¿Crees que puedes jugar con nosotros como si fuéramos las piezas de un tablero? —dijo Hector, apretando los puños a ambos lados de su cuerpo—. No somos cartas en una partida de canbarra. Somos personas con vida y voluntad propia.

—Tienes razón —dijo la Vagabunda, sonando casi apenada—. De hecho, eso era lo que les solía decir a los otros Profetas. Durante siglos argumenté que nuestro poder de augurar el futuro no ayudaba al mundo. Que, en realidad, estábamos perjudicándolo y haciendo que la gente tomara caminos que nunca habría tomado de otro modo. La gente tomaba decisiones, amaba u odiaba, dañaba o curaba, basándose solamente en las historias que les contábamos. Imperios se alzaron y cayeron, guerras se perdieron y ganaron acorde a nuestras palabras. Pero nunca creí que debiéramos hacerlo. Me negué a hacer lo que los otros habían hecho y a establecer un sitio en el que impartir mis visiones a mis súbditos. Y ahora he hecho exactamente lo que ellos hicieron, y os he guiado hacia el final que habíamos predicho. La ironía no me pasa inadvertida.

Beru pensó en aquello. Durante mucho tiempo se había sentido atada a un destino, uno que ni siquiera comprendía; simplemente tenía la sensación de que tenía que morir en el pueblo de Medea. Y después, había creído que estaba destinada a traer la oscuridad al mundo. Ahora vivía con un dios encerrado en su cabeza… ¿Acaso todo había sucedido para eso? ¿Era su propósito ser el recipiente de la destrucción?

—Así que unirnos a todos —dijo Beru—, traer a Hector de vuelta… ¿Todo fue para que pudiéramos cumplir con nuestro destino? ¿Para frenar la Era de la Oscuridad?

—Eso espero, sí —respondió la Vagabunda.

—¿Y si te equivocas? —preguntó Beru—. Dices que no puedes ver el futuro, así que, ¿y si solo lo empeoramos todo? Puede que nada de esto hubiera pasado sin tu… entrometimiento.

—Ese es siempre el peligro que encierra una profecía —respondió la Vagabunda—. Pero yo solo me aseguré de uniros. Vuestras elecciones son las que os han traído aquí. Y serán vuestras elecciones las que decidan el destino del mundo.

CAPÍTULO VEINTE

JUDE

El barco atracó sin contratiempos en el puerto fluvial del Fuerte Kerameikos. Ver los signos de la destrucción hizo que se le encogiera el corazón a Jude.

El Templo de los Profetas aún estaba en pie, un edificio circular que se alzaba sobre una catarata, pero la mitad de su muralla exterior se había derrumbado. Algunas de las puertas también parecían haber quedado dañadas durante el asedio, pero la mayoría de su estructura estaba intacta, con sus columnas en forma de enredaderas y sus barandillas.

Habían decidido que los otros se quedarían en el barco con la compatriota de Hassan, Khepri, para protegerlos. Hector había insistido en acompañarlo, negándose a que se enfrentara a la ira de la Orden a solas. Jude no había tenido fuerzas para rechazar su oferta, sobre todo después de la agotadora discusión que había tenido con Anton sobre si él lo acompañaría o no.

—No tenemos ni idea de quién está al mando en el Fuerte —le había dicho Jude—. No sabemos si son leales a Palas, y si lo son, no podemos dejar que sepan que estás aquí.

—Y yo no puedo dejar que te enfrentes a ellos solo —había razonado Anton—. Yo soy la razón por la que te marchaste de la Orden, y si quieren castigarte por ello…

—Entonces estoy seguro de que puedes llevar a cabo una de tus entradas triunfales, como lo hiciste en mi juicio con el Tribunal —le dijo Jude, sintiendo cómo se le sonrojaba el cuello cuando recordó al Tribunal.

Echando la vista atrás, aquel había sido el momento en el que se dio cuenta de que la atracción magnética que sentía por Anton se había transformado en algo más.

—Esto no me gusta —le había respondido Anton, mirándolo con el ceño fruncido.

—No tiene que gustarte.

Extrañamente, discutir con Anton parecía ser terreno seguro. Habían estado dando rodeos el uno alrededor del otro desde la primera conversación que habían mantenido después de que Jude despertara, actuando con torpeza ahora que volvían a estar juntos después de meses de separación. A veces Jude se sorprendía anhelando aquella primera y espontánea noche que habían pasado viajando a Behezda después de abandonar la Guardia, cuando Anton le había preguntado «¿qué es lo que deseas?», como si fuera algo tan simple.

Ahora, volver a Kerameikos después de todo ese tiempo, y con Hector precisamente, complicaba las cosas más que nunca, y Jude no se había sentido menos seguro en su vida. Ni siquiera sabían quiénes los recibirían en el Fuerte, si serían amigos o enemigos.

—¿Preparado? —le preguntó Hector mientras atracaban.

Jude se encogió de hombros.

—Tanto como puedo estarlo, supongo.

Salieron al muelle, donde cuatro Paladines armados con espadas los esperaban.

—No estáis autorizados a atracar aquí —dijo la primera Paladín. Jude la reconoció vagamente. Tenía el pelo oscuro y corto, y la cara llena de pecas—. Dad un paso más y desenvainaremos las espadas.

Jude y Hector se miraron. No podían entregarse en caso de que los Paladines trabajaran para Palas. Pero tampoco podían arriesgarse a pelear, si no fuera así.

—¿Bajo las órdenes de quién se encuentra Kerameikos? —preguntó Jude.

—Eso no es asunto tuyo —dijo mordazmente otro de los Paladines, un hombre algo más joven. Pero entonces se le abrieron los ojos de par en par al reconocer a Jude—. Eres… el heredero Weatherbourne.

La Paladín de pelo oscuro se volvió hacia su compañero, y cuando contempló de nuevo a Jude su mirada era afilada como el acero.

—Rompejuramentos.

Jude se quedó sin aliento ante la ira de su voz.

—Los dos —dijo otro de los Paladines, a quien tanto Jude como Hector conocían bien. Era Ariel, y una vez Hector se había peleado con él por algo que Jude ni siquiera recordaba. La pelea había acabado cuando Jude intervino—. Ese es Hector Navarro.

La Paladín de pelo oscuro los miró con los ojos entrecerrados.

—Traed al capitán. Ahora.

Ariel se alejó. Jude lo siguió con la mirada. ¿Capitán? La esperanza floreció en su interior por un momento, imaginando que estaban yendo a buscar a su padre, como si de algún modo pudiera seguir con vida y hubiera sobrevivido al ataque de los Testigos después de todo. Pero borró aquel pensamiento de inmediato, sustituyéndolo por temor. Fuera quien fuere el capitán ahora, podía estar bajo el mando de Palas.

—¿Qué hacen aquí dos rompejuramentos? —preguntó la Paladín de pelo oscuro—. Tendríais que haber sabido que no seríais bien recibidos. Y si tuviera que suponer, diría que tenéis el barco lleno de rompejuramentos y habéis venido a reclamar Kerameikos —se volvió por encima del hombro—. Registrad el barco.

Jude se tensó cuando otros dos Paladines se acercaron.

—Apartaos, u os obligaremos —dijo uno de ellos cuando Jude no se movió.

—Entonces, obligadme. —Jude mantuvo la compostura, agarrando el pomo de la espada que tenía en la cadera. No sabía a qué se refería la mujer con «rompejuramentos». ¿Aquellos que se habían unido a Palas? ¿O los que se habían negado a unirse a él?

El Paladín frente a Jude desenvainó su espada. Un segundo después Hector hizo lo propio con la suya, y colocó la punta de su hoja contra la garganta del Paladín.

—Yo no haría eso en tu lugar —dijo Hector con un tono divertido en su voz.

—Hector —le advirtió Jude.

—¡Baja tu espada, rompejuramentos! —ordenó la Paladín de pelo negro, seguida por una oleada del sonido de las espadas de los otros Paladines siendo desenvainadas—. Os superamos en número —dijo, apuntando con su espada a Hector, pero sin dejar de mirar a Jude—. Rendíos y someteos al registro.

—Lo siento muchísimo —dijo Jude—, pero no puedo dejar que registréis el barco.

—No tienes manera de detenernos —dijo la Paladín—. Y si estás pensando en desenvainar tu espada…

Jude no lo hizo. En su lugar, tomó aire e invocó su Gracia de la forma en que lo había hecho en Behezda, cuando se había enfrentado al Testigo de las cicatrices. Acudió a él con facilidad, tanto que no necesitó formar un koah para canalizarla, y surgió como una tormenta. Sintió que el poder aumentaba en su interior, hasta que incluso pudo percibirlo en el aire alrededor. Le salpicó agua del río, y algunas hojas se arremolinaron en torno a él.

—¿Qué estás haciendo? —preguntó la Paladín con los ojos muy abiertos y alarmada.

Jude no respondió, se limitó a hacer que su Gracia estallara en su interior, apoyada por la fuerza de su propósito, el juramento que ahora estaba unido a su *esha*.

—Pa… ¡Para ya! —gritó la Paladín, asustada y con un brazo frente a su rostro para protegerse de la tempestad—. ¿Cómo haces eso?

—¡Basta! —gritó una nueva voz desde lo alto de la muralla exterior del Fuerte—. ¡Parad ahora mismo!

Jude miró hacia arriba y vio una familiar silueta, con el pelo cobrizo sujeto en una trenza enrollada en su cabeza y el torque de plata brillando bajo la luz del sol.

Sorprendido, Jude dejó que su Gracia se desvaneciera, y el viento a su alrededor se apaciguó.

—¡Penrose! —No pudo evitar el alivio y la alegría que sintió al verla allí, aunque supuso que la reacción de ella sería muy distinta.

Ella bajó de la muralla, acercándose lentamente al grupo con la mandíbula apretada y la mirada puesta en Jude. No había rastro de una bienvenida cálida en su expresión.

—¡Capitana Penrose! —dijo la Paladín, poniéndose firme—. Estábamos interrogando a los rompejuramentos sobre el motivo de su visita.

Capitana Penrose. Jude trató de que no se notara lo inquieto que se sentía.

Penrose se acercó a la Paladín y le susurró algo que, incluso con su sentido del oído aumentado, Jude no pudo escuchar. La mujer miró de nuevo a Jude, y después se alejó.

Penrose y Jude se miraron el uno al otro a través del muelle durante un largo rato.

Entonces Penrose señaló con la cabeza al Paladín que aún tenía la espada desesnvainada.

—Tú, registra el barco.

Jude sintió que el resentimiento lo invadía al ver la dura expresión en el rostro de Penrose. No había esperado que lo recibiera con los brazos abiertos, pero tampoco que su confianza en él hubiera desaparecido.

Pero él aún confiaba en ella. Así que cuando tres de los Paladines se acercaron para subir al barco, se apartó sin una palabra más. Puede que él hubiera traicionado y decepcionado a Penrose demasiadas veces, pero él la conocía. La conocía de verdad. Y sabía que nunca seguiría al Hierofante, incluso aunque hubiera resultado ser un Profeta.

Se limitó a observarlo con dureza mientras esperaban que los Paladines completaran su registro. Pronto Jude oyó los sonidos de un altercado que le indicaron que habían encontrado a Khepri, y un momento después salieron a cubierta con la legionaria entre dos de ellos, tratando de zafarse.

Penrose abrió mucho los ojos.

—¿Khepri? —Hassan salió corriendo a la cubierta, siguiéndolos—. ¿Príncipe Hassan?

Hassan se detuvo, asomándose por el pasamanos y mirando a Penrose.

—Khepri, para. Es Penrose.

Khepri se quedó quieta enseguida, dejando que los Paladines la guiaran al muelle.

—¡Capitana Penrose! —la llamó un tercer Paladín—. Tienen al Profeta.

Un momento después el Paladín salió arrastrando a Anton del brazo, y a juzgar por la expresión de su rostro, no de forma muy cuidadosa. Jude sintió cómo su Gracia se despertaba de nuevo en su interior de forma instintiva, un deseo primigenio de proteger a Anton.

—Suéltalo —ordenó Penrose, y cuando Jude la miró de nuevo advirtió la inquietud en su inquisitiva mirada. Así como él la conocía, ella también lo conocía a él—. Soltadlos a todos.

—Pero Capitana…

—He dicho que los soltéis —repitió Penrose, en un tono que no dejaba lugar a discusiones.

Los Paladines soltaron a Khepri y a Anton. En el barco, los otros habían salido a cubierta. La mirada de Penrose siguió a Anton mientras este se colocaba junto a Jude.

Las palabras del Testigo de las cicatrices resonaron en su cabeza como un oscuro pensamiento. «¿Tus servicios al Profeta también incluyen atenderlo en la cama?».

Se libró de aquel pensamiento. Puede que los otros Paladines no lo entendieran, que pensaran que Jude no era más que un rompejuramentos que corrompía al Profeta con su debilidad, pero él sabía la verdad, y no iba a esconderla más. Miró a Penrose a los ojos.

—Sé que no tienes razón alguna para confiar en nosotros después de lo que hicimos —dijo, tratando de que su voz no se alterara—. Te abandonamos a ti y al resto de la Guardia.

—Secuestraste al Último Profeta y lo pusiste en peligro —lo corrigió Penrose bruscamente.

Anton abrió la boca, listo para contradecirla, pero Jude lo acalló poniéndole una mano en la muñeca.

Inclinó su cabeza hacia Penrose.

—Tienes razón. No confié en mi propia Guardia. No puedo pedir disculpas por haber viajado a la Ciudad de la Misericordia para tratar de frenar al Hierofante, pero sí me arrepiento de que nos separáramos de la forma en que lo hicimos.

—¿Y ahora? —preguntó Penrose—. Ahora que un dios ha sido resucitado y Palas lo está usando como arma para subyugar a las Ciudades Proféticas vienes aquí, ¿para qué, exactamente? ¿Para decirnos que tú tenías razón y nosotros nos equivocábamos?

Jude notaba su voz teñida de dolor.

—No —respondió—. Hemos venido porque necesitamos vuestra ayuda.

—Déjame ver si lo he entendido bien —dijo Penrose, sentados a la mesa del salón de té con lo que quedaba de los miembros de la Guardia: Petrossian, Osei y Annuka, a quien Jude agradecía que no hubiera seguido los pasos de su hermano y se hubiera unido a Palas. Jude, Anton y la Vagabunda eran los únicos a los que Penrose había permitido entrar, lo cual quizás fuera lo mejor. Apenas parecía capaz de mirar a Hector—. ¿Tú eres una Profeta? —Penrose señaló a la Vagabunda, la cual asintió—. ¿El dios os acompaña, y lo habéis traído *aquí*?

—Beru no es peligrosa —le aseguró Anton.

—Hemos visto de lo que es capaz el dios —interrumpió Petrossian de forma sombría—. Nos arrebata la Gracia y se la entrega a los Testigos.

—Eso era Palas, controlándola —respondió Anton—. Beru es… es buena persona. Sé que es difícil de creer, pero nos está ayudando. Quiere derrotar al dios tanto como nosotros, y está dispuesta a hacer lo que sea.

—¿Así que vosotros dos necesitáis acceder al Círculo de Piedras para encontrar a los otros Profetas? —preguntó Penrose—. ¿No sabéis dónde están?

La Vagabunda suspiró.

—Tras ver la última profecía, los siete nos escondimos. La profecía esencialmente auguraba que nuestro tiempo, la Era de los Profetas, estaba llegando a su fin. Creíamos que sería más seguro desaparecer, ya que no podíamos ejercer ninguna influencia sobre el mundo. La idea era que, una vez que naciera el Último Profeta, regresaríamos para instruirlo.

—Pero los otros no volvieron —dijo Jude—. ¿Por qué no?

La Vagabunda negó con la cabeza.

—No estoy segura. En el siglo que transcurrió, Palas se volvió contra ese plan, desde luego. Regresó al mundo en secreto, y los otros… Podrían estar, literalmente, en cualquier lugar ocultando su *esha*.

—Por eso necesitamos usar el Círculo de Piedras para encontrarlos —añadió Anton, mirando a Penrose—. ¿Recuerdas cuando, antes de que los Testigos atacaran Kerameikos, la Orden quería que hiciera gala de mis poderes para demostrar que era el Último Profeta? Esto sería exactamente igual.

Penrose se mordió el labio.

—No sé si me gusta esto…

—Si los Profetas no han regresado debe de haber una razón —coincidió Osei—. Debemos confiar en que ellos saben qué es lo mejor.

La Vagabunda soltó una carcajada que sonó como campanas. Se detuvo de inmediato al darse cuenta de que nadie más se estaba riendo.

—Ah, lo decías en serio.

Penrose se tensó.

—Debemos confiar en los Profetas.

—Yo soy una Profeta —dijo la Vagabunda con un destello en la mirada—. Y también lo es Palas. Sé que la Orden de la Última Luz juró servirnos, pero no es tan simple. Incluso antiguamente, las relaciones entre nosotros siete eran… complicadas.

Jude miró a la Vagabunda con curiosidad. Apenas había hablado de los otros Profetas y su pasado conjunto. Sabía que su relación con los demás se había torcido, pero no parecía muy dispuesta a revelar cuál había sido el origen de los problemas, ni qué había ocurrido para que Palas se volviera contra el resto.

—Lo importante es —dijo Jude, redirigiendo la atención de lo que sabía que sería un tema algo tirante— que necesitamos encontrar a los Profetas.

Penrose parecía recelosa.

—No sé… Tengo que pensarlo.

—La verdad es que no tenemos… —empezó a decir Anton.

—Por supuesto —dijo Jude, interrumpiéndolo—. Pero antes de que tomes una decisión, debes estar al corriente de los riesgos.

Anton le dirigió una mirada alarmada, pero Jude lo ignoró. Puede que Penrose siguiera furiosa con él, pero confiaba en ella. Se negaba a involucrarla y también al resto de la Orden sin decirles toda la verdad.

Anton suspiró y respondió por Jude.

—Cuando usemos el Círculo de Piedras los otros Profetas lo sentirán, como si estuviéramos enviándoles una señal. Lo que significa que…

—Palas también sabrá dónde estáis —acabó de decir Annuka.

Había permanecido en silencio hasta ese momento, aunque nunca había sido muy habladora. Pero Jude sentía que la pérdida y la traición emanaban de ella ante la mención del Hierofante. Apenas podía imaginar el dolor que debía de haberle causado el hecho de que Yarik hubiera abandonado la Orden para unirse a Palas.

Jude asintió.

—Todos deberán abandonar Kerameikos antes de que empecemos.

—¿Abandonar Kerameikos? —repitió Penrose—. Apenas acabamos de recuperarlo. Algunos perdieron la vida para reconquistarlo de manos de los Testigos.

Palas hará lo que esté en su mano para encontrarnos y recuperar a Beru —dijo Anton.

Penrose parecía a punto de protestar de nuevo.

—Penrose —dijo Jude con delicadeza—. No te pediríamos esto si no creyéramos que es la única opción.

—No puedes aparecer aquí así después de todo lo que hiciste, Jude —dijo de pronto—. No puedes pedirnos semejante cosa y esperar que lo aceptemos sin más. Nos abandonaste, Jude. Cuando más te necesitábamos, nos abandonaste. ¿Y sabes lo que pasó? Los otros Paladines perdieron la fe y rompieron filas. La Orden no es lo que era, y es culpa tuya. ¡Nuestra gente se fue! Yarik nos abandonó y se unió a Palas porque el Profeta y tú no estabais aquí para guiarnos. Palas lo convenció de que nos habías dado la espalda. Y tenía razón, ¿no es así? —enfatizó lo último con una mirada a Anton, dejando muy claro lo que quería decir.

Jude sintió la sangre hirviéndole. Se volvió hacia Anton y los otros.

—¿Podéis darnos un minuto?

La Vagabunda se retiró sin hacer objeciones, y el resto de la Guardia salió detrás de ella. Anton dudó un momento, mirando a Jude, y después los siguió.

Una vez que se cerró la puerta, Jude miró de nuevo a Penrose.

—Estoy al tanto de lo de Yarik —dijo, vacilando—. Lo vi en la forta-leza, siguiendo las órdenes de Palas.

—Eres el Guardián de la Palabra, Jude —dijo Penrose—. Y cuando te deshonraste, deshonraste a toda la Orden. No hace mucho idolatrábamos a Palas, y al no estar tú aquí para enfrentarte a él, eso hizo que a muchos les resultara sencillo cambiar de bando.

La culpa amenazó con ahogar a Jude. Había algo de verdad en lo que Penrose decía, e incluso una parte de él entendía lo que Yarik había hecho. A Jude le habían enseñado toda su vida a seguir órdenes. A no cuestionar a la Orden o a los Profetas. Aquello era lo que lo había frenado a la hora de descarriarse durante mucho tiempo: el miedo de que, si no seguía las reglas de la Orden, tendría que tomar sus propias decisiones.

Y a algunos de los Paladines, aquel miedo los había llevado a seguir a un hombre como Palas en lugar de enfrentarse a un mundo en el que no había nadie para guiarlos.

Jude volvió a mirar a Penrose.

—¿Crees que ha sido fácil para mí volver aquí?

—Bueno, te resultó muy fácil abandonarnos —le espetó.

—No, no lo fue.

—Es que no lo entiendo —dijo Penrose, exasperada—. ¿Por qué te empeñas en sabotearte? ¿En convertirte en… esta persona a la que apenas reconozco?

—No se trata de eso.

—¡Se trata de que se suponía que eras el Guardián de la Palabra! —gritó Penrose—. Debías guiarnos, y lo tiraste por la borda, ¿por qué? ¿Es que estabas tan asustado de no dar la talla que simplemente decidiste abandonarnos para no tener que descubrirlo?

Por mucho que quisiera negar sus palabras, Penrose tenía razón en parte. La primera vez que se había ido, se había dicho a sí mismo que iba tras Hector, pero la verdad era que había huido de la Orden, del deber para el que sabía que nunca daría la talla, y del juramento que estaba seguro que jamás podría llevar a cabo.

—Todos albergamos debilidad en el corazón —dijo Penrose—. ¿Por qué sucumbiste tú a la tuya?

Aquello le dolió, más de lo que Jude estaba preparado para soportar.

—No lo hice.

La expresión de Penrose se tensó.

—Rompiste tu juramento.

—Yo no lo veo así —dijo Jude—. Ya no. Mi juramento era servir al Profeta. Protegerlo. Y amarlo… Amarlo solo ha hecho que me sintiera más cerca de ese propósito. Tú crees que me rendí, que perdí mi fe, pero no es así. La *encontré* en él, y en mí mismo.

Penrose se limitó a observarlo con la mandíbula apretada. Quizá nunca entendería las decisiones que había tomado. Pero no necesitaba justificarse ante ella ni ante nadie. Ya no era aquella cáscara humana llena de ira y de odio hacia sí mismo que había sido la última vez que había estado en Kerameikos. Ahora sabía quién era.

—Penrose —le dijo—. Sé que no puedes perdonarme. Sé que puede que nunca llegues a entender por qué hice lo que hice. Pero no he venido aquí a suplicar tu perdón o a justificarme ante ti. Y a pesar de lo que pienses sobre mí y mis elecciones, y del hecho de que ya no tienes fe en mí… —tomó una bocanada de aire, abrumado por la idea de que, pasara lo que pasare, su relación con Penrose jamás sería lo que había sido. Lo invadió una pena tan oscura e intensa como cuando Penrose le había dicho que su padre había muerto.

Cuando encontró de nuevo las palabras, habló en voz baja.

—Sé que aún crees en nuestro deber, o de lo contrario no seguirías aquí manteniendo a la Orden unida.

—No debería ser yo quien debería mantenerla unida.

Jude sonrió a través de la tristeza que sintió.

—Quizá. Pero sí que eres tú.

Penrose le aguantó la mirada un momento, y después la apartó.

—Tus… amigos —dijo ella por fin—. Pueden quedarse en los barracones esta noche. Por Keric, tenemos sitio de sobra.

Jude asintió, agradecido.

—Gracias, se lo diré —dijo, volviéndose para salir.

—Y Jude… —dijo Penrose, haciendo una pausa—. Todos sois bienvenidos al gran salón para la cena.

Jude supo que eso no era lo que había estado a punto de decir, pero asintió y dejó la habitación sin pronunciar una palabra más.

Cuando volvió al porche, Anton estaba esperando cerca de la puerta. La Vagabunda, haciendo honor a su nombre, parecía vagar por ahí.

—¿Qué ha dicho? —preguntó Anton, nervioso.

Jude negó con la cabeza.

—No importa.

—¿Tal mal ha ido?

—Deberíamos buscar a los otros.

—Jude… —empezó a decir Anton, haciendo un movimiento y deteniéndose, como si hubiera querido tomarle la mano.

Jude miró hacia la muralla del fuerte, que se había derrumbado.

—Fue mi decisión abandonar la Orden. Y escogería lo mismo de nuevo.

—Sé que lo harías —dijo Anton—. Pero también sé lo difícil que ha debido de ser para ti volver aquí. Y puedes hablarme de ello si quieres. Quiero… Quiero saber cómo te sientes, incluso si crees que no me gustará.

Jude lo miró sin palabras.

—¿Quieres…? ¿Por qué?

—¿Por qué? —repitió Anton. Tocó la sien de Jude con el pulgar, acariciándole el pelo con los dedos en un movimiento reconfortante—. Porque quiero saberlo todo de ti. Siempre.

Lo dijo como si fuera algo obvio, como si Jude tuviera que dar por sentado que Anton querría saber esas cosas, cada verdad escondida y cada vergüenza. Jude estaba acostumbrado a que Anton viera la verdad en su interior, incluso mejor de lo que Jude se veía a sí mismo. Siempre había sido así entre ellos, desde la primera noche en que se habían conocido.

Pero una cosa era que Anton se colara entre sus defensas y a través de la muralla de su corazón como un ladrón… y otra muy distinta que Jude le abriera las puertas de par en par y lo invitara a pasar. Perder por completo incluso la ilusión de que había alguna protección dispuesta a su alrededor.

No estaba seguro de poder soportarlo. No en aquel momento, cuando los dos últimos meses y medio y la certeza de que era Anton quien los había mantenido alejados aún le dolían. No ahora que sabía exactamente la clase de dolor que podría ocasionarle porque ya lo había vivido una vez.

Pero sí había querido decir lo que le había dicho a Penrose. Lo que sentía por Anton era la brújula que lo guiaba. Había tratado de resistirse de forma inútil. ¿De qué le servía ahora fingir que podía resistirse? ¿Por qué cerrar sus puertas cuando las murallas se derrumbarían tan fácilmente?

Jude agarró la mano de Anton, se la llevó a los labios y le besó el centro de la palma. Anton curvó los dedos, acariciándole la mejilla.

—Tú también —dijo Jude, cerrando su mano con la de él dentro—. Puedes contarme lo que sea, Anton.

Quizá haya sido solo su imaginación, pero le pareció que la sonrisa de Anton era algo más tenue.

CAPÍTULO VEINTIUNO

ANTON

Anton se despertó a solas. Estaba acostumbrado a ello, pero a lo que no estaba acostumbrado era a irse a dormir acurrucado junto a Jude en la diminuta cama del barracón. Apenas cabían, pero Anton había dormido en peores sitios a lo largo de su vida. Y había esperado que estar cerca de Jude ahuyentara sus pesadillas.

Sin embargo, sus sueños habían estado plagados de imágenes en las que Jude moría. Sueños en los que se ahogaba en el lago de atrás de la antigua casa de Anton en Novogardia, sueños en los que los Testigos lo destrozaban en la residencia del arconte en Palas Athos, sueños en los que Jude se quedaba atrapado entre los escombros de Behezda. Y los peores, en los que Jude se sacrificaba a sí mismo para matar al dios, por mucho que Anton le rogara que cambiase de opinión. Los sueños lo habían dejado vacío y dolorido, y no podía quitarse de encima la sensación de que no eran solo sueños.

Se levantó de la estrecha cama y consiguió calmar el temblor de sus manos lo suficiente para poder vestirse antes de salir a la neblinosa mañana. Sabía que estaba siendo irracional, pero no se quedaría tranquilo hasta ver a Jude.

Sentía su *esha* como una tormenta ondulante, y decidió seguir su rastro, abriéndose paso a través de los muchos puentes del Fuerte que cruzaban sobre el río. Al fin, ascendió la colina y atravesó la arboleda hasta oír el sonido de una catarata y el de unas espadas chocando entre sí.

Cuando llegó a la cima lo recibió el espectáculo del sol de la mañana que brillaba en el agua de la catarata, iluminándolo todo en diferentes colores. Se dio cuenta entonces de que había estado allí antes… solo que no físicamente. Jude había soñado con aquel sitio y Anton había caminado dentro de su sueño. Ese lugar significaba algo para Jude.

Al pie de la catarata, bañados en el vapor de agua, Jude y Hector luchaban sobre un saliente rocoso, con las espadas destellando entre ellos. Anton había visto luchar a Jude incontables veces ya, pero siempre en situaciones en las que estaban en grave peligro. Nunca antes había tenido la oportunidad de observarlo sin más y de apreciar la belleza de verlo en acción. Cada golpe era controlado; cada finta, fluida e instintiva.

Jude saltó con elegancia y facilidad de una posición a otra hasta que Hector lo arrinconó contra el agua. El contraataque de Jude fue tan rápido que Anton casi no pudo seguirlo con la mirada, y un segundo después Hector acabó desarmado y con la espada de Jude apuntando a su corazón.

—¡Vale, ya lo pillo! —dijo Hector riéndose—. Ahora eres mejor con la espada que yo. En una pelea mano a mano, sin embargo… Te habría ganado.

—Si tú lo dices —le dijo Jude, envainando la espada.

—Lo digo —le respondió Hector—. Venga, vamos a comprobarlo ahora mismo. Sin espadas.

Jude se rio, volviéndose como si fuera a negarse. De repente Anton se percató de que no había visto nunca a Jude reírse con nadie más aparte de con él mismo.

De repente Jude se giró hacia Hector, golpeó el agua y lo salpicó. Hector dejó escapar un grito poco digno, claramente no esperaba aquello, y se abalanzó sobre Jude. Antes de que Anton supiera lo que estaba ocurriendo, estaban peleando sobre la roca.

—Luché en los fosos de arena, ¿sabes? —le dijo Hector, agachándose para esquivar un golpe de Jude—. Me llamaban Tormenta de Arena y nadie consiguió vencerme.

—Tus oponentes no debían de ser muy buenos —lo provocó Jude.

Jude giró para esquivar un puñetazo y entonces se detuvo de pronto con la mirada puesta en Anton. Hector, que aún no lo había visto, trató de golpear a Jude por detrás, pero este alzó la mano para parar el puño de Hector sin mirar siquiera.

—¿Anton?

Anton pasó el peso de un pie a otro, incómodo y sintiendo que estaba entrometiéndose.

—No sabía dónde estabas.

Jude saltó a la orilla del río, dejando a Hector encima de la roca.

—¿Va todo bien?

—Sí, todo bien —dijo Anton demasiado deprisa—. Es solo que... Deberíamos hablar con Penrose de nuevo, ¿no?

—¿Seguro que estás bien? —le preguntó Jude, llegando adonde él estaba—. Sé que no dormiste bien anoche. Cuando me desperté de madrugada parecía como si estuvieras teniendo una pesadilla. Intenté despertarte, pero...

—Sí —asintió Anton. La imagen del cuerpo sin vida de Jude apareció en su mente, y tuvo que reprimir un escalofrío—. Las pesadillas habituales —dijo, sonriéndole—. También tuve algunos sueños agradables.

—¿Como qué? —preguntó Jude.

—Bueno —respondió Anton—, creo recordar uno en el que había un chico muy guapo al lado de una catarata, y se moría de ganas por besarme.

Una sonrisa lenta e intensa apareció en los labios de Jude. A pesar del aire frío de la mañana Anton se sintió acalorado, y toda la preocupación y el temor de la noche desaparecieron. Algo de culpa permaneció anclada en su estómago, pero si no pensaba demasiado en lo que le estaba ocultando a Jude, podría ignorarlo.

—Sabes... —continuó Anton—. Al fin y al cabo, soy Profeta. Mis sueños predicen el futuro.

—Ah, ¿sí? —preguntó Jude, fingiendo curiosidad.

Parecía dispuesto a no morder el anzuelo, pero antes de que Anton pudiera picarlo más, sintió una mano sobre los hombros.

—Buenos días, Profeta —dijo Hector, mojándole la camiseta con el agua que goteaba de su brazo—. Esperaba poder hablar contigo.

Jude le dirigió una mirada indecisa.

—No pasa nada, Jude —dijo Anton—. Deberías ir a buscar a Penrose. Luego te veo.

Jude les dirigió una mirada inquisitiva más antes de empezar a descender la colina.

Cuando estuvo fuera de su vista, Anton se zafó del brazo de Hector.

—Date prisa y dime lo que sea que tengas que decirme. Tengo muchas cosas que hacer hoy.

Hector lo miró con la cabeza inclinada, con curiosidad.

—No tienes motivo para estar celoso, ¿sabes?

Anton lo miró, incrédulo.

—¿Crees que estoy *celoso*?

—Bueno, a ver... ¿No es así?

Anton examinó el incómodo sentimiento que se había instalado en su interior. ¿Celoso? Tan solo estaba preocupado. Aún no se fiaba de Hector, al menos no en lo que a Jude se refería.

Hector negó con la cabeza.

—Todavía no me hago a la idea de que estéis juntos. Pero supongo que no debería sorprenderme... elige siempre a las peores personas de las que enamorarse.

—Yo no... —Anton paró de hablar, comprendiendo lo que Hector acababa de decir—. Espera, ¿sabías que estaba enamorado de ti?

Hector se encogió de hombros, algo avergonzado.

—Jude... Bueno, ya sabes cómo es. No se le da bien engañar a nadie, solo a sí mismo. Así que sí. Nunca hablamos de ello, pero lo sabía. Y sea lo que fuere lo que te preocupa, estate tranquilo. Jude y yo... jamás habríamos sido nada más de lo que somos ahora. Amigos, y compañeros de armas.

—¿Por qué iba a estar preocupado? —preguntó Anton, irritado.

—Todas las miradas asesinas que me echas y el no dirigirme la palabra puede que me hayan dado una pista —dijo Hector—. Por no mencionar que has venido muy rápido a buscarnos.

Anton puso los ojos en blanco.

—¿Alguien te ha dicho alguna vez que eres un pelín creído?

—Mucha gente —respondió Hector, como si fuera algo de lo que estar orgulloso.

Anton cruzó los brazos sobre el pecho.

—No me siento amenazado por ti. Pero sí me preocupa que le hagas daño de nuevo.

—Ah... —Hector pareció realmente sorprendido, como si ni siquiera se le hubiera ocurrido pensar en eso.

—Jude habría hecho cualquier cosa por ti —continuó Anton, cada vez más enfadado—. Te habría seguido a los confines de la tierra, y tú lo echaste a perder como si no te importara nada.

Hector se quedó mirándolo durante un rato, en silencio.

—De verdad crees eso, ¿no? —preguntó despacio.

—Yo estaba allí —respondió Anton de forma entrecortada—. Lo vi apostar la Espada del Pináculo y el torque del Guardián solo para poder ir a buscarte.

Hector negó con la cabeza, mirando hacia los árboles y la ladera, a cualquier sitio menos a Anton. Casi estaba esbozando una sonrisa triste y Anton se sintió a la defensiva, como si Hector se estuviera riendo de él.

—¿Qué quieres que diga? —preguntó Hector por fin—. ¿Que me arrepiento de haberme marchado? ¿Que no debería haberlo hecho? Puede que me arrepienta de cómo pasó, pero debía marcharme. Nunca le pedí a Jude que hiciera todo eso, y hablaba en serio cuando dije que nunca debería haber aceptado el puesto de Paladín de la Guardia. Fue cruel para los dos. Él me quería y yo lo sabía, y también sabía que nunca llegaría realmente a pasar nada.

—¿Porque tú no querías?

—Porque *Jude* no quería.

Anton se lo quedó mirando, estupefacto. ¿Cómo podía pensar eso?

—Él no hubiera dejado la Orden por mí —La seguridad de su voz fue suficiente para que Anton permaneciese en silencio—. Me habría mantenido cerca, a su lado, durante el tiempo que hubiese sido capaz de soportarlo, haciendo que ambos fuésemos miserables. Así es como habría acabado. Piensas que Jude habría hecho cualquier cosa por mí, pero te equivocas. Habría regresado a la Orden, quizás en una semana, un mes, o un año, pero habría vuelto. Ir a buscarme era solo una excusa, una forma de poner a prueba de una vez por todas su devoción para con su deber. Y no era como si no se hubiera puesto a prueba antes, pero… Si hay algo de lo que estoy seguro es de que Jude nunca abandonaría su destino. Ni por mí, ni por nada en el mundo.

Anton sintió que se le quedaba la boca seca cuando los ojos oscuros de Hector lo taladraron con la mirada. No pudo evitar que sus pensamientos regresaran al secreto que le estaba ocultando a Jude, el verdadero destino del cual él ni siquiera estaba al tanto. Jude puede que hubiera dejado la

Orden por Anton, pero este destino… Bueno, Hector lo había simplificado. Jude no le daría la espalda. Ni por Hector, ni por Anton.

—En realidad, tiene sentido que la única persona que ha conseguido que Jude dejara la Orden sea el mismísimo Último Profeta —dijo Hector—. Sabes, me aterraba al principio ver cómo se siente. Después de Behezda apenas hablaba de ello, pero lo veía, emanando de él. Tiene tanta fe en ti… Y pensé en lo peligroso que era eso. Ahí estaba la persona a la que Jude había aprendido a venerar y a servir desde que nació. «Por encima de nuestra propia vida, por encima de nuestro corazón» y todo eso. Y ahora, ¿qué? ¿Está enamorado de ti? Todo se le ha enmarañado. Lo entiendes, ¿no?

—¿Qué intentas decirme? —le preguntó Anton, tragándose sus protestas y justificaciones. Con Hector explicándolo de esa manera, era difícil desestimarlo.

—Estoy diciendo que estás preocupado por que yo le haga daño, pero eres tú quien puede hacerle daño de verdad, Anton.

Yo jamás le haría daño, pensó Anton con intensidad, pero no lo dijo en voz alta. No era mentira, pero tampoco era cierto. Sí que podía hacerle daño. Ya se lo había hecho, cuando había desaparecido y dejado que Jude pensara que estaba muerto.

Y guardar aquel enorme, horrible y desastroso secreto podía hacerle daño también.

—No quiero hacerle daño —dijo por fin, y aquello al menos era completamente cierto—. Preferiría morir antes que lastimarlo. Antes de conocerlo no veía la necesidad de todo esto. De ser el Profeta, de frenar la Era de la Oscuridad. Lo único que hacía era sobrevivir y arreglármelas como pudiera. Ahora…

Ahora tenía a alguien por el que salvaría al mundo entero. Y era exactamente la persona a la que debía sacrificar para hacerlo.

—Lo entiendo —dijo Hector—. Cuando conocí a Jude lo había perdido todo. Creía que no había manera de salir de aquello, pero él… Me dio algo que creía que no tendría nunca más: una familia. Y cuando lo abandoné, cuando le hice daño de la manera en que se lo hice, me odié por ello. Pero al final nos encontramos de nuevo el uno al otro, y Jude… tiene un corazón muy grande. Me dio su confianza, y te aseguro que no volveré a traicionarla.

Anton se mordió el interior de la mejilla y asintió. Se preguntó por un momento qué pasaría si se lo contaba todo a Hector. Era probable que Hector fuera la única persona del mundo que quería proteger a Jude tanto como Anton. Aquel pensamiento casi hizo que se fuera de la lengua.

—Hector —dijo, pero se dio cuenta de que no había razón alguna para compartir esa carga con él. Simplemente no quería tener que soportarla a solas. En su lugar, dijo—: Me alegro de que Jude te tenga.

Hector sonrió de forma mordaz.

—Lo he amado durante mucho tiempo, y sé que se merece algo mejor que yo. Espero que ese seas tú.

Cuando Hector y Anton volvieron al Fuerte, todo estaba envuelto en un frenesí. Paladines y comisarios pasaron corriendo frente a ellos en el patio, apenas dirigiéndoles una mirada. Bajo la sombra de un delgado árbol, Anton vio a Jude y a Penrose enfrascados en una conversación. Jude parecía inquieto, con el ceño fruncido mientras hablaba con ella con frases cortas.

Anton se acercó, con Hector siguiéndolo.

—¿Qué ocurre? —exigió saber.

—Estamos evacuando a los comisarios y a cualquiera que no pueda luchar —respondió Penrose.

—¿Y los que pueden luchar? —preguntó Hector.

—Se están preparando para hacer justo eso.

—¿Qué? —preguntó Anton—. ¿Por qué? Ya os hemos dicho que en el momento en que usemos el Círculo de Piedras…

—Los hombres de Palas se abalanzarán sobre nosotros —dijo Penrose—. Lo sé. Por eso vamos a luchar.

—Los Testigos poseen ahora la Gracia. No vais a poder vencerlos tan fácilmente —dijo Hector—. Y los Paladines que se unieron a ellos conocen los secretos del Fuerte.

—Lo sé —dijo Penrose—. Estoy al corriente de todo eso.

—Entonces ¿por qué…?

—Para que tengamos más tiempo —dijo Jude antes de que pudiera decirlo Penrose—. Es eso, ¿no? No pretendes vencer a las tropas de Palas. Solo quieres retrasarlas lo suficiente para darnos ventaja.

Penrose asintió.

—Esto no me gusta —dijo Anton.

—No tiene que gustarte —respondió Penrose—. La Orden de la Última Luz fue creada para esto. Es lo que prometimos en nuestros juramentos.

Anton lo sabía mejor que Penrose. La Orden era simplemente la carne de cañón de los Profetas si sus errores alguna vez volvían para atormentarlos. Y el Guardián era quien debía liderar el ataque.

—Penrose... —empezó a decir Jude, con el dolor reflejándose en su voz; pero entonces lo único que dijo fue—: Gracias.

—No me las des —respondió Penrose—. Haced lo que habéis venido a hacer. Detened la Era de la Oscuridad... Sin importar lo que cueste.

A Anton se le hizo un nudo en el estómago. Todo aquello estaba ocurriendo porque Anton ya sabía que no podría hacerlo a cualquier precio.

—Tenemos que darles a todos tiempo para prepararse —dijo Penrose—. ¿Puedes usar tus poderes esta noche?

Anton asintió, mientras el peso de la culpa le provocaba náuseas.

—Entonces lo haremos al atardecer —dijo Penrose—. Y sacaremos a todos los que tengan que marcharse para entonces.

Anton asintió de nuevo.

Otro Paladín se acercó para hablar con Penrose acerca de la logística. Ella se volvió hacia Anton y hacia Jude e inclinó la cabeza, indicando que aquel era el final de la conversación.

—Deberíamos ir a decírselo a los demás —dijo Jude con una expresión seria.

Anton ya echaba de menos al Jude relajado y alegre de esa mañana. Quería reconfortarlo, pero sabía que la culpa que sentía en ese momento haría que todo lo que pudiera decirle sonara falso.

—Iré contigo —se ofreció Hector.

—Debería ir a buscar a la Vagabunda —dijo Anton.

Jude asintió, pero la larga mirada que le dirigió a Anton le indicó que habría preferido que permanecieran juntos. Tuvo que obligarse a seguir el distante repiqueteo del *esha* de la Vagabunda.

La encontró a las afueras de las Salas del Tribunal, mirando la estatua de Temara que custodiaba la entrada. A Anton se le rompió un poco el corazón al ver la expresión distante de su cara.

—Sabes, no supieron capturar del todo bien su rostro —dijo suavemente sin volverse a mirarlo.

Anton observó la estatua. Parecía similar a la Temara que había visto al escrutar el pasado de la Vagabunda. Una mandíbula fuerte, pómulos prominentes enmarcados por un pelo corto. Quizá fuera la expresión de su cara lo que a la Vagabunda no la convencía. Firme y resuelta, su rostro tan frío como la piedra en la que estaba tallada, labios fruncidos y la mirada puesta en la distancia. Esa era la Temara que la Orden debía de haber conocido.

—Asumo que nos han concedido permiso, ¿no? —preguntó la Vagabunda, volviéndose por fin hacia Anton.

—Esta noche, al atardecer —asintió—. Usaremos nuestros poderes para buscar a los otros Profetas.

Anton se imaginaba la mezcla de sentimientos que la Vagabunda estaría experimentando. Los otros Profetas habían jugado un papel en lo que le había ocurrido a Temara. Ellos eran la razón de que la Vagabunda fuera la Vagabunda, y no Ananke la Valiente.

Pero Anton los necesitaba. El mundo los necesitaba.

—Si el plan funciona —dijo la Vagabunda—, no podré ir contigo a buscar a los Profetas.

Anton buscó su mirada.

—*Cuando* el plan funcione —insistió—. Y no te lo pediría.

Ella le puso una mano en el hombro. El contacto fue extrañamente delicado, y Anton se inclinó hacia ella. Aún no se había olvidado del todo de que había puesto en peligro a Jude al enviarlo a Palas Athos. Pero al mismo tiempo la Vagabunda había depositado su fe en Anton.

—Gracias —dijo él con seriedad.

—¿Por qué? —preguntó, desconcertada de verdad.

—Por no haberte rendido conmigo, supongo —respondió Anton—. Por haber estado ahí cuando te necesité, incluso cuando aún no lo sabía por aquel entonces.

Ella sonrió. No le dirigió su habitual sonrisa taimada y reservada, sino una que le iluminó la cara e hizo que pareciera una mujer joven de nuevo.

—Ven —dijo, guiándolo con delicadeza—. No podemos usar nuestros poderes con el estómago vacío.

El sol se hundía por el oeste, por la cresta de la montaña del valle fluvial, cuando Jude, Anton y la Vagabunda ascendieron al Círculo de Piedras. El leve zumbido de la reverberación del Círculo se oyó más alto y claro a medida que ascendían la escalera y se acercaban a la piedra que señalaba la entrada.

—Os esperaré aquí —dijo Jude, deteniéndose junto a la piedra. Apretó la mano de Anton y después lo soltó.

Había ido con ellos hasta allí, pero la parte siguiente estaba reservada a Anton y a la Vagabunda. Una extraña ola de familiaridad invadió a Anton cuando dio un paso dentro del círculo de grandes monolitos con la Vagabunda. Cada uno de los Siete Profetas se alzaba alrededor de ellos, y las piedras brillaban rosadas y doradas bajo el sol de la tarde. Era extraño ver a Palas mirándolos con su pétreo rostro sumiso y benevolente. Y aún más extraño era ver a la Vagabunda sin rostro.

—Otra que no se asemeja. —Los labios de ella se curvaron en una sonrisa mientras miraba la piedra que debía representarla.

Anton entrecerró los ojos, fingiendo comparar su cara con la del monolito.

—Podrían haberlo hecho algo mejor —coincidió—. Por ejemplo, tu yo-estatua no lleva una bebida en la mano.

Él sonrió ante su fingida mirada de enfado.

—Bueno —dijo ella cuando llegaron al centro exacto del Círculo—. Tal y como te enseñé.

Se separaron, y cada uno se encaminó hacia los bordes opuestos del Círculo. Parecía que la reverberación de las Piedras los guiaba, rebotando contra el *esha* de ambos hasta que estuvieron situados en el epicentro del Círculo de Piedras.

La calma se instaló en su pecho cuando se volvieron y estuvieron cara a cara. Las estrellas estaban empezando a brillar en el tenue cielo mientras Anton tomaba aire, centrándose en la resonancia de las Piedras. Había sentido su presencia antes, cuando estuvo en Kerameikos por primera vez. Pero aquí arriba era mucho más fuerte; le vibraba en la cabeza y en los huesos. Se hundió en su flujo, hasta que lo sintió sincronizándose con sus latidos, con la vibración de su propio *esha*. Sentía a la Vagabunda haciendo lo mismo, el claro tañido de su *esha* uniéndose al susurro del Círculo de Piedras, reverberando y amplificándolo.

Ya no había diferencia entre los sonidos: su *esha*, el de la Vagabunda y la resonancia de las Piedras se unieron en una única ola de sonido, creciendo a su alrededor y vertiéndose hacia fuera. Se sentía igual que en el pozo de Nazirah, cuando había llamado a Jude con su Gracia, y después en Behezda, cuando lo había usado para tratar de arreglar el sello de los cuatro pétalos en la Puerta Roja de la Misericordia, pero incluso más fuerte. Como si su *esha* resonara con el de los otros siete, los Profetas. Y supo, de alguna manera, que la Vagabunda y él no eran los únicos que podían sentir aquella repentina ola de poder. Supo que incluso alguien sin Gracia podría sentirlo, tan seguro como si estuviera profiriendo una declaración en voz alta.

Soy el Último Profeta.

Era como si las palabras salieran de él, entretejidas con la llamada de los monolitos.

Abrió los ojos y alargó el cuello hacia el cielo, que estaba teñido de colores. Intensas pinceladas rosadas, doradas y moradas sobre un azul oscuro. Ondulaban y se movían como las olas del océano.

Y entonces, desde fuera del Círculo de Piedras, Anton percibió un eco de su *esha* y del de la Vagabunda. La energía que habían enviado volvía ahora hacia ellos, pero diferente. Era el *esha* de los otros Profetas, que respondían a su llamada.

El eco se contrajo alrededor de ellos como si fuera un aliento que estuvieran inhalando, y la conexión se rompió. Anton cayó sobre sus manos y rodillas, abrumado y con náuseas. Oyó los pasos que se acercaban a él, y un segundo después Jude se arrodilló a su lado.

—Estoy bien —le dijo Anton con la voz desgarrada. Alzó una mano antes de que Jude pudiera tocarlo, y se levantó. Observó de nuevo el cielo, donde la extraña luz ya se estaba desvaneciendo.

Miró a Jude y vio que el guerrero aún no se había levantado. Se mantenía arrodillado a sus pies, contemplándolo con un tierno asombro.

—Vi el cielo —dijo Jude con voz temblorosa—. El aspecto que tenía el día que naciste. Era justo así.

El corazón le dio un vuelco a Anton. No había visto esa expresión en la cara de Jude desde el día en que lo había encontrado en el pozo de Nazirah.

Desde que se había dado cuenta de quién, o más bien qué, era Anton. Recordó la advertencia de Hector entonces, y por mucho que le doliera admitirlo, supo que Hector tenía razón. El destino de Jude siempre había sido Anton. El Profeta. No era la razón por la que lo amaba, pero estaba unido a todo lo que habían pasado juntos. Era la razón por la que Jude lo había seguido. Estaba en la forma en la que lo besaba, lo tocaba… Fe, devoción, amor y deseo. No había manera de separarlos.

—Lo supe entonces —dijo Jude con reverencia, su pecho subiendo y bajando—. Supe cuál era mi destino.

La certeza de su voz hizo que Anton quisiera huir y esconderse.

—Anton —sonó la voz de la Vagabunda tras ellos—. Ha funcionado. Puedes sentirlos, ¿no?

Tenía la voz agitada, y le llevó un momento entender por qué. Bajo el zumbido de sus poderes combinados Anton sintió el tirón del *esha* en dos direcciones distintas. Una hacia el sur, que debía de ser Palas. La otra, en algún lugar al noroeste: los otros Profetas.

Y entonces se dio cuenta de que todos estaban en el mismo sitio. Un lugar que la Vagabunda conocía bien: el lugar al final del mundo, donde una vez se había escondido con la mujer que amaba. Veía la pregunta en sus ojos, la misma que él quería formular.

¿Qué hacían los Profetas allí?

—Necesitamos volver al barco —dijo la Vagabunda—. Palas sabrá exactamente dónde estamos, y debemos poner tanta distancia como podamos entre nosotros y él.

Anton asintió y ayudó a Jude a ponerse en pie. Lo tuvo agarrado de la mano mientras descendían la escalera de piedra. Para cuando llegaron al Fuerte de nuevo, había oscurecido. Las linternas iluminaban las pasarelas, donde los que parecían un centenar de Paladines estaban arrodillados, mirándolo con una expresión de asombro que se asemejaba a la de Jude. Algunos incluso estaban llorando.

—Profeta —murmuró uno de los Paladines—. Eres tú realmente.

Ya no había forma de negarlo, de esconderse o de huir.

Voy a fallarle a esta gente. El pensamiento llegó certero e involuntario, como si ya hubiera ocurrido.

Todos creían en él. Anton podía verlo en sus ojos igual que lo había visto en los de Jude.

Aquello era de lo que había huido toda su vida. No de su hermano, ni de su visión, sino del momento en el que se convirtiera en algo más que él mismo, cuando dejara de ser Anton, el chico que había sobrevivido, el chico al que Jude amaba, y se convirtiera en el Último Profeta. Quería darse la vuelta y correr, y por primera vez ni siquiera el hecho de saber que Jude estaba a su lado parecía suficiente para retenerlo.

Aquellas personas querían que detuviese la Era de la Oscuridad y restaurase la paz en el mundo. Anton sabía que no podía hacer ninguna de esas cosas, pero sí lo que siempre había hecho: seguirles la corriente. Dejar que creyeran lo que ellos quisieran.

Fue fácil entonces amoldarse a su papel bajo la mirada de los Paladines. Era como ir de farol al jugar al canbarra.

Los otros ya estaban esperándolos en el barco de la Vagabunda. La Guardia estaba allí para verlos partir; los cuatro permanecían en fila en el puerto cuando Anton se acercó.

Osei, Annuka y Petrossian se arrodillaron en cuanto vieron a Anton. Penrose los siguió un momento después.

Los otros Paladines no lo conocían, pero sí la Guardia. Aunque él no hubiera tenido largas conversaciones con ellos, lo conocían. Esta podría ser la última vez que se verían. No importaba en qué discreparan la Guardia y Anton, iban a dar sus vidas por él. Por su misión.

—Sin importar lo que cueste —dijo Penrose.

Y Anton dejó que lo creyera.

—Sin importar lo que cueste.

CAPÍTULO VEINTIDÓS

HASSAN

—Están en las Montañas Innombrables.

Anton los había reunido a todos de nuevo en la sala de la cubierta superior del barco mientras partían de Kerameikos. Los miró desde la parte delantera de la habitación con la espalda hacia las ventanas y el cielo nocturno.

Tras el espectáculo en el Círculo de Piedras, Hassan se encontró mirando a Anton con otros ojos. Ya había sabido, por supuesto, que Anton era el Último Profeta. Pero ahora creía de verdad que sería capaz de detener la Era de la Oscuridad. Al fin entendía la inquebrantable fe que Jude había depositado en él.

—¿Y dónde está eso exactamente? —intervino Ephyra.

—Es una cadena montañosa volcánica en la costa oeste de la península —respondió Jude junto a Anton—. Enfrente de las montañas Gallian.

—¿Por qué iban a estar los Profetas allí? —preguntó Hassan—. En ese lugar solo hay tierra salvaje, ¿no?

—Hasta donde sabemos —dijo Anton, dirigiéndole una mirada a la Vagabunda—. Quizá sea ese el motivo: querían esconderse en algún sitio alejado del resto del mundo.

Ella apartó la mirada.

—¿Así que nos dirigimos allí? —preguntó Hector.

—Nada de *nos* —respondió Anton—. Voy a ir yo. Y Beru va a venir conmigo.

Hassan sabía que eso significaba que Jude y Ephyra irían también.

—Pero los demás no tenéis que venir —siguió diciendo Anton—. La Vagabunda tomará el barco para reunirse con otros miembros de la Rosa Extraviada. Intentarán localizar dónde escondió Palas las reliquias, por si… Bueno, por si acaso.

Por si fallaban.

Las Reliquias no servirían realmente para frenar al dios, pero podrían sellarlo de nuevo, dándoles algo más de tiempo. Aunque Hassan ignoraba para qué.

—Si todo va bien, la Vagabunda se reunirá de nuevo con nosotros en un refugio seguro de la Rosa Extraviada al otro lado del valle, a los pies de las Montañas Innombrables —continuó Anton—. El resto podéis elegir quedaros en el barco, y ella os llevará a otro refugio de la Rosa Extraviada.

Antón miró un momento a Evander. De todos ellos, el hijo del mercader era el que menos pintaba nada allí.

Hassan evitó mirar a Khepri. No sabía si había acordado con la Vagabunda volver de alguna manera a Nazirah. De manera egoísta, deseó que se quedara con él. Incluso después de que se hubieran hecho daño el uno al otro, no quería dejarla marchar. Pero ella le había dejado claras sus intenciones en el barco. No se entrometería en su camino, incluso si la idea de separarse de ella hacía que quisiera arrodillarse y rogarle que se quedara.

Hector se aclaró la garganta, mirando de manera furtiva a Beru.

—Jude obviamente irá contigo, Anton, así que yo también voy.

—Yo también —dijo Hassan con firmeza—. Soy parte de esto. Estoy contigo, cueste lo que costare. Estamos juntos por una razón, ¿no?

—Yo también voy —dijo una voz desde la entrada.

Hassan se volvió y se encontró al hermano de Anton en la puerta.

—No —dijo Anton—. No hay sitio en nuestra misión para hermanos malvados que trabajan para el Hierofante. Lo siento.

Hassan aún no tenía claro qué pensar de Ilya Aliyev. Lo había visto volverse contra el Hierofante, para después regresar a su lado. Aun así, él era en realidad la razón de que hubieran salido de la fortaleza con vida.

No significaba necesariamente que pudieran confiar en él. Anton desde luego no lo hacía.

—Pero mi ayuda sí que te vino de perlas cuando tuviste que ir a salvar a tu guerrero —le respondió Ilya con arrogancia—. Puede que haya trabajado para el Hierofante brevemente, pero lo traicioné. ¡Él me ejecutó! Si eso no es prueba suficiente de que he dejado de…

—No vas a venir —Anton apretó la mandíbula.

—Me necesitas —dijo Ilya sin rodeos—. El hecho de que trabajara para el Hierofante es en realidad una ventaja. Sé cosas útiles: dónde están posicionados los Testigos, cuáles son sus planes, cómo funciona su mente.

Hassan y Hector intercambiaron una mirada. Ilya tenía cierta razón.

—Odio decirlo, pero tiene razón —dijo Hector pasándose la mano por la cara—. Esa información nos vendría bien.

—No si no podemos confiar en la fuente —le replicó Anton. Se volvió hacia Ilya—. ¿Por qué quieres venir?

Ilya miró a su hermano con las cejas alzadas sobre sus ojos dorados.

—Nunca vas a verme como algo más que el terrible hermano que solía encerrarte en los armarios, ¿no?

Anton apretó la mandíbula.

—Sí que nos ayudó, Anton —dijo Beru en voz baja.

—¿Ves? —dijo Ilya—. Beru confía en mí.

Beru suspiró.

—Lo cierto es que sí. Yo responderé por él. Y Ephyra también.

Ephyra le dirigió a su hermana una mirada pícara.

—A mí no me metas en esto —Beru alargó el brazo y le dio un pellizco—. ¡Ah! Vale, de acuerdo… Responderé por él también —dijo Ephyra, apartando la mano de Beru con un golpecito.

Anton fulminó con la mirada a Ilya durante un largo y silencioso rato. Estaba en clara desventaja.

—Vale —soltó al fin—. Pero si haces algo que cualquiera de nosotros crea que es mínimamente sospechoso, Jude te tirará a un volcán.

Jude asintió una sola vez, como aceptando la misión de manera solemne.

Ilya sonrió.

—Primero ibas a tirarme de un barco, ahora a un volcán… tus amenazas se están volviendo cada vez más creativas, Anton.

Anton abrió la boca para responder cuando Hassan decidió que ya los había oído discutir lo suficiente.

—De acuerdo, entonces somos siete —dijo, mirando a los demás.

—Ocho —dijo Khepri desde una esquina de la habitación.

Hassan advirtió que todos se volvían hacia Khepri mientras su mirada se encontraba con la de ella. Khepri lo observó, decidida.

—Pensaba que querías volver a Nazirah —dijo Hassan en voz baja con el corazón palpitándole. No se había atrevido a esperar que ella cambiara de idea.

—Yo… —Khepri bajó la vista, inclinando la cabeza—. Sí que quiero volver a Nazirah. No pensaba en otra cosa mientras el Hierofante me tenía cautiva. Pero tenías razón, Hassan. Nazirah no estará a salvo hasta que derrotemos al dios —miró a los demás—. Y mirad, estoy segura de que sois muy capaces y todo eso, pero si vosotros siete sois lo único que se interpone entre la destrucción total y nuestro mundo… Lo siento, pero creo que podría serviros de ayuda.

Les dirigió una mirada irónica que le robó el aliento a Hassan. Durante un segundo vislumbró a la Khepri que había conocido en las escaleras del Templo de Palas meses y meses atrás. La que lo había retado a un combate. La que lo había besado con una ardiente ferocidad a bordo del *Crésida* cuando iban a Nazirah. Sintió que le faltaba el aire por lo mucho que la había echado de menos, como si hubiera estado aguantando la respiración durante cada segundo que habían estado separados.

Hassan oyó una carcajada a su lado, y la voz de Hector.

—¿Qué? No le falta razón.

—Muy bien —dijo Jude mientras Khepri miraba de nuevo a Hassan e inclinaba la cabeza en un gesto que no estaba seguro de cómo interpretar—. Entonces somos ocho.

A la mañana siguiente, atracaron en una zona llana del río y tomaron dos botes para remar hasta la orilla. Desde allí, comenzaron su caminata hacia el Paso de la Cumbre Verde, que los llevaría al valle fluvial. El paso era empinado y peligroso, pero Ilya les advirtió que la verdadera dificultad surgiría una vez que llegaran al valle.

Según él, las fuerzas de Palas, que eran una mezcla de los devotos Testigos, los Paladines que habían desertado y mercenarios a sueldo, estaban por toda la zona. Toda ciudad o área poblada estaría plagada de ellos, así que tendrían que ir con cuidado y evitar la civilización todo lo que pudieran.

Los otros eran escépticos y no creían que Palas hubiera dedicado tanto personal a un valle fluvial relativamente tranquilo, pero Hassan entendió la lógica.

—Hay bastantes recursos preciados en el valle: grano, ganado, vino, madera... —dijo, contando con los dedos—. Proveen no solo a Palas Athos, sino a la mayoría de las Ciudades Proféticas. El Hierofante está asegurándose de que controla el valle para poder cortar los suministros de los sitios que se opongan a él.

—Como amenazó con hacer en Endarrion —añadió Beru.

—El valle es un reto —dijo Jude—, las Montañas Innombrables serán algo diferente por completo.

—¿A qué te refieres? —preguntó Ephyra.

—Están totalmente deshabitadas —dijo Jude—. Inhóspitas. No sabemos lo que hay allí arriba porque muy poca gente ha viajado más allá del río Serpentino. Estaremos sin ayuda.

Hassan sintió una oleada de frío al pensarlo. Cruzar una cordillera árida en busca de los Profetas que los habían abandonado tiempo atrás. Quizá se estuvieran engañando a sí mismos al pensar que todo aquello funcionaría, y que además saldrían con vida.

—Y tenemos otro problema —dijo Jude, dirigiéndole a Anton un asentimiento de cabeza.

—Los Testigos están más cerca de lo que pensábamos —dijo Anton—. La Vagabunda y yo fuimos capaces de localizar a un grupo al que Palas mandó a Kerameikos. Supusimos que los enviaría desde Palas Athos, pero están mucho más cerca... Deben de haber estado posicionados en algún lugar del río.

—¿A qué distancia se encuentran? —preguntó Hector.

—Como mucho, a un día —respondió Jude—. El paso está a unos dieciséis kilómetros, así que deberíamos llegar por la tarde. Pararemos a mitad de camino, pero aparte de eso tenemos que intentar seguir moviéndonos.

Partieron a paso ligero, y Hassan se fijó en lo extraño que era el grupo que formaban: un príncipe, una legionaria, dos Paladines deshonrados, un Profeta, un antiguo Testigo, una nigromante y una chica con un dios atrapado en su interior.

Hassan se había mantenido alejado de Beru desde que habían escapado de Palas Athos, y no veía razón para acercarse a ella ahora. Khepri no parecía compartir su preocupación, y se pasó gran parte del trayecto conversando con Beru.

La neblina de la mañana desapareció mientras se adentraban en la montaña, pero la densa sombra de los árboles los protegía del calor del sol. Mucho antes de su pausa de mediodía, pararon de pronto bajo una cuesta con mucha pendiente. Más adelante, Hassan vio que Jude y Anton discutían sobre algo, y ambos parecían agitados.

Hassan se acercó con cautela, con Hector a su lado.

—¿Qué pasa? ¿Por qué hemos parado?

Los dos se sobresaltaron, y vio la tensión en la mandíbula de Jude y en los hombros de Anton.

—Anton dice que percibe más Testigos —respondió Jude tras un segundo—. Más de dos decenas vienen del este a través del paso. Algunos con Gracias robadas.

—¿A través del…? —repitió Hector— ¿Quieres decir del valle?

Jude asintió.

—Si seguimos por aquí nos encontraremos con ellos. El paso no es muy ancho, no hay forma de evitarlos.

—Entonces, ¿qué deberíamos hacer? —preguntó Hassan—. ¿Podemos luchar contra ellos?

Jude pareció considerarlo.

—Probablemente. Pero lo más seguro es que nos entretengan hasta que lleguen los refuerzos del este, y acabaríamos acorralados.

—¿Hay alguna otra opción? —preguntó Beru, claramente preocupada.

—Una —dijo Jude con indecisión—. Podemos volver. Hay un sistema de cuevas y canales bajo la montaña que nos llevará directos al valle fluvial.

—¿Bajo tierra? —preguntó Hector, que sonaba casi tan nervioso como Hassan se sentía.

—Si volvemos, estaremos exponiéndonos a los Testigos que nos siguen —debatió Hassan—. Dijiste que están, a qué, ¿un día de distancia? Ya llevamos medio día caminando, si volvemos sobre nuestros pasos perderemos esa ventaja.

—No es lo ideal —admitió Jude—. Pero las cuevas nos brindarán mejor cobertura. Incluso si los Testigos nos alcanzan, podremos perderlos en el sistema de cuevas.

—Suena arriesgado —dijo Khepri.

Hassan estaba de acuerdo.

—Tenemos que confiar en que serás capaz de guiarnos por el interior y de dejar atrás a los Testigos —dijo, cada vez más frustrado—. Si nos alcanzan estaremos en la misma situación.

Jude lo fulminó con la mirada y Hassan hizo lo propio. Sus desacuerdos no habían sido precisamente pocos en los meses posteriores a lo ocurrido en Behezda, y aquello parecía más de lo mismo. Hassan se consideraba terco, pero no era nada comparado con Jude Weatherbourne cuando se le metía algo entre ceja y ceja.

—Estoy de acuerdo con Jude —dijo Anton.

Por supuesto que lo estaba.

—Yo también —asintió Beru.

—Me da igual lo que hagamos, pero hagámoslo ya, y rápido —dijo Ephyra.

—Yo también estoy de acuerdo con Weatherbourne en esto —dijo Ilya.

—Nadie te ha preguntado —dijo automáticamente Anton.

—Vale —dijo Hassan. Era obvio que se encontraba en minoría, y no harían más que perder tiempo si seguían discutiendo—. Volveremos sobre nuestros pasos.

Recogieron sus cosas rápidamente y regresaron por el camino que habían tomado hacia las montañas. Hassan no podía evitar sentirse derrotado con cada paso que daban. Todo el tiempo que habían estado caminando había sido en vano. Pero se guardó sus quejas.

A casi tres kilómetros del río donde habían comenzado, Jude los guio por un inclinado sendero hacia el norte a través de la abundante arboleda. Era cada vez más escarpado, y en algunas ocasiones tuvieron que escalar las rocas, con Hector, Jude y Khepri ayudando a los otros. Alcanzaron la entrada de la caverna cuando el sol se estaba poniendo.

—Los que tengáis luces, esperad a que estemos dentro de la cueva para encenderlas —les aconsejó.

El aire era frío y húmedo en el interior, y las paredes estaban repletas de puntiagudas estalactitas. Siguieron hacia delante incluso pasada la hora en la que habían acordado acampar, y no parecían dispuestos a parar. Los pasos de Hassan se volvieron pesados, como si estuviera arrastrándose a través de las cavernas. Su mochila había empezado a rozarle un hombro, y era lo único en lo que podía pensar.

—Jude —susurró Hector desde algún sitio por delante de Hassan—. Tenemos que descansar.

—No podemos —respondió Jude—. Si paramos, los Testigos…

—Si no paramos los demás se van a desmayar —le advirtió Hector—. Incluso yo estoy cansado, y no todos tienen la Gracia del Corazón, ¿recuerdas?

—Tenemos que seguir avanzando.

—Hector tiene razón —la voz de Anton se unió a las otras en la oscuridad—. No podemos dejar atrás a los Testigos así. No puedo. Los Testigos aún están a horas de distancia de nosotros.

Jude no dijo nada durante un largo rato, pero entonces Hassan lo oyó llamándolos a todos.

—De acuerdo. Tres horas. Hector y yo montaremos guardia mientras los demás descansan. Nada de hogueras.

El interior de la cueva estaba helado, pero Hassan estaba demasiado cansado para discutir. También se hallaba estupefacto: de todas las proezas que le había visto hacer a Anton, conseguir que Jude cediera en una discusión había sido la más impresionante hasta el momento.

Hassan se sentó pesadamente en una roca junto a Khepri. Se la veía exhausta, con una rodilla contra el pecho y con la mirada perdida en la oscuridad mientras masticaba un panecillo.

Respiró hondo, tratando de decidir cómo empezar aquella conversación.

—Khepri, no hacía falta que vinieras con nosotros solo por mí.

Ella bajó el bollito y se quedó mirándolo.

—¿Qué te hace creer que estoy aquí solo por ti?

Hassan apartó la mirada. Tenía razón, no le había dado ningún motivo para pensarlo, solo había tenido la esperanza de que así fuera.

—Supongo que te lo estoy preguntando, entonces.

—Hassan, ninguno de los dos ha dormido más de seis horas, y probablemente nos quedan cuatro semanas como mínimo antes de que lleguemos adonde vamos —dijo Khepri—. Así que, si no te importa, ¿podemos pausar cualquier conversación profunda sobre nuestros sentimientos y… sobre lo que quiera que seamos, hasta que hayamos hecho lo que hemos venido a hacer?

Hassan se tragó el enfado que lo invadió de pronto.

—Mira, intento darte espacio porque sé que las cosas son complicadas, pero necesito saber en qué punto estamos.

—En qué punto estamos… —repitió Khepri—. Ahora mismo podemos ser amigos, Hassan. Ahí es donde estamos, y es lo único que puedo decirte. ¿De acuerdo?

Hassan tragó saliva. Notaba que estaba irritada, y él también lo estaba, pero había algo más en su dolorida voz.

—Khepri —dijo él—, si necesitas hablar con alguien acerca de todo lo que pasaste cuando el Hierofante te capturó, yo…

—No —dijo ella de golpe—. No quiero hablar sobre eso. Quiero seguir avanzando.

Él apretó los labios. Si se fijaba bien, podía ver que Khepri estaba cada vez más extenuada, y él también. Se pasó una mano por el pelo.

—¿Así que eso es todo? —preguntó—. ¿No me vas ni a escuchar porque no quieres lidiar con todo lo que pasó?

—Qué curioso, viniendo de ti —le espetó Khepri.

—Cometí un error —dijo Hassan—. Un terrible error del que me arrepiento, más que de nada en el mundo. Pero no finjas que tú no tienes nada de culpa.

—Para —le dijo Khepri bruscamente—. Ya basta.

—Sí, por favor, parad los dos —se quejó Ephyra desde algún lugar en la oscuridad—. Estamos intentando dormir, así que si pudierais ir a discutir a otro lado sería genial.

Hassan se sonrojó.

—Tiene razón —dijo Khepri sin rodeos—. Duerme un poco.

Se alejó en la oscuridad sin una palabra más. Hassan se dejó caer junto a la roca y tomó su mochila para usarla como almohada. El suelo frío de la cueva no era para nada cómodo, pero no tuvo tiempo de preocuparse por eso antes de que se le cerraran los ojos y se sumiera en un profundo sueño.

Alguien lo sacudió para despertarlo un momento después.

Hassan se frotó los ojos, adormilado, y se incorporó.

—Creía que íbamos a descansar tres horas.

—Eso hemos hecho —dijo Hector, divertido—. Has dormido como un tronco. Y roncas, por cierto.

—Yo no ronco —gruñó Hassan, poniéndose en pie—. Tú sí que roncas.

Unas luces brillantes iluminaban a los demás, que presentaban diferentes estados de cansancio. Su mirada encontró a Khepri enseguida, estirándose al otro lado de las rocas. Ephyra y Beru estaban guardando sus sacos de dormir.

Al otro lado Jude estaba arrodillado junto al saco de dormir de Anton, pasándole los dedos suavemente por el pelo. Anton se despertó y se incorporó. Jude se quedó donde estaba, con la mano en el costado de Anton mientras este se inclinaba para decirle algo en voz demasiado baja como para que Hassan pudiera oírlo. Y entonces Jude hizo algo que Hassan jamás lo había visto hacer: se rio.

Durante un segundo Hassan se preguntó si el cansancio estaría haciendo que alucinara. Pero no, Jude seguía mirado a Anton con una expresión tan cariñosa que apenas lo reconocía. Lejos estaba el terco y malhumorado guerrero con el que Hassan había convivido durante dos meses. Después de solo unos días con Anton se había suavizado, y Hassan sintió que su apreciación de Jude se ablandaba un poco en respuesta a aquello.

—Aquí tienes. —Hector le dio un empujoncito a Hassan, ofreciéndole un mendrugo de pan y algo de cecina. Hassan lo aceptó y le hincó el diente, agradecido. No se había dado cuenta de lo hambriento que estaba hasta que hubo descansado.

—Haría cosas terribles por una taza de té ahora mismo —dijo Ephyra, frotándose los ojos.

—Seamos sinceros, harías cosas terribles de todas maneras —dijo Hector, y Ephyra lo fulminó con la mirada.

—Aquí tienes —dijo Khepri, sacando algo del bolsillo de su mochila y ofreciéndoselo a Ephyra—. Me aseguré de buscar raíz de guaraná en el almacén de la Orden. Un secreto de legionaria. Mastícala y te pondrás de buen humor enseguida.

—Eso es poco probable —dijo Ilya, y Ephyra lo fulminó también con la mirada al tiempo que aceptaba la raíz de guaraná de Khepri.

—Tenemos que ponernos en marcha —dijo Jude de forma seca.

Las tres horas que habían descansado no les sirvieron de mucho. Hassan aún se encontraba agotado mientras se preparaban para partir, le dolía todo el cuerpo y se sentía embotado debido a la falta de sueño. Su mochila parecía aún más pesada que cuando la había soltado. Khepri le dio algo de raíz de guaraná, lo cual ayudó un poco pero también lo dejó ansioso y algo mareado.

Aún les quedaban días de camino a través de las cuevas, y ya estaban exhaustos. Pero debían seguir avanzando. Era la única opción que tenían.

CAPÍTULO VEINTITRÉS

BERU

—No podemos seguir así —Hassan estaba demacrado; las sombras bajo sus ojos y su voz ronca manifestaban su cansancio.

Beru no podía culparlo por el arrebato, ya que solo estaba diciendo en voz alta lo que todos pensaban.

Habían parado a descansar solamente cuatro veces en los últimos cinco días y medio, aunque el paso del tiempo era difícil de medir en la oscuridad de la caverna. Cada parada se volvía progresivamente más breve, y Beru veía el agotamiento absoluto en las caras de todos. Incluso Jude, Hector y Khepri empezaban a estar fatigados.

El cansancio de Beru hacía que fuera más difícil bloquear la voz del dios en su cabeza. Incluso con el collar de Fuego Divino, sentía su presencia más intensamente con cada hora que pasaba.

Ahora, en su quinta parada, apenas se habían sentado cuando Jude les dijo que se levantaran de nuevo.

—Tenemos que irnos —explicó Jude de forma áspera—. Los Testigos están demasiado cerca.

Los Testigos habían ido ganando terreno cada vez que Beru y los demás paraban a descansar. Todos debían de haber incrementado su resistencia con la Gracia robada, ya que no había otra explicación para que estuvieran avanzando por las cavernas con tanta rapidez. Beru se sintió algo culpable por ello.

—¿Cuán cerca están? —preguntó Hassan, alarmado.

Anton se mordió el labio.

—¿Recuerdas la formación rocosa que pasamos? ¿La que parecía un elefante?

Daba la impresión de estar aterrado. Aunque Beru sabía que eran más o menos de la misma edad, Anton de repente parecía mucho más joven. No tenía el aspecto de un Profeta, ni de la persona que había iluminado el cielo unas noches atrás, la que estaba supuestamente destinada a salvar al mundo. Solo parecía un chico asustado.

Hector se rascó el mentón.

—Eso fue hace… ¿cuánto, una hora?

—Van a alcanzarnos —dijo Ephyra—. De eso no hay duda, la cuestión es cuándo.

—Sabía que atravesar las cuevas era una mala idea —refunfuñó Hassan—. Lo sabía.

—Como si tú no hubieras tenido una mala idea antes, Hassan —dijo Khepri mordazmente.

—¿Qué quieres decir con eso?

Ella le dirigió una mirada que lo dejó boquiabierto e indignado.

—Algo va mal —dijo Ilya—. Deberíamos de haber perdido a los Testigos hace días.

—Tienes razón —dijo Anton—. Claro que algo va mal. Empecemos con el hecho de que invitamos a nuestro viajecito a alguien que trabajaba para los Testigos. ¿Queréis saber cómo nos están localizando? Empecemos por él.

Le dirigió a Ilya una mirada emponzoñada.

—¿De verdad crees que sigo trabajando para ellos? —exigió saber Ilya—. ¿Por qué os habría ayudado a ti y a tus amigos a huir entonces?

—Solo porque nos hayas ayudado no significa que no vayas a volver a traicionarnos.

—Ephyra, dile que…

—No sé por qué piensas que estoy de tu lado —dijo Ephyra.

—Su apoyo no te servirá de nada —añadió Hector, dirigiéndole una mirada a Ephyra—. De hecho, ¿alguien ha considerado si era una buena idea invitar a la chica que me asesinó a que se uniera a nosotros?

—Estoy aquí porque Beru es mi hermana. Además, lo curé, ¿no? —dijo Ephyra señalando a Jude.

—Si crees que eso te absuelve de…

—Nunca he dicho que me absolviera de nada…

— … y si Jude hubiera accedido a ir por el paso…

— … sé que no quieres que esté aquí, pero no finjas…

Todos hablaban a la vez, sus voces se entremezclaron y se alzaron cada vez más hasta que Beru solo pudo oír gritos de indignación.

LOS HUMANOS SOIS UNA CRIATURAS MUY EXTRAÑAS, resopló el dios. ESCOGÉIS VUESTRO ORGULLO HERIDO Y VUESTROS SENTIMIENTOS POR ENCIMA DE LA SUPERVIVENCIA.

Todos estaban cansados… extenuados. El conflicto era inevitable dadas las circunstancias. Pero el dios tenía razón: si ya estaban así de crispados, no superarían el viaje por las montañas.

Y si seguían discutiendo a grito pelado, los Testigos los encontrarían.

NOS ESTÁN RASTREANDO, reflexionó el dios distraídamente. NO LOS HEMOS DESPISTADO EN LAS CAVERNAS PORQUE SABEN EXACTAMENTE DÓNDE ESTAMOS.

Era lo único que tenía sentido. Beru lo habría sabido incluso aunque el dios no lo hubiera sugerido. ¿Pero cómo? ¿Quizás había pasado algo cuando Anton había usado sus poderes en el Círculo de Piedras? Quizá había roto el escudo con el que enmascaraba sus *esha*.

BUENA SUPOSICIÓN, dijo el dios escuetamente. PERO ERRÓNEA.

¿Nosotros?

El dios no respondió, pero Beru SINTIÓ SU CONFIRMACIÓN.

—Chicos… —dijo entre dientes, pero nadie parecía escucharla—. ¡Oíd!

— … eso no tiene nada que ver con esto…

— … no veo cómo podemos confiar en él cuando…

— … era un plan estúpido y lo sabes…

—*¡CALLAOS!*

Una ráfaga de poder brotó de las manos de Beru, rodeando a los demás y acallándolos. Sintió que el collar de Fuego Divino le quemaba el cuello mientras trastabillaba hacia atrás, tratando de recobrar el aliento.

Todos la miraban con los ojos muy abiertos y algunos parecían asustados.

Beru ignoró su propio miedo ante la facilidad con la que el poder del dios había acudido a ella, incluso con las cadenas de Fuego Divino.

—De acuerdo, voy a decirlo. Todos nos odiamos, pero si no pasamos página, moriremos antes de que cante un gallo. Vosotros dos —señaló a

Anton y a Ilya— tenéis tantos traumas de la infancia sin resolver que ni siquiera sé por dónde empezar. Tú —le dijo a Ephyra— literalmente lo asesinaste —dijo señalando a Hector—. Y no tengo ni la más remota idea de qué hay entre vosotros —dijo haciendo un gesto entre Khepri y Hassan—, pero sea lo que fuere, arregladlo. Porque no me preocupa que los Testigos nos alcancen, estoy bastante segura de que nos mataremos antes unos a otros.

Hassan, Ephyra y Jude tuvieron la decencia de parecer arrepentidos. Khepri parecía estar furiosa, a Ilya se lo veía divertido, y Anton y Hector lanzaban miradas asesinas.

—Bien —dijo Beru con calma—, si todos habéis acabado, creo que sé por qué no hemos podido despistar a los Testigos —vaciló, ya que dejarse aconsejar por el dios era un gran riesgo... Pero probablemente tenía razón—. Me están localizando a mí.

Hector la miró de repente.

—¿Cómo lo sabes?

—Lo sé y punto —respondió Beru.

Si les decía toda la verdad, se opondrían y con razón a escuchar las ideas del dios. Lo sentía empujando contra su voluntad, cada vez más cerca de la superficie. Había esperado que el dolor de las cadenas de Fuego Divino fuera suficiente para mantenerlo a raya. Enroscó los dedos alrededor del collar, sintiendo el frío metal contra su garganta.

Y entonces se dio cuenta.

AH, MUY LISTA, dijo el dios, entretenido. MUY LISTA, PEQUEÑA MORTAL.

—Están localizando el collar de Fuego Divino —dijo Beru, arrepintiéndose apenas las palabras salieron de sus labios. Pero era cierto, tenía sentido—. Debe... de haberlo fabricado un artífice. Por eso hay tantos siguiéndonos.

Vio el momento en que todos también se daban cuenta. Era lo único que tenía sentido.

—Yo... —tragó saliva. Era una idea terrible—. Creo que tengo que quitármelo.

El dios quería que se lo quitara, de forma casi desesperada. Era una idiota por considerarlo siquiera. Quizá simplemente estaba intentando engañarla para que tomara la decisión que lo llevaría un paso más cerca de su libertad.

—Ni hablar —dijo Hector cuando la conmoción de lo que Beru había dicho desapareció—. Es demasiado peligroso. Si te lo quitas y el dios se adueña del control, ya no habrá nada que hacer. No podemos arriesgarte así.

—Estoy de acuerdo con Hector —dijo Jude—. Es un riesgo demasiado grande, y ni siquiera sabemos si es cierto.

SÍ QUE LO SABES, se regodeó el dios. SABES QUE ES VERDAD, PEQUEÑA MORTAL.

—Aunque tendría sentido —dijo Ilya despacio—. Palas habría puesto un salvoconducto en caso de que Beru escapara. Una forma de localizarla.

Hassan dio un paso hacia ella.

—Puedo... ¿puedo ver el collar un segundo?

Beru asintió y él se acercó más, usando su brillante luz para observar el collar en la oscuridad. Se movió alrededor de ella hasta que se colocó a su espalda, y entonces se detuvo.

—Ven a ver esto —dijo. Beru no sabía a quién le hablaba, pero un momento después Hector se acercó y sintió su aliento en la nuca.

—Es una marca de artífice —dijo Hassan.

Hector tocó el collar y Beru sintió un escalofrío.

—Lo siento —murmuró Hector.

—No pasa nada —dijo Beru sin mirarlo. En su lugar, se dirigió a Hassan—. ¿Entonces es cierto?

Él asintió.

—Sí. Y creo que eso significa que tenemos una oportunidad. Podemos usarlo para guiar a los Testigos a una trampa.

—No —dijo Hector, colocándose entre ellos—. No vamos a utilizar a Beru como cebo. Es muy peligroso, me da igual si crees que...

—No me refería a eso, para nada —lo interrumpió Hassan—. Estoy de acuerdo, no podemos arriesgarnos a que los Testigos se acerquen a ella. Pero podemos hacer que ellos *crean* que están acercándose.

Ephyra parecía preocupada.

—Pero si se lo quita...

—Lo haré —dijo Beru entonces. Podía sentir la satisfacción del dios, pero también sabía que era la única manera de salir de las cuevas con vida—. Soy capaz de contener al dios yo sola, como hice en la playa. No necesito las cadenas.

Trató de infundir tanta certeza como pudo en su voz.

Sentía la mirada de Hector puesta en ella, como si supiera que era un farol.

Beru miró más allá de él, hacia Ilya.

—¿Aún tienes la llave?

—Espera, ¿la ha tenido él todo este tiempo? —preguntó Anton, preocupado.

—Aquí la tengo —dijo Ilya en voz alta, buscando en un bolsillo de su chaqueta.

—Beru —advirtió Ephyra.

—Todo irá bien —dijo Beru, tratando de tranquilizarla—. No dejaré que el dios tome el control bajo ningún concepto.

Ephyra guardó silencio y los otros esperaron mientras Ilya abría el collar.

Beru lo sintió como una exhalación. Como si el dios hubiera estado en un rincón pequeño y oscuro de su mente, y ahora desplegara las alas, inundándola como una niebla oscura. Notó cómo empezaba a entumecer su mente y a invadirla con sus pensamientos. Su alivio, su desprecio.

MUCHO MEJOR, dijo el dios con aprobación. TÚ TAMBIÉN LO PIENSAS, ¿NO ES ASÍ?

El apagado pero constante dolor del Fuego Divino había desaparecido, así que era mejor en ese aspecto. Pero ahora, en lugar del dolor, se sentía algo extraña. Su miedo, su amor, incluso su cansancio, eran filtrados a través de la niebla que era la mente del dios. Se sentía vacía y pesada al mismo tiempo.

Alzó las manos, y el poder del dios se derramó como luz fundida. El placer la invadió, la repentina emoción ante su propio poder sin límites la llenó de regocijo.

VEAMOS QUÉ PODEMOS HACER.

Una mano se cerró sobre su brazo. Beru se volvió hacia Ephyra, que tenía los ojos muy abiertos y una mirada intensa.

—¿Beru?

Beru se concentró en el sentimiento de los dedos de Ephyra alrededor de su brazo y en la preocupación de su voz. Esas eran cosas que el dios no podía comprender.

Soy Beru de Medea, se recordó. *La hermana de Ephyra.*

Se dio cuenta entonces de que los demás la estaban observando con expresiones de malestar y miedo en el rostro.

A Beru le pitaron los oídos. Aún tenía las manos alzadas, lista para invocar el poder del dios a través de ellas.

Las bajó para pegarlas a su costado, temblando. Se inclinó hacia Ephyra y respiró lentamente, apaciguándose.

Soy Beru de Medea.

—Estoy bien —dijo en voz alta—. Sigo siendo yo.

Ilya se aclaró la garganta, con el collar de Fuego Divino aún en las manos.

—¿Y ahora qué?

—Dámelo —dijo Jude, decidido—. Había una intersección hace unos tres kilómetros. Llevaré el collar y guiaré a los Testigos en la dirección incorrecta mientras el resto seguís hasta el exterior de las cuevas.

—¿Qué? Jude, no —dijo Anton, poniéndose delante de él—. Te alcanzarán, ¡no puedes luchar contra ellos tú solo!

—Estaré bien —dijo Jude, sin hacerle caso—. Hay unas cataratas a la salida de las cuevas. Cuando todo esté despejado me reuniré con vosotros allí.

—Jude, Anton tiene razón —dijo Hector. Anton lo miró de reojo—. No puedes ir solo y luchar contra un monón de Testigos Agraciados. Al menos deja que vaya contigo.

Jude se negó, frustrado.

—Te necesito aquí para protegerlos. Si el príncipe Hassan se equivoca acerca del collar…

—No estoy equivocado —dijo Hassan rápidamente—. Deja que Hector vaya contigo. Khepri y yo podemos defender a los demás si pasa algo.

—Y yo no es que esté totalmente indefensa —añadió Ephyra.

Jude dudó un segundo, y entonces asintió bruscamente.

—Vale. Hector, tú vienes conmigo, entonces.

—Espera —dijo Beru antes de poder pensárselo dos veces.

Había un temor en su interior, como si algo le dijera que era un error. A través de la neblina que era la mente del dios, le llevó un momento descifrar el sentimiento. Estaba preocupada y asustada. No quería que Hector se pusiera en peligro de aquella manera. Y una parte de ella temía lo que pasaría si el dios trataba de apoderarse del control mientras Hector no estaba allí para ayudarla a anclarse.

—Hector…

—Quedan unos veinte kilómetros hasta la salida, así que nada de parar hasta que podáis ver el cielo —la interrumpió Jude, tomando el collar de las manos de Ilya y quitándose su mochila para dársela a Khepri—. Estimo que estará atardeciendo ahora mismo, así que acampad cuando lleguéis a las cataratas y esperadnos allí. Si no hemos vuelto para cuando amanezca, marchaos sin nosotros.

Anton lo agarró de la manga.

—No dejaré que hagas esto.

Jude lo miró con una expresión algo fría.

—No es decisión tuya.

—Soy el Profeta.

—Y yo estoy aquí para protegerte.

La discusión siguió, pero Beru dejó de prestar atención cuando la mirada de Hector se encontró con la suya. Podía sentir todo lo que él no pensaba decir en voz alta. Sintió anhelo, y una preocupación que se combinó con la suya. Los sentimientos de él se reflejaron en los de ella, amplificándolos y ayudándola a comprenderlos incluso mientras la indiferencia del dios la presionaba.

—Mantente a salvo —dijo Hector por fin, poniéndole en el hombro una de sus grandes manos durante un momento.

La piel de Beru hormigueó bajo su contacto.

—Tú también.

—Buena suerte —dijo Jude de pronto a los demás. Y entonces, en un segundo, se fue con Hector tras él.

Anton dejó escapar un grito de frustración y le propinó una patada a una piedra, que acabó al otro lado de la cueva.

—Venga, chico —le dijo Ephyra con algo de simpatía en la voz—. Estarán bien.

Lo guio de vuelta en dirección a donde habían estado yendo, mientras Anton maldecía en voz baja.

Hassan suspiró, echándose la mochila de Hector a la espalda.

—Veinte kilómetros. Podemos hacerlo.

Todos guardaron silencio mientras recorrían el resto del trayecto por las cavernas. La preocupación no abandonó a Beru mientras caminaba a través de la oscuridad. Cuanto más se alejaba de Hector, menos sentía sus emociones. O quizás fuera la presencia del dios, que las bloqueaba.

ES SOLO CUESTIÓN DE TIEMPO QUE ME LIBERE DE ESTAS ATADURAS, dijo el dios. Beru lo sentía arañando el sello de Palas, como un constante y vago golpeteo en su cabeza, como un segundo latido junto al de su corazón.

QUIERES RENDIRTE, dijo el dios. DEJAR QUE TOME EL CONTROL. SERÍA MÁS FÁCIL.

No, dijo Beru. Pero había una parte de ella, desesperada y derrotada, que sí quería hundirse en el olvido. *No voy a cederte el control solo para que puedas matar a mis amigos.*

¿QUÉ TE HACE PENSAR QUE LOS MATARÍA?, preguntó el dios. QUIZÁS AHORA ME CAIGAN BIEN. PODRÍA CONVERTIRLOS EN MIS MASCOTAS CUANDO ME LIBERE DE NUEVO. MIS ETERNOS Y OBEDIENTES SIRVIENTES.

Beru sintió un escalofrío.

—¿Notáis eso? —preguntó Khepri de pronto.

Beru se sobresaltó ante el sonido de su voz, parpadeando cuando la luz brillante de Khepri se extendió unos pasos por delante de ella.

—Una brisa —continuó Khepri—. La salida está cerca.

A pesar de su cansancio, la certeza de que no tardarían en salir de las oscuras y frías cuevas fue suficiente para alentarlos.

Cuando Beru salió bajo la luz de la luna y miró al cielo, dejó escapar un suspiro de alivio. Ante ella, Hassan dio un grito de alegría.

Estaban rodeados de altos árboles que se extendían hacia arriba, filtrando la luz de las estrellas a través de sus hojas. El fresco aire de la montaña era muy diferente del húmedo olor de las cavernas. Durante un segundo, Beru se permitió relajarse y simplemente respirar, alejando la opresiva neblina, aunque la notaba enroscándose en su interior.

Acamparon cerca del pie de las cataratas, con la luna llena en lo alto del cielo y el sonido del río y los árboles ahogando todo lo demás. La cena consistió en una mezcla de carnes secas y pan duro, pues todos se encontraban demasiados cansados para pensar siquiera en encender un fuego. Después, se arrastraron a sus tiendas y sacos de dormir.

Beru estaba completamente exhausta, pero era incapaz de conciliar el sueño. Con cuidado de no molestar a Khepri y a Ephyra, se tambaleó fuera de la tienda y se dirigió hacia los árboles.

Se quedó bajo el refugio que las ramas bajas le proporcionaban y cerró los ojos.

Eres Beru de Medea, se dijo. *Puedes luchar contra esto. Lucharás contra esto.*

NO, PEQUEÑA MORTAL. NO PUEDES.

—¿Beru?

Beru se volvió, y el poder del dios salió disparado de ella antes de que lograra detenerlo.

¡No! Beru inspiró y tensó el cuerpo, disipando el poder del dios. Sintió que chisporroteaba en sus dedos y en el aire.

—¡Ephyra! —gritó Beru.

Con un ensordecedor crujido, una de las ramas de los árboles se quebró y se estrelló contra el suelo. Ephyra saltó para esquivarla, eludiendo la rama por muy poco.

Beru se lanzó hacia su hermana.

—¿Estás bien?

Ephyra se la quedó mirando con los ojos muy abiertos y oscuros bajo la luz de la luna.

—¿Estás herida?

Ephyra negó lentamente.

—¿Tú has hecho eso?

—Ha sido un accidente —dijo Beru con la respiración entrecortada—. Me has asustado.

Ephyra se apartó de Beru, mirándola aún con una expresión cercana al horror.

—Ha sido el dios, ¿no es así?

Beru inclinó la cabeza, incapaz de mentirle a Ephyra.

—¿Está tomando el control? —le preguntó Ephyra, con la voz tan contenida que Beru casi no la reconoció.

Beru alzó la mirada.

—No —se forzó a decir—. Ha sido un error, un reflejo. —Todavía sentía el poder del dios zumbando en su interior, y el sello de los cuatro pétalos quemándola, manteniéndolo a raya—. Estoy bien.

Pudo ver en su mirada que Ephyra no le creía. Aquello era lo que siempre se habían dicho una a otra, como si decir aquellas palabras en voz alta las convirtiese en ciertas.

—Ven aquí —dijo Ephyra, rodeándola con un brazo y acercándola a ella.

Beru quiso resistirse, temiendo hacer daño a Ephyra de nuevo, pero al final se rindió: se acurrucó contra ella y le puso la cabeza en el hombro. Las dos respiraron en silencio en la oscuridad, y Beru se permitió fingir que su hermana mayor podía protegerla de todo aquello.

—Estoy bien —repitió.

Tenía que estarlo, pues aún les quedaba mucho viaje por delante. Y si Beru perdía el control, si fallaba incluso durante un momento y dejaba que el dios se hiciera cargo, todo habría sido en vano.

CAPÍTULO VEINTICUATRO

JUDE

Jude y Hector buscaron un sitio al que atraer a los Testigos en su huida desesperada a través de los oscuros túneles. Eran ya conscientes de que, por desgracia, los superaban en número. Anton había estimado que había al menos dos decenas de ellos, así que su única esperanza de llevar la delantera era usar el terreno en su beneficio.

Al final encontraron el lugar para lanzar su ataque, descendiendo por un estrecho hueco que daba paso a una cámara en la caverna. Una grieta en la pared dejaba escapar una pequeña catarata del río subterráneo que había formado aquel sistema de cuevas en la montaña.

No tuvieron que esperar mucho. Tal y como Anton había advertido había unos veinte hombres, que descendieron uno a uno por el mismo hueco estrecho por el que habían bajado Jude y Hector. Lo que Anton no había predicho era que no eran Testigos los que los habían perseguido por las cuevas. Eran Paladines.

A Jude se le paró el corazón cuando vislumbró el pelo oscuro y la corpulencia de Yarik al agacharse a inspeccionar las cadenas de Fuego Divino.

—¿Dónde está la chica? —gruñó Yarik—. ¿Dónde están los demás?

Los otros se dispersaron por la cueva, buscando algún signo de sus presas.

Hector le hizo un breve gesto a Jude con la cabeza. Era la hora. El hecho de que fueran Paladines y no Testigos significaba que la suerte todavía les sonreía menos de lo que habían pensado, pero, por lo demás, no cambiaba nada. Debían mantener a Anton y a los demás a salvo.

Tras respirar hondo y hacer un rápido koah para invocar su Gracia, Jude saltó desde la plataforma rocosa donde estaba, desenvainando su espada con Hector a su lado.

Unos cuantos de los Paladines se volvieron hacia ellos y blandieron también sus espadas.

—*Rompejuramentos.*

Los Paladines no dudaron a la hora de arremeter contra Jude y Hector en una aglomeración de acero contra acero. Jude se mantuvo en sintonía con los movimientos de Hector a su espalda, cada uno sabiendo dónde atacaría el otro. Concentraron sus esfuerzos en empujar a los Paladines entre la pared de la cueva y el agua, cerrándoles la salida. Aquella estrategia les permitiría luchar contra solo unos pocos de sus oponentes al mismo tiempo e impedir que pudieran rodearlos.

Jude atacó y contraatacó, esquivando las estalagmitas que sobresalían del suelo de la cueva como dientes retorcidos. Cada golpe que conseguía asestar a sus antiguos hermanos y hermanas de armas lo sentía como un ataque a sí mismo. Pero no había forma de evitar la pelea si querían escapar de aquel lugar con vida.

Asestó un corte en el brazo de uno de los Paladines con su espada prestada, que no era lo bastante afilada para atravesar el escudo que le proporcionaba la Gracia a su oponente, pero lo golpeó con la fuerza suficiente como para romperle el brazo. El Paladín gritó de dolor y Jude se dio la vuelta y le propinó una patada a su siguiente contrincante. Con un quejido, el segundo Paladín salió volando hacia una columna de rocas, la cual cedió y se derrumbó por el impacto.

Jude se giró de nuevo, topándose frente a un nuevo oponente. Abrió mucho los ojos y se quedó sin aliento cuando vio que estaba cara a cara con Yarik. Apenas era consciente del sonido del acero a su alrededor mientras Hector se enfrentaba al puñado restante de guerreros, ya que Jude estaba concentrado en el hombre frente a él.

—Weatherbourne —escupió Yarik.

Jude podría haberlo llamado «amigo» en algún momento. Tanto él como su hermana Annuka eran guerreros de verdad; no se habían criado en Kerameikos como Jude, sino que se habían unido a la Orden siendo adultos.

Jude aún recordaba haberse enfrentado a ellos en los campos de entrenamiento, los dos siempre en sintonía luchando como si fueran una sola entidad. Eran el primer par de hermanos que Jude había conocido, y siempre había admirado y envidiado su conexión.

Ahora sintió cómo una parte de su corazón se quebraba, pues aquella conexión había quedado hecha añicos para siempre. Y todo porque Yarik había decidido creer en un charlatán sediento de poder por encima de un rompejuramentos.

—Yarik —dijo Jude, incapaz de borrar la súplica de su voz mientras esquivaba otro golpe—. Por favor, no sabes lo que estás haciendo.

—Estoy defendiendo los ideales de la Orden de la Última Luz —dijo Yarik mientras asestaba un violento tajo con su espada—. Lo cual es mucho más de lo que tú puedes decir.

Lo golpeó de nuevo, haciéndolo retroceder con su fuerza cuando Jude se enfrentó al golpe.

—Estás defendiendo una mentira —le dijo Jude, desesperado—. Sea lo que fuere lo que Palas te haya dicho para convencerte de que te unieras a él, es mentira. El Último Profeta está vivo, está con nosotros y lo que tratamos de hacer es lo que juramos hacer: detener la Era de la Oscuridad. Nuestra misión no ha cambiado.

Sintió un ligero cambio en el siguiente ataque de Yarik, cierta indecisión que no había aflorado antes. Las palabras de Jude estaban calándole. Aún no estaba del todo perdido, podía salvarlo.

Jude paró el golpe, y cuando Yarik no atacó de nuevo, Jude bajó la guardia.

—No es demasiado tarde. No tienes por qué hacer esto, puedes bajar el arma —Cuando Yarik no hizo amago de atacar, Jude envainó su espada—. ¿Ves? Podemos irnos de aquí los dos. Tu hermana está en Kerameikos, acabo de verla. Si vuelves con ella, te perdonará. Sé que lo hará.

Un gruñido salió de la garganta de Yarik mientras se abalanzaba hacia él. Golpeó a Jude con desenfreno, lanzando su hoja de un lado a otro de manera salvaje. Pero lo que le faltaba en técnica lo compensaba con fuerza bruta. Jude esquivó la arremetida con el corazón latiéndole al ritmo de su Gracia. La hoja de Yarik se encontró con estalactitas en su lugar, haciendo que llovieran rocas sobre ellos.

—¡El Último Profeta nos abandonó igual que tú! —rugió Yarik—. ¿O se te ha olvidado lo que hiciste? Dejaste a tu Guardia en una tierra extraña, en la tierra de los enemigos de mis ancestros, y desapareciste. ¿Y quién fue castigado por tu cobardía? ¡El pueblo de Behezda! Palas el Fiel fue el que amansó al dios. ¡Palas es el único que puede salvarnos ahora!

En su desesperación por convencer a Yarik, Jude se había alejado de Hector. Ahora estaban separados y rodeados, y Jude, acorralado contra el agua por el implacable asalto de Yarik, no tenía forma de llegar a Hector.

—*Jamás* te seguiré, Jude Weatherbourne —masculló Yarik, cargando contra él. Jude saltó hacia atrás, metiéndose en el agua—. Has convertido a los Paladines y todo lo que simbolizan en una vergüenza. ¿Rompiste nuestro juramento y ahora tienes las agallas de hablarme de nuestra misión? Jamás debiste ser el Guardián de la Palabra. ¡Te mancillaste a ti y al Último Profeta!

La ira estalló en el interior de Jude como un rayo. Recordó las vulgares palabras de Lazaros en la residencia del arconte. Aquello era lo que los Paladines pensaban de Jude, incluso los que no se habían unido a Palas. Que Jude se había extraviado por un vulgar instinto, que era débil y se había corrompido por el deseo. Y que había corrompido también al Último Profeta.

Que pensaran lo que quisieran: Jude sabía la verdad. Durante los diecinueve años que había pasado practicando koahs, meditando y siguiendo rigurosamente cada regla de la Orden de la Última Luz, Jude nunca se había acercado tanto a la divina armonía que sentía cuando Anton lo tocaba. El amor de Anton era sagrado, sus besos eran una revelación, y el propósito de Jude nunca había estado tan claro como cuando se encontraba junto a él. Incluso ahora, con Anton a kilómetros de distancia, solo con pensar en él… en su sonrisa provocadora, en cómo su frente se arrugaba cuando se concentraba jugando a las cartas, o la forma en que su mano encajaba a la perfección en la suya… Aquello era suficiente para que la Gracia de Jude fluyera en su interior como una tormenta.

La superficie de la balsa vibró con el poder de Jude, un temblor que ascendió hasta extenderse por la caverna entera. Jude se mantuvo completamente quieto en el centro con la mano sobre la empuñadura de su espada aún envainada, como si fuera el ojo de la tormenta.

—¿Qué… qué está pasando? —exigió saber Yarik, metido hasta los tobillos en el agua que temblaba y con la cueva estremeciéndose a su alrededor—. ¿Cómo haces eso?

Los otros Paladines también habían dejado de atacar a Hector, colocándose en posición defensiva y mirando nerviosamente las paredes de la cueva mientras el temblor aumentaba violentamente.

—¿Jude? —lo llamó Hector con el temor tiñéndole la voz—. ¿Estás haciéndolo tú?

—Yarik —dijo Jude, su voz era estable pero su Gracia crecía como una tempestad—. Baja tu espada. ¡Todos vosotros, soltad las armas! Sois mejores que esto. Por favor, antes de que sea demasiado tarde.

Nadie se movió excepto por la cueva, que se sacudía con la fuerza de la Gracia de Jude, haciendo que llovieran rocas y polvo.

Y entonces Yarik se lanzó hacia él, con el filo plateado apuntando al pecho de Jude. Este se apartó de un salto.

—Hector, ¡ahora! —gritó Jude confiando en que Hector sabría qué hacer.

Reuniendo su Gracia, Jude sacó la espada de su funda, desencadenando su poder con ella. Yarik se lanzó para esquivarlo, pero Jude no pretendía darle a él.

Su Gracia estalló como un trueno, disparándose a través de su espada al tiempo que golpeaba la pared de roca. El impacto provocó una sacudida que se sintió por toda la cueva.

Durante unos segundos todo se mantuvo en silencio y quieto. Y entonces la roca empezó a resquebrajarse, explotando hacia dentro un momento después.

Jude se lanzó hacia la plataforma rocosa al tiempo que el agua estallaba a través de la pared. La ráfaga fue directa a los otros Paladines, inundando la caverna y arrastrándolos con su fuerza. Jude se agarró a lo que pudo, tratando de alzarse hacia la plataforma. Pero había usado toda su Gracia en ese golpe y ahora estaba agotado, sin fuerzas para levantarse y ponerse a salvo. Se quedó allí, colgado de forma inestable, con los brazos doloridos por el esfuerzo y el agua subiendo de nivel rápidamente a sus pies.

Una mano lo agarró del brazo y tiró de él hacia arriba. Jude alzó la mirada y al encontrarse con Hector sintió una oleada de alivio. Con su ayuda pudo encaramarse a la plataforma de rocas.

—¿Estás completamente loco? —se enfureció Hector en cuanto Jude estuvo de pie y a salvo—. ¡Podrías habernos matado a los dos! ¿Cómo has…? ¿Eso era…? Por la misericordia de Behezda, Jude, ¿qué ha sido eso?

Jude tomó una bocanada de aire sin mirar a Hector, concentrándose en la cueva que se inundaba rápidamente bajo sus pies. El agua continuaba saliendo por el hueco que Jude había creado en la pared. Cuanta más agua golpeaba la pared, más grande se hacía el hueco, y más rápido se llenaba la cueva. Los Paladines trataban de nadar a la vez que la inundación los arrastraba hacia abajo y los golpeaba contra los costados de la caverna. Se veían atisbos de las capas azul oscuro, algunos rostros intentando tomar aire, y pies que aparecían y desaparecían en el agua. A Jude le pareció ver lo que podía ser el pelo oscuro de Yarik.

Apartó la mirada.

—Tenemos que salir de aquí ahora mismo —le dijo a Hector. La cueva rugió al tiempo que más agua se abría paso a través de la pared—. Creo que la caverna entera va a derrumbarse. Tenemos que llegar a un punto más alto antes de que eso ocurra.

Hector lo miró estupefacto durante un rato, y entonces negó con la cabeza.

—De acuerdo. Pero tienes que enseñarme ese truco luego.

Hector lideró el camino a través de la estrecha apertura, de vuelta por donde habían venido, al tiempo que la cueva se derrumbaba tras ellos.

—¡Jude, deprisa!

Corrieron a través de la oscuridad hasta que la energía de Jude lo abandonó por completo y se desplomó contra la pared de la roca.

—Estamos cerca —dijo Hector—. Puedo sentirlo.

Jude se deslizó hasta el suelo con la cara enterrada entre las manos.

—Los… los he matado.

—No —le dijo Hector, agachándose a su lado—. No, venga ya, eso no…

—Están muertos por mi culpa —Sentía como si alguien hubiera agarrado su corazón en un puño y estuviera apretándolo. No podía respirar.

—Nos habrían matado, y después habrían ido a por los otros. A por Anton —dijo Hector con convicción—. Has hecho lo que tenías que hacer.

—Yarik...

—Tomó sus propias decisiones —dijo Hector—. Y no eres responsable de ellas. Nunca lo fuiste.

Jude alzó los ojos y se topó con la sombría mirada de Hector, y supo que no se refería solo a Yarik. Hubo un tiempo en el que Jude insistió en que era responsable de las decisiones de Hector también. No había sido cierto entonces, y tampoco lo era ahora.

—Venga —dijo Hector, ayudándolo a ponerse en pie—. Vamos a buscar a tu Profeta.

Como si Hector lo hubiera invocado, la Gracia de Anton pareció tirar de la de Jude. Estaba a salvo. Y cerca. Jude percibió algo iluminándose en su pecho, incluso aunque sintiera como si el resto de su cuerpo le pesara una tonelada.

—Por aquí —dijo poniéndose a andar en la oscuridad, confiando en que su verdadero norte los guiaría.

Empezaba a amanecer cuando alcanzaron la salida de las cavernas. La neblina cubría toda la ladera de la montaña, colándose entre los árboles y cubriendo en parte el sol que se alzaba y teñía el cielo entero de un color rosáceo.

El *esha* de Anton los guio hasta una pendiente rocosa y hacia el ruido de las cataratas. Y entonces, entre el sonido del agua, oyó voces y un chisporroteante fuego. Jude no se dio cuenta de que había echado a correr hasta que llegó a un claro entre los árboles y tuvo que frenar de golpe para evitar ser rebanado en dos por la espada de Khepri.

—¡Eh! —gritó Hector tirando hacia atrás de Jude.

Khepri parecía turbada mientras volvía a envainar su espada.

—Podríais haber avisado de alguna manera, ¡creí que érais Testigos!

—Me alegra ver que estás alerta, supongo —respondió Hector.

—¡Jude y Hector han vuelto! —gritó Hassan mientras se acercaba trotando. Le dio unas palmadas a Hector en la espalda—. Me alegro de que estés bien —Se volvió hacia Jude—. Los dos.

Jude asintió, aceptando lo que parecía una ofrenda de paz por parte de Hassan. Apartó la vista del príncipe y encontró a Anton mirándolo fijamente desde el otro lado del claro con un odre de agua en la mano. Parecía alterado y paralizado, con los ojos oscuros muy abiertos.

Jude se dirigió hacia él antes de poder tomar la decisión conscientemente. Lo único que sabía era que estaba desesperado por tocarlo, por tenerlo entre sus brazos y sentirse de nuevo anclado en la tierra.

Pero cuando estaba a unos pasos de Anton, Jude dudó. Había algo lejano en la expresión de Anton, como si fuera un bloque de roca sólida hacia la que Jude se abalanzaba a toda velocidad. Sin decir una palabra, Anton lo agarró de la muñeca y se volvió con un gesto.

—Jude y yo vamos a por agua —les dijo a los demás por encima del hombro, arrastrando a Jude.

No miró hacia atrás ni una vez mientras caminaban a través de los árboles y recorrían la cuesta de barro de la ribera. Finalmente, en la orilla del río, Anton se volvió. Abrió la boca como si fuera a hablar, pero antes de que pudiera decir una palabra, Jude dio un paso hacia él y lo besó.

El beso no fue como ninguno que hubieran compartido, frenético y cargado de algo más que el anhelo de ambos. Parte de Jude seguía aún dentro de aquella oscura cueva, con el agua rugiendo en sus oídos y viendo a Yarik desaparecer bajo la superficie. Acercó a Anton todavía más, agarrándose a él como si fuera a ahogarse si lo soltaba.

Un leve gemido salió de la garganta de Anton, y se separó con la respiración entrecortada. Su pelo estaba despeinado allí por donde Jude había pasado las manos; tenía los ojos muy abiertos, con las pupilas dilatadas y con un brillo peligroso en ellos.

Jude quería dejarse caer sobre él, perderse por completo. Se inclinó de nuevo, pero Anton lo empujó con las manos sobre los hombros.

—No puedes hacer eso nunca más —le dijo con fiereza—. No puedes arriesgar tu vida de esa manera.

Su voz desprendía furia. De pronto Jude se vio transportado a varios meses atrás, a aquel día en las montañas Gallian cuando también habían escapado por los pelos de los Testigos. Miró a Anton con una mezcla de confusión, deseo y desesperación que lo dejó sin habla.

—¿Me estás escuchando? —exigió saber Anton—. No puedes irte así, como si hubieras estado esperando la más mínima oportunidad, como si no… —dejó escapar un suspiro y se balanceó hacia atrás sobre sus pies.

Jude buscó las palabras, tratando de comprender el enfado de Anton. Sabía que estaba molesto cuando se habían separado en la cueva, pero parecía haber algo más.

—Anton, yo…

—No lo digas —le advirtió Anton—. No me digas que es tu deber protegerme. No te quiero atado a mí por un juramento, no es eso lo que quiero.

Jude retrocedió, perplejo por el tono resentido de la voz de Anton. Un hormigueo abrasador le subió por la garganta. Cuando por fin parecía que ambos estaban en igualdad de condiciones, Anton cambiaba las reglas.

—Pues te aguantas —le espetó Jude—. ¿Tienes idea de lo que he tenido que hacer ahí dentro?

Anton lo miró a los ojos con la mirada encendida y la mandíbula tensa.

—Casi te matas tratando de luchar contra dos decenas de Testigos por…

—Paladines —interrumpió de forma brusca Jude—. Eran *Paladines*, no Testigos, y los he matado. He matado a Yarik. Y lo haría de nuevo sin dudar si eso significa que te mantendrás a salvo. Porque incluso antes de que supiera quién eras juré que lo haría, y ese es un juramento que no romperé jamás. Lo mínimo que podrías hacer es no echármelo en cara.

—¿Quieres que te esté agradecido? —soltó Anton, empujando a Jude un paso hacia atrás—. ¿Agradecido de que te lanzaras hacia el peligro a la primera de cambio, como si no te importase cómo me afectaría si…? —se interrumpió, temblando—. Quiero mantenerte a salvo, Jude. ¿Qué es lo que no comprendes?

Jude apretó los dientes.

—Ese no es tu trabajo.

—¿Entonces de quién es?

Jude no tenía respuesta para ello porque jamás se le había pasado esa cuestión por la cabeza. Observó el rostro de Anton con el corazón latiéndole con fuerza. Bajo la ira yacía la sombra oscura de algo más. No solo estaba preocupado, había algo que lo obsesionaba. Jude había visto destellos de ello en las pesadillas que plagaban el sueño de Anton. Pero había estado tan desesperado por hacer que su relación no se resintiera, que se había permitido creer que era el mismo miedo con el que todos estaban conviviendo: el dios, Palas, los Testigos, la Era de la Oscuridad.

Pero la verdad estaba mirándolo a la cara, y Jude ya no podía desentenderse más. Anton escondía algo.

Jude alzó una mano temblorosa para tocar el rostro de Anton al tiempo que su enfado desaparecía.

—¿De qué va todo esto?

Anton se mordió el labio, negando con la cabeza. Con un brillo fiero en los ojos, agarró a Jude de la camiseta y tiró de él para besarlo de nuevo.

Jude tropezó, desequilibrado por el movimiento de Anton. Pisó el resbaladizo barro y cayó sobre la parte superficial del río. Anton lo siguió, subiéndose encima de él peligrosamente y empujando a Jude contra las rocas para volver a besarlo.

Parecía un desafío, que Jude no sabía cómo rechazar. El agua del río le caló los pantalones, pero no le importó, y estrechó a Anton con una mano enroscada alrededor de su muñeca y la otra alrededor de la cintura. Como si, sujetándose a Anton y manteniéndolo cerca de él, pudiera permanecer a salvo.

Fue solamente después, cuando hubieron recogido todo del suelo y se hubieron secado lo mejor que pudieron, cuando Jude se percató de que Anton no había respondido a su pregunta.

Una nefasta nube de desesperación pareció seguirlos en su descenso por la montaña. Alcanzaron el valle a la mañana siguiente, donde el terreno montañoso dio paso a las tierras bajas. Cada tarde Jude veía cómo se hundía el sol detrás de la cresta de las Montañas Innombrables, con la franja plateada del Serpentino brillando al otro lado del valle. La distancia entre ellos y las serradas cimas solo servía para recordarle a Jude todo el camino que tenían aún por delante.

Los Testigos acechaban prácticamente en cada ciudad. Cada mañana Anton usaba su poder para comprobar si había Testigos cerca, y hacían lo posible por evitar las granjas y los pueblos desperdigados por la llanura.

Por la noche se turnaban para hacer guardia. Cuando no le tocaba a Jude, dormía junto a Anton en su tienda. Le recordaba a los días que habían pasado en las montañas Gallian, huyendo a Endarrion tras el ataque de los Testigos a Kerameikos. La distancia entre ellos había parecido infranqueable entonces. Ahora dormían acurrucados, rodilla contra rodilla, pero la distancia seguía presente.

Jude la notaba en los silencios y en los espacios entre ellos. En las preguntas que Anton no respondía. Incluso en la manera en la que Anton acudía a Jude a veces, desesperado, como si quisiera confirmar si aún seguía allí. Pero cuanto más cerca quería mantenerlo Anton, más lejos parecía encontrarse él.

A la tercera mañana en el valle, acampados en un área boscosa a las afueras de la aldea más cercana, Jude se despertó a solas. Se arrastró fuera de la tienda y se dio cuenta de que todos los demás ya estaban despiertos.

Khepri y Hassan estaban ocupándose del fuego, Beru había reclutado a Ilya para que la ayudara a reorganizar sus mochilas con más eficiencia mientras Ephyra observaba, bebiendo algo de un vaso de arcilla.

—¿Dónde están Hector y Anton? —preguntó Jude.

Ephyra se encogió de hombros.

—No los he visto en toda la mañana.

Le llegó un grito lejano seguido del inconfundible sonido de un cuerpo golpeando el suelo. Antes de que Jude supiera lo que estaba haciendo, corrió a través de los árboles, deslizándose sobre la superficie resbaladiza hasta que vislumbró a Hector y a Anton.

Anton se estaba levantando del suelo y fulminaba a Hector con la mirada, que se reía.

—¿De verdad era necesario? —se quejó Anton.

Jude observó a Hector, quien había adoptado una posición ofensiva con los hombros rectos, encarando a Anton, que inmediatamente imitó su postura.

—Intenta bloquearlo esta vez —dijo Hector con paciencia antes de lanzarse hacia él con un golpe obvio.

Anton se volvió ante el ataque con éxito y lo bloqueó con el brazo.

—¡Eso es! —dijo Hector, satisfecho. Un momento después pareció ver a Jude—. Buenos días.

Jude pestañeó mientras Anton se giraba con la expresión iluminada por el éxito.

—¿Qué estáis…? —Jude hizo un gesto vago entre uno y otro—. ¿Qué está ocurriendo aquí?

—Hector me está enseñando a pelear —respondió Anton con alegría, quitándose un mechón de pelo rubio de la cara. Parecía insoportablemente satisfecho consigo mismo, como si acabara de ganar una partida de canbarra.

—Ah. Eso… —Jude no sabía cómo interpretar cómo se sentía—. Eso está bien.

—Pensé que debería ser capaz de defenderse por sí mismo —dijo Hector pasándose una mano por un lado del cuello—. Hará que tu trabajo sea más fácil.

—Claro —respondió Jude.

Anton esquivó su mirada.

—Bueno, pues… —dijo Hector, fingiendo alegría—, buen trabajo, Anton. Voy a… ayudar a Hassan con el fuego.

Se retiró a través de los árboles, dejando a Anton y a Jude a solas.

—Deja de mirarme así —lo regañó Anton.

Jude cambió la cara.

—No te miro de ninguna forma.

Anton arrugó la nariz.

—Es la forma en que me miras cuando hago algo que desapruebas. Estoy bastante familiarizado con ella.

—Yo no lo desapruebo —dijo Jude—. Hector tiene razón, deberías aprender a defenderte.

Anton pareció evaluarlo.

—Tú podrías enseñarme algún movimiento, ¿sabes?

—Sí, claro —dijo Jude, recordando su entrenamiento básico y las posturas que había aprendido antes de que su Gracia se manifestara—. Te enseñaré lo que quieras.

Anton resopló, riéndose.

—Ah —Jude se sonrojó, entendiéndolo por fin—. Te referías…

—Sí —respondió Anton, rodeándole la cintura y acercándolo a él—. Me refería.

Era una distracción y Jude lo sabía. Pero le daba igual. Porque Anton estaba allí, sonriéndole bajo la luz de la mañana, con las pecas salpicándole las mejillas como si fueran estrellas. Era mucho más de lo que Jude jamás pensó que tendría.

No importaba si Anton estaba ocultándole algo. No importaba si Jude seguía marcado por el dolor y el anhelo. Se dijo a sí mismo que no importaba.

Y casi se lo creyó.

CAPÍTULO VEINTICINCO

EPHYRA

Tras haber pasado casi una semana en el valle empezaron a escasear los recursos que tenían. Tendrían que arriesgarse y adentrarse en la civilización.

Era demasiado peligroso ir a alguno de los pueblos a comprar provisiones, pero estaban acercándose a un conjunto de granjas, y era la época de la cosecha de otoño, por lo que cabía la oportunidad de colarse en una de las granjas y tomar lo que necesitaran.

Pero resultó que no todos estaban completamente de acuerdo con ese plan.

—Estamos hablando de robar —protestó Hassan por quinta vez—. Está mal. Los granjeros solo tratan de ganarse la vida, ¡no podemos robarles el sustento!

—¿Y qué sabrás tú de ganarte la vida, *príncipe* Hassan? —preguntó Ephyra deliberadamente.

—Jude —dijo Hassan, casi suplicando—, tú estás de acuerdo conmigo, ¿no? Al menos deberíamos dejarles algo de dinero.

Anton puso los ojos en blanco.

—Jude apenas sabe lo que es el dinero. No es como si Kerameikos tuviera una economía de mercado al alza.

El guerrero parecía ligeramente insultado.

—No hay honor en robar…

—Pero sí en salvar al mundo —interrumpió Ephyra—. Lo cual no podremos hacer si nos morimos de hambre.

—Es un buen argumento —intervino Ilya, que parecía divertido con aquella discusión.

—No me des la razón —Ephyra lo fulminó con la mirada.

—Ephyra está en lo cierto —dijo Hector, al que parecía casi dolerle estar de acuerdo con ella—. Lo siento, Hassan. Es por un bien mayor.

—Bueno, parece que el príncipe Hassan ha sido superado en número, así que robaremos una granja —resumió Anton—. ¿A quién le apetece cometer un crimen?

—Iré yo —se ofreció Ephyra. Hector y Khepri la miraron con escepticismo, y ella puso los ojos en blanco—. Necesitamos ser sigilosos, ¿no? Pues soy la más adecuada para ello.

—No deberías ir sola —dijo Khepri, y a Ephyra la conmovió extrañamente su preocupación—. Iré contigo.

Ephyra sabía poco sobre la chica herati. Igual que ella, había sido prisionera de Palas. Y si su cautiverio había sido la mitad de horrible que el de Ephyra, Khepri debía de ser muy fuerte si no había quedado destrozada por la experiencia. Ephyra pensó que puede que le cayera bien.

Partieron al anochecer, subiendo por la ladera hasta la tierra de cultivo que había al otro lado.

—Así que… —dijo Ephyra rompiendo el silencio—. El príncipe y tú. Eres… ¿su consorte? ¿Es así como se llaman?

Khepri le dirigió una mirada desprovista de toda alegría.

—No lo sé. Éramos… algo. Pero eso ha quedado en el pasado.

—Sin embargo has venido aquí por él —dijo Ephyra, sin preguntar. A pesar de la tensión obvia entre los dos no había otra explicación para que Khepri de pronto hubiera accedido a ir con ellos.

—No —dijo Ephyra sin emoción alguna en la voz.

—Error mío.

Khepri suspiró.

—Ya no lo sé. Lo quiero, pero lo único que conseguimos es hacernos daño el uno al otro.

Ephyra pensó en Beru, y en cómo en múltiples ocasiones las cosas se habían complicado entre ellas. En todas las veces que habían reparado su relación.

—Bueno, ¿no es siempre la gente a la que amas la que puede hacerte más daño? Al menos así ha sido en mi experiencia.

Khepri asintió.

—El traidor y tú, ¿no? Es bastante obvio que está enamorado de ti.

—¿Qué? —soltó Ephyra; la había pillado por sorpresa—. ¿Te refieres a Ilya?

Khepri parecía algo avergonzada.

—Al parecer no es tan obvio.

—Ilya no es la clase de persona que ame a nadie.

—Error mío, entonces —dijo Khepri con una media sonrisa.

Ephyra aceleró el paso mientras se sonrojaba, con las palabras de Khepri resonando en su cabeza.

—Parece que hay una granja más adelante. Probemos allí.

Treparon con facilidad la valla baja que rodeaba la hilera de cultivo. Ephyra vio nabos, zanahorias y algo que parecía algún tipo de grano. Como regla general, las verduras no eran un recurso muy eficiente, ya que pesaban mucho y no llenaban demasiado. Aun así se llevaron algunas, pero el premio de verdad estaría en el granero. Con su oído y visión nocturna superior, Khepri se quedó fuera para montar guardia mientras Ephyra se colaba dentro.

Se deslizó por el interior del granero, esperando a que su vista se acostumbrara a la oscuridad poco a poco. Oyó gallinas correteando por sus nidos. Bingo.

Se escabulló hacia ellas con el saco de tela en una mano, lista para lanzarse. La gallina graznó con hostilidad cuando Ephyra la agarró y la echó al saco. Opuso resistencia, cacareando y batiendo las alas mientras Ephyra trataba de cerrar la bolsa. Justo cuando había conseguido controlar al animal, se volvió a la parte trasera del granero y encontró un par de ojos observándola.

Ojos humanos.

Con un quejido amortiguado por la bolsa, la gallina consiguió escaparse y se alejó aleteando. Ephyra se tambaleó hacia atrás.

—¿Quién está ahí? —susurró una voz en la oscuridad.

Ephyra se quedó quieta, observando la parte trasera del granero, donde vislumbró una silueta.

—Si has venido a llevarme ante los Testigos… —dijo la voz temblorosa.

—Cállate —dijo Ephyra entre dientes, avanzando hacia la figura—. Nadie va a llevar a nadie ante los Testigos.

La silueta se encogió sobre sí misma, y cuando Ephyra se acercó vio que era una chica delgada de pelo oscuro; tendría la edad de Beru.

—¿Entonces qué haces aquí? —preguntó la chica.

—¿Y qué haces tú aquí?

La chica miró a Ephyra con la sospecha escrita en la mirada.

—Vale, yo primero —dijo Ephyra—. Estaba intentando robar una gallina.

—Ya lo he oído —dijo la chica, irritada—. Podría ir adentro y delatarte, ¿sabes? La familia propietaria de esta granja no se lleva muy bien con los ladrones.

—Pues hazlo —la retó Ephyra. La chica la fulminó con la mirada, sin moverse—. Eso pensaba.

Estaba razonablemente segura de que la chica no constituía una amenaza real para ella, pero esta no parecía muy convencida de lo mismo acerca de Ephyra.

—Bueno —dijo Ephyra—, ¿por qué no finges que no me has visto, yo finjo que no te he visto, y cada una se va por su lado?

Antes de que la chica pudiera responder, la puerta del granero se abrió. Ephyra se lanzó detrás de las pacas de heno, arrastrando instintivamente a la chica con ella entre las sombras.

—¿Ephyra? —la llamó la voz de Khepri en voz baja.

Ephyra suspiró aliviada, dejándose caer contra el heno y soltando a la chica. Se arrastró de nuevo hacia fuera.

—Estoy aquí. Aunque debería advertirte que…

Khepri se detuvo, mirando a la chica que estaba detrás de Ephyra.

—¿Quién es esa?

—Creo que está viviendo en el granero —dijo Ephyra.

La chica se cruzó de brazos.

—Bueno, pues tenemos un problema —dijo Khepri, acercándose—. Un… —miró a la chica—. Un problema ataviado con una túnica.

Los Testigos. La chica pareció entender la referencia de Khepri, porque enseguida se separó de ellas.

—Espera —dijo—. ¿Vosotras también os escondéis de los Testigos?

Ephyra y Khepri intercambiaron una mirada.

—Algo así. ¿Quieres explicarnos por qué están aquí?

Hubo un silencio que se alargó. Por fin, la chica habló.

—Están buscándome, obviamente.

—¿Eres... Agraciada? —supuso Khepri.

La chica no respondió, lo cual significaba que así era.

—Nosotras también lo somos —dijo Ephyra rápidamente. Advirtió la mirada preocupada que le lanzó Khepri. Era peligroso delatarse así, pero la chica estaba asustada, y si conseguían calmarla, tal vez dejaría que se llevaran la gallina y se marcharan—. Hemos oído que la presencia de los Testigos ha aumentado por estas tierras.

—Ya, bueno, no es que tengan mucha oposición —dijo la chica de forma pesimista.

—¿A qué te refieres? —preguntó Khepri.

—Estas tierras eran originalmente de la familia Galanis —dijo la chica—. Mi familia es una de las muchas que trabajan en las tierras y en los cultivos. Lady Galanis me contrató como empleada en su casa. Hace unos años Lady Galanis nos dio la escritura de nuestro terreno para que fuéramos los dueños. Pero hace unos meses enfermó, y su nieto, Dracon, se puso al mando. Se negó a aceptar el trato que habíamos hecho, les dijo a las familias que toda la tierra le pertenecía, y que siempre lo haría. Había rumores de una revuelta en las granjas, pero entonces regresó Palas y el valle se llenó de Testigos. Dracon lo vio como la oportunidad perfecta para mantener a sus siervos a raya.

—Déjame adivinar —dijo Khepri—, ¿está entregándoles a los Testigos los nombres de las familias que se oponen a él?

La chica asintió y Ephyra miró a Khepri sorprendida. Parecía hablar por experiencia propia.

—Ha amenazado con entregar a cualquiera que no acate sus exigencias —dijo la chica—. Y exige que... No tenemos dinero que darle, y ha estado tomando una parte tan grande de nuestra cosecha que apenas podemos alimentarnos. Mi hermana es... He visto como la mira él. Quiere... —se interrumpió—. Ella lo haría. Haría lo que fuera para protegerme.

Ephyra sintió rabia en su interior ante el miedo que desprendía la voz de la chica y lo demacrada y agotada que parecía.

Cuando habló de nuevo su voz se había endurecido, y se puso muy recta.

—Decidí huir para que mi familia no tuviera que protegerme. Planeaba robar un barco y navegar río abajo, pero vi a los Testigos patrullando y me escondí aquí.

—¿Cómo te llamas? —preguntó Ephyra.

La chica la miró, y Ephyra temió por un momento que no contestaría. Pero, al final, sí lo hizo.

—Nephele.

Khepri agarró a Ephyra del brazo.

—¿Puedo hablar contigo un momento?

Ephyra la siguió lejos del heno, al otro lado del granero.

—Tenemos que hacer algo —dijo Ephyra antes de que Khepri pudiera hablar—. Esa chica…

—Estoy de acuerdo —respondió Khepri—. Pero no podemos llamar la atención. Parece que ese Galanis tiene contactos con los Testigos, puede que incluso con el Hierofante. Si nos descubre, sabrá exactamente dónde estamos.

—¿Entonces qué hacemos? —preguntó Ephyra—. ¿Sacarla a hurtadillas de aquí? ¿Llevarla con nosotros?

Khepri no discutió aquellas ideas, tan solo frunció el ceño como si estuviera pensando.

—Podemos llevarla al campamento con nosotros esta noche. Por la mañana decidiremos qué hacer.

—Vale. Pero antes deja que capture a otra gallina.

Con la gallina, dos bolsas de comida y Nephele tras ellas, volvieron al campamento. Ephyra medio esperaba que los otros se quejaran por haber aparecido con alguien más, pero una vez que entendieron lo que había pasado, nadie dijo nada.

Khepri encendió un fuego y cocinaron la cena con sus nuevos suministros; las voces de todos se mezclaban con el chisporroteo del fuego mientras Ilya los entretenía con cuentos sobre sus hazañas en Endarrion, cortejando lores y damas para que le dieran su patrocinio.

Nephele escuchaba cautivada, Hassan prestaba más atención de la que quería mostrar, y Khepri y Hector interrumpían de vez en cuando para hacer preguntas intencionadamente ridículas. Le había llevado más tiempo del habitual, pero Ilya parecía haberse ganado con éxito a los demás de la misma manera que había hecho con Shara y las cazadoras de tesoros. Otra cosa no, pero sabía cómo contar una buena historia.

Ephyra recordó lo que le había preguntado una vez.

«¿Qué historia te cuentas tú?».

Y su respuesta: «Una que no quieres oír».

Ella observó su rostro iluminado por la luz de la hoguera mientras hablaba, sus manos delgadas gesticulando con elegancia. Podía admitir que aún quería escuchar esa historia. Aún quería saber por qué estaba allí, por qué había traicionado a Palas y había arriesgado su propia vida. No importaba el ángulo desde el que lo mirara, no parecía tener sentido, y no encajaba con la versión de Ilya que ella creía conocer.

«La gente cambia», había dicho Beru con esperanza en su voz.

Las palabras de Khepri de unas horas atrás volvieron a ella. «Es bastante obvio que está enamorado de ti».

Ephyra resopló. Lo único que Ilya amaba era el poder. Ephyra se giró, se alejó de él, del calor de la hoguera y del reconfortante sonido de las voces de los demás, y se metió en su tienda. Se hizo un ovillo sobre su costado y alejó todo pensamiento sobre el elegante rostro de Ilya iluminado por el fuego y sobre su voz suave como la seda. Volvió a pensar en Nephele, y en el hombre llamado Dracon Galanis, que ansiaba el poder con tanta intensidad que no le importaba aplastar a quien hiciera falta para conservarlo.

Aún pensaba en él más tarde, cuando las voces y el fuego se habían apagado, y Khepri, Nephele y Beru ya se encontraban durmiendo a su alrededor.

—Oye —susurró Ephyra, volviéndose y dándole un toquecito a Nephele.

La chica no se había quedado dormida aún, ya que se giró enseguida, abriendo los ojos en la oscuridad.

—Ese tal Galanis —dijo Ephyra—. ¿Dónde vive, exactamente?

Nephele entrecerró los ojos.

—¿Por qué?

—Tu hermana no está a salvo, incluso si te marchas. Si Dracon Galanis no te tiene a ti para presionar a tu familia, buscará otra cosa. Los hombres como él… siempre hallan la manera de hacerle daño a la gente.

Nephele observó a Ephyra en la oscuridad, y entonces habló.

—A unos cinco kilómetros y medio desde la granja donde me has encontrado. Está en una colina, no hay equivocación.

Ephyra asintió, levantándose en silencio.

—Quiero ir contigo —dijo Nephele con la misma seriedad que había adoptado en la granja.

—No, no quieres.

—¿Qué vas a hacer? —le preguntó, esta vez con un temblor en la voz.

—Lo que se me da mejor hacer —respondió Ephyra, marchándose.

Fue fácil pasar inadvertida ante los guardias de los Galanis. El viento se había intensificado a lo largo de la noche, y para cuando Ephyra llegó a la casa de campo, había empezado a llover. El agua hizo que trepar hasta la ventana de Dracon fuera un proceso resbaladizo y lento. Tuvo que esforzarse para que no le castañearan los dientes.

Agarrando el lado del ventanal con una mano, golpeó el cristal con una roca. Se rajó un poco y Ephyra volvió a golpearlo tan fuerte como pudo. El cristal estalló hacia dentro.

—¿Quién está ahí?

En ese momento un rayo recorrió el cielo, y Ephyra aprovechó la oportunidad para hacer una entrada triunfal. Saltó al alféizar de la ventana en silencio. La habitación se encendió con más rayos, iluminándola contra la la ventana.

Dracon saltó de la cama con el torso al aire, y el pelo y la barba enmarañados.

—¿Cómo has burlado a mis guardias?

La lluvia azotaba las paredes del exterior y se colaba en la habitación.

—¿Los guardias? —repitió Ephyra—. Deberías preocuparte por ti mismo.

—Fuera de mi casa —exigió—, o llamaré a los Testigos.

—Estarás muerto antes de que puedas hacer eso —respondió Ephyra, acercándose lentamente—. De hecho, acabarás muerto de todas formas.

—¿De qué estás hablando?

—Sé lo que has estado haciendo —dijo Ephyra—. Amenazar las vidas y el sustento de la gente. Extorsionarlos con entregar a los Agraciados a los Testigos… Todo eso se acaba ahora mismo.

—¿Me vas a parar tú? —preguntó, riéndose—. No eres más que una chica.

—Y tú no eres más que un niño grande al que nunca le han dicho que las personas no son juguetes con los que divertirse —le espetó Ephyra, avanzando hacia él—. Y deberías saber que no soy solo una chica... Soy la Mano Pálida de la Muerte.

La fama de la Mano Pálida se había multiplicado por diez desde que Palas había intentado usarla como verdugo. Dracon abrió los ojos de par en par y agarró un candelabro de la mesa junto a la cama.

—Te mataré —rugió, blandiendo su arma improvisada.

—Eso debería decirlo yo —respondió Ephyra, enseñándole los dientes.

En tres pasos cruzó la habitación. Él intentó golpearla con el candelabro de forma torpe. Ephyra lo agarró, aprovechando su desequilibrio para propinarle un rodillazo en la entrepierna.

Con un gemido de dolor, él se desplomó en el suelo. Ephyra tiró el candelabro a un lado y lo inmovilizó poniéndole una mano sobre la garganta.

La pulsera de Beru rodó por su brazo y Ephyra se quedó congelada, mirando las caracolas marinas que había ido recolectando de la playa de Palas Athos con el fino hilo que Beru había arrancado de las cortinas de la habitación.

Matar siempre había sido sumamente fácil para Ephyra.

Cuando había sido la Mano Pálida, mataba para que Beru pudiera vivir. Después, en Behezda, había puesto ella misma las reglas, escritas en sangre.

Miró a Dracon a los ojos, y no sintió ningún remordimiento por él. Su crueldad, su indiferencia por la desesperación de los demás... No merecía la vida que tenía. No tenía ningún derecho a ella.

Pero, a la vez, ¿qué derecho tenía ella a arrebatársela? ¿Solo porque podía? ¿Porque había visto el miedo en los ojos de Nephele, la decisión imposible que había tomado para proteger a la hermana que amaba?

¿Era aquello para lo que estaba hecha, o era esa la historia que se había contado a sí misma hasta que se la había creído?

«No tienes por qué ser lo que los demás dicen que eres», le había dicho Ilya una vez.

—Pensándolo mejor... —dijo Ephyra, levantándose mientras Dracon la observaba con los ojos muy abiertos y aterrado—. No mereces la pena.

Ephyra tenía que actuar deprisa. Dracon ya habría llamado a los guardias, y probablemente estarían peinando el terreno, buscándola. Aquello le vino bien, porque cuando llegó al cuarto de Lady Galanis, no había ni un guardia a la vista.

Ephyra se coló en la habitación. La chimenea todavía humeante estaba frente a una gran cama donde una pequeña figura estaba tumbada bajo unas gruesas mantas.

—¿Señora Galanis? —la llamó Ephyra. No obtuvo ninguna respuesta excepto por un leve ronquido.

Se acercó más. Nephele había dicho que Lady Galanis había enfermado unos meses atrás, y cuando Ephyra miró a la mujer vio que tenía razón. Parecía tan frágil que estaba casi esquelética, con el pelo blanco pegado a la cabeza. Tenía la piel de un tono marrón cenizo, excepto alrededor de los ojos, donde parecía casi azul.

Ephyra cerró los ojos, rodeó con una mano la muñeca de Lady Galanis y puso la otra sobre su corazón. Respiró hondo y se acordó de cuando, en el barco, había curado a Jude. Centrándose en el pulso de Lady Galanis, Ephyra vertió parte de su *esha* en la mujer. Sintió cómo se fortalecía, y cuando Ephyra abrió los ojos vio que el color había regresado a su rostro.

La mujer tosió y de repente se incorporó en la cama. Ephyra trastabilló hacia atrás, sobresaltada, al tiempo que Lady Galanis abría los ojos.

Ephyra respiró hondo y esperó que lo que Nephele le había dicho sobre aquella mujer fuera cierto.

—¿Señora Galanis? —preguntó Ephyra con suavidad.

La mujer se volvió hacia ella, pestañeando como una lechuza ante la tenue luz.

—¿Quién eres tú? ¿Qué haces en mis aposentos?

—No importa quién soy —dijo Ephyra—. No tenemos mucho tiempo. Su nieto…

—¿Qué ha hecho ahora? —preguntó Lady Galanis bruscamente.

—Ha estado usted enferma —dijo Ephyra.

—¿Enferma? —preguntó Lady Galanis—. No, yo… —empezó a decir, pero se interrumpió, tocándose la boca—. Ah, es cierto, ¿no? No he salido de la cama en semanas.

—En ese tiempo, Dracon ha tomado el control de su finca y ha estado amenazando a los aldeanos que no se atenían a sus demandas —dijo Ephyra apresuradamente—. Una de sus sirvientas, Nephele, me lo contó todo. Creía que si lo sabía, querría pararlo.

Lady Galanis suspiró, enterrando el rostro entre sus manos.

—Le dije a mi gente que bajo ninguna circunstancia debía heredar él mis posesiones. Ese chico… —negó con la cabeza, mirando a Ephyra—. A veces no se puede curar lo malvado.

Ephyra se estremeció bajo la mirada penetrante de la mujer.

Antes de que Ephyra pudiera responder los guardias entraron en la habitación. Rodearon el perímetro, apuntando a Ephyra con sus espadas.

—¡Aléjate de la cama! —ordenó uno de ellos—. ¡Las manos donde podamos verlas!

Ephyra se tambaleó y se alejó de la cama, pero antes de que pudiera ir muy lejos, Lady Galanis se puso en pie, y se acomodó la larga y fina bata a su alrededor.

—¿Qué es todo este jaleo? —exigió saber—. ¡Asustando a vuestra pobre y vieja señora de esta manera!

Los guardias titubearon, observando asombrados cómo Lady Galanis se movía con soltura por la habitación.

Por fin uno de ellos habló.

—Señora Galanis, esta chica es…

—Es una curandera —dijo Lady Galanis con una rápida mirada hacia Ephyra—. Ha curado mis dolencias y me ha informado de lo que ha estado pasando aquí.

—Abuela, ¡gracias a los Profetas que estás bien! —gritó Dracon abriéndose paso entre los guardias—. Guardias, ¡detened a la chica y aseguraos de que…!

—Guardias —replicó Lady Galanis con una mirada furiosa—. Detened a mi nieto.

Los guardias permanecieron inmóviles durante un tenso momento. Entonces uno de ellos se lanzó hacia Dracon, y los otros lo siguieron un segundo después.

—Esta chica tan amable y servicial me ha contado lo que les has estado haciendo a los pobres aldeanos mientras me has tenido encerrada aquí —dijo Lady Galanis al tiempo que los guardias sujetaban a Dracon—. Me avergüenza que compartas mi sangre. No pongas jamás un pie en mis tierras, o en mi finca de nuevo.

—¡Está mintiendo! —dijo Dracon entonces—. ¡Abuela, yo nunca…!

Pero los guardias ya se lo estaban llevando de la habitación.

—Voy a tener que despedir a la mitad de mi personal —dijo Lady Galanis, cansada—. A quienquiera que haya dejado que Dracon se pusiera al mando —se volvió hacia Ephyra, que aún seguía petrificada junto a la cama—. Debo darte las gracias por tu ayuda. ¿Dijiste que te envió Nephele?

—Bueno, no me envió exactamente —respondió Ephyra—. La encontré escondida en un granero.

—Nephele es una chica lista —dijo la señora—. ¿Qué hacías tú en el granero?

Ephyra no creía que fuera inteligente admitir que había estado robando.

—Esperaba a que pasara la tormenta.

—Bueno, pues deja que te ofrezca un sitio donde descansar esta noche —dijo Lady Galanis—. Es lo menos que puedo hacer.

Ephyra negó con la cabeza.

—Muchas gracias, pero tengo gente con la que volver. Amigos.

La palabra sonaba extraña viniendo de ella.

—¿Estás segura? —preguntó la señora—. ¿No hay nada que pueda hacer para agradecer que me hayas curado?

Ephyra abrió la boca para negarse de nuevo, pero tuvo una idea.

—De hecho, sí hay algo que podría hacer.

Beru se encontraba fuera de la tienda cuando Ephyra llegó al campamento cargada con un macuto lleno de comida, ropa y mantas que le había dado Lady Galanis.

No había amanecido todavía, así que estaba segura de que Beru no se había despertado temprano. Y por cómo estaba cruzada de brazos con fuerza y por la tensión en sus hombros, supo que la había estado esperando.

Abrió la boca cuando vio a Ephyra, pero antes de poder decir nada, Nephele salió de la tienda con Khepri pisándole los talones.

—¿Qué ha pasado? —preguntó Nephele.

—Dracon Galanis no te molestará a ti o a tu familia nunca más.

La mirada de Beru se volvió hacia ella.

—¿Lo has matado?

Había usado un tono acusatorio y hostil. Ephyra supuso que se lo merecía, pero aún así le dolió. Una parte de Beru creía fácilmente lo peor de Ephyra.

—Está vivo —dijo Ephyra, mirando a Nephele en lugar de a Beru—. Pero tienes mi palabra. Tu hermana y tú estaréis a salvo, y también el resto del pueblo. Al menos, a salvo de él. Lady Galanis hará todo lo que esté en su mano para protegeros de los Testigos.

—¿Lady Galanis? —preguntó Nephele arrugando la frente, confundida— ¿Quieres decir…?

—Está al mando de nuevo —respondió Ephyra—. Y recuperada.

Nephele la observó.

—¿Has sido tú?

Ephyra asintió.

—Es seguro volver a casa, te lo prometo. Vuelve con tu familia.

—Yo la acompañaré —se ofreció Khepri.

Nephele aún estaba mirando a Ephyra.

—No… No tengo forma de recompensarte.

Ephyra le dedicó una leve sonrisa.

—No eres tú la que tiene que saldar una deuda, chica. Sino yo. Solo… mantente a salvo, a ti y a tu hermana. Sé que creías que hacías lo correcto al huir, pero… tenéis que permanecer juntas, ¿vale?

—De acuerdo.

Nephele se despidió con un gesto de la mano, y siguió a Khepri de vuelta a la granja con el cielo iluminándose frente a ellas.

Beru no se movió durante un largo rato, observando a Ephyra con los brazos cruzados.

—Sí que fui pensando en matarlo —admitió Ephyra, rompiendo el silencio—. Y casi lo hago. —Quizá nunca se acostumbraría al poder que había en su interior. Quizá siempre se sentiría más atraída por su parte oscura—. Creo que… He creído todo este tiempo, desde que éramos niñas, que matar era para lo que estaba hecha. Que era lo que soy. Fingía no tener elección porque era más fácil que admitir que sí la tenía. No sé si puedo arrepentirme de ello, incluso ahora, porque creo que tu vida vale más que mil Dracon Galanis.

—¿Entonces por qué no lo mataste? —preguntó Beru en un tono extraño, sin emoción, como si simplemente sintiera curiosidad.

—Cuando escapamos de Palas Athos, Jude estaba muy mal, los Testigos lo habían herido. Hector me pidió que lo curara, confió en mí para hacerlo. Se me hizo… diferente. Como si estuviera despertando por fin. He hecho daño a un montón de gente, Beru. Y no me refiero solo a la gente a la que he matado o a la que dejé atrás.

—Te refieres a mí —supuso Beru—. Recuerdo las peleas que solíamos tener. Cuánto me enfadaba cuando no me escuchabas. Aquel día en Medea…

Ephyra se encogió al recordarlo. Uno de los peores días de su vida, tal vez el segundo, superado solo por el día en el que, en la tumba de la reina Mártir, las Hijas de la Misericordia le dijeron que Beru estaba muerta.

—No te culpo por haberte marchado —dijo Ephyra—. Ya no.

Beru negó con la cabeza.

—No es eso. Es solo que… No recuerdo por qué lo hice. O, bueno, sí lo recuerdo, pero no lo recuerdo como si me hubiera pasado a mí.

Un extraño sentimiento se apoderó de Ephyra mientras miraba a Beru, a la chica que había conocido durante diecisiete años. La chica a la que creía conocer mejor que a nadie. Pero, ahora mismo, era como si estuviera mirando a un extraño.

Cuando habían sido capturadas por Palas, cada día había resultado una lucha. Pero ahora que eran libres, Ephyra se dio cuenta de que la lucha nunca había acabado para Beru. Cada hora de cada día dirimía una batalla en su interior que estaba perdiendo contra el dios.

—No tiene sentido lo que estoy diciendo —murmuró Beru, pasándose una mano por la cara—. No me hagas caso, solo estoy cansada.

Ephyra sintió una opresión en el pecho. Beru estaba mintiéndole.

De repente Ephyra entendió lo que Beru había soportado todos esos años en los que Ephyra había sido la Mano Pálida. Se habían peleado a menudo, pero eran peores las peleas que no habían tenido. Porque en el centro de toda pelea estaba una verdad a la que Beru no se había podido enfrentar hasta que estuvo delante de ella: las manos ensangrentadas de

Ephyra y el cuerpo sin vida de Hector. Solo entonces Beru se había permitido ver la oscuridad que había invadido a su hermana.

Y eso había roto su relación.

Pero Ephyra había querido decir lo que había dicho en Palas Athos: nunca perdería la fe en Beru. Incluso si no sabía lo que le estaba ocurriendo.

Beru se volvió, pero antes de que Ephyra pudiera decidir qué decir, su atención se centró en los otros, que estaban reunidos junto a la tienda de Jude y Anton, discutiendo. Anton se pasó la mano por el pelo con Jude muy cerca de él. A su otro lado, Hector estaba de brazos cruzados con el ceño fruncido. Hassan hablaba rápidamente, con una expresión de preocupación.

Beru se acercó a ellos y Ephyra la siguió.

—¿Qué ocurre? —preguntó Ephyra.

Jude las miró mientras se acercaban, pero fue Anton quien respondió.

—He estado sintiendo el mismo *esha* desde hace unos días tras nosotros. Tal vez estén siguiéndonos el rastro.

—¿Testigos? —preguntó Ephyra.

—Eso creo —respondió Anton—. Uno de ellos parece familiar... Creo que es el Testigo de las cicatrices de Fuego Divino.

Lazaros. A Ephyra se le puso la carne de gallina. Había sido la sombra constante de Beru durante dos meses, siempre mirándola intensamente con aquellos extraños ojos gris claro.

—¿A qué distancia están? —preguntó Ephyra.

—Puede que a un día —respondió Anton.

—Bueno, pues genial —le dijo Hector a Ephyra—. Si alguien te ha visto en la residencia de los Galanis, los Testigos no tardarán en enterarse. Y parece que Dracon Galanis es bastante amiguito de los de este pueblo.

—He sido cuidadosa —protestó Ephyra.

—Has sido imprudente.

—Ya basta, parad los dos —dijo Beru, con la voz teñida de un rencor poco característico en ella—. No aguanto que estéis todo el rato discutiendo.

Hector le dirigió una mirada de sorpresa a Beru, y después contempló a Ephyra. Por una vez no la fulminó con la mirada, si no que parecía preocupado.

—Da igual cómo nos hayan localizado los Testigos de nuevo —interrumpió Jude—. Tendremos que ser precavidos. Avanzaremos tan pronto como sea posible, y doblaremos las guardias esta noche.

Los otros se empezaron a mover a las órdenes de Jude, pero Ephyra seguía mirando a Hector. Sabía exactamente lo que le preocupaba, porque ella pensaba lo mismo. Los demás puede que no se hubieran dado cuenta aún. Pero Ephyra y Hector conocían a Beru lo suficiente como para saber cuándo algo no iba bien.

Y había algo que no iba nada bien.

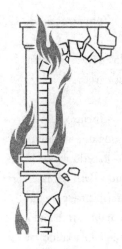

CAPÍTULO VEINTISÉIS

BERU

—No, ¡esa es mi carta! —se quejó Ephyra mientras Hassan levantaba el seis de coronas.

Beru trató de esbozar una sonrisa. La partida de cada noche de canbarra se había convertido en un ritual, pero esa vez Beru notaba que todos estaban más tensos de lo habitual. Después de tres días, aún no habían conseguido deshacerse de los Testigos que los seguían. Cada mañana Anton regresaba pálido y preocupado, luego de haber usado sus poderes. Lazaros y los otros Testigos no hacían más que acercarse.

Pero los Testigos no eran la mayor preocupación de Beru. Desde que se había quitado el collar de Fuego Divino, la oscura niebla que era la mente del dios se había instalado en la suya. Apenas comía, casi no dormía. Incluso cuando el dios permanecía en silencio, incluso aunque ya no escuchara su voz, podía sentirlo. Lo sentía luchando contra el sello de Palas, sentía su impaciencia y su arrogancia.

—No deberías desvelar tu mano así —comentó Ilya, detrás de ellos.

Beru lo había visto observando sus partidas de cartas, como si quisiera unirse, pero normalmente no se atrevía a acercarse.

—¿Por qué no juegas tú, si eres tan bueno? —lo retó Ephyra.

Ilya abrió la boca para responder, pero antes de que pudiera decir nada Anton dejó sus cartas y se levantó.

—Voy a buscar a Jude —dijo Anton, alejándose.

El rostro de Ilya reflejó dolor durante un momento.

—De todas formas no tenía una buena mano —dijo Ephyra, echando sus cartas también al centro.

—Por fin iba a ganarle… —murmuró Hassan, dejando las suyas también.

Ambos se apartaron y dejaron que Beru recogiera las cartas.

Ilya se dejó caer en el suelo junto a ella.

—Me odia de verdad, ¿no? —dijo tras un momento—. Incluso después de… Es como si no se diera cuenta, o no le importara que esté intentando… —hizo una pausa mirando a Beru casi suplicante— hacerlo mejor.

Aquellas palabras hicieron aflorar un recuerdo: cuando Beru había estado desesperada por ganarse el perdón de Hector, por sacrificarse para que él viviera, como si estuviera en deuda por todo lo que le había arrebatado. Mirando atrás, apenas se reconocía a sí misma. ¿De dónde había salido esa desesperación? ¿Por qué había sentido tal necesidad por salvar a Hector? No podía entenderlo.

—Es mi hermano —siguió Ilya—. Tengo que… tengo que intentar arreglarlo, ¿no?

Estaba preguntándole de verdad, y Beru no tenía ni idea de qué decir. Ilya parecía querer que dijera que sí.

Dejó escapar una risa irónica.

—Antes nunca pensaba en esto. Nunca me preocupaba por si era mala persona o no. No me lo podía permitir. Pero ahora sé que no lo soy, y… ¿Por qué debería importarme? ¿Por qué debería importar?

NO IMPORTA.

—No importa —dijo Beru de forma automática.

Ilya alzó una ceja.

—No es lo que esperaba que dijeras.

Beru cerró la boca, horrorizada.

—Yo…. no sé por qué he dicho eso. Claro que importa.

NO EXISTEN EL BIEN Y EL MAL, PEQUEÑA, dijo el dios. ESAS SON INVENCIONES HUMANAS, COMO EL AMOR. COSAS QUE LOS HUMANOS SE CUENTAN A SÍ MISMOS Y SE CONVENCEN DE QUE SON REALES. NO LOS CREÉ PARA QUE FUERAN BUENOS O MALOS. LOS CREÉ PARA QUE LLEVARAN A CABO MI VOLUNTAD.

—Cállate —dijo Beru entre dientes. Solo después de decirlo se dio cuenta de que había hablado en voz alta.

—No he dicho nada —dijo Ilya, estupefacto. La observó más de cerca—. ¿Estás... bien?

Beru enterró la cara en las manos.

—Sí, lo siento. Solo me duele la cabeza.

Ilya no dijo nada durante un rato.

—El dios te está hablando ahora mismo, ¿no es cierto? —dijo en voz baja.

Beru alzó la cabeza bruscamente para mirarlo. No le había contado a nadie lo mucho que la estaba afectando la influencia del dios. Ni siquiera a Ephyra, aunque sabía que su hermana sospechaba que algo andaba mal. Pero si había alguien con quien podía hablar sobre tener un monstruo en su interior, ese era Ilya.

Ilya la observó, y la luz de la hoguera titiló en su rostro.

—¿Sabes qué? Al parecer mi ancestro Vasili habló con el dios.

—¿El rey loco?

—Cuenta la leyenda que escrutó el pasado y habló con el dios en la época anterior a que los Profetas lo mataran.

—¿Y qué le dijo el dios? —preguntó Beru.

Ilya dio unos toquecitos al fuego con un palo, provocando chispas.

—Ya sabes, que era su destino desafiar a los Profetas y reinar en el imperio novogardiano. O algo por el estilo. Pero sea lo que fuere, al parecer lo volvió loco.

Beru observó el fuego.

—¿Crees que estoy volviéndome loca?

Él se encogió de hombros, y por un momento se pareció mucho a Anton.

—¿Lo crees tú?

Estaba demasiado cansada para hacer algo más aparte de reírse.

—No lo sé. Probablemente. —Tras un silencio, dijo—: Cada vez lo oigo más fuerte. Es más difícil bloquear su voz. Y ahora que no tengo el collar, es como si lo viera todo a través de una densa niebla. Puedo ver las formas, a la gente y los sentimientos, pero... están retorcidos.

Ilya negó con la cabeza, curvando los labios con una media sonrisa.

—¿Te resulta divertido? —preguntó Beru.

—Es solo que suena a como me sentía yo antes —respondió Ilya—. A como me sentía acerca de todo, en realidad. Sabía que había cosas que se suponía que debía sentir, como amor y afecto, pero en vez de eso solo sentía ira. Sentía… un odio que nunca desaparecía. No importaba lo mucho que intentara enterrarlo bajo una capa de carisma y buenos modales, siempre estaba ahí, retorciéndolo todo.

Beru se apretó las rodillas contra el pecho y apoyó la barbilla en ellas. Al conocer a Ilya, pensó que jamás llegaría a entenderlo, incluso cuando confió en él para que la ayudara.

Ahora se veía a sí misma en él, y eso la asustaba.

—¿Qué pasó con toda esa ira? —preguntó al fin.

Él la observó por el rabillo del ojo.

—Aún sigue ahí —dejó escapar un suspiro que se convirtió en vaho en el frío de la tarde—. Todo el tiempo.

—Pero estás ayudándonos.

Ilya se encogió de hombros.

—¿Qué puedo decir? Puede que sea una persona horrible, pero soy una persona horrible que quiere vivir. Los antiguos y vengativos dioses tienden a arruinar los planes de supervivencia —tragó saliva, bajando la mirada—. ¿Qué… qué es lo que quiere?

Ella observó las llamas que se apagaban.

—Quiere recuperar el mundo. Quiere un mundo en el que su voluntad sea obedecida, donde no se lo desafíe y no haya amor. Un mundo que esté…

EN PAZ, dijo el dios.

Beru miró a Ilya.

—Completamente vacío.

Los Testigos estaban cerca. Anton los había sentido a unos cinco kilómetros, y eso significaba que el grupo debía ponerse en marcha. Los otros se apresuraron a recoger el campamento mientras Beru observaba.

—Estamos a menos de tres kilómetros del Serpentino —le dijo Khepri a Jude—. Deberíamos dirigirnos allí y buscar unos cuantos botes para remar río arriba.

—¿Y si no encontramos botes? —preguntó Jude, negando con la cabeza—. Estaremos acorralados contra la orilla, y los Testigos podrán rodearnos con facilidad. Tenemos que seguir hacia el norte.

—¿Y seguir intentando dejar atrás a los Testigos? —interrumpió Hassan—. Será como en la cueva otra vez, estaremos agotados. No sobreviviremos.

La conversación estaba empezando a crisparle los nervios a Beru. Alguien tenía que tomar una decisión.

—Deberíamos ir a por los Testigos —dijo en voz alta—. ¿Por qué continuar huyendo cuando podemos ir a buscarlos y matarlos? Problema resuelto. Podría hacerlo yo ahora mismo.

Un silencio total coronó sus palabras. Beru miró a los otros. Ninguno le devolvió la mirada, excepto Ephyra. Parecía horrorizada.

—No vamos a hacer eso —dijo Jude, calmado—. Permaneceremos juntos, y seguiremos moviéndonos.

Los demás terminaron de recoger. Ephyra se acercó a Beru.

—¿Qué pasa contigo? —le preguntó en voz baja.

Beru le devolvió la mirada, tratando de sentir compasión o preocupación. No sintió nada.

—Estoy bien —respondió.

—No, no lo estás —le dijo Ephyra con suavidad—. Sé que no has estado durmiendo bien. Y lo que acabas de decir de matar a los Testigos… La Beru que yo conozco nunca habría sugerido eso.

—He dicho que estoy bien —repitió entre dientes—. ¿Y desde cuándo te preocupa tanto matar?

—Me preocupas tú.

—Bueno, pues no te preocupes —dijo Beru, dándose la vuelta y andando hacia los árboles. No sabía a dónde iba, solo que tenía que alejarse de Ephyra antes de hacer algo de lo que se arrepintiera.

Los árboles en esa parte del valle eran extraños, tenían el tronco delgado y una corteza pálida salpicada de marcas oscuras. En esa época del año, el suelo estaba cubierto por una capa de hojas doradas, y cuando el sol de la mañana se asomaba entre la neblina, le daba al bosque entero un aspecto dorado.

Beru cruzó el húmedo suelo hasta que llegó a un pequeño riachuelo que se bifurcaba del río. Se dio cuenta de que el dios llevaba callado toda la mañana. De hecho, últimamente cada vez escuchaba menos su voz. Pero no porque se estuviera volviendo más fácil bloquearlo. Era porque los pensamientos del dios se estaban colando entre los suyos. Ya no necesitaba hablar para comunicarse con ella. Podía *sentirlo*.

Un escalofrío la recorrió. Se arrodilló junto al riachuelo, ahuecó las manos y se salpicó la cara con agua fría. El arroyo estaba tan quieto que, cuando miró hacia abajo, pudo ver su rostro reflejado devolviéndole la mirada.

Se tocó la mejilla, y la Beru del agua hizo lo mismo. Su reflejo tenía el mismo aspecto que siempre había tenido, a excepción de los ojos que revelaban cansancio y de que su rostro estaba algo más delgado. Pero de alguna manera no reconocía a la chica que estaba mirándola. Sintió náuseas al observar su propia cara, como si algo fuera mal. Como si hubiera estado esperando ver a alguien, o algo, diferente.

Respiró hondo y, al exhalar, se dio cuenta de que no estaba sola. No sabía cómo lo había percibido exactamente, pero cuando una figura familiar emergió de entre los abedules, no se sorprendió.

—Lazaros —dijo, calmada—. Me has encontrado.

—¿Lo dudabas? —preguntó—. El Santo Creador vive en tu interior. Nada podría hacer que frenara mi búsqueda. Haré lo que sea necesario para salvarte de aquellos que te harían daño.

—¿Como Palas? —preguntó Beru, dándose la vuelta para mirarlo—. Sabes que el dios lo odia, ¿no?

Lazaros no respondió.

—Pero adelante —dijo Beru, alzando las manos y ofreciéndole las muñecas—. Arrástrame de vuelta allí, encadenada.

—Palas está rectificando los pecados de los Profetas —dijo Lazaros, acercándose—. Purificando el mundo de sus errores.

—Palas es uno de los Profetas —dijo Beru—. Él mató al dios. Él dirigió el ataque.

—Nadie nace puro —dijo Lazaros—. Debemos hacernos puros. Como lo hice yo.

Se tocó una de las irregulares cicatrices de la mandíbula.

—Palas no quiere pureza, sino poder —respondió Beru—. A cualquier precio. ¿Y tú? Solo eres una herramienta conveniente para que pueda conseguirlo.

Él se quedó mirándola con aquellos ojos grises fríos e indiferentes.

—Bueno, ¿vas a llamar a tus amigos, o no? —lo desafió Beru.

Entonces lo vio: duda. Apareció en el espacio entre una respiración y otra, pero Beru vio un destello de duda.

—¡Beru!

Se volvió y vio a Hector corriendo hacia ella a toda velocidad entre los árboles.

—¡Aléjate de ella! —gritó Hector.

Lazaros desenvainó su espada de Fuego Divino y cargó contra él.

Beru no se lo pensó. Reaccionó con un gesto de la mano, y lanzó una oleada de poder contra Lazaros, que salió volando por los aires hacia los árboles, fuera de su vista.

El dios trató de apoderarse del control.

¡No!, imploró ella, cerrando los ojos con fuerza y tratando de asir el sello de Palas para enfrentarse por el poder.

El dios rugió, y una furia como nunca había sentido la consumió.

Quedó paralizada mientras la ira del dios la recorría.

— Beru, tenemos que irnos —decía Hector, desesperado—. Hay más, tenemos que irnos ya.

—¡Aléjate! —resopló Beru, y era lo único que podía hacer para advertirle—. Aléjate de mí.

Quería matarlo. Quería acabar con su vida.

Cerró los ojos con más fuerza.

Entonces sintió unas manos en la cara, unos dedos agarrándole el pelo. Unos labios sobre los suyos.

El miedo, el amor y el deseo golpearon con fuerza la ira del dios. Beru se balanceó en los brazos de Hector. Sus labios atraparon los de Beru, y el martilleo de su corazón ahogó el rugido del dios. El delicado calor de los labios de Hector alejó todos los demás sentimientos.

Recordó aquella noche en el desierto, cuando las Hijas de la Misericordia los abandonaron a su suerte en aquella desolada tierra. Recordaba la tormenta de arena que había rugido a su alrededor, y la manera en que Hector la había rodeado en sus brazos, protegiéndola.

Ahora el dios parecía otra tormenta que amenazaba con enterrarla. Pero el amor de Hector y su anhelo eran algo a lo que agarrarse mientras la tormenta bramaba a su alrededor.

Sintió sus emociones vertirse sobre ella como una suave luz colándose por sus venas. Brillaba con fuerza, alejando las nubes oscuras que la habían estado consumiendo y acallando la tormenta. Hector era el sol y ella la luna, que absorbía la luz de él y la reflejaba.

Pero aquello no estaba bien. Ella era la que había forzado los sentimientos en él. El anhelo que sentía era el suyo propio, reflejado a través de
la conexión de sus *esha*.

Abrió los ojos y se retiró, alejándose de los brazos de Hector y dejando
espacio entre ellos. El deseo y el horror tronaban a través de ella a partes
iguales. Hector la había *besado*.

¿Por qué la había besado?

Él recuperó un poco el aliento, mirándola.

—¿Ha funcionado?

Al principio no entendió a qué se refería, pero al notar el martilleo de
su corazón contra sus costillas, se dio cuenta de que el constante desprecio y
la irritación del dios se habían apagado. La niebla turbia que había empaña-
do su mente los últimos días no había desaparecido por completo, pero sí se
había disipado. Por primera vez en muchos días podía ver con claridad.

—Ah… —dijo, tocándose los labios con la punta de los dedos.

Hector parecía aliviado, y entonces su expresión se desinfló.

—Perdona que… Me he asustado, no debería haber…

—Hector, no pasa nada —dijo Beru.

—Es solo que… sé que no querías que hiciera eso.

El estómago le dio un vuelco. *¿Que no quería? ¿Eso pensaba?*

—Hector, yo…

Él miró hacia atrás, y entonces agarró a Beru por la muñeca.

—Vamos. Tenemos que llegar al río.

Corrieron a través de los árboles, resbalando sobre las hojas, hasta que
por fin salieron a la orilla del Serpentino. Beru vio a los otros a unos metros
de allí. Había un puñado de botes en la orilla junto a un estrecho muelle.
Khepri, Ilya y Hassan estaban agachados junto a dos de ellos, desamarrán-
dolos y empujándolos al agua. Parecía que a Hassan ya no le importaba
tanto robar.

Ephyra alzó la mirada, vio acercarse a Beru y a Hector a toda prisa, y
corrió también a su encuentro.

Cuando los alcanzó, Ephyra rodeó a Beru con los brazos y la estrechó
contra ella.

—Creía que te tenían —dijo Ephyra—. Estaba muy asustada.

—Estoy bien —respondió Beru, abrazándola también—. Tenemos
que irnos.

—¿Dónde está Jude? —le preguntó Anton a Hector, preocupado.

—¡Aquí! —gritó Jude, saliendo de entre los árboles—. ¡A los botes! ¡Ahora!

Khepri, Ilya y Hassan empujaron los botes al agua mientras los demás se subían. Beru se lanzó a la cubierta con el corazón latiéndole deprisa, y ayudó a Ephyra a abordar tras ella usando un remo.

Seis Testigos corrían tras Jude, acercándose. Jude se lanzó al río y nadó hacia los botes. Los Testigos se zambulleron tras él.

—¡Jude! —gritó Anton, guardando el equilibrio de forma precaria sobre el borde del bote cuando se agachó en uno de los lados. Hector se unió a él, y juntos tiraron de Jude desde el río hasta el bote.

Khepri le lanzó a Hector otro remo, y ambos empezaron a remar con fuerza. Beru se sentó. El corazón aún le latía muy rápido mientras navegaban río arriba, dejando a los Testigos atrás.

Las montañas se alzaban sobre ellos y el río serpenteaba en su dirección. Aquellas no eran las leves inclinaciones forestales de la montaña Gallian, sino que eran escarpadas y estaban completamente descubiertas.

Al atardecer llegaron a un trozo de costa en la base de las montañas, donde decidieron acercar los botes al otro lado del río y acampar por esa noche. Cuando se hubieron acercado, escondieron los botes rápidamente.

—Hector y yo vamos a recoger leña —dijo Beru, y antes de que ninguno pudiera objetar, agarró a Hector del brazo y lo arrastró a través de los árboles.

—Mira —dijo Hector en cuanto estuvieron lo suficientemente alejados de los otros—. Tengo que pedirte perdón.

—No quiero que me pidas perdón —le espetó Beru.

Hector se quedó mirándola. Beru respiró hondo para calmarse.

—Hector, ¿de verdad piensas que no quería que me besaras?

Él frunció el ceño.

—Sé que estás pasando por mucho ahora mismo, no quería darte más quebraderos de cabeza. Pero me importas. No... no pido nada más por ahora.

Beru suspiró, dando unos pasos para alejarse de él.

—No se trata de eso. —Tenía que hacerlo antes de arrepentirse—. Ni siquiera sé cómo decirlo —centró la mirada en sus manos—. Hector, tus sentimientos por mí no son reales.

Él la observó durante un rato, atónito. Entonces soltó una carcajada.

Beru se echó hacia atrás, dolida.

—¿Qué…? Espera, ¿lo dices en serio? —preguntó; la sonrisa desapareció de su rostro—. Explícame a qué te refieres.

—La conexión entre nuestro *esha* —dijo Beru haciendo un gesto con la mano—. Hizo algo que… te traspasó mis sentimientos. Mis sentimientos por ti se vertieron en tu interior, igual que lo hacen el miedo o la ira, o todo lo demás. ¿Esos sentimientos que crees tener por mí? Son míos. Así me siento yo cuando estoy contigo. Hice que te enamoraras de mí. Es decir, no lo hice a propósito, pero… fui yo la que introdujo esos pensamientos en tu cabeza.

La expresión de él reflejaba cada vez más preocupación, con los labios apretados y los ojos entrecerrados. Por fin, habló.

—Beru. Eso es… la cosa más ridícula que he escuchado en mi vida.

—Piénsalo —dijo ásperamente—. ¿Por qué habría de importarte si no fuera por eso? ¿Qué razón tendrías para ello? Yo… soy la razón de que tu familia esté muerta, la razón por la que Ephyra te mató. Soy…

—Oye —dijo, poniendo una de sus grandes manos justo en el punto entre el hombro y el cuello—. ¿Crees que no he pensado en todo eso? ¿Crees que de pronto empecé a sentirme así y ni siquiera me lo cuestioné?

—Así que sí lo cuestionaste —dijo Beru—. Pensaste que era un error, que tú nunca…

—No es eso lo que estoy diciendo —interrumpió Hector—. No fue… No me desperté un día y sentí cosas que no podía explicar. Siempre han estado ahí. En el tren a Tel Amot, cuando estábamos en Medea… Siempre han estado ahí —la soltó de pronto, pasándose la mano por el pelo—. No podía aceptarlo al principio. El día que te encontré en el tren estabas tan… distinta a como pensé que serías. Me puse furioso, sobre todo conmigo mismo. Que pudiera sentir algo por la persona responsable de la muerte de mi familia…

—Hector…

—Pero eso no significa que no supiera por qué me sentía así —continuó Hector—. No era por nuestros *esha*, o porque tu hermana me hubiera matado para salvarte la vida. Era porque me miraste a los ojos en aquel tren y te mantuviste firme. Fue porque pude ver lo asustada y dolida que estabas, y supe que habías vivido así toda tu vida y aun así no habías dejado que te consumiera. Fue porque cada momento que pasé contigo desde entonces me demostró que eres la persona más valiente y fuerte que he conocido.

Hector la miraba con seriedad.

—No —susurró ella—. No lo soy. No sabes lo que… lo que yo…

—Beru —dijo, tomándole la mano entre las suyas—. Has sufrido más de lo que la mayoría de gente lo hará en toda su vida. Y de alguna manera no has dejado que eso te cambiara. Incluso ahora, con la ira de un dios en tu interior, sigues luchando por todos nosotros. Incluso por Ilya. Así que la pregunta no es por qué ibas a importarme después de todo. La pregunta es: ¿cómo no ibas a importarme?

Ella tragó saliva, contemplando sus oscuros ojos, su intensa y casi desafiante mirada. Se dio cuenta de que no había absolutamente nada que quisiera hacer más que besarlo de nuevo.

Su mirada descendió hasta sus labios, y supo que, increíblemente, él pensaba lo mismo. Cerró los ojos y las largas pestañas de Hector extendieron sobre sus pómulos mientras se inclinaba hacia ella.

—Estoy perdiendo —susurró Beru ante el espacio que quedaba entre ellos. Él se detuvo y lanzó un suspiro—. Hector, sigo luchando, pero estoy perdiendo. Crees que soy fuerte, que no he dejado que ninguna de esas cosas me cambiaran, pero te equivocas. El dios… puedo sentir cómo se apodera de mí. Cómo me convierte en algo distinto. No puedo… No sé cuánto tiempo más podré luchar contra él.

Notó que las lágrimas le inundaban los ojos, y la voz le tembló debido al esfuerzo que estaba haciendo por retenerlas.

Hector volvió a posar su cálida mano en su mejilla, borrando con cuidado las lágrimas que aún no había derramado. No soportaba cómo la miraba, de forma delicada y sincera, como si no hubiera nada que quisiera más que cuidar de ella.

—Yo creo en ti —murmuró—. Si hay alguien que puede hacerlo, Beru, esa eres tú.

No puedo, quiso decir. Quería gritárselo a la cara. *No puedo hacerlo, no soy lo suficientemente fuerte.*

En ese momento la expresión de Hector cambió, clavó la mirada en algo por encima del hombro de Beru y se quedó tenso e inmóvil.

—Beru —dijo en voz baja—. Ponte detrás de mí.

Ella lo hizo sin cuestionarlo, siguiendo su mirada hacia los árboles.

Un grupo de personas emergió del bosque, apuntándolos con ballestas. Los otros, Ephyra, Jude, Ilya, Anton, Khepri y Hassan, estaban siendo guiados lentamente frente a las ballestas con las manos en alto.

La mujer que estaba delante de ellos ellos apuntó con su ballesta a Hector. Llevaba una capa de piel de uapití y una bandana alrededor de la cabeza que le tapaba un ojo.

—Hay una decena más de los nuestros escondidos —dijo—. Así que venid con nosotros de manera pacífica, o estaréis muertos antes de poder dar un paso.

CAPÍTULO VEINTISIETE

ANTON

Sus captores les ataron las manos y los guiaron por una inclinada y rocosa cuesta por la montaña. Fue un ascenso lento, ya que no podían usar las manos, pero la duración del viaje le dio a Anton algo de esperanza. Si esa gente tuviera planeado matarlos ya lo habrían hecho y se habrían ahorrado todo aquello.

Caminaron en un tenso silencio hasta llegar a una ciudad protegida tras un conjunto de rocas y rodeada por unas cataratas que desembocaban en un pequeño afluente del río Serpentino. Parecía que la única entrada era un puente que cruzaba bajo las cataratas.

Sus captores los condujeron por el puente hasta el interior de un robusto edificio de piedra situado junto al río.

—Esperad aquí —dijo la mujer de un solo ojo, y acto seguido se marchó y cerró la puerta tras de sí.

La habitación estaba a oscuras y olía muy fuerte a sulfuro. Había herramientas de hierro ordenadas en las mesas de trabajo y un horno apagado y frío que ocupaba la esquina de la habitación. Estaban en una forja.

—Entonces… —dijo Hector, rompiendo el silencio—. Vamos a morir, ¿no?

—¿Crees que ha ido a llamar a los Testigos? —preguntó Khepri.

Ilya negó con la cabeza.

—No hay Testigos en las montañas.

—Que tú sepas —murmuró Ephyra.

—Vamos a pensar un momento —dijo Hassan—. Quizás haya una manera de escapar.

Anton miró a su alrededor. Las ventanas eran estrechas, las paredes, anchas y de piedra, y la puerta, pesada y de hierro... No parecía que escapar fuera una opción.

—¿Tal vez podríamos negociar con ellos? —sugirió, tratando de mover las manos aún atadas.

Jude abrió la boca para contestar al mismo tiempo que la puerta se abría de nuevo; entró una chica que no podía tener más de doce años, flanqueada por cuatro de los captores aún con las ballestas en mano, incluida la mujer tuerta.

—¿Los encontrasteis en el río? —preguntó la chica. Tenía el pelo corto y castaño peinado en dos perfectas trenzas. Su alargado rostro estaba salpicado de pecas, y una expresión sorprendentemente autoritaria inundaba sus ojos grises.

—Sí, Lady Iskara —dijo la mujer de un solo ojo—. Tenían un bote que parecía robado.

—No lo robamos —dijo Ephyra enseguida—. Era un préstamo de emergencia.

—Hablaréis cuando se os indique, u os cortaré la lengua —dijo Lady Iskara de forma brusca.

A Anton nunca lo había amenazado ninguna niña de doce años. Tampoco había estado nunca asustado de una chica de doce años, pero supuso que había una primera vez para todo.

—Ya deberíais saber lo que les hacemos a los seguidores de Palas aquí.

—Espera —dijo Anton—. ¿Crees que somos Testigos?

Lady Iskara lo miró a los ojos; Anton jamás había visto tanta ferocidad en una cara tan joven.

—No juegues conmigo.

—¡No lo hago! —dijo Anton indignado—. Luchamos contra los Testigos.

Lady Iskara entrecerró los ojos.

—O eso dices tú.

—Podemos demostrarlo —dijo Hector—. Tenemos la Gracia. Bueno, no todos nosotros, pero...

—¿Crees que soy imbécil? —preguntó—. ¿O es mi edad lo que te hace creer que puedes engañarme con facilidad?

—¿Qué? —dijo Hassan—. No, nosotros…

—Estamos al tanto de los truquitos de Palas —dijo Lady Iskara—. Le quitan la Gracia a unos y se la transfieren a sus seguidores. Si tenéis la Gracia probablemente habrá sido arrebatada por medio de esos horribles trucos, y os colgaremos en las murallas de la ciudad como advertencia a Palas.

—Nosotros no…

—Ya basta —ordenó la chica, en un tono tan fácilmente imponente que Hassan se calló al momento—. Hablaremos con vosotros de uno en uno y descubriremos la verdad.

Sus ojos grises recorrieron el grupo.

—Tú primero —dijo, haciendo un gesto hacia Ilya. Dos de los ballesteros lo arrastraron hacia la puerta, y a Anton le dio un vuelco el corazón.

De los ocho había tenido que elegir al único que sí estaba realmente conectado a los Testigos. Por un lado, a Ilya se le daba bien mentir. Por el otro, si lo pillaban mintiendo sería el fin de todos. Y por lo que Anton había visto, la chica no iba a ser muy indulgente.

Y un tercer pensamiento lo asaltó, y fue que Ilya probablemente hallaría la forma de salvarse a sí mismo y de echar a los demás a los leones.

La puerta resonó cuando se cerró con Ilya al otro lado.

—Creo que sé dónde estamos —dijo Beru tras un momento—. En alguna ocasión, Palas mencionó una ciudad minera en las Montañas Innombrables llamada Anvari. Era uno de los pocos bastiones que aún se resistían a los Testigos. Hablaba de ellos como un fastidio, pero se notaba que le molestaba la mera idea de que esta gente se opusiera a su derecho al poder.

—Eso es genial, pero no nos ayuda si creen que estamos de lado de Palas —dijo Anton, cansado—. Y siendo honesto, no se me ocurre ninguna forma de convencerlos.

—A mí, sí —dijo Hassan. Anton lo miró, y Hassan se puso en pie—. Les diremos la verdad.

Anton pestañeó, confundido. Hector soltó una carcajada, y cuando Hassan lo miró con seriedad, se interrumpió.

—Ah, ¿lo dices en serio?

Hassan asintió.

—Ni en broma nos creerán —dijo Ephyra.

Hassan negó con la cabeza.

—Quizá, no. Pero te sorprendería la fe que puede tener la gente cuando les ofreces algo de esperanza.

—No podemos hacer eso —dijo Jude entonces—. No arriesgaré a Anton de esa manera.

Anton suspiró, habiéndoselo esperado.

Hassan apretó la mandíbula.

—¿Pero te arriesgarás a dejar que nos encierren o ejecuten porque creen que trabajamos para Palas?

—Encontraremos otra forma de convencerlos —dijo Jude—. Algo que no ponga a Anton en…

—En realidad —interrumpió Anton—, creo que el príncipe Hassan tiene razón.

Jude lo miró fijamente con sus ojos verdes.

—Anton —dijo Hassan—. Es tu decisión. Creo que si les dices que eres el Último Profeta te creerán. Jude no se equivoca, sí que es peligroso… Pero puede que sea nuestra única opción.

Tenía razón, y Anton lo sabía. Y también lo sabía Jude, a pesar de que quisiera fingir que no.

Pero antes de que pudiera contestar, la puerta se abrió de nuevo y un puñado de personas entraron en la forja, los agarraron por los brazos y los arrastraron afuera.

—¡Oye, oye! —protestó Hassan mientras los empujaban hacia el río.

—¿Qué os ha dicho Ilya? —exigió saber Anton, forcejeando contra su captor—. ¿Qué os ha dicho?

Nadie le contestó, se limitaron a hacerlos andar por un camino de piedra que se introducía en la ciudad. Dejaron las casas y las tiendas atrás, así como a la gente que se agolpaba en la calle para ver aquella lamentable procesión.

Llegaron por un estrecho sendero de piedra a la cima de las cataratas. Allí había una plataforma de piedra que se alzaba de entre el agua, y debajo había una plaza tallada en la pared de la roca.

Lady Iskara esperaba en la plataforma junto a más de sus guardias y a Ilya.

—¿Qué has hecho? —le espetó Anton, fulminando a Ilya con la mirada.

Ilya parecía verdaderamente desconcertado y asustado.

—Nada, lo juro.

Una multitud de espectadores curiosos se estaba reuniendo en la plaza debajo de ellos. Anton oyó a la gente llamar a sus vecinos a gritos, y a otros trepando hasta los tejados.

—¿Qué van a hacer? —preguntó Beru, intranquila.

—¡Pueblo de Anvari! —gritó Lady Iskara, aumentando el volumen de su voz con algún truco de artífice—. Hace unas horas, vuestros valientes y osados exploradores dieron con un grupo de Testigos que planeaban atacar nuestra ciudad.

Un murmullo de preocupación e inquietud recorrió a la multitud.

—Estos Testigos fueron capturados rápidamente, y se encuentran frente a vosotros ahora mismo —dijo Lady Iskara—. Como vuestra líder, es mi deber llevar a cabo la voluntad del pueblo.

Los exploradores empujaron a Anton y a los otros hacia el filo de la plataforma. Anton miró abajo, donde la poderosa catarata se estrellaba contra el río, y reprimió un escalofrío. Le recordó demasiado a las pesadillas en las que se ahogaba y veía la visión del fin del mundo ante sus ojos.

—Tú primero —dijo uno de los exploradores, agarrando a Hector e intentando dirigirlo hasta el extremo de la plataforma.

—¡Suéltalo! —gritó Hassan, forcejeando contra otros de los captores.

El nudo de miedo que se le había formado en el estómago se transformó en determinación.

—Espera —dijo—. Señora Iskara, por favor. Escúchame.

Lady Iskara alzó su pequeña mano para detener a sus soldados.

—No somos Testigos —dijo Anton con voz temblorosa—. Temíamos decirte la verdad, quiénes somos realmente. O, más bien, quién soy yo.

Pudo ver en su rostro que sentía curiosidad.

—La verdad es… —Anton tragó con fuerza. Miró a Jude, y aunque vislumbró una tempestad en su mirada, no trató de frenarlo—. La verdad es que soy el Último Profeta.

—¿El Último Profeta? —repitió con escepticismo—. Eso no es más que un rumor. No hay ni un ápice de verdad en ello.

—Sí que lo hay —dijo Anton—. Es todo cierto, mi señora. La última profecía, la Era de la Oscuridad… Y yo soy la persona que puede evitarlo.

Lady Iskara hizo una pausa. Anton advirtió sus dudas, que luchaban contra su necesidad de parecer fuerte frente a su pueblo.

—Estás mintiendo —dijo al fin, en un tono de voz bajo y envenenado—. ¿Esperas que me crea eso?

Anton cerró los ojos y dejó que su Gracia se derramara desde su interior como hacía cada mañana cuando buscaba a los Testigos. Se expandió, dejando que el eco de su Gracia perturbara los patrones de los *esha* de su alrededor, y convocó a su Gracia de la manera en que lo había hecho en el Círculo de Piedras.

—¿Qué estás haciendo? —exigió saber Lady Iskara—. ¿Qué hace?

Se oyó un trueno a través de las montañas, el ruido cada vez más fuerte, y una oleada de poder resonó a su alrededor.

Sintió que algo tiraba de él. Su visión. Era como si hubiera estado acechando en algún lugar desde que lo había visto por tercera vez en el lago junto a la casa de su infancia.

La visión se lo tragó por completo de nuevo. Vio Behezda siendo destrozada. El cielo sobre Tarsépolis iluminado por un fuego brillante y las estatuas gemelas de su puerto. Palas Athos con sus blancas calles regadas en sangre. El familiar brillo de la ciudad fluvial de Endarrion con sus habitantes tambaleándose por las calles empedradas, enfermos y con pústulas. Las montañas que rodeaban Charis, expulsando humo negro al cielo. Y finalmente, Nazirah siendo golpeada por una tormenta de rayos y granizo.

Anton abrió los ojos, trastabillando hacia atrás mientras las imágenes de destrucción lo desbordaban. Miró hacia arriba, al cielo, donde unos jirones de luz dorada, verde y azul agrietaban la atmósfera.

—¿Qué está ocurriendo? —preguntó Lady Iskara, con un toque de pánico tiñendo su voz, que sonó, por primera vez, como la de una niña—. ¿Quién es?

—Es un Profeta —respondió Hassan, alzando la voz por encima del eco de la Gracia de Anton—. Tal y como ha dicho.

Anton cayó de rodillas y dejó ir a su Gracia, respirando entrecortadamente. El aire se calmó y el cielo se oscureció. Jude se acercó de inmediato a Anton y lo ayudó a levantarse con una mano alrededor de su cintura. Anton dejó que sujetara parte de su peso, alzando la mirada hacia el rostro asombrado de Lady Iskara.

—Todos tenemos razones para querer escondernos de Palas y de los Testigos —dijo Anton—. Pero ahora estamos poniendo todas nuestras cartas sobre la mesa. Yo… espero que podáis ofrecernos la misma confianza.

Lady Iskara lo observó un momento y después desvió la mirada.

—De acuerdo —dijo al fin—. Me lo contaréis todo.

Lady Iskara los llevó a una fortaleza, un castillo de piedra erigido en la roca de la montaña. Mientras subían por las escaleras de piedra, Jude se quedó junto a Anton, como si temiera que fuera a derrumbarse de nuevo, pero no le dijo nada. Cuando Anton intentó mirarlo, él desvió la vista.

Una vez que estuvieron en un gran salón, todos se sentaron a una alargada mesa con seis de los exploradores de Lady Iskara rodeándolos. Unos sirvientes les trajeron pan caliente y un estofado de carne de venado con nabo y col. La comida era simple pero abundante, y Anton no se dio cuenta de lo hambriento que había estado hasta que la probó.

—Radka se asegurará de que haya espacio para todos vosotros en los barracones para pasar la noche —les dijo Lady Iskara.

—¿Como invitados, o como prisioneros? —preguntó Hector con la boca llena de estofado.

—Aún no lo he decidido —respondió ella de forma astuta—. Aún no me habéis explicado qué estáis haciendo en mi ciudad.

—Bueno, tus exploradores nos capturaron junto al río —respondió Anton.

Su sentido del humor no pareció impresionar a Lady Iskara.

—Intentamos encontrar a los otros Profetas —dijo Anton—. A los que quedan, aparte de Palas. Creemos… creemos que ellos sabrán cómo pararlo.

—Los otros Profetas —repitió Lady Iskara—. Y pretendes decirme que están, ¿dónde? ¿En mi jardín trasero?

—En las Montañas Innombrables —respondió Anton, ignorando la mirada de advertencia de Jude.

El rostro de Lady Iskara se ensombreció.

—¿Es una broma?

—No, mi señora —dijo Anton, dedicando una rápida mirada de confusión a los demás—. ¿Por qué iba a ser una broma?

—Porque nadie se adentra en las Montañas Innombrables —dijo la exploradora tuerta junto a Lady Iskara—. Y si lo hacen, no vuelven.

—¿Nadie? —preguntó Hector—. Alguien ha tenido que ir a lo largo de los años.

La exploradora negó con la cabeza.

—Hay historias que dicen que si te adentras demasiado en las montañas, unas voces te llaman desde la lejanía. La cumbre está cubierta de niebla que sale de los manantiales termales del subsuelo, y esta oculta abismos y cavernas por donde los viajeros pueden caer. Y si no se rompen la cabeza al golpear las afiladas rocas, quedan atrapados y mueren.

—Suena prometedor —dijo Ilya con sarcasmo.

—O, tal vez —dijo Hassan—, se trate de un rumor conveniente para asegurarse de que nadie se adentre en las montañas y encuentre... lo que quiera, o a quien sea que se oculte allí.

—Venga ya, Radka —dijo un explorador más joven al lado de la mujer de un solo ojo—, deja de asustar a los invitados. Si quieren servir como ofrenda a la montaña, es asunto de ellos.

A Anton le dio un vuelco el estómago al pensar en el peligro al que estaba arrastrando a todos. La misión de encontrar a los Profetas había empezado como una táctica desesperada, pero ahora que habían llegado tan lejos, Anton se dio cuenta de lo mucho que aún les quedaba por recorrer. Y ver de nuevo la destrucción en su visión solo le recordó lo mucho que estaba en juego si fracasaban.

Miró a Jude a través de la mesa, el cual estaba hablando con uno de los exploradores, y sintió el peso del secreto que le estaba ocultando. Que les estaba ocultando a todos.

Se levantó abruptamente de la mesa, excusándose de forma poco convincente ante Lady Iskara, y se marchó del salón por unas puertas diferentes a las que habían atravesado al llegar. Salió a un patio de piedra, salpicado por algunos árboles retorcidos que dibujaban sombras puntiagudas a la luz de la luna.

Un momento después oyó unas pisadas a su espalda, y sintió la familiar tormenta del *esha* de Jude rozando el suyo. Cerró los ojos y recuperó la compostura con un suspiro antes de darse la vuelta.

—¿Te toca a ti regañarme por haber arriesgado mi vida? —preguntó Anton, atreviéndose a esbozar una sonrisa.

Jude negó con la cabeza sin decir nada.

—Decirles quién soy era lo correcto —dijo Anton—. Lo sabes.

—No voy a discutir contigo por esto —dijo Jude de forma monótona.

—Porque sabes que tengo razón.

—Porque estás intentando que nos peleemos en vez de decirme qué te pasa de verdad —le espetó Jude.

La respuesta se le atragantó a Anton. Ni siquiera se había dado cuenta de lo que estaba haciendo, pero Jude tenía razón.

—Pasó algo cuando nos separamos en Behezda —dijo Jude con la voz entrecortada—. Algo que me has estado ocultando.

A Anton le dio un vuelco el corazón.

—Dijiste que podía contarte lo que fuera —siguió Jude—, que querías saber lo que sentía incluso aunque no te gustara. ¿Por qué no confías en mí lo suficiente para hacer lo mismo?

—Sí que confío en ti —dijo Anton, alzando la mano para tocarle la cara—. Siempre confío en ti.

Tiró de Jude para acercarlo, pero este lo frenó con una mano en el pecho.

—No paras de hacer esto —dijo con la respiración entrecortada—. Cada vez que empezamos a hablar de… de lo que no quieres hablar, me miras así y me besas y… y yo dejo que lo hagas. Pero no es justo, y es cruel, Anton.

Sabía que Jude tenía razón, y sintió náuseas. Aquello era algo que Ilya habría hecho. Era algo que incluso Anton había hecho en el pasado, cuando su única preocupación era sobrevivir. Había ofrecido a los demás solo lo que él quería, lo que él creía que querían, para que no le pidieran algo que no pudiera darles.

Pero eso había sido antes de Jude. Antes de entender cómo unas manos, unos labios y una caricia podían transformarte por completo. Cómo podías ansiar algo cada vez más, como si nunca fuera a ser suficiente. Cómo, durante unos instantes, podías ser el centro del mundo entero de una persona, y lo poderoso que eso era… Y lo peligroso, también.

Jude agarró la camiseta de Anton, arrugándola.

—No te encierres en ti mismo, por favor.

Aquello era lo que había tratado de evitar desde el momento en que había dejado la Ciudad Errante. La expresión sincera de Jude, sus delicadas caricias y su corazón, completamente abierto a él. Aquello era sobre lo que Hector le había advertido.

Anton le pasó el pulgar por la mejilla en una caricia.

—No quiero hacerte daño.

—Dímelo —suplicó Jude—. Sea lo que fuere tienes que decírmelo, Anton.

Anton trató de tragar saliva para mitigar el pánico y el miedo que se estaban apoderando de él.

—No es nada, Jude. Es…

Lo que sea, pensó de forma desesperada. *Te daré lo que quieras, excepto eso.*

Miró a Jude a los ojos.

—Tienes que confiar en mí.

Jude dio un paso hacia atrás, tensando los hombros como si estuviera preparándose para luchar.

Entonces tiró de Anton hacia él, y estrelló los labios contra los de Anton en un beso que creció entre ellos como una tormenta. Anton se sujetó a Jude como si estuviera ahogándose, saboreando la desesperación y el miedo, tomándolo y devolviéndoselo de nuevo.

Jude interrumpió el beso con la respiración entrecortada y una mirada eléctrica, como una tempestad.

Anton se tambaleó hacia atrás y dejó algo de espacio entre ellos. Tener toda la atención de Jude centrada en él era siempre abrumador, tanto si estaban peleándose como si estaban besándose hasta quedarse sin aliento. Le recordó a aquel primer día en el puerto de Palas Athos en el que había sentido la reverberación de la Gracia de Jude reflejándose contra la suya, dejando a Anton atrapado, expuesto y desequilibrado. La intensidad de su mirada había hecho que una vez casi perdiera una partida de cartas. Era capaz de muchas cosas.

Abrió la boca para hablar, pero se dio cuenta de que no había nada que pudiera decir. El silencio descendió entre ellos como un grueso velo que los cubría. La culpa hizo que a Anton se le revolviera el estómago. Quería darle a Jude todo lo que quisiera, y quería que Jude le perteneciera por completo. Pero no podía hacer ambas cosas.

Jude esperó unos segundos más, y entonces se alejó de Anton, volviéndose y retirándose en la oscuridad. Anton lo vio irse y solo su propia respiración interrumpió el silencio que Jude había dejado.

CAPÍTULO VEINTIOCHO

HASSAN

Mientras la tarde se convertía en noche, Hassan se encontró disfrutando de la compañía de los exploradores de Lady Iskara.

—Contadnos más cosas de Anvari —dijo Hassan, tomando un trozo de pan e introduciéndolo en el estofado—. ¿Cómo es que la ciudad se ha resistido a los Testigos durante tanto tiempo?

—Bueno, no ha sido fácil —dijo la más joven, echándose el pelo negro hacia atrás—. En cuanto oímos los informes sobre los Testigos en el valle, Lady Iskara hizo correr la voz de que cualquiera que buscara refugio para ocultarse de ellos sería bienvenido en Anvari. Yo era una de esos refugiados, y muchos de nosotros nos unimos a los exploradores. Sabíamos que nuestros líderes no harían mucho para protegernos, pero Lady Iskara nos demostró que lo que decía era real.

Un sentimiento de respeto y rebeldía invadió a Hassan. Aquella gente no era tan distinta al grupo de Khepri y Hassan de refugiados herati del Ala del Escarabeo. Solo eran personas que se oponían al Hierofante, que luchaban por ellas mismas lo mejor que podían. Sintió un renovado respeto por Lady Iskara. A pesar de su juventud, claramente era lo bastante fuerte para enfrentarse a los Testigos. Y lo bastante inteligente como para saber que, en una lucha como aquella, la esperanza era un arma poderosa.

—Aunque puede que al final todo haya sido en vano —dijo la exploradora de un ojo—. Ahora que los Testigos controlan la mayor parte del valle, nuestras provisiones se limitan a lo que podemos traer de contrabando o cazar. Cuando llegue el invierno moriremos de hambre, a no ser que algo cambie.

—Siempre hay esperanza —dijo suavemente la exploradora joven.

Hassan pensó de nuevo en el Ala del Escarabeo, encerrados en la Gran Biblioteca y luchando por mantenerse con vida. Pensó en Zareen, en los hermanos de Khepri, Sefu y Chike, que ya no tenían a Khepri, Hassan o Arash para guiarlos. Aún se sentía culpable por no haber regresado a Nazirah, ahora incluso más que en los primeros días después de lo que ocurrió en Behezda.

Terminaron la comida, y uno de los exploradores les enseñó los barracones. Estaría bien dormir en cualquier sitio que no fuera el suelo por primera vez desde que habían llegado al valle, incluso aunque oliera a moho y hubiera corrientes de aire.

Los barracones estaban situados en el filo de la plataforma rocosa que había sido esculpida en la montaña, con un patio adyacente y con vistas al resto de la fortaleza. Hassan dejó que sus pies lo llevaran al patio mientras los otros se preparaban para dormir.

—Deberías descansar, Hassan —dijo Khepri con suavidad.

Hassan se volvió desde la muralla baja que rodeaba el patio donde había estado observando. Khepri estaba apoyada contra el marco de la puerta de los barracones con los brazos cruzados. Sintió el repentino deseo de alzar la mano y tocarla, una punzada de anhelo que había conseguido mantener a raya desde las cavernas.

—¿Estás bien? —preguntó Khepri, acercándose hasta él.

Hassan negó con la cabeza. No estaba bien, no lo había estado desde Behezda. Incluso desde antes. Quizá no lo había estado desde aquella fatídica noche en la que se había despertado con el palacio siendo asediado, cuando se había visto obligado a huir en un barco sin sus padres y sin nadie de su confianza.

—Esta gente va a morir —dijo—. La ciudad está sitiada por los Testigos. Deberíamos hacer algo, ¿no? Deberíamos ayudarlos.

Khepri apoyó los codos en la pared baja junto a él.

—¿Cómo?

—No lo sé. Pero Lady Iskara ha protegido la ciudad de los Testigos durante meses, ella sola. ¿No se merece esta gente un respiro? ¿Una ayuda?

—La admiras.

—Me identifico con ella —respondió Hassan.

—Este sitio no es Nazirah —dijo Khepri—. Nuestra ciudad... nuestro pueblo está a un mundo de distancia, luchando contra Lethia y los Testigos a solas. No puedes pensar que ayudar a esta gente cambiará eso. No aliviarás tu culpa...

—¿Quién dice que me siento culpable? —exigió saber Hassan.

Khepri le dirigió una mirada cargada de significado.

—Te conozco, Hassan.

—No volver era la decisión correcta —dijo, decidido.

—No lo sabremos hasta que todo acabe —respondió Khepri mirándose las manos, que no dejaba de mover.

Probablemente tenía razón. Y quizás esa fuera la razón por la que los ancestros de Hassan lo habían tenido todo mucho más fácil. Habían tenido a los Profetas para decirles cómo saldrían las cosas, para bien o para mal. Habían tenido advertencias para poder guiar sus decisiones.

Recordó lo que la Vagabunda les había dicho sobre el destino y lo que los había unido a todos. Recordó también el momento en que se había dado cuenta de que él no era el Profeta, pero aun así había decidido fingir que sí lo era. El momento en que se había dado cuenta de la traición de Lethia. El momento en que había acudido al Hierofante, ofreciéndole los secretos de las Reliquias a cambio de Nazirah. Todo aquello pesaba sobre la conciencia de Hassan, y sintió de nuevo la culpa. Pero tal vez no hubieran sido errores, y probablemente no lo sabría hasta que todo terminara. O quizá ni siquiera entonces.

—¿Has visto a Anton? —le preguntó Jude a la mañana siguiente mientras se dirigían al gran salón.

—¿No está aquí? —Hassan observó al grupo que salía por la puerta y se fijó en que no estaba allí—. ¿Tal vez esté ya en el salón?

Siguieron a los otros de camino a desayunar, y se encontraron con que Lady Iskara ya los estaba esperando. Pero ni rastro de Anton.

—Capitán Weatherbourne —dijo Lady Iskara al verlo, haciéndole un gesto para que se acercara hasta donde ella estaba, junto a un grupo de exploradores.

Hassan y Hector lo siguieron.

—¿Qué ocurre? —preguntó Hassan con cautela.

—Mis exploradores han avistado a un pequeño grupo de gente en la ladera —respondió Lady Iskara—. Intentamos capturarlos, pero se escaparon. Al parecer su líder es un hombre con cicatrices de Fuego Divino.

Hassan se quedó helado. Los Testigos los habían hallado de nuevo.

—Los conocéis —dijo Lady Iskara, mirándolo.

—Están buscándonos —asintió Hassan—. Son un grupo de Testigos de Palas que han estado siguiéndonos a través de el valle.

Lady Iskara asintió.

—Radka, haz que los exploradores vuelvan a Anvari y posicionaos en el puente. Si estos Testigos aparecen en nuestras puertas, quiero que estemos preparados.

—Los Testigos no se arriesgarán a entrar en la ciudad —dijo Hector—. Deben de saber que está protegida, así que probablemente esperarán a que nosotros nos marchemos y nos tenderán una emboscada.

Jude se mantuvo extrañamente callado durante la conversación, y cuando Hassan lo miró, vio que estaba pálido y parecía alterado.

—¿Jude? —lo llamó Hector.

—Anton —respondió Jude, mirando a Hector—. Tenemos que encontrarlo. Si los Testigos están aquí… si ha abandonado la ciudad…

—Iré contigo —dijo Ephyra desde la mesa y se levantó de su asiento.

Jude parecía sorprendido ante su ofrecimiento.

—¿Qué? —preguntó Ephyra—. ¿Tan raro es que a mí también me preocupe el chico?

—Yo también voy —dijo Hector.

Ilya se aclaró la garganta.

—Puedo ayudar.

—Yo también —asintió Hassan—. Khepri y Beru pueden quedarse aquí y trabajar con los exploradores para idear una manera de salir de la ciudad cuando volvamos.

Se separaron: Jude y Ephyra fueron a las cataratas, Hector buscó en la fortaleza e Ilya se encaminó hacia el río. Hassan fue hacia el este, al barrio antiguo de la ciudad, cuyos edificios de piedra estaban casi derrumbados y en sus calles laberínticas había agujeros por todas partes.

Se adentró en la ciudad y detuvo a a algunos transeúntes para preguntarles si habían visto a Anton. La quinta persona a la que le preguntó, una joven mujer que parecía agobiada mientras entregaba sacos de grano, señaló un estrecho callejón, donde Hassan vio a un grupo de niños apiñados en un círculo.

Le llevó un momento darse cuenta de que Anton estaba entre ellos, con su pelo rubio resaltando de entre los niños. Detrás de él había una cesta abandonada.

Cuando Hassan se estaba aproximando, el grupo estalló en vítores y gritos de alegría.

—Ay, me vais a desplumar por completo —protestó Anton, echando un botón el centro del círculo, donde había varios dados desgastados junto a un cuenco. Por fin miró hacia arriba, y se topó con la mirada de Hassan—. ¡Príncipe Hassan!

Le hizo un gesto para que se acercara y Hassan lo hizo, perplejo.

—¿Sois un *príncipe*? —exclamó uno de los niños en voz alta, fascinado y horrorizado a partes iguales.

—Ups —dijo Anton, sintiéndose culpable—. Perdona.

—No importa —dijo Hassan haciendo un gesto con la mano—. ¿Sabes que todos te están buscando?

Anton pestañeó, sorprendido.

—¿Me buscan? He debido de perder la noción del tiempo.

—Jude está preocupado —añadió Hassan de forma intencionada.

Deliberadamente también, Anton no respondió.

—¡Dado! —varios de los niños chillaron.

—Estoy bastante seguro de que están conspirando para llevarse todos mis botones —se lamentó Anton, tocando un hilo suelto de su chaqueta de donde claramente había arrancado un botón.

—¡Nada de eso! —insistió un niño al que le faltaba un diente.

—¡Jugad con nosotros, señor príncipe Hassan! —dijo otra niña, tirando de su manga.

Hassan suspiró. Debería llevar a Anton de vuelta a la fortaleza para que pudieran marcharse. En su lugar, se dejó caer para unirse al círculo.

—De acuerdo, una ronda. ¿Cómo se juega?

Le explicaron las reglas, cada vez más emocionados, corrigiéndose e interrumpiéndose los unos a los otros.

—Vale —dijo Anton, frotándose las manos— Lánzalos de nuevo, tengo un buen presentimiento esta vez.

El niño al que le faltaba un diente se rio.

—¡Eso fue lo que dijiste la última vez!

—Ah, ¿sí? —preguntó Anton, fingiendo que estaba pensándoselo—. Bueno, ahora sí que lo digo en serio. ¡Lánzalo!

Jugaron unas cuantas rondas. Los niños gritaban encantados o consternados, con más y más dramatismo conforme hacían rodar los dados. Hassan recordó a los niños refugiados herati con los que había jugado durante sus primeras semanas en Palas Athos. Su alegría y su asombro habían sido como un bálsamo para él.

Ahora, la alegre inocencia de aquellos niños hizo que se le encogiera el corazón. Probablemente entendían, en cierta medida, lo que ocurría en el mundo, pero aquí, en los escalones de la ciudad que tan bien conocían, se sentían a salvo.

Pero cuando llegara el invierno y el asedio de los Testigos continuara, aquella seguridad se derrumbaría, y este momento en el que habían jugado a los dados les resultaría inalcanzablemente lejos e imposible de recuperar.

—¡Pieter, Mila! —los llamó una voz desde más allá del callejón.

Hassan se volvió para ver a quién se parecía el padre de los dos niños a los que Anton estaba entreteniendo.

Viendo por fin al grupo, el padre se encaminó hacia ellos.

—¿Qué os he dicho acerca de jugar en la calle? —agarró al niño sin diente y a su hermana, y los arrastró a un lado—. Sabéis que… —se interrumpió con un grito ahogado al mirar a Anton.

La sonrisa de Anton se congeló en su cara.

—Es el Último Profeta —susurró el padre de los niños—. Es el que nos salvará a todos.

Estaba mirando fijamente a Anton con los ojos llorosos y una expresión de asombro.

El rostro de Anton se apagó ligeramente.

—Creo que es hora de que me vaya.

Los quejidos de decepción de los niños siguieron a Anton mientras se alejaba.

La mirada del padre recayó en Hassan.

—No pretendía…

—No te preocupes —le aseguró Hassan—, no has sido tú. —Se volvió hacia los niños—. Bien jugado. ¡No os gastéis todo lo que habéis ganado de una vez!

Los niños recogieron sus botones y se apresuraron a ponerse de pie de nuevo. Hassan se dio cuenta de que sus ropas estaban remendadas y que algunas de las chaquetas de los niños tenían botones disparejos. Hasta entonces no se le había ocurrido preguntarse por qué habían estado apostando botones: necesitarían estar calentitos durante el invierno.

Hassan volvió a mirar a Anton, que se estaba alejando. Apostaría todos los botones de su abrigo a que Anton podría haber ganado fácilmente si hubiera querido.

Hassan corrió tras él, hasta que Anton se detuvo junto a una valla de madera que servía de separación frente a la caída hacia el río.

—Esto es una suposición —dijo Hassan—, pero creo que no fuiste muy feliz durante tu infancia, ¿no?

Anton resopló con un brillo divertido en sus ojos.

—Es una manera de decirlo.

Hassan recordó la extraña mezcla de familiaridad y extrañeza que había sentido al jugar con los niños refugiados herati. Había sentido una responsabilidad para con ellos. Se acordó del pequeño Azizi, que había tratado de robar carne para su madre. El cariño y el deseo de protegerlos que había sentido con aquellos niños era la misma obligación que tenía como rey de todo el pueblo herati, jóvenes o viejos.

Pero era distinto cuando veía a Anton jugar con esos pequeños. Anton no actuaba como su guardián, sino que era uno de ellos. Sabía exactamente lo que era jugar en una mugrienta calle por no tener ningún otro sitio al que ir, o preguntarse de dónde saldría tu siguiente comida, si era que conseguías siquiera llevarte algo de comer a la boca.

—Ha sido bonito lo que has hecho por esos niños —le dijo Hassan, dubitativo.

—¿Darles un puñado de botones? —le preguntó Anton mordazmente—. Sí, muy generoso por mi parte.

—No es eso —dijo Hassan—. Me refiero a… estar con ellos, a interesarte de verdad.

Anton miró a Hassan.

—Deberíamos ayudarlos.

La profunda grieta de dolor que Hassan había aprendido a ignorar en su interior se abrió un poco más. Quería decirle a Anton que él había dicho exactamente lo mismo la noche anterior, que estaba de acuerdo con él y que debían encontrar la manera.

Pero en lugar de eso, dijo:

—Lo mejor que podemos hacer por esta gente es lo que hemos venido a hacer. Encontrar a los Profetas, frenar la Era de la Oscuridad, y arrebatarle el poder al Hierofante.

Anton miró hacia el río.

—Encontrar a los Profetas —repitió en voz baja.

—Este era tu plan —le recordó Hassan, sin poder evitar que la frustración que sentía se reflejara en su voz—. Ahora no es el momento de perder la fe. Y esta gente... los has ayudado, Anton. Les has dicho quién eres.

Anton rascó el poste de madera.

—¿Cómo los ayuda eso?

—Ahora tienen esperanza —dijo Hassan—. Y eso es algo poderoso, más de lo que crees.

—¿Y si es una esperanza falsa? —preguntó Anton—. ¿Y si...?

Hassan lo miró a la cara, a su rostro pálido, pecoso y con ojeras que parecían oscurecerse más y más, y entonces supo que era probablemente la única persona en el mundo que entendía el peso que Anton sentía sobre los hombros en ese momento. Incluso si Hassan había resultado no ser el Profeta, aquellos días en los que había pensado que sí lo era habían sido algunos de los más difíciles de su vida.

Incluso después de que supo la verdad, no había sido capaz de dejar ir aquella responsabilidad. Siempre sería parte de él.

—Es lo que pasa —le dijo a Anton— cuando la gente deposita su fe en ti. Se convierten en tu responsabilidad.

—Esto era por lo que... —Anton negó con la cabeza—. Yo nunca quise esto. Nunca quise *ser* esto.

—Deberías haber tenido elección —estuvo de acuerdo Hassan—. Pero poca gente la tiene.

Estuvieron en silencio un momento.

—No soy lo suficientemente fuerte —dijo Anton de repente—. Sé que no lo soy. Jude podría hacerlo, Beru podría, tú podrías hacerlo, pero yo...

—Gracias por decir eso —dijo Hassan—, pero te equivocas. No creo que ni uno solo de nosotros sea bastante fuerte como para hacer esto.

—Entonces estamos perdidos, ¿no?

—No —dijo Hassan, sintiendo que el corazón le crecía en el pecho—. No, para nada, porque ninguno de nosotros va a hacer esto solo. Esa es la razón por la que estamos juntos.

Anton lo miró detenidamente, como si estuviera meditando algo, como si hubiera algo que se estuviera callando.

—Vamos —dijo Hassan cuando tuvo claro que Anton no iba a decir nada—. No deberíamos hacer esperar a los otros.

Anton asintió y ambos se encaminaron hacia la fortaleza, dejando la ciudad a sus espaldas.

CAPÍTULO VEINTINUEVE

JUDE

—¿Dónde crees que ha podido ir? —preguntó Ephyra mientras ella y Jude recorrían las calles empedradas de Anvari.

Jude negó con la cabeza, intentando pensar.

—No lo sé. ¿Hay algún local de apuestas en Anvari?

Ephyra resopló.

—Recuérdame que te cuente la vez que lo encontré en uno en Palas Athos, a punto de que le dieran una paliza.

Jude se volvió hacia ella, alarmado.

—¿Cómo dices?

—No te preocupes, lo rescaté a tiempo —dijo—. Entonces, ¿habéis discutido?

No respondió; apretó la mandíbula al recordar el punto muerto al que habían llegado la noche anterior.

—No intento involucrarme —dijo Ephyra, alzando las manos—. Es solo que… ya sabes. Todos contamos con vosotros dos.

Dejó escapar un suspiro cansado.

—Puede llegar a ser exasperante. Hace lo que quiere y le da igual cómo afecta eso a los demás.

—Creía que vosotros erais… —Ephyra hizo un gesto vago con la mano.

Era mejor que no intentara verbalizar lo que Jude y Anton eran el uno para el otro. Jude en realidad no podría.

—Haría lo que fuera por él. Pero él no me cuenta la verdad.

Ephyra entrecerró los ojos.

—¿Has pensado alguna vez que quizás ese sea el problema?

El problema era que incluso después de todo lo que habían pasado juntos, Anton aún mantenía a Jude a distancia, y fingía que no lo hacía.

—Mira, sé que no has pedido mi opinión —empezó a decir Ephyra titubeante—, y no es que yo sea el ejemplo perfecto en relaciones sanas. Pero he estado donde tú estás, más o menos. Desesperada por mantener a salvo a alguien a quien amo. Dispuesta a sacrificarlo todo. Y al final, eso fue… —tragó saliva. Parecía costarle encontrar las palabras—. Eso fue lo que la alejó de mí.

—Tu hermana —dijo Jude, entendiéndolo.

Ephyra se pasó la mano por la cara para secarse una lágrima.

—Cuando Hector… Cuando maté a Hector…

A Jude se le encogió el corazón al recordarlo.

—Beru perdió la fe en mí —dijo Ephyra, atragantándose con las palabras—. Se fue y decidió que prefería morir antes que… —hizo una pausa—. Pero antes de eso, sabía que el papel que le había impuesto era lo que estaba creando esa división entre nosotras. Lo sabía, y lo ignoré porque creía que si me aferraba a ella lo suficiente…

Jude se pasó una mano por el pelo. Lo entendía. Demasiado bien.

—Lo que trato de decirte es que al margen de lo que Anton esconda, al margen de lo que no te esté contando, el motivo más probable es que esté asustado —dijo—. Asustado de lo que harías si lo supieras.

Pensó en todas las veces que Anton le había dicho a Jude, con palabras o con hechos, que no necesitaba su protección y no la quería. En realidad, aquello era lo que más le dolía a Jude. La idea de que Anton rechazara lo único que verdaderamente podía ofrecerle.

No se había parado a pensar hasta ese momento en que la verdad era algo mucho peor. Que Anton rechazaba la protección de Jude porque sabía que no podía protegerlo. Que fuera lo que fuere lo que los esperara al final de aquel viaje y fueran las que fueren las respuestas de los Profetas, eso podría requerir un sacrificio que Jude no pudiera soportar hacer.

—Después de Behezda, se fue —dijo, mirando al horizonte. Aún le costaba recordar aquellos meses oscuros, cuando había soñado con Anton cada noche sin saber si estaba vivo—. Pensaba que lo había perdido para siempre, pero entonces lo recuperé, y pensé…

—Pensaste que los demás problemas ya no importaban.

Ambos esbozaron una suave pero irónica sonrisa, y en ese momento se sintió menos solo de lo que se había sentido en días. Quizá en meses.

Ella le dio un golpecito con el hombro.

—No estás tan mal, ¿sabes? Para ser un guerrero aburrido.

—Tú tampoco —respondió él—. Dejando el asesinato a un lado.

—Oye, mira —le dijo con alegría y señalando al frente.

Jude siguió su mirada hacia la orilla del río, donde aparecieron Hassan y Anton, conversando. Jude se quedó congelado cuando los ojos oscuros de Anton se encontraron con los suyos. Una expresión indescifrable le atravesó el rostro, y Jude se debatió entre el alivio al ver que estaba a salvo y el enfado porque hubiera desaparecido tras su pelea.

Aun así, corrió hacia Anton.

—Lo siento —dijo Anton en el instante en que Jude llegó a él—. Por haber desaparecido. Necesitaba un poco de tiempo.

Fue Ephyra la que respondió, no Jude.

—Nos alegramos de que estés bien, chico.

Ella miró a Jude, y este sintió que su enfado se transformaba ahora que lo veía bajo la nueva luz que le habían proporcionado las palabras de Ephyra. Aun así, no supo exactamente qué decir. Simplemente observó a Anton, tratando de adivinar las respuestas que se negaba a darle.

—Deberíamos volver a la fortaleza —dijo Hassan.

Se despidieron de los exploradores y de Lady Iskara antes de que el sol se hubiera posicionado alto en el cielo, y se dirigieron a un camino que los llevó de vuelta a la catarata, rodeándola y ascendiendo la montaña. Pasaron por las canteras a la hora de comer, y siguieron avanzando.

Cuando anocheció, los invadió el cansancio. Justo antes de que oscureciera, Anton usó sus poderes para buscar al Testigo de las cicatrices, Lazaros, y decidió que estarían a salvo si acampaban sin miedo a que los alcanzaran.

A lo largo de los días siguientes, a medida que se adentraban en las montañas, Jude pensó en lo que Lady Iskara había dicho acerca de que Anvari era el borde de la civilización. Ciertamente parecían haber dejado atrás el mundo habitado. El paisaje se vaciaba cuanto más avanzaban, totalmente extraño a todo lo que habían visto antes, pero hermoso, aun así. Unos impresionantes acantilados caían desde unos escarpados riscos negros. La cordillera de las Montañas Innombrables se había formado eones atrás por erupciones volcánicas, y de alguna manera todavía daba la impresión de mantener ese legado.

Realmente parecía como si estuvieran en el fin del mundo, sin un alma a cientos y cientos de kilómetros alrededor.

Durante su travesía, la pregunta se mantuvo en la mente de Jude. ¿Por qué habrían ido allí los Profetas? Y, aún más, ¿por qué se habrían quedado?

El paisaje cambió de nuevo mientras descendían por el otro lado de la montaña. Un extraño y desnivelado campo de roca volcánica se extendía bajo ellos, como si hubiera miles de criaturas moviéndose debajo de la tierra, tapadas por un musgo dorado y llenas de agua de lluvia.

Mientras cruzaban la extraña meseta tratando de aprovechar el sol que se hundía por el oeste, el aire empezó a llenarse de un vapor cálido.

—¿Oléis eso? —preguntó Ilya, parándose a olisquear lo que el vapor llevaba con él.

Ahora que lo mencionaba, el aire tenía cierto olor sulfúrico.

—¿Qué estás…?

Ilya sonrió.

—¿Qué es lo que más desearíais en este momento?

—Comida —respondieron Khepri y Hector a la vez.

—Una cama de verdad —se quejó Hassan.

—Vino —dijo Anton.

—Un poco de paz —dijo Beru.

Ephyra puso los ojos en blanco.

—Que te callaras, eso estaría bien.

—Vale, ¿lo segundo que más desearíais? —preguntó Ilya.

—Ilya, dinos de una vez lo que…

Pero Ilya no tuvo que decírselo, porque en ese momento llegaron al extremo del campo de lava, que caía por un pequeño acantilado. Debajo había unas balsas de agua azul blanquecino que exhalaban nubes de vapor sulfúrico. Formaciones de roca como las que habían moldeado la montaña separaban los pequeños estanques, creando diminutas cavernas y torres que sobresalían, y las cataratas constituían cascadas que caían de una balsa a otra.

—Lo que a *todos* nos vendría bien ahora mismo —dijo Ilya con una amplia sonrisa— es darnos un baño.

Hassan parecía inmensamente feliz; Khepri también, aunque de forma más prudente. Incluso Ephyra parecía menos irritada que de costumbre. A Jude le preocupaba bajar la guardia cuando tenían a los Testigos buscándolos, pero incluso él tenía que admitir que la idea de darse baño sonaba muy bien. Llevaban tres semanas viajando, y no habían tenido muchas oportunidades para lavarse en algo que no fuera aguas heladas.

Cenaron y Jude montó el campamento mientras los otros se dispersaban en los estanques y el sol se ponía detrás de las afiladas cumbres, transformando el color del agua de un azul lechoso a un tono rosáceo.

Jude montó guardia primero, lo cual había estado haciendo cada noche para evitar la incomodidad de tumbarse junto a Anton en la tienda en silencio. Esa noche, mientras los demás se dirigían a dormir, se desvistió y se metió en el manantial, asegurándose de tener su espada cerca.

Aquella agua no se parecía en nada a la del río de Kerameikos. No solo por la temperatura, también la textura era diferente. Parecía más densa, casi pesada con todos los minerales y la sal que desprendía mientras Jude se movía a través de ella. Vio que el vapor brotaba de su piel y ascendía en espirales al cielo nocturno.

Respiró hondo, alzando el rostro hacia las estrellas y dejando que su mente divagara hasta el pensamiento que no lo dejaba tranquilo, el secreto que Anton ocultaba.

Las palabras de Ephyra resonaron en su mente. «Al margen de lo que no te esté contando, lo más probable es que le dé miedo lo que harías si lo supieras».

O, sugirió una voz en su cabeza, lo que le haría a él. Ahora entendía que Anton no ocultaba algo para protegerse a sí mismo. Estaba tratando de proteger a Jude.

Oyó un chapoteo detrás de él y se volvió. Por un momento se preguntó si no lo había imaginado, pero entonces Anton emergió de entre una cortina de vapor. Notó que sus hombros y sus clavículas adoptaban el color del amanecer de las montañas Gallian.

—Esperaba encontrarte aquí —dijo Anton.

El calor del manantial hizo que Jude se sintiera algo mareado. Se agarró al filo rocoso mientras Anton se acercaba.

—¿Podemos pactar una tregua? —preguntó Anton, mirando a Jude con sus ojos oscuros—. ¿Por favor?

Una gota de agua rodó por el cuello de Jude mientras trataba de encontrar las palabras. Pero todo lo que podía hacer era mirar a Anton y desearlo.

—Sé que estás enfadado —dijo Anton—. He intentado darte espacio, pero… La verdad es que todo esto es mucho más difícil sin ti.

—Anton —dijo Jude, cerrando los ojos con fuerza. No podía presentarse ante él así, en mitad de la noche, y esperar que lo rechazara.

—¿No podemos simplemente… dejar esto atrás? —preguntó Anton, acercándose peligrosamente a él—. ¿No puedes confiar en mí?

Jude tragó saliva con la respiración entrecortada mientras Anton lo acorralaba contra el filo del manantial sin tocarlo.

—¿No podría ser esto suficiente? —preguntó Anton, mientras pasaba sus labios por encima de los de Jude.

Jude estaba perdido. Tomó aire y cerró el espacio entre ellos, estrellando sus labios contra los de Anton y agarrándolo de la cintura.

Concédeme esto, pensó Jude fervientemente, enviando una oración a la noche. A los Profetas a los que estaban buscando. A quienquiera que pudiera escucharlo. *Por favor, concédeme esto.*

—Jude —murmuró Anton, poniendo una mano sobre su corazón—. Jude, espera.

—No quiero hablar —dijo Jude, acercándolo de nuevo—. No quiero hablar más. Por favor, vamos a…

Anton le apretó ligeramente la nuca, y Jude dejó caer la cabeza en el hombro de Anton. Se quedaron así un rato, entrelazados y respirando el húmedo aire.

—Lo sé —dijo Jude en voz baja contra el hombro de Anton—. Anton, sé lo que me has estado ocultando.

Anton se echó hacia atrás bruscamente con los ojos muy abiertos debido a la sorpresa. Su pelo estaba algo mojado, aplastado por donde Jude había pasado sus dedos.

—Es decir, en realidad no —se corrigió Jude—. Pero… tengo un presentimiento. Que este viaje en busca de los Profetas… Hay algo más, ¿no es así? Hay algo que no has contado.

Anton tembló en los brazos de Jude.

—Creo que es por lo que te mantuviste alejado todo ese tiempo —dijo Jude—. Estabas protegiéndome.

—Jude —dijo Anton, con tanta tristeza y confusión que Jude apenas pudo soportar seguir hablando.

Pero tenía que hacerlo.

—Estabas intentando ahorrarme el dolor de perderte de nuevo.

La expresión de Anton se transformó en confusión, y entonces se desmoronó.

—Pero quiero que sepas —siguió Jude con voz temblorosa—. Que al margen de lo que creas que tienes que hacer para ganar, al margen de la razón que tengas para intentar sacrificar tu vida... encontraremos otra manera.

Anton enterró la cara entre sus manos, con los hombros temblándole mientras lloraba en silencio.

—No pasa nada —lo calmó Jude, pasándole una mano por el pelo—. No tienes que hacer esto solo. Estoy aquí y yo... no dejaré que te pase nada.

—No es eso —dejó escapar Anton con la voz amortiguada entre sus manos.

Jude tomó las manos de Anton con suavidad, apartándoselas de la cara.

—No soy yo, Jude —Anton miró a Jude entre lágrimas—. Yo no soy el sacrificio. Sino tú.

La historia brotó entre sollozos y pausas. Había partes que Jude ya sabía, como que Anton había usado sus poderes para escrutar el pasado con la Vagabunda y había visto lo que los Profetas habían hecho para vencer al dios.

Pero Anton se había guardado otras. Cómo la Vagabunda se había negado a sacrificar a la mujer que amaba. Cómo, después de que todos se volvieran contra el dios y lo mataran, los otros Profetas habían capturado a la mujer a la que la Vagabunda amaba y la habían convertido en la Guardiana de la Palabra Sagrada, escondiéndola en su *esha* hasta que la necesitaran de nuevo, y pasando el poder de la Palabra Sagrada de generación en generación a cada Guardián de la Palabra.

A Jude.

Jude, que tenía el poder de la Palabra Sagrada en algún lugar de su interior. A la espera de que un Profeta liberara su inmenso poder. A la espera de que lo consumiera y lo destruyera para que así el dios también pudiera ser destruido de nuevo.

—¿Cómo... cómo funciona? —preguntó con la voz entrecortada—. ¿Qué tengo que hacer?

Anton lo miró con los ojos rojos, desolado.

—No tienes que hacer nada, Jude...

—Anton —le dijo, cerrando los ojos—. Solo... solo intento entenderlo. Por favor.

Cuando Anton habló de nuevo, lo hizo en un tono carente de emoción, y tan bajo que casi era un susurro.

—Yo... tendría que usar mi Gracia para separarlo de tu *esha*. Pero te mataría. Después tendría que tocar al dios con la Palabra Sagrada y... lo destruiría.

Jude tembló mientras estaban allí sentados el uno junto al otro, desnudos de cintura para arriba y con los pies aún sumergidos en el manantial.

—¿Por qué no me lo dijiste? —le preguntó Jude rompiendo el silencio.

Anton dejó caer la cabeza con las manos en su regazo.

—Porque si lo hubieras sabido, habrías tenido que tomar una decisión.

Jude lo miró fijamente, enfadado y sin poder creerlo.

—¿Así que tomaste la decisión por mí?

—Yo...

—No deberías habérmelo ocultado. Merecía saberlo. Merecía... Es *mi* decisión, Anton. No la tuya.

—Sé que es egoísta —dijo Anton—. Lo sé, pero no puedo perderte, Jude.

Jude abrió la boca, pero no encontró las palabras. Así que se levantó en un movimiento, a pesar de que sentía como si las piernas fueran a dejar de funcionarle en cualquier momento.

—Necesito... un momento.

Anton no trató de seguirlo mientras Jude trastabillaba entre los manantiales rumbo a la desnuda y extraña tierra que había más allá.

La Orden, los Profetas, su destino... absolutamente todo era una mentira. El Guardián de la Palabra no estaba destinado a proteger al Profeta. Estaba destinado a morir.

Los Profetas lo habían creado para eso. Ese sacrificio, ese destino, era la única razón por la que Jude Weatherbourne existía.

Y ahí estaba: la manera de detener al dios, de frenar la Era de la Oscuridad. Había estado ahí todo ese tiempo y Jude ni siquiera lo había sabido.

Pero ahora sí que lo sabía, y solo había una cosa que hacer con aquella información. Anton también lo sabía: que el instante exacto en que Jude descubriera la verdad sería el momento en que lo perdería. ¿Porque cómo iba Jude a dejar que el mundo se derrumbase a su alrededor cuando tenía el poder de frenarlo? ¿Cuándo todo lo que requería era su vida? No podía.

Y aun así...

Se lo había dicho a Anton, ¿no? «Encontraremos otra manera».

Por eso estaban allí, buscando a los Profetas. Anton los había arrastrado a aquella misión sabiendo perfectamente que podían fracasar, que si los Testigos los encontraban y se llevaban a Beru junto a Palas, el dios podría liberarse, que podían no encontrar a los Profetas y pasar el resto de sus días merodeando en aquella lúgubre pero bella tierra.

¿Qué era una vida, pensó Jude, comparada con todos los que sufrirían bajo el régimen de Palas? ¿Con todos aquellos a los que podrían salvar?

La balanza nunca estaría a su favor.

Y aun así...

Aquella era la misma balanza que había usado cuando había creído que Anton era el que debía sacrificarse. Y había dado una respuesta diferente entonces. La vida de Anton era más valiosa para él que cualquier posibilidad de fracaso.

Pero cuando se trataba de su propia vida, el instinto de Jude había sido hacer aquello para lo que lo habían criado: sacrificarse para servir.

Pero estaba harto de ese instinto, pensó. Se había deshecho de él en aquella taberna de Tanais, cuando había tomado a Anton en sus brazos y lo había besado como había deseado hacerlo durante semanas. Se había deshecho de él en Behezda, cuando se había enfrentado a Lazaros con la Espada del Pináculo en las manos.

Lazaros había afirmado que el Fuego Divino lo había hecho renacer, transformado en algo nuevo. Quizás había hecho lo mismo con Jude después de todo. Tal vez se había convertido en algo nuevo en el momento en que había tratado de alcanzar a Anton en el parapeto del faro.

Y quizá lo que era ahora, aquello en lo que se estaba transformando, fuera más de lo que los Profetas habían planeado.

CAPÍTULO TREINTA

ANTON

El cielo ya se estaba aclarando para cuando Anton sintió el *esha* de Jude volviendo al campamento.

Anton apenas se había movido desde que Jude se había alejado en la oscuridad horas atrás. Se sentía entumecido, paralizado por el dolor y la culpa, sentado en el extremo de las rocas del manantial con las rodillas contra el pecho.

Ni siquiera se volvió cuando sintió que Jude se detenía a su lado.

—Dímelo —dijo sin mirar hacia arriba—. Dime lo que vas a hacer.

Jude se sentó junto a él y preguntó con suavidad:

—¿Qué quieres que te diga?

Anton se giró para mirarlo.

—Quiero que digas que crees en mí, lo suficiente como para que confíes en que puedo salvarte.

Jude lo miró también con una expresión de dolor más que de rabia.

—Claro que creo en ti. Siempre he creído en ti, Anton. Lo que no entiendo es por qué tú no crees en mí.

Anton pestañeó para frenar las lágrimas que amenazaban con derramarse.

—¿Qué?

¿Cómo podía Jude pensar eso?

—Creíste que lo haría sin más —dijo Jude—. Me ocultaste todo esto durante meses porque pensaste que tomaría una decisión en cuanto me lo dijeras.

Anton se sintió completamente desnudo bajo la mirada tormentosa de Jude. No quería escuchar lo que fuera a decir.

—No querías dejarme tomar una decisión porque pensaste que sabías cuál sería —dijo Jude—. Pero te equivocaste.

Anton alzó la cabeza, y una pequeña llama de esperanza se encendió en él.

—Aún tenemos una oportunidad. Encontrar a los Profetas y matar al dios. No creo que vaya a ser fácil, pero creo que podemos hacerlo. —Tomó la mano de Anton entre las suyas—. Eso sí, solo si lo hacemos juntos.

Anton aspiró una bocanada de aire que se transformó en un sollozo. Se dejó caer contra Jude, y el alivio casi doloroso que lo recorrió consiguió que las lágrimas cayeran por fin por sus mejillas. No se había permitido ni una sola vez albergar algo de esperanza de que aquello pudiera pasar. Era demasiado doloroso.

Jude lo sostuvo, rodeando su rostro con las manos y secándole las lágrimas.

—Esto significa que nada de ocultarme más cosas —le advirtió, acariciándole la sien con los labios.

Anton se acercó aún más a él con aquel beso.

—Nunca más —juró.

Habría sido feliz quedándose allí, junto a Jude, disfrutando del alivio que le producía haber compartido ese secreto por fin con él y que sus peores temores se disiparan ante la fe de Jude en ambos.

Pero el sonido de unos gritos los sacó de aquel momento de paz.

Jude se puso en pie y echó a correr hacia el campamento de inmediato, con Anton trastabillando tras él. Vio a Beru agachada frente a las ascuas del fuego de la noche anterior, mientras el humo salía del suelo y la rodeaba. Ephyra estaba frente a ella gritándole algo a Hassan, que se encontraba a varios metros con un brazo alrededor de Khepri. Hector estaba al otro lado de Beru con las manos alzadas mientras se acercaba lentamente a ella, como si se estuviera aproximando a un animal asustado.

—¿Qué ocurre? —exigió saber Jude.

Hassan se volvió hacia ellos.

—Beru casi mata a Khepri —dijo, claramente enfadado.

—Hassan, estoy bien —dijo Khepri tratando de apaciguarlo.

—Lo siento —dijo Beru. Había un tono extrañamente vacío en su voz—. Me ha asustado.

—¿Así que casi le prendes fuego? —quiso saber Hassan.

—Ha sido un accidente —protestó Ephyra.

Hassan la fulminó con la mirada.

—Está perdiendo el control del dios. ¡Esa cosa es peligrosa! ¡No podemos seguir fingiendo…!

—Beru no es una *cosa*, es mi hermana —dijo Ephyra con fiereza.

—Eso no es tu hermana, y lo sabes —respondió Hassan. Su mirada se volvió hacia Hector—. Ambos lo sabéis. Nos lo habéis estado ocultando a los demás.

—¿Es eso cierto? —preguntó Jude. Ephyra y Hector intercambiaron una mirada.

—No estábamos… —empezó a decir Ephyra.

—Todos sabemos que Beru está luchando por mantener al dios a raya —dijo Ilya, saliendo de su tienda—. No finjas que acabas de enterarte, príncipe Hassan.

Beru se tapó la cara con las manos.

—Yo no… Es mucho peor ahora. El dios me está cambiando, puedo sentirlo. Y no sé si… —tomó una bocanada de aire y se encogió sobre sí misma, cerrando los ojos como si hubiera recibido un golpe invisible.

Hector se acercó a ella, y le puso una mano en el hombro con delicadeza.

Beru se encogió ante el contacto.

—No.

Todavía estaba cubriéndose la cara, pero Anton pudo ver la expresión dolida de Hector.

—Aún nos quedan días hasta llegar a los Profetas —dijo Ilya—. Puede que Beru no aguante tanto tiempo. Necesitamos prepararnos en caso de que el dios tome el control.

—¿Cómo? —preguntó Hassan, incrédulo—. Esa cosa destrozó una ciudad sin ningún esfuerzo. Puede acabar con nosotros fácilmente.

Ilya no tenía una respuesta para eso.

La mirada de Anton se encontró con la de Jude. Sabía lo que el guerrero estaba pensando: que había mucho más en juego de lo que creían. No solo estaban confiando en que los Profetas pudieran ayudarlos. También debían confiar en que conseguirían llegar hasta allí.

Jude deslizó su mano junto a la de Anton, reconfortándolo. Entonces miró a los demás.

—La vigilaremos en todo momento —dijo, decidido—. Haremos turnos, como hacemos con los Testigos.

—Deberíamos atarle las manos también —dijo Ilya.

—¿Y qué va a hacer un trozo de cuerda contra un dios, exactamente? —preguntó Hassan.

—Ilya tiene razón —dijo Beru de pronto. Se estiró de donde había estado encogida, poniéndose en pie—. Puede que entorpezca al dios solo unos segundos, pero es mejor que nada.

—No me gusta la idea de tenerte atada —dijo Ephyra.

Beru negó con la cabeza.

—Es la única manera, yo… —los miró a todos, y Anton casi fue capaz de ver su lucha tras sus oscuros ojos. Parecía agotada, demasiado delgada y pálida—. No sé si seré capaz de enfrentarme a él de nuevo. No quiero haceros daño. Por favor.

Extendió las manos frente a ella, temblorosas.

Ilya se acercó cauteloso con un trozo de cuerda que había traído de su tienda. Rodeó las manos de Beru y la ató.

—Sois conscientes de que nada de esto importa, ¿no? —preguntó Hassan—. Si el dios realmente toma el control, ¿qué se supone que debemos hacer?

Fue Beru la que respondió a eso.

—Corred.

Caminaron hacia el oeste. Las vacías montañas dieron lugar a acantilados verdes y escarpados de gran amplitud, esculpidos por enormes lenguas de mar.

El rastro de los Profetas que Anton había detectado en el Círculo de Piedras aumentaba y se hacía más pronunciado cuanto más se acercaban a ellos. Pero también lo hacía el *esha* de Lazaros y de los otros Testigos, que les pisaban los talones. Anton los buscaba cada noche, y cada noche confirmaba que estaban un poco más cerca que el día anterior.

Todos se turnaron para vigilar a Beru unas pocas horas al día cada uno. La mayor parte del tiempo estaba retraída en sí misma, callada. Cuando le tocó a Anton, no pudo evitar recordar la promesa que le había hecho a Beru después de haber escapado de la fortaleza: matar al dios, sin importar el coste.

Al sexto día, al fin lo vieron.

—¿Eso es…? —empezó a preguntar Hassan.

—¿Un templo? —terminó Ilya.

Eso parecía, o las ruinas de uno. Estaba asentado en una fina y alta columna de roca que sobresalía de un vasto cráter volcánico, con un centenar de arcos en ruinas que llevaban a un edificio circular rodeado de los restos de cinco monolitos.

—¿Ahí es donde están? —preguntó Khepri.

Anton asintió. Se encaminaron hacia una estrecha pero inclinada escalera de piedra. Estaba atardeciendo para cuando pasaron bajo el primer arco. El sol parecía estar suspendido justo encima del templo, y bañaba las ruinas con una luz rojiza.

El *esha* de los Profetas llamaba a Anton como un faro que lo había guiado hasta allí a través de cientos de kilómetros. Anton se dejó llevar por la llamada, y condujo a los demás a través de los arcos hasta que al fin alcanzaron una piedra en forma de medialuna con anchos escalones que conducían al mismísimo templo. No se parecían en nada a los templos de los Profetas de las Seis Ciudades. ¿Quién habría construido ese sitio? ¿Y para qué?

—¿Hola? —llamó Anton mientras ascendía por los escalones hacia la puerta—. ¿Hay alguien ahí?

El viento soplaba entre las paredes derruidas, pero Anton no oyó ningún otro sonido.

—¿Hola? —llamó de nuevo, más fuerte—. ¿Behezda? ¿Tarseis? ¿Nazirah? —dijo, poniéndose las manos a ambos lados de la boca—. ¿Hay alguien?

Quizá debería llamarlos con su *esha* en lugar de con su voz. Dudó un momento, y entonces cerró los ojos, invocando su Gracia. Fue fácil mandar un eco a través del templo. Sintió que la llamada volvía hacia él y se puso en movimiento, trastabillando entre las ruinas para seguirla, hasta que llegó a una plataforma circular rodeada de cinco monolitos de piedra.

El *esha* de los Profetas resonaba a su alrededor, rebotando en las piedras.

Tras un momento, por fin lo entendió. El *esha* de los Profetas no rebotaba en los monolitos. Estaba *dentro* de ellos.

Cuando Anton y la Vagabunda habían usado sus poderes para buscarlos en el Círculo de Piedras, había asumido que la llamada que había sentido provenía de los Profetas. Que eso significaba que estaban vivos. Pero la llamada no había sido de los Profetas.

Sino de sus tumbas.

—No... No. No puede ser —dijo Anton débilmente, cayendo de rodillas.

Jude llegó a su lado un momento después, arrodillándose junto a él.

—¿Qué ocurre? ¿Estás bien?

Los Profetas estaban muertos, y de alguna manera su *esha* seguía atrapado en esos monolitos.

El corazón le latía desbocado en el pecho mientras los brazos de Jude le rodeaban los hombros.

Jude.

Los Profetas estaban muertos y, con ellos, cualquier esperanza de frenar al dios sin sacrificar a Jude. El dolor y la ira lo invadieron de pronto, con tanta intensidad que quiso gritar.

El viaje no podía acabar así. Esta no podía ser la respuesta.

—No están —dijo con la voz resquebrajada—. Jude... los Profetas están muertos.

Advirtió los gritos ahogados de horror de los demás a su espalda. Todo aquello, todo su viaje, las semanas que les había llevado llegar hasta aquí, había sido en vano.

—Jude —dijo Hector en un tono urgente—. Creo que los Testigos nos han encontrado.

Anton siguió la mirada de Hector hasta unas figuras en la distancia, bajo la casi derrumbada puerta del templo. Vio a Lazaros con sus espantosas cicatrices, que parecía mirarlo directamente a él. Le dio un escalofrío.

—Deberíamos irnos —dijo Jude con la voz seria. Cuando se dirigió a Anton, lo hizo en un tono más suave—. Tenemos que irnos.

¿Pero para qué iban a huir?

—¿Por qué no os quedáis un poco más? —les llegó una voz familiar.

De entre las tumbas de los Profetas surgió Palas, con su túnica blanca y dorada ondeando al viento.

—Después de todo, acabáis de llegar.

CAPÍTULO TREINTA Y UNO

BERU

Beru vio que Palas avanzaba entre las ruinas, rodeado de seis Testigos. El poder del dios se incendió en su interior, y su voz resonó con furia.

DEJA QUE LO MATE, le rogó. DÉJAME…

Beru quería obedecer y golpear a Palas con una tormenta eléctrica.

Pero la ínfima parte que aún podía reconocer de sí misma se mantuvo firme. Si cedía, si Palas moría, todo se acabaría. El sello se rompería y el dios sería libre.

Cerró los ojos con fuerza, respirando hondo y centrándose en Hector, que estaba de pie en algún lugar junto a la entrada de la tumba. Sintió el horror y el miedo recorriéndola, anclándola.

—Palas —dijo Anton, mirando a través de la plataforma al otro Profeta—. ¿Cómo nos has encontrado?

—¿Crees que no sabía a dónde os dirigíais en cuanto te sentí en el Círculo de Piedras? —preguntó Palas con aquella suave voz suya que le produjo un escalofrío a Beru—. Siento decirte que llegas tarde. Muy pero muy tarde.

—¿Qué les pasó a los otros Profetas? —exigió saber Anton.

Palas caminó en un amplio círculo antes de volverse de nuevo a Anton.

—Los maté, por supuesto.

Anton se encogió.

—¿Por qué?

PORQUE, gruñó el dios en la mente de Beru, ÉL NUNCA QUISO COMPARTIR LA GLORIA. FUE EL PRIMER PROFETA EN RECIBIR

EL PODER DE LA VISTA, Y CUANDO SE LO CONFERÍ A LOS OTROS NO PUDO SOPORTARLO. QUERÍA SER EL ÚNICO MENSAJERO ELEGIDO DE DIOS.

La furia del dios nubló la mente de Beru, envolviendo sus propios sentimientos con su oscura niebla.

—Porque no eran más que niños asustados —escupió Palas—. Querían evitar que hiciera lo que tenía que hacer para purgar al mundo de nuestros errores y devolver el orden. Cuando conseguimos la profecía del rey Vasili, no teníamos ni idea de lo que aquello desencadenaría. Vasili quería vencernos, demostrar que nuestra profecía estaba errada. Llevó la Gracia de la Vista a su límite, un límite que solo los Siete habíamos alcanzado antes. Y si bien no le confirió el poder del presagio, sí le permitió hablar con el dios al que habíamos vencido dos mil años atrás. Y al hacerlo, liberó un trozo del *esha* del dios.

—Rompió el sello de los cuatro pétalos —dijo Anton.

—Así es —dijo Palas—. Y mientras aquello volvió loco a Vasili, también sucedió lo que él pretendía: puso fin a nuestro poder como Profetas. La vuelta del dios significó el fin de nuestros presagios. La Última Profecía vino a nosotros en el momento en que Vasili rompió el sello de los cuatro pétalos.

Junto a Beru, Ilya se puso en tensión cuando mencionó a su antepasado. Le dirigió una mirada sombría.

—Los otros Profetas lo consideraron un desastre —continuó Palas—. Se escondieron y planearon cómo deshacer lo que Vasili había originado. Pero yo lo vi como lo que era realmente: una oportunidad. Nunca había querido que la Vagabunda y sus seguidores sellaran el *esha* del dios: quería esgrimirlo. Con el sello de los cuatro pétalos roto por fin, quise que las compuertas se abrieran para tomar el poder del dios, restaurar nuestro poder y así guiar al mundo de nuevo.

QUERÍA TRANSFORMAR MI PODER PARA SUS PROPÓSITOS, dijo el dios. AHORA VEO QUE NUNCA FUE DIGNO DE RECIBIR MI MENSAJE. NINGÚN HUMANO PUEDE SERLO, YA QUE TODOS SOIS CRIATURAS EGOÍSTAS Y HAMBRIENTAS DE PODER. PENSÓ QUE PODÍA CONVERTIRSE EN MÍ, EN UNA CRIATURA DIVINA, PERO SIEMPRE ESTARÁ CORROMPIDO POR LA DEBILIDAD DE LOS VUESTROS.

—Los otros Profetas temían mi plan, pero el suyo estaba destinado a fallar —continuó Palas—. Así que los maté. Me rompió el corazón, pero tuve que hacerlo. No podía dejar que me impidieran salvar al mundo de la Era de la Oscuridad. Y ahora, me temo que tampoco puedo dejar que vosotros me frenéis.

MIENTE, rugió el dios en la mente de Beru. PUEDO VER A TRAVÉS DE SU CORAZÓN, SÉ QUE MIENTE. MATÓ A LOS OTROS PORQUE AMENAZABAN SU PODER, NADA MÁS QUE POR ESO.

—Así que… —dijo Palas, volviendo su mirada hacia Beru—. Beru de Medea. Vuelve a servirme y dejaré que el resto de tus amigos viva.

Beru se quedó congelada bajo los brillantes ojos azules de Palas. Los Paladines salieron de entre los otros monolitos y se acercaron.

Hector, Khepri, Jude y Hassan se movieron, rodeando a los demás para protegerlos de los Paladines, que avanzaban hacia ellos. Beru se quedó en el centro con Anton, Ephyra e Ilya.

Los Testigos y los Paladines eran cuatro veces más numerosos que ellos.

—Que así sea —dijo Palas ante el silencio de Beru.

Antes de que Beru pudiera reaccionar los Testigos atacaron, moviéndose a una velocidad sobrehumana.

Jude desenvainó su espada. El viento y las hojas rugieron a su alrededor con la fuerza de su Gracia. A derecha e izquierda de él, los Paladines avanzaron contra Khepri y Hassan. Y a su espalda, Hector luchaba contra más guerreros. El sonido de las espadas chocando y los gritos de dolor llenaron el aire, y en medio del caos a Beru no le quedó más remedio que esperar que ninguno de sus amigos resultara herido.

—Tenemos que salir de aquí —le dijo Ilya a Ephyra.

Para hacerlo deberían volver por donde habían venido y evitar a los Paladines y a los Testigos contra los que Hector estaba luchando. O saltar desde la plataforma, que estaba separada del cráter de abajo por una caída de sesenta metros.

O Beru podría desaparecer, usar el poder del dios para marcharse de allí. Y llevárselos a todos con ella.

Y probablemente liberar al dios sin posibilidad alguna de encadenarlo de nuevo.

Mientras Beru se enfrentaba a aquella decisión imposible, algunos de los Paladines atravesaron la defensa de Hassan a pesar de sus esfuerzos, y Ephyra se interpuso delante de Beru.

—¡Ephyra, no! —gritó Beru.

Anton pasó junto a ella. Un Testigo desarmado avanzó para atraparlo, pero Anton usó sus antebrazos para bloquearlo y le propinó un puñetazo en la garganta.

—¡Ajá! —gritó Anton—. ¿Has visto eso, Hector?

Frente a Anton, Ephyra se escurrió bajo la espada de un Paladín y le golpeó las piernas, haciendo que cayera. Se lanzó entonces a la pelea, luchando junto a Hassan.

Beru miró a su alrededor, intentando entender algo entre el caos, y su mirada se encontró con una figura que estaba encima de uno de los pilares de piedra medio derruidos que rodeaban la tumba: Lazaros. Podía ver su espada de Fuego Divino resplandeciendo contra el cielo gris. Pero no se había unido a la lucha. Su mirada estaba puesta en Beru.

¿Qué estaba esperando?

—¡NO! —gritó la voz de Ephyra, y Beru apartó la vista de Lazaros y vio que Ephyra se lanzaba frente a Hassan, que estaba desplomado en el suelo; la sangre le brotaba de entre las manos, que presionaban contra el estómago. Por instinto, Beru quiso ir hacia ellos, pero Ilya tiró de ella hacia atrás.

Beru, aterrada, se encontró con la mirada a Hector, que apenas podía defenderse contra los Paladines, pues se conducía con movimientos cada vez más pesados, como si lo hubieran herido. Khepri se abrió paso hasta Hassan y Ephyra, ensangrentada y con heridas también. Jude había vuelto junto a Anton, luchando contra los Paladines con movimientos desesperados.

Iban perdiendo.

Palas ganaría esta batalla, y la única pregunta era: ¿cuántos de sus amigos resultarían heridos o asesinados en el camino?

Tenía que hacer algo.

USA MI PODER, le ofreció el dios. ÚSALO Y PROTÉGELOS. PUEDES SALVARLOS.

Beru cerró los ojos. No le quedaban opciones.

—Ilya —dijo con suavidad.

—No —dijo, aferrándola con más fuerza . Beru, no lo hagas.

Un grito de dolor sonó desde algún lado. Beru había perdido ya la cuenta. Sus ojos encontraron a Palas al otro lado de la plataforma, donde permanecía de pie y en calma. Una pequeña sonrisa apareció en sus labios mientras observaba la lucha frente a él.

Todo aquello era por su culpa. Sus amigos iban a morir y todo era por culpa de aquel hombre que quería un poder que no le pertenecía. Se apartó de Ilya con un movimiento mientras la furia corría por sus venas. Era una furia que había sentido antes: la había sentido en Hector durante aquellos primeros días después de encontrarlo en el desierto. En el dios, cada día que Palas lo había controlado. Pero nunca la había sentido en su interior.

Hasta ahora. Se aferró a aquella furia letal que había habitado en algún lugar muy profundo de su ser durante años, creciendo en la oscuridad hasta ver la luz por fin.

No necesitó pensar, ni controlarla, simplemente dejó que su furia ardiera en su interior y alzó las manos. No escuchó los pensamientos del dios ni su evidente silencio; solo su presencia, su ira, que se unió a la suya e invocó el poder a través de sus manos.

Fue como dejar escapar un aliento contenido, y una exhalación rugió a través del campo de batalla. Puede que se extendiera a kilómetros de allí, derrumbando árboles y haciendo que la tierra temblara, pero Beru solo fue capaz de ver lo que ocurrió frente a ella cuando todos y cada uno de los soldados de Palas se quedaron congelados.

Se hizo el silencio en la tumba.

Beru observó a sus amigos, que estaban heridos pero definitivamente vivos. Todos la observaban, asustados y conmocionados.

Su mirada se posó en Palas, y no supo si fue ella o el dios quien comenzó a avanzar a través de la plataforma de piedra en su dirección.

Vio algo moviéndose por el rabillo del ojo. Lazaros bajó por fin de donde estaba, y corrió junto a Palas mientras Beru también se encaminaba hacia él.

Nada de eso importaba.

—La espada —exhaló Palas, retrocediendo hacia uno de los monolitos— ¡Usa la espada para frenarla!

La espada de Fuego Divino incapacitaría al dios. No podía hacer que su poder ardiera como si fuera la Gracia, pero sí acarrearía que Beru perdiera temporalmente los poderes del dios, tal y como lo había hecho el collar de Fuego Divino.

La furia de Beru la llevó hasta Palas. Apretó el puño y Palas cayó de rodillas, ahogándose mientras le arrebataba todo el aire de los pulmones.

Su mirada asustada se encontró con la de Beru, el blanco de sus ojos se enrojeció mientras trataba de respirar.

Beru observó lo indefenso que estaba, totalmente a su merced. El corazón humano de Beru era lo único que le había dado poder sobre ella durante tanto tiempo. Su amor por su hermana, el temor de lo que significaría blandir ese poder. Pensó en lo fácil que sería ahora arrebatarle la vida.

No.

El pensamiento surgió en su mente, como si se tratara de los rayos del sol abriéndose paso entre las nubes.

No podía matar a Palas. Su muerte desencadenaría la voluntad del dios. Y lo que era más importante, no podía matarlo porque Beru sabía quién era, y a pesar del dolor y la ira que albergaba su corazón, aquello no podía convertirla en una asesina.

Abrió el puño y Palas cayó hacia delante, respirando con dificultad.

Beru se quedó allí parada, aturdida por lo que había estado a punto de hacerle a Palas. ¿Había tomado el dios el control? ¿O había sido ella?

Ya no lo tenía claro. La diferencia parecía insignificante.

Pero la parte de ella que era buena, la parte que se había marchado y dejado a Ephyra sola en Medea, la que la había llevado a Behezda para salvar a Hector, la que había hecho que al final le importara cada persona que se había unido a aquel viaje, esa parte había resultado ser más fuerte que todos los pensamientos ponzoñosos que acechaban en su corazón.

Ella era más fuerte.

Miró a Palas. El dios forcejeaba para liberarse del sello y de la voluntad de acero de Beru.

Palas le devolvió la mirada, y supo que él también podía verlo: su poder, su fuerza, el inmenso océano de fe que él nunca entendería.

Palas el Fiel se arrodillaba ante ella, derrotado.

Y entonces abrió mucho los ojos al tiempo que la espada de Fuego Divino le atravesaba el pecho y le prendía fuego.

La conmoción hizo que Beru se quedara completamente quieta mientras Lazaros tiraba de su espada, desencajándola del pecho de Palas.

—Has traicionado la misión de los Testigos —le espetó Lazaros mientras un grito salía de la garganta de Palas y las llamas blancas ascendían por su túnica—. Eres un embustero que ha profanado la voluntad divina del Creador. Te haces llamar «el Inmaculado», pero no eres mejor que los herejes a los que buscabas purificar, y ahora veo con claridad que el mundo nunca estará purificado hasta que tú desaparezcas.

Le clavó la espada de nuevo, y los gritos cesaron de pronto. Las llamas envolvieron por completo a Palas y el brillo de sus ojos azules se extinguió.

Lazaros envainó la espada de Fuego Divino y se arrodilló a los pies de Beru.

—Santísimo —dijo en un suspiro, con su rostro lleno de cicatrices iluminado por su devoción—. Bendito señor de todos nosotros. Te ofrezco humildemente mi lealtad.

El sello que Palas había creado, las ataduras que habían encadenado al dios todo ese tiempo, se disolvieron. La voluntad del dios arrasó como una tormenta el cuerpo de Beru, un tsunami tan poderoso que ella ni siquiera pudo pensar en luchar contra él.

Estaba ahogándose, enterrada en una oscuridad tan completa que ninguna luz podía alcanzarla. Una prisionera en su propio cuerpo.

El dios se había adueñado del control.

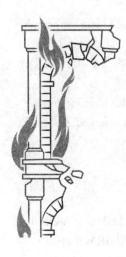

CAPÍTULO TREINTA Y DOS

EPHYRA

A Ephyra casi se le escapó el corazón por la garganta cuando vio arder el cuerpo de Palas, mientras el humo del Fuego Divino ascendía en espirales hacia el cielo.

Beru estaba de pie frente a él, pero incluso desde donde se encontraba, Ephyra pudo ver que ya no era Beru. Una espeluznante quietud manaba de ella y sus facciones reflejaban una rabia sobrenatural que la dejó helada.

—¡NO! —chilló Ephyra, y su voz retumbó a través de la plataforma de piedra. Sintió las lágrimas brotando de sus ojos mientras caía de rodillas.

El dios alzó las manos de Beru, y los cinco monolitos explotaron. Trozos de roca volaron en todas direcciones, y Ephyra notó que alguien la empujaba al suelo.

—¡Palas está muerto! —gritó Lazaros desde la plataforma una vez que el polvo se hubo asentado—. Vosotros que os hacéis llamar «Testigos», decidme: ¿a quién le debéis devoción? ¿Al traidor que se considera a sí mismo Profeta, o a vuestro todopoderoso creador y dios?

Los Testigos se tambalearon hacia delante.

—¡Nuestro dios traerá una gloriosa nueva era al mundo! —gritó Lazaros.

Uno a uno, los Testigos se arrodillaron temblando ante Beru.

—ME HAS SERVIDO BIEN —le dijo el dios a Lazaros con una terrible voz que era la de Beru y a la vez algo completamente diferente—.

ME HAS LIBERADO DEL TIRANO DE PALAS —se volvió y observó a los demás—. PERO EL RESTO, LOS QUE AHORA TOMÁIS JURAMENTO ANTE MÍ… LE ERAIS LEALES A PALAS, Y POR ELLO, DEBÉIS MORIR.

El dios movió de golpe los brazos de Beru. En una lluvia de sangre, los Testigos y los Paladines se desplomaron, con las gargantas sesgadas por un corte.

Un sollozo recorrió a Ephyra.

—Beru… —susurró—. Beru, lucha contra él.

El dios se volvió para mirar directamente a Ephyra.

—EN CUANTO A LOS DEMÁS… —dijo con desdén—. VOSOTROS, QUE HABÉIS CONSPIRADO PARA DESTRUIRME…

El dios alzó una mano y un dolor explotó de pronto en el pecho de Ephyra. Sentía como si una fuerza invisible la aplastara. Oyó los gritos de los demás, los de Hassan, que estaba cerca, y los Jude y Anton, frente a ella. El dolor recorrió su cuerpo, tan fuerte que pensó que iba a desmayarse.

Y de pronto se detuvo. El dios pestañeó, como si no estuviera seguro de qué había pasado, con una mano aún alzada en el aire. Durante un momento no ocurrió nada más, pero entonces el suelo empezó a temblar. La mirada del dios permaneció clavada en Ephyra, que estaba convencida de que iban a morir todos.

Pero entonces el dios desapareció en una brillante luz junto con Lazaros.

Ephyra se quedó mirando el espacio vacío, paralizada.

—¡Levántate! —Ilya tiró de Ephyra, y por un momento fue como si estuvieran de vuelta en Behezda bajo las ruinas de la Puerta Roja, cuando Ephyra había resucitado al dios.

—Tenemos que irnos, ya —dijo Jude ásperamente—. ¡El cráter va a ceder!

—¡Ayudadme a llevarlo! —gritó Khepri, arrastrando a su lado a Hassan, que seguía sangrando. Hector se agachó para sujetarlo por el otro costado.

Ephyra apenas veía a los otros a través de los escombros que caían. Se dejó arrastrar a través de la plataforma, por la puerta y bajo los arcos mientras todo se derrumbaba tras ellos.

Los pies de Ephyra se movieron como si tuvieran vida propia. Miró por encima del hombro a Khepri y a Hector, que se movían tan rápido como podían; el príncipe Hassan se tambaleaba entre ellos casi inconsciente.

Jude se detuvo frente a Ephyra, y ella vio que el estrecho camino de piedra de delante se había desmoronado por completo, dejando un hueco de unos metros, por el que se podía ver la caída que había hasta el cráter.

Khepri y Hector, junto con Hassan, saltaron seguidos de Ilya. Jude le indicó a Anton que fuera primero.

El Profeta saltó sobre el hueco, tratando de asir las manos de Khepri, que lo esperaba al otro lado. Las piedras se derrumbaron bajo sus pies al aterrizar y se resbaló hacia abajo, sin que Khepri pudiera alcanzarlo.

—¡Anton! —gritó Jude.

El alivio invadió a Ephyra cuando Ilya logró sujetar a Anton por el brazo, frenando su caída. Con la ayuda de Khepri, tiró de él hasta que estuvo de vuelta en el camino.

—Te toca —le dijo Jude a Ephyra con el rostro aún blanco del susto.

Con la destreza que había adquirido siendo la Mano Pálida, Ephyra saltó sobre el hueco y dejó que Khepri tirara de ella al otro lado. Jude se lanzó enseguida, justo al tiempo en que el camino donde habían estado se desplomaba.

—¡Seguid moviéndoos! —gritó Jude y los demás obedecieron, corriendo por el puente de piedra, que se empezaba a derrumbar tras su paso.

Llegaron a las escaleras de piedra que se introducían en el cráter. Ephyra se detuvo en la parte superior mientras los demás pasaban por su lado e iban descendiendo. Se volvió para mirar cómo la tumba de los Profetas se desmoronaba y caía al agua.

—Ephyra, ¡te necesitamos aquí! —la llamó la voz aterrada de Khepri, y cuando se volvió hacia ella vio que estaba sentada con Hassan tumbado sobre su regazo.

Temblaba y respiraba con dificultad, y Ephyra supo que estaba apenas a unos momentos de la muerte. Se le encogió el corazón mientras se arrodillaba junto a ellos.

El dolor sordo de perder a Beru había dejado a Ephyra vacía, pero por un momento la preocupación por Hassan hizo que pudiera dejar el dolor a un lado.

—Necesito los esquejes —se oyó decir. Alguien, probablemente Hector, rebuscó entre su mochila hasta encontrarlos.

Ephyra se concentró en el rostro pálido de Hassan y en la herida de su costado que le había empapado la ropa.

—Quítale la camisa —dijo Ephyra, y Khepri obedeció al tiempo que Hector aparecía a su lado con los esquejes en la mano.

Las manos de Ephyra temblaron mientras lo recogía todo. Podía sentir los ojos de todos centrados en ella, pero se enfocó en la respiración entrecortada de Hassan. Temblaba violentamente bajo sus manos.

En algún lugar bajo su implacable calma, Ephyra era consciente de la tormenta de miedo que azotaba su interior. Y no solo estaba asustada por Beru. La vida del príncipe Hassan estaba en sus manos, y a Ephyra le sorprendió su propia desesperación por salvarlo. De algún modo, en las últimas semanas, Hassan se había unido al reducido grupo de personas por las que Ephyra haría casi cualquier cosa para salvarlas. Era un grupo que antiguamente había incluido solo a una persona, pero que ahora se daba cuenta de que abarcaba a todos los que la rodeaban en ese momento.

Aunque su ayuda no serviría de nada si se derrumbaba ahora. Reunió su dolor, su miedo y su angustia y los hizo a un lado mientras molía los esquejes, absorbía el *esha* de las plantas y lo trasladaba al cuerpo de Hassan, con una mano sobre su cuello y la otra sobre sus heridas. Una a una, las heridas se fueron cerrando; su cuerpo aceptó el *esha* y lo usó para curarse a sí mismo.

Cuando terminó, Hassan respiraba con normalidad y se incorporó con ayuda de Khepri. Ephyra se echó hacia atrás, completamente agotada. Cerró los ojos y dejó que la oscuridad se la llevara.

Ephyra se despertó con un murmullo de voces y el leve olor a madera quemándose. Abrió los ojos y vio el cielo gris. No le dio ninguna indicación de cuánto tiempo había pasado desde que habían escapado de la tumba.

Se sentó, y al mirar a los otros, estos se quedaron en silencio. Sus miradas serias le provocaron un hormigueo en la piel.

Por fin, Anton, que estaba junto al agónico fuego, habló.

—Deberías comer algo.

—¿Cómo está el príncipe? —preguntó Ephyra en lugar de responder.

Jude señaló una tienda.

—Descansando.

—Deberías comer —dijo Anton de nuevo.

Ephyra se dio la vuelta.

—No tengo hambre.

Sin una palabra más, se encaminó hacia una tienda vacía y se tumbó allí. Había compartido su tienda con Khepri y con Beru, pero ahora Khepri estaba cuidando a Hassan, y Beru…

Interrumpió aquel pensamiento y se dio la vuelta dentro del saco, antes de dormirse de nuevo.

Cuando Ephyra se despertó, había alguien más en la tienda.

Ilya estaba sentado en el borde de su saco de dormir, con el rostro ensombrecido por la oscuridad.

Ephyra se pasó una mano por la cara, confundida por el sueño.

—¿Qué haces aquí?

—Pensé que no deberías estar sola —respondió Ilya.

Tenía las manos apoyadas en el regazo, como si estuviera tratando de calmarse.

—Estoy bien —dijo Ephyra. Le hizo un gesto hacia la puerta—. Puedes irte.

Ilya no se movió.

—No estás bien. Yo estuve en la tumba de la reina Mártir, ¿recuerdas? Cuando las Hijas de la Misericordia te dijeron que Beru había muerto.

Por supuesto que se acordaba, aunque deseaba poder olvidarlo. Recordaba la ira, el vacío en su interior. El calor de los labios de Ilya sobre los suyos.

—Quiero ayudar —le dijo, esta vez con más suavidad.

—¿Quieres ayudar? —repitió ella, incorporándose y acercándose a él.

Él tragó saliva y asintió mientras Ephyra gateaba por el saco de dormir hasta donde él estaba sentado.

—¿Qué creías? —susurró, rodeándole el cuello con ambos brazos—. ¿Que caería rendida en tus brazos? ¿Que estaría tan perdida en el dolor que te invitaría a mi cama otra vez?

—No —respondió él, mirándola. No la tocó, en su lugar agarró con ambas manos las sábanas.

—¿Estás seguro? —le preguntó Ephyra, acercándose para acariciar los labios de Ilya con los suyos. Sintió su respiración acelerándose y lo apretó con más fuerza contra ella—. Es exactamente lo que me parece.

—Ephyra —dijo, y sonó dolido—. Solo quería ver si estabas bien.

—¿Y desde cuándo te importa a ti eso? ¿Desde cuándo estas tan preocupado por mi bienestar? Ese no es el Ilya que yo conozco.

—No lo sabes todo sobre mí —murmuró, apartándole las manos de su cuello.

Ilya le sostuvo las muñecas de forma suave pero firme. Una oleada de frustración golpeó a Ephyra, que se echó hacia delante y capturó sus labios como lo había hecho en la tumba meses atrás, queriendo quemarse por dentro de nuevo.

Él no la empujó esta vez. Rodeó su rostro con una mano, sujetándole la muñeca con la otra mientras ella se lanzaba hacia él.

Pero no parecía estar siguiéndole la corriente. Le devolvió el beso, pero era un beso suave y tierno, que hizo que se sintiera como si estuviera a punto de romperse.

Se separó de él abruptamente.

—¿Qué haces?

Él se quedó mirándola, sus ojos dorados reflejando la poca luz que había.

—¿Qué crees que es esto? —exigió saber ella, quebrándosele la voz al intentar ocultar lo cerca que estaba de las lágrimas—. Eso... no es lo que quiero de ti.

—Entonces dime qué es lo que quieres —dijo Ilya; su voz reflejaba toda su frustración—. Porque no tengo ni idea.

Ella se echó hacia atrás y puso algo de distancia entre ellos.

—No puedes besarme así. No puedes fingir que te importo y esperar que me lo crea.

Él tragó saliva, apartando la mirada.

—Esto no funciona así —dijo ella con convicción.

—Debería irme.

Ilya se puso en pie.

—Espera —apretó las manos a ambos lados. Podía sentir el vacío creciendo en su interior, y sabía que la consumiría si se quedaba a solas.

Él se detuvo y se volvió para mirarla, a la espera.

—En Palas Athos —empezó a decir ella—, Beru me dijo que tú fuiste el que se acercó y le dijo que querías ayudarla a sacarme de allí. ¿Por qué?

Ilya se encogió de hombros.

—Supongo que te debía una. Por lo de Behezda.

—No —dijo ella, saliendo del saco de dormir—. Ilya Aliyev no le debe nada a nadie. ¿Por qué te arriesgarías a traicionar a Palas? ¿Qué ibas a ganar con ello?

—No siempre se trata de ganar.

Ella dejó escapar una risotada.

—Para ti, sí.

—Si ese fuera el caso, para empezar no me habría unido de nuevo a Palas.

—¿A qué te refieres? —preguntó Ephyra, temiendo la respuesta.

—Palas sabía exactamente por qué me uní de nuevo a él —dijo Ilya—. Beru lo descubrió, también. Era obvio para todos excepto para ti.

—¿Qué era obvio?

—¡Que solo le juré lealtad de nuevo a Palas cuando te capturó! —dijo Ilya, alzando la voz—. Me lancé a sus pies porque no podía ver cómo te llevaba, no cuando tenía una oportunidad de salvarte.

Ephyra dejó escapar una risa.

—Menuda gilipollez. No puedes reescribir el pasado, Ilya, da igual cuántas veces cambies de bando. No puedo creer que pensaras que iba a tragarme que…

—Te quiero.

Ephyra se calló de golpe. No podía haber dicho eso. No podía estar mirándola en ese momento con esa expresión de vulnerabilidad en el rostro.

—¿Qué quieres decir… con que me *quieres?* —preguntó Ephyra con la voz temblorosa.

—Quiero decir exactamente eso. Te quiero —respondió él, desafiante—. Te he querido desde Behezda. Puede que desde antes. Puede que me enamorara de ti cuando me retuviste contra el suelo en una taberna de Palas Athos y amenazaste con matarme. No lo sé exactamente.

—Tú no me quieres —le espetó ella—. Ni siquiera sabes cómo querer a alguien. ¡Mira a Anton! Es tu hermano, y le jodiste tanto la vida cuando erais niños que aún te tiene miedo. Te escondes tras tu carisma y tus ropas bonitas porque te aterra que, si alguien viera lo que hay bajo toda esa fachada, se marchara y nunca mirara atrás.

Ephyra no se dio cuenta de que había empezado a llorar hasta que dejó de gritar. Reprimió un sollozo mientras Ilya miraba al suelo. De repente estaba furiosa, demasiado consciente de que todo lo que acababa de decir era más sobre sí misma que sobre él.

¿No era eso lo que Beru había hecho? ¿Marcharse en cuanto había visto en lo que Ephyra se había convertido? Y los otros, sus amigos... ninguno de ellos se quedaría, tampoco. No cuando vieran lo rota por dentro que estaba en realidad.

Ilya la miró de nuevo, la vulnerabilidad que había visto se había desvanecido por completo bajo una máscara familiar de carisma.

—Tienes razón —dijo, asintiendo con una sonrisa falsa—. Gracias por... aclarármelo todo.

Ephyra vio cómo se marchaba, y no dijo nada para detenerlo.

Se dejó caer de nuevo sobre el saco de dormir, sin respiración y con la rabia fluyéndole por las venas. Había espantado a la última persona que tenía alguna razón para preocuparse por ella. Había hecho realidad sus peores pesadillas sobre sí misma. Tal y como había dicho la Vagabunda: a veces las profecías se cumplían porque te las creías.

Debía marcharse. Tenía que irse a algún lado, a cualquier sitio. Tenía que encontrar a Beru.

Fue aquel último pensamiento el que hizo que se pusiera en pie. Preparó su mochila sin hacer ruido y esperó a que el resto del campamento estuviera en silencio antes de deslizarse fuera de su tienda.

—Me preguntaba cuándo saldrías —dijo alguien en voz baja desde el exterior.

Ephyra se quedó quieta. Bajo la leve luz de la luna, distinguió una figura echada contra el árbol junto a su tienda.

—Hector —dijo—. ¿Qué haces ahí?

—¿Qué haces tú escabulléndote en mitad de la noche? —contraatacó Hector—. Espera, déjame adivinarlo... Vas a ir a buscarla.

Ephyra se ajustó el peso de su mochila en el hombro.

—Sé que es peligroso. Sé que todo esto es por mi culpa, yo soy la que revivió al dios. Pero Beru sigue ahí dentro, en algún lugar, y si hay una oportunidad de liberarla, tengo que intentarlo. Y me da igual lo que tú o los otros penséis.

Hector la observó durante un momento, considerando algo.

—Bien.

—¿Cómo? —preguntó Ephyra—. Me… ¿dejas que me vaya?

—No —Hector se agachó y recogió su propia mochila junto a sus pies—. Voy contigo.

Ella lo observó un rato. Consideró durante un segundo si aquello no sería un sueño.

—Tú… —dijo, dubitativa—, ¿quieres venir conmigo? ¿Con la persona que te mató para salvarla? —ella negó con la cabeza—. Pero si tú me odias.

—Puede que así sea —dijo—. Pero quiero a tu hermana. Y si hay una manera de llegar hasta ella y liberarla del dios, bueno… Vosotras dos habéis desafiado a la muerte la una por la otra. Apuesto a que, si hay alguien que puede hacerlo, esa eres tú.

—Probablemente sea imposible —le dijo Ephyra, sin apartar la mirada—. Soy una idiota por ir a buscarla. Lo más probable es que el dios me mate, y Beru tendrá que verlo todo.

Hector se encogió de hombros.

—Sí, puede ser. Pero vas a ir de todas formas, ¿no?

Recordó lo que le había dicho a Beru en Palas Athos: «Nunca perderé la esperanza en ti. *Jamás*».

—De acuerdo —dijo al fin, pasando junto a Hector—. Siempre y cuando no me retrases.

Él no respondió, pero Ephyra oyó sus pasos un momento después, siguiéndola.

III

EL DIOS DE LA PERDICIÓN

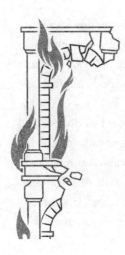

CAPÍTULO TREINTA Y TRES

HASSAN

El refugio de la Rosa Extraviada se encontraba entre la inclinada base de las montañas y la orilla del Serpentino, en un sitio conocido como Curva del Cuervo. Era poco más que un grupo de pequeñas cabañas, algunos establos y un granero, pero era el primer signo de civilización que habían visto en casi tres semanas y Hassan estaba agradecido por ello.

Después de que Hector y Ephyra desaparecieran, Hassan y los demás esperaron durante un día en caso de que volvieran antes de continuar avanzando. Donde quiera que hubieran ido Hector y Ephyra, Hassan no creía que fueran a volver.

Hassan y el resto habían viajado por la costa durante tres días y cuatro noches; la tormenta que azotaba las montañas les complicó la caminata con la lluvia que trajo consigo. Después habían cruzado por un paso que los llevo de vuelta al valle. Era la semana más miserable que Hassan había vivido, y eso era decir mucho teniendo en cuenta que había experimentado semanas bastante lamentables.

Apenas se dijeron una palabra los unos a los otros durante el viaje. No había mucho que decir: habían fracasado. Habían perdido. El Hierofante estaba muerto, pero Hassan no sentía ni un ápice de triunfo por ese hecho. Solo se sentía vacío.

Estaba a medio mundo de distancia de Nazirah… ¿y para qué?

Cuando habían llegado al refugio tres días antes, completamente empapados y exhaustos del viaje, un hombre diminuto los había recibido en la puerta. En el instante en que Anton le dijo que la Vagabunda los mandaba, el hombre, Tuva, se apresuró a hacerlos pasar. No les hizo ninguna pregunta, solo los dejó bañarse en tinas de agua tibia, les sirvió su primera comida caliente en más de una semana, y les dijo que se podían quedar el tiempo que necesitaran.

Tuva los puso a trabajar en la granja, lo cual resultó ser una distracción muy necesaria. Hassan se pasó dos días ordeñando cabras y ayudando con la cosecha de otoño de nabos y coles. Le sentó bien llevar a cabo la simple pero dura tarea de poner comida sobre la mesa y no pensar en nada más. Pero sabía que aquella pausa para recobrar el aliento tendría que acabar, y pronto.

Ignoraban el alcance de la destrucción que el dios estaría causando por todo el mundo, y necesitaban un plan.

Al tercer día, Khepri lo encontró en una arboleda de granadas; recogía la fruta en cestas y dejaba que el sol le calentara la espalda.

Había un brillo en los ojos de Khepri que Hassan reconocía. Era la mirada que tenía cuando estaba decidida a hacer algo, y nada la pararía. Hassan amaba y temía esa mirada a partes iguales.

—Hay noticias —dijo directamente.

Hassan dejó la cesta a sus pies, limpiándose el rostro con la manga. Solo había una cosa que podía inquietar tanto a Khepri.

—¿Nazirah?

Ella asintió.

—Tuva dice que aún hay algunos miembros de la Rosa Extraviada en la ciudad. Les escribió para saber qué estaba pasando. Y Hassan, las cosas… van mal. Ahora que el Hierofante ha muerto, Lethia pierde los estribos cada dos por tres. Ha habido insurrecciones en otras ciudades a lo largo del río, y ha usado eso como excusa para encerrar a cualquiera que esté en desacuerdo.

—Sabe que su control sobre la ciudad es débil ahora que el Hierofante no está —dijo Hassan—. Hará lo que sea para conservar su dominio.

—Sí —dijo Khepri, seria—. Pero hay más. Hay rumores de que los lores de las regiones río arriba están uniéndose para disputarle a Lethia el derecho a gobernar Herat.

—¿Y por qué no han pasado a la acción aún? —preguntó Hassan.

—No lo sé —respondió Khepri—. Por miedo, probablemente. Sin nadie que se siente en el trono en caso de que Lethia sea destituida, Herat podría ser víctima de una sangrienta guerra civil. No quieren a Lethia, pero… tampoco esa posibilidad.

Hassan asintió.

—Lethia lo sabe. Usará ese miedo para aferrarse al trono. Khepri…

Ella lo interrumpió.

—Me vuelvo a Nazirah. Tuva lo ha organizado todo… Hay un bote que me llevará por el delta y luego un barco que partirá desde allí.

Hassan trató de no encogerse ante sus palabras.

—De acuerdo.

—Quiero que vengas conmigo.

Ella lo miró de la misma manera en que lo había hecho el día en que se coló en la residencia de Lethia y exigió una audiencia con él. Cuando lo había besado a bordo del *Crésida* la noche anterior a regresar a Nazirah. Ambos se habían perdido, de una u otra manera, desde entonces. Habían tomado decisiones terribles, y hecho cosas que no podían deshacer.

Pero, al final, ambos seguían allí.

La expresión de Khepri se suavizó.

—Hassan, cuando… cuando resultaste herido, quedé aterrada. Lo único en lo que podía pensar era en que nunca te dije que… te perdono por lo que pasó en Nazirah. Te perdono por tratar de encontrar otra manera de derrotar a Lethia. Te conozco, sé cómo es tu corazón, y tal y como la brújula que te dio tu padre, sé adonde apunta. Y sé que yo también te he hecho daño, te mentí sobre lo que Arash planeaba en la coronación de Lethia, pero…

Hassan no se paró a pensar. Sus pies lo impulsaron hacia delante, envolvió a Khepri entre sus brazos y la besó como había querido hacerlo durante semanas. Ella dejó escapar un sonido de sorpresa, y cuando Hassan empezó a retroceder, ella se rindió ante él, y lo besó con más intensidad. La había echado de menos, había echado de menos aquel olor suyo a tierra y a cítrico, los fuertes brazos que se aferraban a él, y el tacto de su pelo entre sus manos.

Khepri ralentizó el beso una vez que la urgencia se disipó, y cuando se echó hacia atrás, lo hizo lo justo para apoyar su frente contra la de él.

—No me iré sin ti. No sé si alguna vez podremos arreglar las cosas del todo entre nosotros, pero no me importa. No iré a no ser que vengas conmigo.

—Lo arreglaremos —prometió Hassan, dándole un beso en la frente.

Ella se retiró un poco más, mirándolo a los ojos.

—¿Vendrás conmigo, entonces?

Ella tenía razón. No se podían quedar allí para siempre, en ese limbo. El plan de Anton había fallado, los Profetas estaban muertos y Beru estaba en algún sitio, presa del dios. No había nada más que Hassan pudiera hacer allí. Y aunque había fracasado al proteger a su gente de aquella amenaza, aún podía protegerlos de Lethia.

—Sí —le dijo, sosteniéndole la mirada.

Era hora de volver. Si el dios causaba la destrucción en las Seis Ciudades Proféticas, al menos Hassan moriría en el lugar donde debía estar.

Para sorpresa de Hassan, no fue Jude el que puso pegas cuando Khepri y él reunieron a todos en el comedor de Tuva y les dijeron que planeaban irse.

—¿Qué ha pasado con lo de hacer todo esto juntos? —exigió saber Anton—. ¿Qué pasa con eso de «estamos juntos por una razón»?

—Lo intentamos, y no ha funcionado —dijo Khepri sin rodeos—. Creemos que, con el Hierofante muerto, hay una posibilidad de arrebatarle a Lethia el control de Nazirah.

—¿Y de qué servirá eso si el dios destruye la ciudad? —exigió Anton.

—Anton… —empezó a decir Jude, tratando de apaciguarlo.

—No —respondió Anton, poniéndose en pie—. Si os queréis ir, ya podéis iros.

Se marchó de la habitación sin una palabra más, y Hassan se sintió culpable al instante.

Jude le dedicó a Khepri y a Hassan una mirada de disculpa.

—Él… no está enfadado. No con vosotros, sino…

Hassan lo entendía perfectamente. La decisión de marcharse solo confirmaba lo que todos ya sabían en realidad: que habían fallado.

—Khepri, ha sido un honor luchar a tu lado —dijo Jude—. Y príncipe Hassan, gracias por todo. Sé que no siempre ha sido fácil aguantarme en estos últimos meses.

Hassan sonrió, tirando del guerrero para darle un abrazo de costado. A pesar de todo, iba a echar de menos a Jude. Puede que ambos fueran demasiado parecidos para llevarse del todo bien. Hassan veía en Jude sus propios defectos reflejados, amplificados e ineludibles. Pero también había terminado admirándolo. Jude siempre hacía lo que creía correcto, sin importar lo difícil que fuera esa decisión.

Con una palmada en la espalda, Hassan lo dejó ir.

—Cuídate, Jude. Y a Anton.

Jude asintió con solemnidad.

—Bueno —dijo Ilya—. Por si sirve de algo, os echaré de menos a ambos. Y si tenéis éxito derrocando a tu tía, mandadle mis saludos.

Hassan lo miró de pronto.

—¿Conoces a Lethia?

—Por desgracia —dijo Ilya con una mueca.

Hassan se rio por primera vez en días.

—A lo mejor no eres del todo horrible.

Ilya sonrió.

—Cierto hermano mío no estaría de acuerdo con eso.

Por la mañana, Hassan y Khepri se despertaron al amanecer para reunirse con el miembro de la Rosa Extraviada que se dedicaba a llevar en barco a la gente por el Serpentino.

Mientras se alejaban más y más del refugio, Hassan no podía evitar sentir que algo iba mal. Que dejar a los otros atrás era un error, de alguna manera. Su corazón estaba en Nazirah, y él lo sabía. Y aunque echaba de menos a Zareen y a los rebeldes del Ala del Escarabeo, sintió una punzada de dolor al dejar atrás a sus amigos. Porque eso eran: sus amigos. Quizá las primeras amistades reales que había tenido en su vida que no estaban obligadas por el honor o la ambición. Simplemente eran amigos.

Cuando llegaron al puerto y embarcaron en la nave que los llevaría a casa, Hassan lanzó una plegaria al cielo. Pidió que todos estuvieran a salvo, y que se vieran de nuevo.

—¿Estás listo? —preguntó Khepri, mirándolo por encima del hombro mientras embarcaban.

Hassan asintió, agarrándola de la mano.

—Vámonos a casa.

CAPÍTULO TREINTA Y CUATRO

JUDE

Los días de Jude transcurrían llenos de silencio. Los tres que quedaban, Anton, Ilya y él, se movían por el refugio como si fuera una tumba. Tras marcharse Hector y Ephyra, y ahora Hassan y Khepri, el grupo que se había unido para buscar a los Profetas y matar al dios se había disuelto.

Anton se pasaba la mayor parte del tiempo en el jardín de especias, ocupándose de la lavanda y la salvia. Jude no estaba seguro de qué hacía Ilya con sus días, o por qué seguía allí siquiera, y él se dedicaba a practicar koahs.

Los días se alargaban mientras esperaban a que la Vagabunda llegara. Todos habían evitado hablar de qué harían después, pero cada mañana era un paso más hacia lo inevitable. Solo les quedaba una opción. En el momento en que Lazaros había matado a Palas, el momento en que el dios se había liberado, Jude lo había sabido.

Él era la última esperanza. Su sacrificio y su muerte era lo único que podrían frenar al dios ahora.

Dos días después de que Hassan y Khepri se marcharan hacia Nazirah, Jude volvió de practicar koahs y se encontró a la Vagabunda sentada en el salón de Tuva, bebiendo una copa de vino. Anton estaba sentado frente a ella en un banco acolchado, y parecía receloso.

—Qué bien que te unas a nosotros —dijo la Vagabunda cuando Jude se quedó plantado en la puerta.

—Yo… No sabía que ya estabas aquí. —Jude sintió como si lo hubieran pillado desprevenido. En silencio, fue a sentarse junto a Anton.

—Acabo de llegar —respondió ella.

—¿Sabes lo que ha pasado, entonces? —preguntó Jude—. ¿Con los Profetas y… Palas?

—Sí —respondió con un suspiro—. Yo… debería de haberme imaginado que Palas habría matado a los demás. Siempre los vio como una amenaza a su poder. Me equivocaba al pensar que eso podía haber cambiado.

—Dijiste que tenías noticias —le recordó Anton.

La Vagabunda asintió.

—He conseguido dar con el paradero de las Reliquias mientras vosotros viajabais. Palas las escondió en Palas Athos, en un sitio donde solo él podía ir mientras la ciudad estaba bajo su mandato.

—¿Dónde?

—El Templo de Palas —respondió—. Cuando Palas residía en la Ciudad de la Fe, el templo era donde recibía a los peregrinos y recitaba sus profecías. Había una cámara oculta, accesible solo para él. Allí es donde creo que las escondió.

—Espera —dijo Jude—. ¿Para qué necesitamos las Reliquias?

La Vagabunda miró a Anton, quien se mantenía tercamente en silencio con los labios apretados en una fina línea.

De repente, Jude entendió su plan.

—Pretendes atrapar al dios de nuevo.

—Sí.

—No —dijo Jude—. Beru nos dijo que el sello iba a romperse tarde o temprano, incluso si Palas no hubiera muerto. Esa no es la solución, y no pienso fingir que lo es.

—Bueno, tampoco lo es lo que quieres hacer —respondió Anton con la mirada encendida.

—No se trata de lo que quiero…

—Sí que se trata de eso —respondió Anton, levantándose—. Tú lo dijiste, Jude. Es tu elección.

Se miraron durante un momento, y la furia y la desesperación llenaron el silencio. Entonces, con una última mirada abrasadora, Anton se marchó de la habitación. Jude lo vio retirarse, atónito.

—Creo que lo has molestado —dijo la Vagabunda suavemente, sirviéndose más vino.

Jude no podía comprender qué le pasaba a Anton por la cabeza. Usar las Reliquias para atrapar al dios de nuevo… solo era una manera de retrasar lo inevitable. Jude tenía el poder de frenar al dios, y tenía que hacerlo antes de que hiciera pedazos el mundo. Anton debía entenderlo.

Jude haría que lo entendiera.

Encontró a Anton en el lugar donde pasaba sus días: el jardín. El cielo estaba oscuro y lleno de nubes de tormenta, y una fina capa de lluvia empezaba ya a caer. Mientras observaba a Anton desde el porche, Jude se permitió creer que realmente podrían quedarse allí todo el tiempo que quisieran. Que podrían envejecer en aquel recodo del río, y pasar sus días a salvo. No era un futuro que Jude se hubiera permitido desear antes. Su felicidad era algo que no había considerado demasiado hasta aquella noche en Endarrion cuando Anton lo había besado.

Ahora, quería aferrarse a esa felicidad y no soltarla por nada del mundo.

Jude salió a la lluvia, abriéndose paso hasta Anton. Sabía que Anton podía sentirlo, pero no apartó la mirada de sus menesteres.

—No quiero pelearme contigo —empezó a decir Jude—. No quiero que sigamos discutiendo.

Anton hizo una pausa, poniéndose en tensión.

—Discutimos todo el tiempo, Jude. Discutimos tres veces el día en que nos conocimos.

Una sonrisa torcida apareció en los labios de Jude mientras se sentaba en el suelo a su lado.

—Eso es porque se te da muy bien sacarme de quicio, y a mí se me da genial que me saques de quicio.

Anton resopló.

—Y ser un cabezota.

—Mientras que todo el mundo sabe lo complaciente y flexible que eres tú —dijo Jude irónicamente.

—Así es —respondió Anton, sonriendo por primera vez en días. Pero la sonrisa desapareció rápidamente mientras bajaba la mirada—. Supongo que no has venido a decirme que has cambiado de idea.

—Sabes que debemos hacerlo.

Anton no respondió durante un largo rato; se limitó a pasar una suave hoja de salvia entre sus dedos. Por fin, miró a Jude.

—Cuando tu Gracia se dañó por el Fuego Divino, creíste que la única manera de recuperarlo, de cumplir con tu destino, era no hacerle caso a tu corazón.

Jude no lo negó. Sabía que ambos estaban recordando la primera vez que Anton lo había besado, y cómo Jude le rogó que se mantuviera a distancia, convencido de que sucumbir a él sería su perdición.

—Pero no pudiste hacerlo —siguió Anton—. Incluso cuando pensabas que era tu única opción, no lo hiciste.

—No es lo mismo —dijo Jude—. Hay otras vidas en juego, el mundo entero está en juego. Has visto lo que pasará.

—Lo sé —dijo Anton, con la culpa tiñendo su voz. Suspiró—. No voy a hacerte prometer nada. No puedo elegir por ti, pero sí que es una elección, Jude. No tienes que hacerlo solo porque es lo que los Profetas decidieron.

Jude apartó la mirada.

Anton alzó la mano de Jude hasta sus labios, besando sus nudillos con suavidad.

—¿Querías que creyera en ti, ¿no?

Jude tiró de él y lo besó bajo la lluvia que caía cada vez con más fuerza. Quería sentir a Anton en sus brazos, su dulce aliento y sus cálidas manos. Sentirlo cerca una última vez. Un último momento de promesas sin romper.

—De acuerdo. —Jude se retiró un poco, con los ojos aún cerrados para no tener que ver la expresión en el rostro de Anton—. Iremos a Palas Athos. Buscaremos las Reliquias y seguiremos intentándolo.

Se pasaron toda la tarde haciendo planes con la Vagabunda. En teoría, era muy simple: todo lo que necesitaban era tener las cuatro Reliquias, a Anton y a Beru en el mismo lugar. Anton podría usar la Reliquia de la Vista para absorber el poder de las otras reliquias y crear un sello que atraparía de nuevo al dios y le devolvería a Beru el control sobre su cuerpo. Exactamente como había hecho Palas en Behezda.

Jude no estaba seguro de cómo iban a atraer al dios hasta ellos, pero el primer paso era encontrar las Reliquias.

—Puede que Palas haya muerto, pero la ciudad aún está llena de aquellos que le eran leales —dijo la Vagabunda—. Es probable que sea difícil llegar al templo. Y no puedo garantizar que las Reliquias no estén bien resguardadas.

—Espero que no estéis pensando en asaltar el Templo de Palas sin contar conmigo.

Jude alzó la mirada hacia el umbral de la puerta de la sala de estar, donde estaba Ilya.

Anton se puso tenso.

—Lo cierto es que sí.

—Venga, ahora formo parte del equipo, ¿no? —dijo Ilya—. Os ayudé a cruzar el valle, y puedo ayudaros a entrar en el Templo de Palas. O… lo que sea que estéis planeando hacer.

Anton miró a su hermano con los ojos entrecerrados.

—Lo cual te daría la oportunidad perfecta para volver a entregarnos a los Testigos en cuanto pongamos un pie en Palas Athos.

—¿De verdad crees que haría eso, después de todo?

Anton le dirigió una mirada desafiante.

—¿Que si creo que nos traicionarías en cuanto te fuera conveniente? Sí.

—Bueno, pues una vez más, Anton, estás en una posición en la que o confías en mí, o haces todo esto solo —respondió Ilya—. ¿Debo recordarte que fuiste tú el que acudió a mí para que te ayudara a salvar a tu queridísimo guerrero?

Jude observó a Anton, quien miraba a su hermano con agitación. Ilya ya había mencionado una vez que había ayudado a Anton a rescatar a Jude de la fortaleza de Palas Athos, pero Jude sabía que había sido Anton el que había acudido a él. ¿Cuán desesperado había estado como para ir en busca de Ilya por propia voluntad, para que lo ayudara? ¿Qué más estaría dispuesto para mantener a Jude a salvo?, se preguntó con una opresión en el pecho.

—Lo creas o no, hermano, sí que he cambiado —dijo Ilya en voz baja—. Y quiero ayudar.

—Vale —le espetó Anton—. Puedes venir. Pero estarás bajo las órdenes de Jude. Si te dice que saltes, saltas, sin cuestionarlo.

Ilya miró a Jude asustado, pero enseguida enterró aquella expresión y fingió indiferencia. Cruzó los brazos en el pecho.

—De acuerdo.

Volvieron a lo que estaban haciendo, planeando y discutiendo cada eventualidad, ahora con la información de Ilya, que realmente resultó ser de ayuda. Ya era de madrugada, Anton estaba adormilado sobre el hombro de Jude, y cada cosa que decía iba acompañada de un bostezo, hasta que finalmente Jude lo arrastró hasta la cama.

En cuanto estuvo bien arropado, Anton se durmió, relajado y con el pelo despeinado contra la almohada. No había nada que Jude quisiera más que acomodarse junto a él bajo las suaves mantas. Se permitió un momento para observarlo desde el borde de la cama, absorbiendo la paz que desprendía Anton y oyendo su suave respiración antes de obligarse a levantarse. Casi sentía su corazón rompiéndose en dos mientras atravesaba la puerta y volvía por el pasillo.

Cuando llegó a la sala de estar vio que Ilya también parecía haberse retirado, dejando a Jude y a la Vagabunda a solas por primera vez desde que ella había llegado.

Ella lo observó, expectante.

—Sea lo que fuere… —dijo ella después de un largo silencio—. Dilo y ya está.

Su mirada siempre lo había inquietado desde la primera vez que la había visto en aquella fiesta de Endarrion. Siempre parecía saber lo que estaba pensando. Era muy parecida a Anton en eso. Quizás eso estuviera en la naturaleza de los Profetas.

—Sabes la verdad sobre mí —dijo Jude por fin.

La Vagabunda lo observó, pensativa.

—Hay muchas verdades sobre ti, Jude Weatherbourne. ¿A cuál te refieres?

—Acerca de lo que es realmente el Guardián de la Palabra —Bajó la mirada—. Lo que soy. Lo que tengo que hacer para matar al dios.

Ella asintió una vez.

—Entonces, ¿por qué no lo detuviste? —preguntó Jude.

Pareció dolida por un segundo, pero aquella expresión desapareció tan rápido que Jude casi no la vio.

—Si hubiera podido evitar que Palas le hiciera aquello a Temara…

—No —la interrumpió, dándose cuenta de que ella pensaba que estaba culpándola por aquello—. Quiero saber por qué no has detenido a Anton. Todo esto se habría acabado ya si él hubiera aceptado lo que tiene que hacer. Si no hubiera tratado de ir a buscar a los otros Profetas.

—¿Alguna vez has conseguido evitar que Anton hiciera algo? —le preguntó.

No podía decir que lo hubiera hecho, no. Desde el momento en que había conocido a Anton, él había sido el que había cedido siempre: dejarle apostar la Espada del Pináculo, dejar que entrara al Tribunal de la Orden como si fuera el dueño del lugar, dejar que arrastrara a Jude a una fiesta, dejar que Anton lo besara. Dejar que Jude creyera que podían tener un futuro juntos.

No respondió a la pregunta de la Vagabunda, pero no le hacía falta. Podía ver en sus oscuros ojos que ya conocía la respuesta.

—Tenía mis dudas sobre los otros Profetas —confesó ella—. Creía que se habían rendido, y estarían escondidos en el lugar más lejano de la Tierra para escapar del destino que le habían impuesto al mundo. No pensaba que estuvieran… —se interrumpió, y Jude se dio cuenta de que estaba conmovida. Nunca la había visto manifestar algo que no fuera autocontrol y compostura, pero ahí estaba, sin palabras y con los ojos húmedos—. Teníamos nuestras diferencias. Suficientes como para permanecer separados durante siglos. Pero lo que Palas hizo… Lo habría odiado por lo que les hizo a los demás si no tuviera ya suficientes razones para hacerlo.

Su voz parecía lejana, y también su mirada, como si no estuviera realmente presente en aquella habitación.

—Háblame de ella —dijo Jude con suavidad—. Temara. La primera Guardiana de la Palabra.

Ella cruzó y volvió a descruzar las piernas, haciendo ruido con su falda azul oscuro.

—Era, y aún es, la chica más bella y feroz que he conocido jamás. Nuestra relación había sido prohibida por los otros Profetas: habíamos jurado que, al ocupar nuestro rol como los Profetas elegidos, tener vínculos como ese nublarían nuestra fe. Creo que puedes entender lo mucho que me costó aceptar aquello.

Jude se quedó atónito al saber que la Vagabunda y él tenían algo tan fundamental en común.

—Entonces, la chica a la que amaba se convirtió en una sirviente de Palas. Y sus hijos, y los hijos de sus hijos… Todos nacieron en una vida de servidumbre. Una vida sin amor, sin familia y sin las cosas que había deseado para nosotras alguna vez.

Jude sintió que se le encogía el corazón y las lágrimas se le agolpaban en los ojos. Toda su vida le habían dicho que su legado como Guardián de la Palabra estaba imbuido de deber, soledad y servicio. Pero en realidad, el legado de sus ancestros… el legado de la primera Guardiana de la Palabra había sido de amor.

La mirada de la Vagabunda recayó en el rostro de Jude.

—Y ahora tú. El último del linaje Weatherbourne. El último descendiente vivo de mi Temara. Sabiendo quién era y lo que significaba para mí, lo que nos hicieron… ¿puedes comprender entonces por qué he dejado que Anton fuera en aquella búsqueda que sabía casi con seguridad que acabaría en fracaso? ¿Puedes entender por qué aún albergaba esperanza por él? ¿Por vosotros dos?

Jude cerró los ojos, limpiándose las lágrimas.

—Gracias por contármelo.

—Incluso ahora, al final, no puedo evitar albergar esperanza —dijo ella, echándose hacia delante y tomando las manos de Jude entre las suyas—. Tienes su fuerza. Lo vi en ti en el momento en que te conocí en Endarrion.

Jude agarró sus manos con más fuerza, armándose de valor para hacer lo impensable. Para hacer la elección que daría lo que fuera por no tener que hacer.

—El plan de Anton no funcionará —dijo, mirándola a los ojos—. Lo sé. Y tú también lo sabes. Pero no puedo esperar a que él lo acepte. El dios está ahí fuera y destrozará el mundo entero si no hago algo para evitarlo. Si *nosotros* no hacemos algo.

Continuó mirándola para que supiera a qué se refería con «nosotros». Ella le dedicó una mirada que parecía una advertencia.

—Solo un Profeta puede desvelar la Palabra Sagrada —dijo él lentamente—. Tú eres una Profeta.

Vio en su rostro el momento en que lo comprendió.

—Quieres que lo traicione. Que le mienta.

—Ya le has mentido antes —respondió Jude, negándose a bajar la mirada ante la acusación en sus ojos—. Le has ocultado cosas.

No se le escapaba a Jude que, al llevar a cabo aquel plan, le estaría haciendo a Anton casi lo mismo que Anton le había hecho a él. Guardándole un secreto como aquel, solo para protegerlo.

Pero esto era diferente.

—Iremos a Palas Athos tal y como hemos acordado —dijo—. Encontraremos las Reliquias, y cuando nos enfrentemos al dios, en lugar de sellarlo con las Reliquias, lo mataremos. Desvelarás la Palabra Sagrada en mi interior y la usarás para matar al dios.

Ella guardó silencio durante un momento, pero Jude vio la determinación en sus ojos.

—No te perdonará por esto. A ninguno de los dos. Lo dejará destrozado.

—Lo sé —dijo Jude. No podía soportar pensar en lo que aquello le haría a Anton. Jude había jurado protegerlo, y ahora, al fin, estaría rompiendo ese juramento—. Sé que te estoy pidiendo demasiado.

La Vagabunda se rio sin una pizca de alegría.

—¿Que me pides demasiado? Tú eres el que estará dando su vida, Jude. Se te maldijo con esta elección porque osé desafiar a Palas y al dios. Los demás Profetas podrían haber encontrado otra manera de preservar la Palabra Sagrada, pero eligieron crear un Guardián para castigarme. Quizá lo apropiado, en ese caso, sea que yo haga esto. Quizá este sea el castigo que deseaban imponerme después de todo.

—Entonces lo harás —dijo Jude, centrándose en sus palabras en lugar de en el rencor que las cubría—. Me ayudarás a matar al dios.

Ella suspiró. De repente parecía mucho mayor. Más cansada.

—Lo haré. Pero, Jude, ¿de verdad crees que ocultárselo a Anton hará que le sea más fácil? Tal vez sea mejor que tenga tiempo para aceptarlo.

—No podemos decírselo —dijo Jude. Había conseguido mantener a raya hasta ahora el tono desesperado que impregnaba su voz—. Es que… No podemos.

La Vagabunda observó su rostro de aquella forma ya familiar para él, hasta que encontró la respuesta que quería.

—Ah… No se lo ocultas para protegerlo. Lo haces porque temes que, si te ruega que no lo hagas, le harás caso.

Jude bajó la mirada al suelo, avergonzado.

—Quieres vivir —dijo la Vagabunda en voz baja.

—Quiero… más tiempo —admitió Jude—. Aunque solo sea un poco.

La sombra de una sonrisa parpadeó en los labios de la Vagabunda.

—He tenido una vida larga. Te puedo decir que no importa cuánto te sea concedido… sino cómo usas ese tiempo.

CAPÍTULO TREINTA Y CINCO

BERU

Los enormes guardianes de piedra de la justicia presidían la entrada del puerto de Tarsépolis.

El dios se encontraba sobre la palma de la mano de la estatua que sujetaba la antorcha, observando la ciudad a sus pies. Beru sintió su voluntad, que envolvía su cuerpo entero, como oscuras volutas de poder que la manejaban como si se tratara de una marioneta.

A su lado, Lazaros estaba arrodillado.

—Santísimo, es hora de descargar tu ira sobre la ciudad. Muéstrales lo que pasa cuando se alejan de tu luz.

No tienes que hacerlo, dijo Beru. *Podrías ayudar a esta gente, aliviar su sufrimiento.*

LOS HUMANOS NECESITAN SUFRIMIENTO. ES COMO APRENDEN A OBEDECER. TÚ ME HAS ENSEÑADO ESO, PEQUEÑA.

No, dijo Beru enérgicamente. *Eso no es…*

—SIRVIENTE —le dijo el dios a Lazaros—. DIME, ¿NECESITAN LOS HUMANOS EL SUFRIMIENTO?

Lazaros inclinó la cabeza.

—Oh, Santísimo, no me corresponde a mí cuestionar el mundo tal y como tú lo creaste. Pero puedo decirte que el mayor sufrimiento que experimenté, el dolor y la agonía de purificar mi cuerpo de tu poder robado… me hizo lo que soy ahora mismo: tu devoto sirviente. Mi sufrimiento me liberó.

ENTONCES QUIZÁS ES POR EL SUFRIMIENTO QUE LOS HUMANOS ME AMAN, le dijo el dios a Beru. QUIZÁ SU SUFRIMIENTO LES CONCEDA SU FE, SU RAZÓN DE SER. ASÍ QUE LOS AYUDARÉ, TAL Y COMO HAS PEDIDO.

Se equivoca, dijo Beru. *Necesita creer que ese sufrimiento tiene un propósito, porque no puede soportar concebir la alternativa.*

El dios alzó las manos de Beru y el cielo se iluminó de rojo y blanco. El fuego y la luz rugieron en el cielo. Las nubes parecieron incendiarse, y llovieron llamas sobre la ciudad de Tarsépolis.

No lo hagas, imploró Beru. Sus brazos estaban alzados, y las palmas de sus manos apuntando al cielo. Sintió una nauseabunda y extraña sensación al ver que sus propias manos estaban creando aquella destrucción. Unas manos que habían creado joyas, que le habían dado toquecitos a su hermana mientras bromeaban, que habían acariciado la cara de Hector con ternura.

Se aferró a aquellos recuerdos. La huella negra de la mano de Ephyra aún resaltaba en su brazo. Beru se centró en ella, se centró en tratar de tocarla, en poner su mano sobre ella, y recordar.

Pero fue en vano.

La lluvia de fuego cayó primero sobre el Palacio de la Justicia en el corazón de la ciudad. Se iluminó con un brillante y ondeante fuego. Otras llamas cayeron sobre el Templo de Tarseis, incendiándolo.

A su lado, Lazaros observaba el cielo con un asombro y un deleite casi eufóricos.

Beru observaba la ciudad, horrorizada.

La gente corría de los edificios en llamas hacia la calle, empujándose los unos a los otros, algunos quemándose. Gritos de terror y angustia se elevaron como una espesa ola de sonido mientras se tambaleaban, se agachaban y se encogían de miedo, buscando en vano algún refugio mientras el fuego los acorralaba.

Por favor, pensó Beru de nuevo. *No hagas esto, no los castigues.*

Los pensamientos del dios y su reivindicación presionaron en su interior. Aquella gente había olvidado quién era su dios. Habían venerado a los Profetas, sus asesinos. El dios quería castigarlos. Tenía que castigarlos.

Esto es una venganza, dijo Beru. *Quieres vengarte por lo que los Profetas te hicieron. Pero esta gente no es la responsable. Esta gente no te traicionó.*

BASTA.

Tienen su propia vida, familias y hogares.

¡HE DICHO QUE BASTA!

Las llamas cesaron, y el fuego se extinguió, dejando humaredas atrás. El Palacio de Justicia se quemaba lentamente.

—Santísimo —dijo Lazaros, volviéndose hacia el dios—. ¿Qué ha ocurrido? ¿No estás aquí para enseñarle a esta gente que tú eres su dios?

El dios no le respondió. En su lugar, le habló a Beru.

¿QUÉ HAS HECHO?

Estaba enfadado con ella, pero no sabía por qué.

ME HAS HECHO ALGO. HAS HECHO QUE…

Beru sintió que la invadían la arrogancia, la repugnancia y la impotencia, como si fueran una oleada de náuseas.

¿POR QUÉ ME SIENTO ASÍ?

La confusión del dios se elevó por encima de su desdén. Se volvió hacia Lazaros.

—NOS MARCHAMOS.

La luz del sol brillaba intensamente contra la roca rojiza mientras el dios caminaba a través de los escombros de Behezda hacia donde una vez se había alzado la Puerta Roja.

Lazaros esperó un largo rato antes de hablar, pero cuando alcanzaron los restos de la Puerta Roja, rompió el silencio.

—Santísimo, ¿por qué nos has traído aquí? No pretendo cuestionarte, pero soy un estúpido y tengo defectos, como todos los humanos. Solo quiero entender tu grandeza aún más.

El dios no le respondió durante un rato, que se extendió mientras el sol se hundía por los acantilados rojos, con las ruinas creando alargadas y escarpadas sombras sobre la tierra.

—AQUÍ ES DONDE COMENCÉ A EXISTIR DE NUEVO —dijo al fin.

—Es un sitio sagrado —estuvo de acuerdo Lazaros.

—ALGO ME PASÓ AQUÍ. FUI RESUCITADO, Y VINCULADO A OTRA.

—¿La chica?

El dios por fin se volvió hacia él.

—SÍ, LA CHICA. CUANDO LA NIGROMANTE ME RESUCITÓ, ME INTRODUJO EN ESTE CUERPO. PERO NO SOLO ESTOY UNIDO AL CUERPO.

Beru lo comprendió antes que Lazaros. El dios había habitado en su cuerpo y en su mente durante demasiado tiempo.

Has visto el mundo a través de unos ojos mortales. Los míos. Ahora sabes lo que es el dolor y el sufrimiento. Los has sentido por ti mismo.

—HE SENTIDO SU HUMANIDAD. SU CORAZÓN.

La esperanza surgió en ella como una luz que había creído extinguida desde hacía mucho tiempo. Trató de protegerla del oscuro peso del horror y del enfado del dios, y esperó a ver lo que decía.

—NO LO QUIERO.

Su esperanza se extinguió, dejándola sumida en un frío horror. Su amor y su corazón no habían cambiado al dios. Solo habían hecho que la odiara.

Lazaros inclinó la cabeza.

—Sí, Santísimo. Te liberé del sello de Palas, y te liberaré de las cadenas de su humanidad, también. Dime lo que debo hacer.

—¡NO HAY NADA QUE PUEDAS HACER! —le espetó el dios.

Lazaros tragó saliva y miró lentamente a Beru a los ojos. Algo se encendió tras sus fríos ojos grises.

—Puede que no. Pero sé de alguien que sí puede ayudar.

CAPÍTULO TREINTA Y SEIS

EPHYRA

Ephyra suspiró y apoyó la cabeza contra la pared de la cueva donde Hector y ella esperaban a que la tormenta amainara. Horas atrás habían intentado encender un fuego y habían fracasado, así que ahora estaban apiñados contra la roca observando el chaparrón.

—Es la sexta vez que suspiras en los últimos cinco minutos —informó Hector.

Ella lo fulminó con la mirada.

—Como si tú no estuvieras molesto por estar aquí atrapado.

Había sido una marcha lenta a través de las Montañas Innombrables, su progreso se había visto interrumpido por los frecuentes aguaceros. Al menos dos veces al día, Ephyra se arrepentía de haberse separado de los otros.

—Como si eso fuera a cambiar algo —refunfuñó Hector, cambiando de postura junto a ella.

—¿Qué se supone que significa eso?

—Significa que no tenemos ningún plan, Ephyra —respondió Hector, volviéndose hacia ella—. Y el dios… puede ir a cualquier sitio. Incluso si logramos dar con su ubicación, podría haberse ido para cuando lleguemos.

Ephyra se echó hacia atrás contra la roca. Hector tenía razón, y precisamente por eso no quería escucharlo.

—Podías sentirlo antes, ¿no? Cuando… se despertó, en Behezda. Aún estás conectado a Beru y por consiguiente al dios. ¿No puedes usar la conexión para averiguar a dónde se dirige?

—No es tan simple —respondió él, moviéndose inquieto y sin mirarla a los ojos—. La conexión se debilita con la distancia. Cuando estaba aquí con nosotros, sí, claro, quizá podría haberlo averiguado. Pero podría estar al otro lado del mundo, y mientras nosotros permanecemos aquí, empapándonos más cada día.

Ephyra se rodeó las rodillas con los brazos, apretándolas contra su pecho.

—Habría estado bien yendo sola.

—¿De verdad? —preguntó Hector—. Porque la última vez que fuiste a por ella tú sola, me mataste.

Ephyra se encogió. Hector no se había contenido a la hora de hacer referencia a aquel suceso durante su viaje por las Montañas Innombrables, pero una vez que se habían separado de los otros no lo había vuelto a mencionar. Hasta ahora.

—¿Sabes? No recuerdo aquel día —dijo en un tono de voz más suave—. No recuerdo haber muerto.

—¿No? —Ephyra recordaba cada segundo de aquel día. Cómo Hector había luchado y había tratado de zafar de ella, hasta que quedó completamente quieto.

Él negó con la cabeza, mirándola por fin y recorriendo con sus ojos la cicatriz de su mejilla.

—Yo te hice eso, ¿no?

—Sí. —Ambos se habían dejado cicatrices aquel día.

—Probablemente te habría matado, si no hubieras…

El silencio se instaló entre los dos durante un momento. Por fin, Ephyra habló.

—No. No me habrías matado.

Él la miró, sorprendido.

—Puede que tú no lo recuerdes, pero yo sí —dijo ella—. Me tenías sujeta, podrías haberme matado. Pero bajaste tu espada. Ibas a dejar que me marchara, incluso después de todo lo que le hice a tu familia, incluso con… Habrías dejado que me fuera. —Ella no podía soportar mirarlo—. En aquel momento, supe que no había vuelta atrás. No fue un accidente, no perdí el control. Tomé una decisión.

Quería creer que, si tuviera que hacerlo de nuevo, tomaría otra decisión. Pero no estaba segura de cuál era la verdad.

—Yo... —hizo una pausa. No sabía si podría decir lo que quería decir—. Solo quiero decir que lo siento. Por lo que le hice a tu familia, a ti... lo siento.

Él no dijo nada durante un largo rato, se limitó a observarla con sus ojos oscuros.

— No podemos volver atrás —dijo él al fin.

—Lo sé.

—Quiero decir... —dijo, estirando las piernas frente a él—. Yo tampoco puedo volver atrás. Quizás habría escogido otra cosa... Con la Guardia, con Jude. Aquel día en la cripta de Palas Athos. Si lo hubiera hecho, nunca habría estado en Medea aquel día. Pero no importa. Tomamos las decisiones que tomamos, y ahora estamos aquí.

Ella no dijo nada.

—Sé por qué lo hiciste.

Ella lo miró sorprendida. No parecía estar enfadado.

—No lo recuerdo, pero sí sé por qué lo hiciste —dijo—. También por qué te convertiste en la Mano Pálida. En cuanto Beru me llevó a Medea, lo entendí como nunca lo había hecho hasta entonces.

Ephyra siguió mirándolo, bastante segura de que no quería escuchar lo que él había descubierto sobre ella. Pero tenía que hacerlo.

—Caminé por el pueblo marchito —dijo él—. Vi lo que hiciste para traerla de vuelta. La muerte de mis padres, y de Marino... toda la gente a la que mataste como la Mano Pálida. Cada muerte hizo que te resultara cada vez más imposible parar. No podías dejarla ir, porque si lo hacías, todo el sacrificio y el dolor que habías causado habrían sido en vano.

Ella no apartó la mirada, incluso cuando sintió una cálida lágrima deslizándose por su mejilla.

—Solía pensar lo mismo, a mi manera —dijo Hector bruscamente—. Que como mi familia había muerto y yo había sobrevivido, tenía que hacer que valiera la pena. Tenía que tener un propósito. Era la única manera en que sabía cómo llorar su muerte. Y supongo que me di cuenta de que... incluso aunque Beru siguiera viva, incluso aunque la hubieras mantenido con vida durante siete años, has estado llorando su muerte todo este tiempo. Desde el momento en que murió por primera vez.

Su mirada parecía distante y su expresión era delicada, de una manera en que Ephyra no lo había visto nunca.

—Cuando las Hijas de la Misericordia nos dejaron a Beru y a mí en mitad del desierto para que muriéramos, supe que lo habíamos entendido mal. Tú, ella y yo. Ella trataba de arreglarlo, de devolverme lo que me habías arrebatado —dijo, pasándose la mano por la cara—. Pero mientras estábamos allí en mitad del desierto, esperando que la tormenta nos golpeara, tuve un momento de claridad. No podemos volver atrás. Solo podemos avanzar. Pero solo porque no podamos cambiar lo que hemos hecho, no significa que no podamos elegir de forma distinta la próxima vez. No significa que no podamos curarnos a nosotros mismos, y los unos a los otros.

Ephyra recordó a Hector en la celda de Palas Athos la mañana en que todo había comenzado a desmoronarse. «El destino ha decidido mi propósito por mí», había dicho en aquel momento.

Mirando a Hector entonces, acorralada en aquella celda, una parte de ella había creído que su corazón había sufrido una pérdida demasiado grande como para poder soportarla. Había creído que era su destino acabar con la Mano Pálida y vengar la muerte de las vidas inocentes que había arrebatado. Parte de ella lo había creído hasta que fue la propia Ephyra quien acabó con su vida.

Y entonces él había salvado la suya.

Él había tomado una decisión diferente en Behezda. Había elegido ser más que la pérdida que había sufrido. Más que sus juramentos rotos.

—Después de resucitarla, después de lo que le hice a tu familia, solo estábamos las dos —dijo Ephyra con voz temblorosa—. Me dije que la vida que nos habíamos forjado sería suficiente. Tenía que creerlo. Pero… el pasado mes, con Jude, Khepri, Anton y Hassan… Incluso con Ilya. Vi cuán distintas podrían haber sido las cosas.

Él la observaba con atención.

—Tú también le diste eso, ¿sabes? —dijo dubitativamente.

—¿El qué? —preguntó él con cuidado.

—Intento decir que ella te quiere —respondió Ephyra—. Cualquiera puede verlo.

—Ya… —respondió con un gruñido, y se aclaró la garganta.

Pero no tuvo la oportunidad de responder de forma incómoda a aquello, porque en ese momento un brillante fogonazo iluminó la oscuridad de la cueva, y un crujido pareció partir el aire en dos.

Cuando la luz se desvaneció, Beru estaba delante de ellos.

Ephyra y Hector no se movieron.

Lazaros estaba junto a Beru, pero Ephyra no podía apartar la mirada de su hermana.

—¿Eres… realmente tú? —Ephyra trató de lanzarse hacia ella, pero Hector la agarró para impedírselo.

En algún lugar de su interior, sabía que estaba protegiéndola. Probablemente era el dios el que estaba controlando a Beru, y no al revés. Pero a una gran parte de ella no le importaba. Su hermana se le había aparecido enfrente como si la hubiera escuchado llamándola.

—¿Ephyra? —dijo Beru.

Y en ese momento nada podría haber frenado a Ephyra de lanzarse a través del espacio que las separaba.

—Beru, fuimos a por ti, estábamos buscándote…

—Ephyra, por favor —dijo Beru—. Por favor, tienes que…

Dejó de hablar de pronto; el rostro se le tornó inexpresivo y su postura, tensa.

—TU HERMANA ES MUY INSISTENTE —dijo el dios.

Ephyra se quedó helada al oír la voz del dios resonando en la cueva como una nota desafinada.

—QUIERE HABLAR DESESPERADAMENTE CON VOSOTROS DOS.

Su mirada se encontró con la de Hector de nuevo, quien observaba a Beru horrorizado.

—QUIZÁ SE LO PERMITA —dijo el dios—. PERO SOLO, POR SUPUESTO, SI ME AYUDÁIS.

Ephyra se quedó mirándolo, tragando saliva con dificultad.

—¿Qué quieres de nosotros?

—CREO QUE TODOS QUEREMOS LO MISMO —respondió el dios—. PODER LIBERARME DEL CUERPO DE TU HERMANA.

Ephyra no supo cómo responder, así que fue Hector el que habló.

—¿Quieres dejarla ir? ¿Por qué?

El dios inclinó la cabeza de Beru.

—BASTA CON DECIR QUE ESTARÉ MEJOR CUANDO NO TENGA QUE ASUMIR ESTA FORMA. Y DADO QUE TÚ FUISTE LA QUE ME METIÓ AQUÍ…

—Has supuesto que podría sacarte —acabó de decir Hector.

—Lo haré —dijo Ephyra enseguida.

Hector se volvió a mirarla rápidamente.

—PENSÉ QUE ACCEDERÍAS —dijo el dios, transformando el rostro de Beru en algo que parecía satisfacción.

Ver aquella cara que conocía tan bien y que se parecía tan poco a su hermana casi la dejó mareada. Sus expresiones normalmente animadas y el brillo de sus ojos se habían apagado ahora.

—Cuando te traje de vuelta llevaba algo conmigo —dijo Ephyra—. Un Cáliz. Me hizo más fuerte.

—NECESITAS ESE CÁLIZ PARA LIBERARME.

—Eso creo —respondió Ephyra.

El dios torció la cabeza de Beru en un gesto completamente extraño.

—MUY BIEN. ENCONTRAREMOS EL CÁLIZ.

—No sé dónde hallarlo.

—Santísimo, yo conozco la localización del Cáliz —dijo Lazaros—. Palas lo tenía, junto con otras tres profanaciones de tu forma sagrada original.

—¿EN PALAS ATHOS?

—Así es —respondió Lazaros—. ¿Y puedo sugerir humildemente que dejemos a este atrás?

Hizo un gesto señalando a Hector.

La mirada de Hector ardía de rabia, y Ephyra sintió que estaba viendo de nuevo al chico dispuesto a matar que había conocido en Palas Athos.

—No creas que no me fijé en la asquerosa obsesión que tenías con ella cuando te vi en el valle. Si piensas que…

—Hector —le lanzó una advertencia Ephyra. Se puso firme y miró al dios—. No estoy de acuerdo con tu amiguito. Hector viene con nosotros.

Hector le dedicó una mirada agradecida, y también sorprendida.

—¿POR QUÉ?

—Porque ellos están conectados —se le ocurrió a Ephyra—. Su *esha*, puede que me ayude a… separar tu *esha* del de Beru.

El dios pareció reflexionar durante un momento, aunque su expresión era difícil de leer.

—SI ESO TE AYUDA —respondió el dios por fin—, IREMOS TODOS, ENTONCES.

Antes de que Ephyra pudiera pensar en lo que acababan de acceder a hacer, el dios los transportó en medio de una luz brillante.

CAPÍTULO TREINTA Y SIETE

ANTON

—Repárteme una mano.

Anton no miró hacia arriba mientras recogía las cartas de la mesa. La Vagabunda y él habían acabado la última ronda de canbarra, su ritual nocturno desde que habían partido hacia Palas Athos.

Pero aquella era la primera noche en la que Ilya lo pillaba antes de retirarse. La Vagabunda acababa de marcharse a la cama, y Anton se preguntó si Ilya habría estado fuera, esperando su oportunidad.

—No voy a jugar a las cartas contigo —dijo Anton en un tono forzado.

—Pero si siempre nos divertimos muchísimo —respondió Ilya entrando en la habitación—. ¿No te acuerdas de cómo solíamos quedarnos despiertos por la noche jugando a las cartas hasta casi el amanecer? Cada vez que ganabas te ponías tan contento… Estabas muy orgulloso de vencerme. Por supuesto yo te dejaba ganar casi siempre.

—Recuerdo la última vez que jugamos a las cartas —replicó Anton—. Me tenías prisionero en Nazirah.

—¿Aún estás enfadado por eso? —preguntó Ilya.

La ira invadió a Anton con rapidez, quemándolo por dentro.

—¿Que si aún estoy enfadado porque me torturaras y casi mataras a Jude?

Ilya parecía arrepentido, lo cual enfadó aún más a Anton.

—Después de todo lo que hemos pasado estas últimas semanas y todo lo que he hecho para ayudarte… Pensé que quizá verías que he cambiado.

—Por favor —dijo Anton con una risa sin pizca de alegría—, no me digas que por eso nos estás ayudando.

Ilya se encogió de hombros, poniendo ambas manos en la silla que la Vagabunda había ocupado.

—Ya me dijiste una vez que habías cambiado, ¿recuerdas? —dijo Anton—. Cuando Ephyra y yo te vimos en Palas Athos. Dijiste que estabas allí para disculparte.

No le hizo falta recordarle a su hermano que aquello había resultado ser una treta.

Ilya no apartó su mirada sincera de ojos dorados.

—Quizás en mi interior sí que lo decía en serio.

—Lo que sea que sintieras *en tu interior* no cuenta —dijo Anton—. ¿Sabes lo que significó para mí? ¿Que la única persona que se preocupó por mí en algún momento de mi vida me tratara de la forma en que me trataste? Hiciste de mi vida una pesadilla.

—Lo sé —dijo Ilya en voz baja—. Si hay alguna forma de ganarme tu perdón por lo que hice… y por quien era en ese entonces…

—El perdón no se gana, Ilya —le espetó Anton—. Te lo conceden, o no. No es decisión tuya. No puedes hacer algo bueno pensando que compensa todo lo malo —se limpió las lágrimas que empezaban a derramarse con furia—. Si quieres ayudarnos, bien. Pero no te debo mi perdón.

Ilya tensó la mandíbula.

—¿Entonces nada importa? ¿Nada de lo que haga tendrá ningún efecto en cómo me ves? Siempre seré el monstruoso hermano mayor que te atormentaba, ¿no?

—¿Qué más da lo que yo piense?

—Porque eres mi hermano —dijo Ilya—. Me conoces mejor de lo que nadie lo hará nunca. Y si miras en el interior de mi corazón y solo ves maldad, entonces eso es lo único que hay. No puedo cambiarlo. No puedo… —Hizo un movimiento, como si quisiera lanzar la silla al otro lado de la habitación, pero se detuvo. En lugar de eso, la agarró con fuerza hasta que se le pusieron los nudillos blancos.

—No es mi trabajo decirte lo que eres —dijo Anton en voz baja—. ¿Quieres ser mejor? Entonces *sé* mejor, Ilya.

Ilya lo miró durante un rato, y el dorado de sus ojos se agrandó. Por primera vez en años, no dijo nada para evadir el asunto.

—Es tarde —dijo Anton de pronto—. Mañana tenemos que estar concentrados. Me voy a dormir.

Dejó a Ilya junto al fuego que languidecía y se encaminó por el pasillo hasta la habitación que habían escogido Jude y él.

Jude estaba haciendo la cama cuando Anton entró. Lo miró por encima del hombro mientras Anton cerraba la puerta tras él.

—¿Va todo bien?

En solo unas zancadas, Anton cruzó la habitación y se aferró a Jude en un abrazo.

—Quizá sea una pregunta estúpida —dijo Jude, y Anton casi pudo oír la sonrisa en su voz—. Pero ¿estás bien?

—Probablemente, no —admitió Anton, echándose hacia atrás para mirar a Jude a la cara, el cual parecía divertido y preocupado a partes iguales—. Pero ahora estoy mejor. Ilya...

La expresión de Jude se ensombreció.

—Siendo que necesitemos su ayuda.

Anton negó con la cabeza.

—Pensé que después de todo este tiempo y de todo lo que me hizo, no me importaría tanto.

—Te hizo daño —dijo Jude—. Eso no desaparece así como así.

—No —estuvo de acuerdo Anton, apartando la mirada—. Pero también... le he dicho que no podía ganarse mi perdón, pero aun así quería que me lo pidiera. No quiero que sufra como yo lo hice, nunca he querido eso. Solo quiero que...

Jude guio la mirada de Anton de nuevo hacia él.

—¿Que quieres qué?

Era algo que Anton había enterrado en su interior, tan adentro que pensaba que había desaparecido. Pero al mirar los ojos verdes de Jude y con la mano en su mejilla, supo que había estado ahí siempre, creciendo en los huecos de su hambriento corazón.

—Quiero que me quiera. Incluso ahora. Y odio querer eso. Es patético.

—No es patético —dijo Jude, sosteniendo su rostro con ambas manos—. Querer ser amado no te hace débil. Tú me enseñaste eso.

Anton tiró de él de nuevo y enterró la cara en su cuello.

—No tienes que perdonarlo —murmuró Jude—. Pero necesitas perdonarte a ti mismo por quererlo.

Anton cerró los ojos, inhalando el aroma de Jude.

—Ni siquiera sabía lo que quería. Todo ese tiempo, no sabía lo que era ser amado. No hasta que te conocí. Y ahora… no sé lo que haría sin ti.

Jude no respondió, pero apretó más aún a Anton contra él, como si temiera que fuera a desaparecer.

El barco atracó en el puerto de Palas Athos justo antes del atardecer.

Para cuando llegaron al ágora, el cielo estaba completamente oscuro. Jude se detuvo frente a la Puerta Sagrada.

—¿Qué pasa? —preguntó Anton.

—No… Yo no… —Parecía no estar seguro—. Este es un sitio sagrado. O al menos creía que lo era. El Templo de Palas, el lugar en el que la Orden de la Última Luz sirvió hasta que los Profetas desaparecieron. La primera vez que vine aquí pensé que este lugar era mi destino. Supongo que tenía razón, después de todo.

Anton sintió que el recordatorio le pesaba aún. Deslizó los dedos entre los de Jude para sostenerle la mano, y cruzaron las puertas juntos, con la Vagabunda e Ilya siguiéndolos.

Pero enseguida se detuvieron, y Anton ahogó un grito.

Toda el ágora estaba llena de cadáveres. Debía de haber cientos de ellos desplomados sobre las aceras, y sobre las escaleras que llevaban al Templo de Palas… Cada uno vestía los familiares ropajes negros y dorados de los Testigos.

Anton apretó la mano de Jude con más fuerza, mareado.

—Por la misericordia de Behezda —murmuró Ilya—. Los ha matado a todos.

—El castigo del dios por seguir a Palas —dijo la Vagabunda—. No hay casi nada que el dios odie tanto como a Palas. De hecho, puede que yo sea lo único a lo que odia más.

Anton contuvo un escalofrío. Si esto era lo que el dios le hacía a la gente que había seguido a Palas, ¿qué les haría a ellos?

Subieron los escalones hacia el templo evitando a los Testigos caídos. El umbral ennegrecido los recibió dentro del santuario. Pero cuando Anton fue a entrar, Jude le apretó aún más la mano, deteniéndolo.

—¿Y si aún está ahí? —preguntó Jude con un susurro.

Solo entonces lo percibió Anton. Había un *esha* que resonaba en el interior del templo… y era un *esha* familiar.

Pero no era posible.

Anton cruzó el umbral.

—¿Ephyra? —llamó, dubitativo—. ¿Hector?

Ilya y Jude lo observaron incrédulos.

Pero Jude no lo detuvo cuando Anton ingresó al santuario. La entrada daba lugar a unas escaleras que llevaban a una larga y estrecha plataforma que recorría el templo. Estaba delineada por antorchas de Fuego Divino, y al final había una tarima circular sobre la que estaba el altar, que se alzaba hacia el cielo. Y allí, bajo el altar, estaban Ephyra y Hector.

—¿Qué hacéis aquí? —preguntó Ephyra con el miedo tiñéndole la voz.

Anton subió las escaleras de dos en dos hasta alcanzar la plataforma, con Jude pisándole los talones.

—Jude —dijo Hector—. Salid de aquí. Ahora.

—¿Qué ocurre? —preguntó Jude cuidadosamente.

Fue Ephyra la que contestó.

—Hemos venido a por el Cáliz.

—¿Para qué? —preguntó Anton.

Ephyra tragó saliva.

—Porque voy a usarlo para separar al dios de Beru.

Anton ahogó un grito, estupefacto. No podía decirlo en serio.

—Es demasiado peligroso —dijo Ilya—. Si el dios se separa por completo de Beru, no tendremos ninguna esperanza de sellarlo de nuevo.

—¿Sellarlo de nuevo? —preguntó Hector—. ¿Eso habéis venido a hacer? Como funcionó tan bien la última vez…

—Ilya tiene razón —dijo la Vagabunda—. Si liberamos el *esha* del dios de su recipiente, crearemos una criatura incluso más peligrosa, ya que no tendrá ninguna conexión con la humanidad. Ya me he enfrentado al dios antes, sin que estuviera encadenado a un cuerpo humano. Matarlo casi acabó con nosotros.

—Me da igual —dijo Ephyra.

—No te dará igual si decide matar a Beru —respondió Anton—. Piénsalo. En cuanto no la necesite, se volverá contra ella.

—Eso no lo sabes —respondió Ephyra.

—¿Y estás dispuesta a arriesgarte? —preguntó Anton—. No tienes ni idea de lo que desencadenarás. Una vez que el dios sea libre, ¿qué le impedirá matarnos a todos?

—Tienen razón, Ephyra —dijo Hector en voz baja.

Ephyra lo miró fijamente.

—Tú accediste a hacer esto.

—Sí, lo hice —dijo Hector—. Haré lo que haga falta para salvar a Beru. Pero no podemos liberar al dios.

Ephyra parecía estar planteándose matar a Hector de nuevo. Pero antes de que pudiera hacer nada, él siguió hablando.

—Así que cuando lo liberes… métaselo dentro de mí.

—¿Qué? —exigió saber Ephyra.

Jude avanzó hacia ellos.

—Hector, no.

—También soy un renacido —dijo Hector, seguro de sí mismo—. Soy la otra única persona que puede tener al dios dentro sin morir. Anton lo sellará de nuevo con las Reliquias, en mi interior. No es para nada una solución perfecta, pero hasta que demos con otro plan…

—No —dijo Jude, rotundo—. Hector, no vas a sacrificarte.

—Beru se está sacrificando —respondió Hector—. Y ella no tuvo elección.

—Tenemos un plan —dijo Jude—. No tienes que hacer esto.

—¿Qué plan? —preguntó Ephyra.

Jude miró a la Vagabunda, que estaba junto a Ilya. Parecieron compartir algo, una comunicación tan sutil que solo duró lo que un pestañeo. Anton pensó que quizá se lo había imaginado.

Pero antes de que Jude pudiera explicar nada, el dios se materializó en el altar con una ráfaga de luz brillante, acompañado por Lazaros. Entre ellos había un cofre de plata.

—VEO QUE TUS AMIGOS ESTÁN AQUÍ. —Nunca dejaría de resultarle extraño oír aquella antigua y terrible voz saliendo de la boca de Beru. Su mirada se posó en la Vagabunda—. TÚ OTRA VEZ.

Enroscó la mano, y la Vagabunda se sacudió con violencia.

—¡No! —gritó Ephyra—. Si quieres mi ayuda, dejarás que se marchen.

El dios inclinó la cabeza hacia Ephyra.

—¿ESTÁS NEGOCIANDO CONMIGO?

—No es una negociación —dijo Ephyra con un ligero temblor en su voz—. Es una amenaza.

—NO SE AMENAZA A UN DIOS, PEQUEÑA MORTAL —rugió el dios mientras rodeaba a Ephyra—. PUEDO DESPELLEJARTE VIVA.

Dejó caer a la Vagabunda, que rodó por un lado de la plataforma y aterrizó abajo, en el suelo del santuario. Anton salió disparado hasta el borde de la plataforma, se aferró a la barandilla y se asomó. Era una caída de casi cuatro metros.

—Estoy bien —dijo la Vagabunda con una mano sobre el costado mientras se tambaleaba para ponerse en pie. Probablemente tendría una costilla rota. Miró de nuevo al dios, y Anton hizo lo mismo.

—Me necesitas —dijo Ephyra—. Beru sigue luchando ahí dentro, ¿no? Pensabas que se habría rendido ya, pero no lo ha hecho. Y no lo hará. Conozco a mi hermana, sé de lo que es capaz. Así que deja que te libere de ella, y a cambio dejarás a mis amigos en paz.

Cuando el dios habló de nuevo, lo hizo dirigiéndose a Lazaros.

—DALE EL CÁLIZ.

Lazaros obedeció enseguida, sacando del cofre de plata el familiar Cáliz adornado de joyas, y se lo ofreció a Ephyra.

Ella lo tomó rodeando el tallo con los dedos y lanzándole una mirada a Hector antes de cerrar los ojos. Tras un momento, el Cáliz empezó a brillar. Alzó la otra mano y, temblando, la puso en la mejilla de Beru. Unos delgados tirabuzones de humo negro parecían salir de ella.

Aquella era la oportunidad de Anton de quedarse con las Reliquias.

Anton avanzó con la mirada puesta en el cofre plateado junto a Lazaros. Pero un tirón en su mano lo obligó a retroceder. Antes de poder entender qué estaba pasando, Jude se pegó a él, tomándole la cara con ambas manos y besándolo. Anton se quedó demasiado sorprendido para devolverle el beso, o incluso para moverse, con la mente yéndole a toda velocidad y la sangre vibrándole en las venas.

Se separó de Jude, sujetándolo con fuerza por los hombros, y observó su rostro.

Las respuestas estaban todas allí para que Anton pudiera verlas. En la desesperación de los ojos oscuros de Jude. En su ceño fruncido por la angustia. En su boca, que temblaba de culpa.

—Te quiero —dijo Jude, y sonó como una disculpa.

Y también como una traición.

Jude se volvió y se lanzó desde la plataforma hasta el santuario de abajo. Donde aún estaba la Vagabunda. Ella tomó la mano de Jude en la suya, y entonces Anton lo supo.

—¿Qué está haciendo? —preguntó Hector.

Pero Anton no podía responder, porque una rabia como nunca jamás había sentido rugió en su interior.

—¡Ananke! —gritó Anton, asiendo la barandilla de la plataforma y desgañitándose—. ¡Mentirosa! ¡Cobarde! ¡Eres igual que Palas!

Volvió a la plataforma y se lanzó hacia las escaleras al tiempo que el templo temblaba a su alrededor. Podía sentir la Palabra Sagrada. Comenzó como un leve eco, convirtiéndose en un sonido atronador. Se sentía como si se estuviera ahogando de nuevo y sus pulmones lucharan contra el agua helada. No podía respirar.

Jude iba a morir, y Anton no podría llegar hasta él a tiempo.

Y entonces el templo quedó en silencio, y la tormenta del *esha* de Jude, de la Palabra Sagrada, desapareció.

Anton miró hacia abajo temiendo lo que iba a encontrarse. Su mirada buscó a Jude en primer lugar. Estaba de rodillas, con una mano sobre el frío suelo de mármol y la otra agarrándose el pecho mientras subía y bajaba con su respiración entrecortada.

Estaba vivo. La Palabra Sagrada aún residía en su interior. La Vagabunda no había terminado de desencadenarla.

Porque, Anton se dio cuenta entonces, el dios la había detenido.

El dios, aún en el cuerpo de Beru, estaba junto a la Vagabunda y a Jude con una mano alzada. Un humo oscuro recorría los brazos y piernas de Beru, subiéndole por la cintura y el cuello. También estaba enrollado alrededor de la Vagabunda, sosteniéndola mientras el dios la observaba.

—ANANKE —dijo el dios—. TÚ FUISTE MI MAYOR DECEPCIÓN.

—¿Incluso mayor que Palas? —consiguió decir la Vagabunda mientras se ahogaba—. ¿No fue por eso por lo que nos creaste a los otros Profetas, después de todo? Porque supiste, incluso en aquel entonces, que Palas no era el incondicional sirviente que creías que era. Sentiste la debilidad en su interior.

—QUERÍA QUE FUERAIS MEJOR QUE ÉL —coincidió el dios—. PERO TODOS LOS HUMANOS SOIS DÉBILES. SIEMPRE LO HE SABIDO.

—Y, aun así —dijo la Vagabunda—, hay algo en nosotros que fue lo suficientemente fuerte para derrocar la voluntad de un dios. No lo entendiste en aquel entonces, y te costó la vida.

La Vagabunda miró a Beru a los ojos con una expresión fiera e implacable. Anton reconoció aquella mirada: era la misma que le había visto dos mil años atrás, frente a Temara y enfrentándose a los otros Profetas.

—TE EQUIVOCAS —le espetó el dios—. NO HAY NADA EN TU INTERIOR QUE SEA MÁS FUERTE QUE MI VOLUNTAD.

El dios alzó las manos al cielo, y una luz surgió de ellas y envolvió a la Vagabunda, que ahogó un grito. Anton sintió el delicado sonido de su *esha* como el de una campana resonando, y entonces de repente se hizo un horrible silencio mientras ella se desplomaba.

Anton gritó, cayendo de rodillas al suelo de mármol mientras veía morir a la Vagabunda.

CAPÍTULO TREINTA Y OCHO

BERU

Beru sintió la vida de la Vagabunda extinguiéndose como la llama de una vela. La ira del dios tronó en su interior.

La muerte de la Vagabunda no pareció satisfacerlo.

La angustia, el miedo y la desesperación de Beru chocaron contra el control del dios sobre ella. Podía sentir su resistencia, su asco por los sentimientos humanos de Beru.

El dios le dio la espalda al cuerpo de la Vagabunda y se volvió hacia Ephyra, quien estaba conmocionada con el Cáliz aún en la mano.

—SIGUE —la instó el dios—. LIBÉRAME.

Ephyra lo observó horrorizada, con la duda visible en su rostro.

—HAZLO.

Ephyra cerró los ojos y tembló. El Cáliz empezó a brillar, y Beru sintió de nuevo el poder de su hermana tirando del dios.

Era como ser cortada en dos.

De las manos y de los ojos de Beru salió una luz, derramándose de su interior y abrasándola.

Estaban demasiado unidos, habían pasado demasiado tiempo atrapados el uno con el otro. Sacar al dios de su cuerpo la mataría.

Y el dios mataría a todos los que se encontraban en el santuario.

¡Para!, quiso gritar. Luchaba agitadamente contra el control del dios.

Hector, pensó. Sus sentimientos la habían centrado antes. Los buscó bajo la rabia del dios, bajo su propia desesperación.

Y sintió… determinación.

—Ephyra —dijo Hector a su lado—. Tienes que hacer lo que te pedí. Ahora, antes de que sea demasiado tarde.

Sus miradas se encontraron al tiempo que él se acercaba a Ephyra. La confusión de Beru dio paso al entendimiento.

Ephyra no iba a liberar al dios. Iba a vincularlo a Hector.

No.

Sentía al dios siendo arrancado de ella.

No, dijo de nuevo. *Están engañándote. Van a atraparte de nuevo.*

ME ESTÁ LIBERANDO DE TI.

Eres un necio, le dijo Beru despectivamente. *Sabes perfectamente que no te quiero aquí.*

PREFIERES ESTAR ENJAULADA CONMIGO A DEJARME LIBRE.

Sí. Quédate aquí. Quédate conmigo.

Ephyra agarró el Cáliz con más fuerza, el brillo de su poder bañándola en luz. Beru buscó las refulgentes espirales del poder del dios y trató de aferrarse a ellas.

Inhaló de forma profunda y desesperada, como si acabara de salir a la superficie del agua. Los pulmones le quemaban. Podía sentirla, la más leve brecha en el control del dios mientras dejaba su cuerpo.

Abrió la boca y gritó lo más fuerte que pudo.

—¡Ephyra, para!

Ephyra se quedó congelada, abriendo mucho los ojos y la boca. Se colocó junto a Beru en un instante y le acarició la cara.

—Beru, ¿eres tú?

Unos rayos de luz se deslizaban de Beru, cayendo como si fueran lazos. El dios aún trataba de liberarse.

—Soy yo —confirmó Beru, aferrando a Ephyra del hombro—. Escúchame, tienes que parar. No hagas esto.

—Pero…

—Quieres salvarme —dijo Beru, negando con la cabeza—. Siempre lo has querido, pero nunca te lo pedí. Así que, por una vez en tu vida, para y haz lo que te digo.

Ephyra alzó el rostro lleno de lágrimas. Beru podía ver en su cara el remordimiento y el dolor que había llevado enterrado durante tanto tiempo.

Ephyra aflojó la mano con la que sujetaba el Cáliz, y este cayó al suelo de mármol. Beru cerró los ojos y sintió que el dios volvía a su interior como una ola; su luz abrasadora la llenó por completo de los pies a la cabeza. Apretó los dientes ante la arremetida, y se centró en Ephyra, en su propio orgullo y en su dolor. Beru tenía que mantener el control, aunque solo fuera durante un momento.

—¡Anton! —gritó la voz de Ilya—. ¡Las Reliquias!

Anton dudó solo un instante antes de salir corriendo hacia la plataforma, hacia el cofre que contenía las otras Reliquias. Lazaros se giró hacia él, pero Anton lo alcanzó primero. Tomó la Piedra del Oráculo y se apartó de la arremetida de la espada de Fuego Divino de Lazaros.

—¡No!

Cuando Lazaros le lanzó otro golpe a Anton, Jude subió a la plataforma de un gran salto para bloquear el ataque.

Anton aferró la Piedra del Oráculo y se tambaleó hacia Beru mientras Jude luchaba contra Lazaros.

Las Reliquias, por supuesto. Intentaban sellar al dios y darle a Beru el control de nuevo.

Pero Beru sabía que no funcionaría. El dios era ahora mucho más fuerte.

Aunque eso tal vez les daría algo de tiempo.

¡NO!, rugió el dios, luchando por el control. NO SERÉ ENCADENADO DE NUEVO.

—Hazlo —le dijo Beru a Anton.

La Piedra del Oráculo brilló en su mano derecha mientras le ponía la izquierda a Beru sobre la frente. Sintió el *esha* del dios sacudiéndose con violencia. Cuanto más poder usaba Anton para sellarlo, más luchaba el dios. A Beru se le nubló la vista.

—¡En nombre del Santo Creador! —surgió la voz de Lazaros a través del santuario.

Beru se volvió. Lazaros estaba en la base del altar con una pila de aceite crismal derramada a sus pies. El aceite se había deslizado como un río brillante a través del suelo de mármol, extendiéndose hasta el cofre con las Reliquias. La mirada de Lazaros estaba puesta en Beru, y había alzado su espada de Fuego Divino por encima de la cabeza.

Le llevó un segundo entender lo que estaba a punto de hacer. Y otro segundo más, actuar.

Invocando todos y cada uno de los vestigios de control que le quedaban, Beru alzó los brazos. Ephyra, Anton, Ilya, Jude y Hector se desvanecieron del santuario al tiempo que Lazaros lanzaba su espada hacia el suelo, incendiando el aceite crismal.

El tempo explotó en llamas.

Los escombros y el fuego llovieron sobre ella.

El poder del dios surgió en su interior, invadiéndola. Las Reliquias habían acabado destruidas, y el cadáver quemado de Lazaros yacía junto a ellas, en medio de las ruinas.

Las llamas aún la quemaban, y el dios salió al porche del templo, con los cientos de Testigos muertos alrededor del ágora.

No era suficiente. La ira del dios no hizo más que arder con más fuerza.

Quería hacer sangrar a la ciudad.

Hizo un gesto con la mano de Beru y la sangre de los cadáveres de los Testigos se elevó como una fina lluvia. El dios alzó ambos brazos y la sangre se fusionó en una ola oscura.

—PUEBLO DE PALAS ATHOS —atronó la voz del dios—. HABÉIS PERDIDO VUESTRA FE. HABÉIS CAÍDO BAJO EL HECHIZO DE UN HOMBRE QUE SE HACÍA LLAMAR «PROFETA». PERO ESCUCHADME: ÉL NO ERA UN PROFETA. DECÍA TRANSMITIR LAS PALABRAS DE LO DIVINO, PERO SOLO DECÍA MENTIRAS. YO SOY VUESTRO CREADOR. YO SOY VUESTRO DIOS.

Beru oyó los gritos reverberando por la ciudad bajo sus pies cuando la sangre se estrelló sobre ellos en una ola que comenzó en el templo y barrió las inmaculadas y blancas calles. Pasó por los edificios de piedra caliza y cayó en cascada por la muralla del primer nivel y hacia el segundo, la Ciudad Baja.

Aún no era suficiente. Con otro gesto de las manos de Beru, el dios convirtió toda el agua de la ciudad en sangre. Comenzó a brotar de la fuente de la plaza Elea. Corrió por las cloacas. Se vertió en el mar.

Había convertido la ciudad en sí misma en una herida, tiñéndolo todo de rojo.

—ES HORA DE QUE OS REENCONTRÉIS CON LA FE QUE HABÉIS PERDIDO.

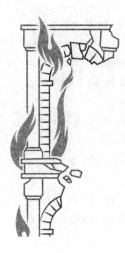

CAPÍTULO TREINTA Y NUEVE

HASSAN

Hassan sintió sus propios nervios mientras el barco se aproximaba a la orilla. Para evitar ser vistos por la gente de Lethia, habían echado el ancla en una cala lejos del puerto de Nazirah. Como precaución adicional, habían desembarcado en mitad de la noche Hassan, Khepri y dos miembros de la tripulación, quienes remaron contra las olas, con el camino iluminado solo por la luz de la luna.

—Pareces inquieto —comentó Khepri—. ¿Recuerdas la última vez que volvimos a Nazirah?

—¿Te refieres a cuando Lethia me traicionó y capturó a nuestro ejército? —preguntó Hassan—. Eso no me ayuda precisamente.

—Solo digo que podría ser mucho peor.

—Bueno, aún no lo sabemos —le recordó Hassan bruscamente—. Han pasado lunas desde que alguno de los dos supo algo del Ala del Escarabeo.

Llegaron por fin a la rocosa orilla y desembarcaron. Con una despedida y deseándoles buena suerte, los dos miembros de la tripulación remaron de vuelta al barco.

Ahora que Khepri había mencionado cuando habían vuelto a Nazirah la última vez, Hassan no podía dejar de pensar en ello. En aquel entonces había estado rodeado por un ejército, todos alentados por una furia justificada. Ahora eran solo ellos dos. No con menos motivación, pero considerablemente peor equipados para una batalla.

Caminaron por la playa, y se dirigieron hacia los bajos y escarpados acantilados. El sol había empezado a salir para cuando alcanzaron el bosque de cipreses que se alzaba sobre la cala. Desde allí podían ver las afueras de la ciudad, los edificios de arenisca que brillaban con la luz rosácea del amanecer.

—El rey de Herat ha vuelto —dijo Khepri, apoyándose en su hombro. Él se giró hacia ella.

—Khepri, no soy… Nunca fui el rey que Nazirah necesitaba que fuera. Sabes eso mejor que nadie. No he regresado por eso.

Sus ojos de color ámbar recorrieron su rostro. Por un momento Hassan pensó que iba a contradecirlo. En su lugar, lo agarró de la mano y tiró de él colina abajo.

—Venga, vamos.

Puede que Khepri lo viera como a un rey, pero iba a escabullirse en la ciudad como un ladrón. Aunque Anton y Ephyra le habían enseñado de lo que era capaz un ladrón. Puede que hubiera cosas peores que convertirse en uno.

Cuando se acercaron al distrito de los artífices y alquimistas, Khepri y él caminaron deprisa, como si tuvieran algún sitio al que ir. Hassan llevaba una capucha para ocultar su rostro, ya que lo último que quería era que alguien lo reconociera.

Para cuando alcanzaron la familiar bodega, estaba sudando y el corazón le latía con fuerza. Al tiempo que Khepri giraba el barril de vino que revelaba el pasaje secreto, se le ocurrió que no tenían ni idea de lo que les esperaba en la Gran Biblioteca. Desconocían las pérdidas que habían sufrido los rebeldes desde que habían capturado a Hassan y a Khepri. Ni siquiera estaban al tanto de si Zareen, Chike y Sefu estarían aún allí.

Hasta donde ellos sabían, los Testigos podían haber descubierto aquel sitio. ¿Estarían metiéndose en una trampa?

Buscó a Khepri en el pasaje oscuro. Sus nervios solo aumentaron a medida que avanzaban por el largo túnel hasta que por fin llegaron a la puerta que los conduciría dentro.

—¿Aún recuerdas la contraseña? —preguntó Khepri. Hassan asintió, y juntos hicieron rotar las ruedas de la puerta para alinearlas.

Mientras giraban la última de las ruedas, Khepri lo miró a los ojos.

—¿Preparada? —preguntó él.

Ella asintió. Fuera lo que fuere lo que los esperara al otro lado, estaban a punto de descubrirlo.

La puerta chirrió al abrirse, y se encontraron cara a cara con la punta de una espada.

—Identificaos —La mujer que sujetaba la espada no era nadie que Hassan hubiera visto antes: era una mujer mayor, con el pelo negro salpicado de canas y peinado con el recogido que llevaban los legionarios.

—Hum… —dijo Hassan sin ser de mucha ayuda.

Por encima del hombro de la mujer pudo ver el atrio de la Biblioteca, atestado de gente bajo las esferas armilares. Parecía que algo más de la mitad de los rebeldes estaban allí, aunque cuando Hassan se fijó, no reconoció a muchos de ellos.

—¿Podrías bajar el arma? —preguntó Hassan.

—¿Preferirías tener esta conversación en las mazmorras?

—No —dijo Khepri rápidamente—. Soy Khepri Fakhoury, y este es Hassan Seif.

La mujer tuvo que mirar dos veces a Hassan. Su expresión se ensombreció y agarró la espada con más fuerza.

—Decidme quiénes sois realmente y quién os dio la contraseña para entrar.

Hassan y Khepri intercambiaron una mirada.

—Es la verdad. Mis hermanos, Sefu y Chike, pueden responder por mí. ¿Están… aquí?

Miró por encima de la cabeza de la mujer tratando de buscarlos.

—El príncipe está muerto —dijo la mujer con rotundidad—. Y Khepri Fakhoury lleva desaparecida un tiempo, así que sin importar lo que estéis intentando conseguir, yo que vosotros lo dejaría.

Sobre el hombro de la mujer, Hassan vio una cara familiar: Faran, uno de los refugiados herati originales que habían ido a Palas Athos con ellos.

—¡Faran! —Khepri lo llamó mientras él trotaba a través del atrio con un montón de mapas bajo el brazo. Ella lo saludó con la mano—. ¡Faran!

Él alzó la mirada, distraído.

—Ah, hola, Khepri. ¡Necesito llevar esto a la sala de guerra, pero te veré allí!

La mujer se volvió hacia Faran, desconcertada, mientras Hassan y Khepri miraban igualmente atónitos cómo Faran pasaba junto a ellos.

Entonces se detuvo, y los mapas cayeron al suelo a su alrededor.

—¿*Khepri*? —volvió sobre sus pasos—. ¿Príncipe Hassan? ¿Qué estáis…? ¿Cómo…?

—Es una historia muy larga —dijo Khepri—. Así que preferiríamos contarla una sola vez. ¿Están mis hermanos aquí?

Faran asintió.

—Probablemente estén esperando en la sala de guerra. Zareen también.

La mujer que los había parado pareció avergonzada mientras se apresuraba a envainar su espada.

—Yo… Mis disculpas, su Alteza.

Hassan hizo un gesto con la mano.

—No es la primera vez que alguien piensa que estoy muerto, y probablemente no será la última. ¿Faran?

—Seguidme —dijo Faran, encaminándose a través del atrio.

—¿No necesitabas esto? —preguntó Hassan, agachándose a recoger los mapas.

—Cierto —dijo Faran, que se volvió y se agachó junto a Hassan. Pero en lugar de recoger los mapas, se lo quedó mirando—. Jamás pensé que volvería a verte. Ninguno de nosotros lo esperaba.

Sonaba aliviado y algo asombrado. Hassan le ofreció una tensa sonrisa y se puso en pie. Una vez que los mapas volvieron a estar bajo el brazo de Faran, este guio a Hassan y a Khepri.

Mientras se encaminaban por el amplio y abovedado pasillo, Hassan se fijó en la gente que se apresuraba de una habitación a otra. Unos meses atrás, cuando había vivido allí, había habido unas trescientas personas en la base rebelde. Ahora, Hassan ya había visto casi el doble. La Biblioteca era enorme, ¿quién sabía cuánta gente más estaría resguardada entre esas paredes? Se dio cuenta de que aquello ya no era un dispar grupo de rebeldes.

Era un ejército.

Se le encogió el estómago. Lo alegraba y lo aliviaba a partes iguales que los rebeldes siguieran allí y pareciera irles mejor que nunca. Pero sabía que tendrían preguntas que hacerle. Preguntas que se había dicho a sí mismo que estaba preparado para responder, pero ahora que el momento se acercaba, no estaba tan seguro.

Khepri le agarró la mano y le dio un ligero apretón. Se acercaron a la sala de lectura norte, la cual Hassan asumía que había sido convertida en lo que Faran había llamado «la sala de guerra». Mientras cruzaban el umbral, oyó voces dentro.

Después de todo aquel tiempo, Hassan aún reconoció la voz de Zareen y su tono irritado.

—Te lo he dicho, no está listo aún. No puedes meterle prisa a la genialidad, Chike.

—¿Y qué me dices de la inteligencia mediocre, podemos meterle prisa?

Se oyó la carcajada de Sefu.

—No eres tan gracioso como piensas —respondió Zareen con arrogancia—. ¿Dónde está la Generala? Debería estar aquí ya.

¿Generala? Realmente sí era un ejército.

—¡Zareen! —la llamó Faran mientras Hassan, Khepri y él entraban en la cámara principal.

Había una decena de personas en la habitación, hablando en pequeños grupos, y Hassan solo reconoció a unos cuantos. Pero su mirada se centró en Zareen, sentada al borde de la mesa con las piernas colgando. La alquimista parecía diminuta junto a los gigantes Chike y Sefu, quienes se volvieron ante el sonido de la voz de Faran.

Hassan vio cómo se quedaban petrificados al verlos a Khepri y a él.

—Faran —dijo Zareen en un tono tranquilo—. Has traído invitados.

Todos los presentes en la cámara se quedaron en silencio, mirándolos. Hubo unos cuantos murmullos, y Hassan reconoció su nombre brotando de los labios de más de una persona. No sabía cómo interpretar la expresión en la cara de Zareen, y el estómago se le encogió de inquietud.

—¡Khepri! —rugió Sefu, rompiendo el silencio—. ¡Príncipe Hassan! ¡Estáis vivos!

Se abalanzó sobre ellos con Chike pisándole los talones, pero cuando llegó hasta Khepri se detuvo un momento, mirándola, antes de asestarle un puñetazo en el brazo.

—¡Ay! —se quejó Khepri, e inmediatamente le devolvió el puñetazo—. Dulce Endarra, ¡eso duele!

—Cuatro meses —le dijo Zareen a Hassan mientras Khepri y sus hermanos se peleaban en voz alta tras ellos y el resto de la habitación se llenaba de nuevo con la conversación de los demás—. *Cuatro* meses llevas fuera. No teníamos ni idea de lo que te había pasado. ¿Arash…?

—Arash está… —empezó a decir Hassan, y entonces dudó. La hostilidad entre Arash y él no había sido un secreto, y Hassan temió lo que pensaría Zareen—. Murió. Lo siento, Zareen. Sé que estabais unidos.

Ella tensó los hombros, tragó saliva y asintió.

—¿Qué ocurrió?

—Nos capturó el Hierofante, y nos llevó a Behezda.

Zareen abrió mucho los ojos, comprendiendo la situación. Hassan no necesitó seguir.

—Tenemos mucho que contarnos para ponernos al día —dijo Hassan.

Zareen asintió.

—Sería inteligente hacer un informe completo. Pero hay algo que debería decirte primero.

Parecía nerviosa e indecisa, y Hassan se preparó para lo peor. Pero antes de que ella pudiera seguir hablando, algo por encima del hombro de Hassan captó su atención.

—¡Generala! —exclamó Zareen.

Hassan se volvió con el corazón latiéndole con una curiosidad casi desesperada.

Al principio su mente no pudo procesar lo que estaba viendo. La Generala recorrió la habitación con confianza, aunque con un andar irregular, ya que, por debajo de la rodilla, le faltaba una pierna. En su lugar llevaba una prótesis creada por artífices. Tenía el pelo mucho más corto que de costumbre, enmarcando a la perfección sus pómulos y una cara que, si bien estaba más arrugada de lo que Hassan recordaba, le era tan familiar como la suya propia. Los ojos marrón claro que ambos compartían se abrieron como platos por la conmoción.

—Bueno —dijo Zareen en voz baja a su espalda—. Eso era lo que iba a contarte.

Hassan miró a la Generala con el corazón galopándole en el pecho hasta que al fin pudo abrir la boca y hablar con un tono de completa incredulidad.

—¿Madre?

Incluso tras una hora, Hassan seguía sin creérselo. Su madre estaba allí. Viva. A salvo de las garras de Lethia y de los Testigos.

Y, al parecer, al frente de un ejército.

Se sentaron el uno junto al otro en la mesa de la sala de guerra. Todos los demás habían salido de la habitación. Su madre lo había tomado de la mano, acariciándole los nudillos de manera distraída con el pulgar. No parecía que fuera capaz de dejar de tocarlo, y él no era capaz de dejar de mirarla.

—Y entonces fue cuando decidimos volver —dijo Hassan. Se lo había contado todo: desde el día en que se había ido del palacio durante el derrocamiento hasta el momento en que se había subido al barco que lo había traído de vuelta a casa.

—Creía que estabas muerto —le dijo ella con lágrimas en los ojos, tocándole la cara—. Lethia me dijo que habías muerto. Si lo hubiera sabido... Hassan, si lo hubiera sabido, nada me habría frenado a la hora de encontrarte.

—Lo sé —dijo él, sin poder reprimir las lágrimas—. Te he echado tanto de menos. Cuando me enteré de la ejecución de Padre, yo... Quise creer que no habías sufrido el mismo destino.

Ella negó con la cabeza, y en ese momento se desmoronó, mostrando una vulnerabilidad que no dejaba ver a mucha gente.

—Tu padre fue el que consiguió sacarme de allí. Ambos estuvimos presos en el palacio durante las semanas siguientes al derrocamiento. Solo podíamos esperar que hubieras escapado, no teníamos manera de saberlo. Y tu padre... tenía aliados de los que ni siquiera yo había oído hablar. Fueron capaces de infiltrarse en palacio y sacarme a escondidas. No soportaba dejarlo atrás, pero sabía que, si seguías vivo, tenía que encontrarte. Pero mientras huíamos de la ciudad, fuimos atacados. Muchos de los que me protegían perdieron su vida, y yo perdí la pierna.

Hassan se había preguntado cómo la había perdido.

—Me subieron a un barco en el río Herat. No sé cuánto tiempo navegamos río arriba, pero finalmente llegamos a un refugio seguro donde me curaron. Para cuando recuperé las fuerzas, recibimos el informe de que el faro había caído, y de que tú estabas... —respiró hondo en lugar de decirlo en voz alta—. Me sumergí en el dolor durante días y semanas. No podía soportar vivir en un mundo que fuera tan cruel como para arrebatarme a mi dulce niño.

Hassan apretó aún más la mano de su madre sin saber qué decir.

—Para entonces —dijo ella—, los soldados de tu tía habían invadido la parte sur del río, apoderándose de los recursos y de ciudades indispensables. Y supe lo que tenía que hacer, así que una mañana decidí que no abandonaría esta vida hasta que hubiera recuperado Herat de las manos de Lethia, y hubiera hecho pagar a todos y cada uno de sus soldados por su accionar.

Hassan había olvidado lo formidable e implacable que podía llegar a ser su madre. No se acobardaba ante las emociones. En contraste con su padre, que había sido más reservado, su madre lo sentía todo con más fuerza, y se expresaba con más viveza. Eso incluía también su temperamento: si estaba enfadada, uno tenía que dejar que ese enfado siguiera su curso. Era algo que ella y Hassan compartían, y algo que su padre nunca había entendido del todo.

—Así que eso es lo que he estado haciendo —dijo ella—. He viajado por las tierras montañosas tratando de ganarme el favor de los lores de esas regiones, y he reunido un ejército con el que recuperar Nazirah. Hace un mes recibimos el aviso de que había un grupo de rebeldes actuando en Nazirah. Un selecto grupo de comandantes, sus soldados y yo nos infiltramos en la ciudad. Me dijeron que tú habías estado con ellos después de lo del faro, y me permití tener esperanza de que siguieras vivo. De que nuestros caminos volvieran a cruzarse.

—Oímos que los lores regionales se habían unido —dijo Hassan—. Pero no tenía ni idea de que fueras tú, ni de que tuvieras un ejército.

—Planeamos trabajar con los rebeldes en un ataque coordinado —dijo ella—. Los lores avanzarán sobre Nazirah mientras los rebeldes atacan desde dentro.

—¿Cuándo? —preguntó Hassan.

—Muy pronto —respondió ella—. Pero necesitamos algo antes de lanzar el ataque. Fui capaz de persuadir a los lores de unirse y apoyar mi derecho al trono, aunque es aún más débil que el de Lethia. Pero sin un heredero digno habrá un derramamiento de sangre, y al final Lethia mantendrá su poder o Herat se sumirá en el caos. Necesitamos a un verdadero heredero que nos una. Necesitamos a un rey.

La mirada de su madre se posó en su rostro.

Él apartó la mano.

—Madre, lo intenté. He intentado ser el líder que Nazirah necesitaba, pero… no salió bien. Fracasé de muchas maneras, no he venido a repetir ese error.

—Mi dulce hijo —dijo ella, agarrándolo de los hombros y mirándolo con una ternura que casi le dolió—. Ya no eres un niño. Un líder de verdad no es alguien que jamás comete errores. Es aquel que aprende de ellos.

Él negó con la cabeza.

—Tú eres la que se ganó el apoyo de las regiones. Tú eres la que está al mando de este ejército, la que hará que se congreguen.

—Y tú eres su rey —dijo ella ferozmente, apretándole los hombros—. Si hay alguien que puede unir a nuestro país, a Agraciados y no Agraciados por igual, eres tú.

—Pero yo… —Quiso decir que no podía hacerlo. Que lo había intentado y había fracasado, dos veces. Que Herat no lo necesitaba, y nunca lo había hecho—. Yo… ¿No deberíamos discutir esto con los demás?

—Estarán de acuerdo conmigo —dijo ella descartando la idea—. Puedo ganar la batalla por ti, pero yo no sirvo para la política ni para liderar. Ese era el terreno de tu padre.

De hecho, a su padre tampoco le había interesado eso. Él había sido demasiado honesto. Demasiado bueno. Demasiado indulgente y no lo suficientemente implacable. Le gustaba todo lo que pudiera montar y desmontar con sus manos. La política era demasiado resbaladiza, siempre cambiante.

Era a Lethia a la que se le había dado bien el arte de gobernar. ¿Cómo, si no, habría orquestado un derrocamiento contra la familia de Hassan a la vez que mantenía la ciudad de Nazirah en pie cuando las fuerzas del caos descendieron sobre ella? Había sido lo suficientemente despiadada para hacer un trato con el Hierofante. Lo suficientemente astuta para usarlo a él y a los Testigos para asegurar su poder. Y lo suficientemente tramposa para mentirle a Hassan y quitarlos a él y a su escaso ejército de en medio.

Aún recordaba lo que le había dicho a Zareen la noche que había dejado el Ala del Escarabeo después del brutal ataque de Arash en la ciudad. «Quiero que respondan ante la justicia, pero no puedo permitir este tipo de actos».

Quizá por eso había acudido a Lethia y había hecho un trato con el Hierofante. Quería una resolución pacífica. Quería, más que nada, que la paz reinara en el país que tanto amaba. Pero aquella paz no sería posible si no se deshacía del veneno que el Hierofante y Lethia habían propagado.

Había fallado a la hora de cumplir su deber para restaurar el orden en Herat.

Su madre creía que ahora sí podría hacerlo. Hassan ignoraba si eso era cierto, pero sí sabía que, si quería salvar al país y proteger a su pueblo, tenía que convertirse en esa persona.

Si iba a derrotar a Lethia y no solo a ganar la batalla, sino a derrotarla de verdad y a recomponer lo que ella había fracturado, tendría que aceptar las partes de sí mismo que eran como ella.

—De acuerdo —dijo por fin—. Lo haré.

CAPÍTULO CUARENTA

JUDE

Las olas rompían contra el embarcadero cuando Jude cayó de rodillas sobre él. El agudo graznido de una gaviota se elevó en el aire.

A su alrededor, los otros se tambaleaban mientras se ponían en pie, apoyándose en la estructura del embarcadero al tiempo que el agua les mojaba los dedos de los pies. Jude los observó: Ilya, Hector, Ephyra, Anton. No parecían estar heridos. El dios debía de haberlos transportado allí desde el templo. O, mejor dicho, Beru lo había hecho durante los pocos segundos en los que tuvo el control.

Vio cómo Ephyra se ponía en pie y se quedaba muy quieta, antes de que se le escapara un grito ahogado de horror. Jude siguió su mirada hasta la Ciudad de la Fe. La ciudad que Jude había creído una vez que sería su destino.

Ahora, al igual que su destino, Palas Athos estaba completamente bañada en sangre. Se ahogaba en ella, sus calles blancas anegadas de un espeso y rojo río. Jude se ahogó con ella mientras la observaba desde la playa vacía.

Se volvió para no verlo más, con la rabia y la impotencia mezclándose en su interior. Había fallado. La Vagabunda estaba muerta, y él había fallado. Su furia aumentó y aumentó hasta que al final se volvió y golpeó con el puño uno de los pilotes a su espalda.

No fue suficiente, así que lo hizo otra vez. Otra vez, y otra.

—¡Eh, tranquilo! —gritó Hector, rodeándole el hombro con una mano y haciéndolo retroceder.

Ciego de rabia, Jude invocó su Gracia para deshacerse de Hector.

Pero no pasó nada. Jude debería haber sentido el torbellino de la tormenta que era su Gracia, pero en su lugar sintió un vacío. Era exactamente igual que en aquellos días tras el faro, cuando solo fue capaz de sentir el dolor de las cicatrices de Fuego Divino.

Tomó una bocanada de aire y se dejó caer contra Hector; se había quedado sin fuerzas.

—Oye, no pasa nada —dijo Hector tratando de calmarlo.

—Mi Gracia —dijo Jude, echándose hacia atrás para mirarlo a los ojos—. No está.

—¿Qué? —preguntó Hector. Entonces abrió mucho los ojos, como si algo lo hubiera golpeado—. Yo... tampoco siento la mía.

—Ni yo —dijo Ephyra.

Jude se volvió y la vio a unos pasos de distancia, con la marea roja como la sangre a sus pies.

Hector negó con la cabeza.

—¿Habrá sido cosa del dios?

—No —dijo Ephyra—. Lo que hizo Lazaros con el Fuego Divino... debe de haber destruido las Reliquias. Y si las Reliquias están destruidas... también se ha aniquilado la fuente de nuestra Gracia.

—¿Cómo sabes eso? —exigió saber Jude.

—Una documentalista me lo contó una vez —dijo Ephyra—. Es por lo que las Hijas de la Misericordia no destruyeron el Cáliz durante el reinado de el rey Nigromante. Dijo que era la fuente de su poder, y que romperlo acabaría con la Gracia de la Sangre por completo.

—¿Así que nuestras Gracias no existen? —preguntó Hector con un tono casi de pánico.

—¿Anton? —preguntó Ephyra, torciendo la cabeza para mirar por detrás de Jude—. ¿Y tú?

Anton seguía de rodillas en la arena, sin mirarlos. En su mano tenía la Piedra del Oráculo junto al costado.

Así que una de las Reliquias había sobrevivido. Y Anton aún conservaba su Gracia. Pero las otras habían sido eliminadas, y con ellas, cualquier oportunidad de sellar de nuevo al dios.

Anton inclinó la cabeza hacia la arena. Siguió sin mirarlos, pero Jude sabía lo que estaba pensando. El mundo se estaba desmoronando. No tenían más opciones.

—¿Anton? —preguntó Ephyra de nuevo.

Anton se levantó muy lentamente. Sus movimientos parecían calculados, casi en calma. Pero cuando se volvió y miró a Jude a la cara, una fría y profunda ira cruzaba su rostro.

Se dirigió hasta Jude sin una palabra, lo agarró de la camiseta y lo empujó contra el pilote. El agua del mar les salpicó los pies.

—¿Qué narices estabas pensando? —exigió—. ¿Cómo has podido hacerme eso?

Jude lo miró a los ojos mientras su propia rabia despertaba.

—Era la opción correcta, y lo sabes —dijo automáticamente—. Puedes intentar huir de ello como has huido toda tu vida, pero sabes que es cierto.

Vio en el rostro de Anton un destello de dolor antes de que sus facciones volvieran a endurecerse con su enfado.

—Me has mentido. La Vagabunda y tú. Y ahora está *muerta*.

De sus ojos brotaron lágrimas, y Jude vio la ola de dolor que intentaba contener. Sabía que Anton y la Vagabunda tenían una relación complicada, pero también sabía que ella era una de las pocas personas que conocían realmente a Anton. Quizá la única, aparte de los que se encontraban allí ahora.

—La Vagabunda murió haciendo lo que sabía que tenía que hacer —respondió Jude—. Haciendo lo correcto. Era nuestra oportunidad, y era consciente de que lo más probable era que no tuviéramos otra, así que la aproveché. Y sabía que tú no lo aceptarías, así que, sí, te mentí.

Anton aflojó sobre la camiseta de Jude, pues el dolor hizo que se desmoronara.

—¿Cómo puedes estar tan tranquilo? ¿Cómo puedes aceptarlo sin más?

—¿Qué quieres que te diga, Anton? —le espetó Jude—. ¿Que estoy cabreado? Por supuesto que lo estoy. Pero no cambia el hecho de que esta es la única manera de frenar al dios y de proteger al mundo. De protegerte a ti y a todos vosotros. Y si lo hubieras aceptado antes, nada de esto habría sucedido. Nos pasamos semanas recorriendo las montañas, buscando a unos salvadores que ni siquiera estaban allí. Nosotros somos los salvadores, y no hemos sido lo suficientemente fuertes para hacer lo que había que hacer.

Estaba más furioso de lo que lo había estado nunca. Furioso con Anton, con los Profetas, consigo mismo.

Debería haberlo sabido. Desde el momento en que Anton le había contado lo de los Profetas, lo de la Palabra Sagrada y lo del Guardián, debería haber sabido lo que tenía que hacer.

Quería vivir. Quería seguir amando a Anton. Quería un mundo en el que lo que él deseaba importara.

—¿Por qué discutís vosotros dos? —preguntó Ephyra.

Jude se puso tenso. Había olvidado que los demás estaban ahí. Anton aún lo fulminaba con la mirada, empujándolo contra el pilote.

—Anton os mintió —dijo Jude al fin, mirando por encima del hombro de Anton a Ephyra—. Hay una manera de parar al dios… sin los Profetas.

El silencio se instaló entre ellos como si fuera una nube de tormenta.

Por fin, Hector habló.

—¿Desde cuándo lo sabéis?

El silencio se extendió hasta que Anton finalmente se volvió para mirar a los demás.

—Desde que os encontré en Palas Athos.

—Y no…

—No os lo dije —dijo Anton—, porque no estaba dispuesto a hacerlo. Porque el coste es…

Paró de hablar de pronto, como si estuviera luchando contra las palabras.

—Yo —dijo Jude en voz baja—. Mi vida.

Vio el horror reflejándose en el rostro de Hector.

—¿A qué te refieres con tu vida? —exigió saber Hector—. Jude…

—Es una larga historia —dijo Jude—. Yo ni siquiera conozco todos los detalles. Solo sé que cuando los Profetas mataron al dios la primera vez, crearon un… un arma. Algo llamado «Palabra Sagrada». Y cuando el dios murió, la escondieron en el *esha* del primer Guardián de la Palabra. Ese secreto ha existido en el linaje Weatherbourne durante dos mil años. Pero para desencadenar y usar la Palabra Sagrada, debo entregar mi vida.

Hector abrió la boca para lo que parecía ser una respuesta enfadada, pero Jude lo interrumpió.

—No es distinto a lo que tú quisiste hacer antes —dijo Jude con calma—. Tomar el lugar de Beru como el recipiente.

Hector guardó silencio.

—¿Así que eso es todo? —preguntó Ilya—. ¿Ese es el plan?

—No —dijo Anton enseguida.

—Sí —respondió Jude—. Planeaba hacerlo en el templo. Lo intenté, pero la Vagabunda… —dejó que su voz se apagara en un incómodo silencio. Todos habían visto lo que le había pasado.

—Bueno, nada de esto importa si no podemos volver hasta el dios —dijo Ilya con firmeza—. Tenemos que pensar qué hacer ahora.

Todos miraron a Anton.

—Viste esto en tu visión, ¿no? —preguntó Hector.

Anton apretó la mandíbula.

—Sí. Vi Behezda, y luego Tarsépolis. Y ahora Palas Athos.

—¿Y qué ocurre después de Palas Athos?

—Endarrion —respondió Anton, cerrando los ojos durante un segundo—. Una… plaga, en Endarrion. Pero no llegaremos a tiempo.

—Al menos tenemos que intentarlo —dijo Hector, enfadado.

—No, Anton tiene razón —dijo Ilya—. El dios puede ir adonde quiera y cuando quiera. Para alcanzarlo, tenemos que ir un paso por delante.

—Si no vamos a Endarrion, estamos condenando miles de vidas —respondió Hector—. Quizá cientos de miles.

Jude sintió que la culpa se agolpaba en su interior. Miró a Anton, y vio el mismo horror reflejado en sus ojos, y su determinación haciéndose añicos.

—Nazirah era la última ciudad en mi visión —dijo Anton.

El peso de sus palabras cayó sobre todos ellos. La última ciudad. La última oportunidad de detener la Era de la Oscuridad.

—Entonces allí es donde iremos —dijo Ilya sombríamente.

—¿Y cómo vamos a llegar exactamente? —preguntó Ephyra.

—El barco de la Vagabunda está atracado justo allí —respondió Ilya, apuntando al muelle—. Estoy bastante seguro de que nos llevarán donde necesitemos, dadas las circunstancias.

—Entonces vámonos —dijo Jude, cortante, y empezó a caminar por la playa—. No tenemos tiempo que perder.

Podía sentir la mirada de Anton, furioso, puesta en él, pero no se volvió para comprobarlo.

Caminaron hasta el muelle y subieron a la cubierta del barco de la Vagabunda en silencio.

Ilya parecía encantado de encargarse de hablar con el capitán, y Jude estaba encantado de dejar que lo hiciera.

Vio a Anton en la proa, observando el horizonte mientras navegaban hacia él, con el sol hundiéndose por el oeste.

Jude se acercó, acordándose de una noche distinta en un barco distinto, al partir de Nazirah, cuando había estado junto a Anton y le había tocado la mano en la oscuridad. Aquella noche parecía tan lejana…, como si hubiera ocurrido en otra vida.

«Vi el fin del mundo. Pero no tengo ni idea de cómo impedirlo», le había dicho Anton.

Y estaba sucediendo, la visión de Anton, justo como había predicho aquel día. Pero ahora sí sabía cómo impedirlo.

Anton se volvió hacia Jude cuando se acercó. Parecía agotado, con ojeras bajo sus ojos rojos, el pelo revuelto y las mejillas rojas del fuerte viento.

Solo con verlo así, con los hombros hundidos por el agotamiento y la tristeza anclada en sus ojos, el enfado de Jude disminuyó. En su lugar sintió el tierno deseo de hacer lo que siempre había hecho: proteger a Anton.

—Me mentiste —dijo Anton, sin una pizca del enfado anterior.

—Tú me mentiste primero —contraatacó Jude—. Y durante más tiempo.

—Entonces qué, ¿estamos empatados? —preguntó Anton.

Jude se encogió ligeramente de hombros.

—Lo intentamos de la otra manera. Hicimos todo lo que pudimos.

—Lo sé —dijo Anton con voz temblorosa—. Y aun así no ha sido suficiente. No puedo salvarte. He fracasado con la única cosa que importa.

—Yo no lo veo así.

Anton alzó la mirada; sus ojos estaban oscuros y llenos de lágrimas que aún no había derramado.

—De verdad —dijo Jude—. Todo el mundo muere al final. Todo acaba. Pero si tengo que morir, preferiría morir sabiendo que le he dado a mi vida todo lo que podía y quería. Que he amado y he sido amado. Que he temido, pero no he dejado que mi temor me retuviera. Que salté de lo alto de un faro sin saber lo que habría debajo. Que caminé por un camino más oscuro y diferente al que se me impuso, con solo la fe del chico al que amo para guiarme.

Cubrió la mano de Anton con la suya.

—Tú me has dado eso —dijo—. Todas las cosas que anhelaba, cosas que ni siquiera sabía que podía querer. Más allá de lo que pase en Nazirah, y conmigo, no olvides eso.

Anton giró la mano para entrelazar los dedos con los de Jude.

—De acuerdo —dijo contra el viento—. No lo olvidaré.

CAPÍTULO CUARENTA Y UNO

BERU

La mayoría de los acólitos del Templo de Endarra huyeron en cuanto el dios llegó.

Beru estaba en los escalones del templo contemplando el río, donde los acólitos se agolpaban en barcas para remar hacia la ciudad.

Pero algunos de ellos se quedaron, arrodillándose temblorosamente para suplicar perdón.

El dios no trató de detener a los que huyeron. No tenía ninguna necesidad.

Le enseñaría a esa gente que habían estado venerando a ídolos falsos durante dos milenios. Construyendo monumentos como el templo en honor a los asesinos del dios. Dejando que sus creencias los corrompieran, y difundiendo mentiras como un veneno invisible.

Fue entonces cuando el dios supo lo que haría.

—ESTA CIUDAD SE LLAMA ASÍ POR ENDARRA LA BELLA. LA BELLEZA DE LA CIUDAD CUBRE EL MAL QUE LA PUDRE. PERO ESO SE ACABÓ: AHORA ESE MAL SERÁ EXPUESTO PARA QUE TODOS LO VEAN.

Cerró los ojos de Beru e invocó una plaga. Una nube invisible de enfermedad se alzó sobre el templo, y el dios dejó que el veneno se extendiera hacia los acólitos que huían hasta llenar todo el aire que respiraban. Pasarían horas hasta que la enfermedad se asentara, y para entonces la habrían contagiado por toda la ciudad. Y cuando la gente llamara a sus Profetas, no obtendrían respuesta.

Desde el interior de su prisión en la mente del dios, Beru luchó contra su voluntad.

Soy Beru de Medea, se dijo a sí misma. *Hermana de Ephyra. Renacida.*

¿POR QUÉ ESTÁS DICIENDO ESO?

Porque no quiero olvidarlo, respondió Beru. *No puedo olvidarlo.*

SERÍA MEJOR SI LO OLVIDARAS. MÁS FÁCIL.

Una parte de ella estaba de acuerdo. Sabía lo placentero que sería deslizarse hacia la nada, en lugar de tener que contemplar esa destrucción. Pero otra parte de ella, una parte tan profunda que el dios jamás podría tocar, se rebelaba contra esa idea. Incluso aunque no pudiera alzar ni tan siquiera el dedo meñique, era importante que aún supiera quién era. No podía explicar por qué, pero sabía que era importante.

ELIGES TENER QUE LUCHAR. ELIGES EL SUFRIMIENTO. SUPONGO QUE ES UNA CUALIDAD MUY HUMANA. PERO AL FINAL DARÁ IGUAL.

Behezda había quedado aplastada por la tierra. Palas Athos había sido anegada en un río de sangre. Endarrion caería ante la plaga. Aun así, no era suficiente.

Los Profetas están todos muertos, pensó Beru. *Ya no están. Te has cobrado tu venganza.*

NO TODOS ELLOS, respondió el dios. FALTA EL ÚLTIMO.

¿Y entonces será suficiente?, preguntó Beru, sabiendo la respuesta. *¿Arrebatarle la vida satisfará tu ira?*

ME HAS ENSEÑADO MUCHO SOBRE LOS HUMANOS, dijo el dios. LOS HUMANOS HAN DESPERDICIADO SU LIBRE ALBEDRÍO. LO HAN USADO PARA COMENZAR GUERRAS Y CAUSAR SUFRIMIENTO. YO TENÍA RAZÓN: LOS HUMANOS NECESITAN EL SUFRIMIENTO. ¿POR QUÉ, SI NO, CAUSARÍAN TANTO DOLOR? PERO TENÍAS RAZÓN TAMBIÉN EN DECIR QUE EL SUFRIMIENTO ES MALO.

Entonces, ¿por qué?, imploró Beru. *¿Por qué haces esto? ¿Por qué causar más sufrimiento?*

PORQUE SOLO HAY UNA FORMA DE ERRADICAR EL SUFRIMIENTO.

Y Beru vio lo que el dios haría. Vio que no podría frenarlo.

El dios arreglaría el mundo de la única forma que conocía.

Acabando con él.

IV

EL ÚLTIMO PROFETA

CAPÍTULO CUARENTA Y DOS

ANTON

Habían estado encerrados dentro de un taller de artífice abandonado frente a la Gran Biblioteca casi toda la tarde, y ni una sola persona había entrado o salido del edificio.

—Es aquí donde Hassan dijo que los rebeldes tenían su base, ¿no? —preguntó Ephyra por segunda vez en unas pocas horas.

—Debe de haber otra entrada —insistió Ilya.

—O han cambiado de sitio —dijo Jude.

—Si se hubieran movido, la entrada de la Biblioteca no estaría protegida —puntualizó Hector.

Al intentar entrar por las escaleras, una especie de violento escudo invisible los había lanzado hacia atrás.

—Necesitamos otro plan —dijo Jude—. Estamos demasiado expuestos aquí y está anocheciendo.

Antes de que la Reliquia del Corazón hubiera sido destruida, la oscuridad no habría supuesto mucha diferencia para Jude. Anton advertía lo mucho que le molestaba haber perdido su Gracia de nuevo.

—Creo que deberíamos…

El sonido de unas espadas al ser desenvainadas interrumpió lo que Jude había estado a punto de decir.

Anton se volvió. Seis guerreros los rodeaban, acorralándolos contra los ventanales. Dos de ellos habían desenvainado sus espadas.

—¿Quién os envía? —preguntó el que estaba al frente con la espada apuntando a Anton.

—Te arrepentirás de apuntarle con la espada —dijo Jude en un tono peligroso.

Anton observó a los guerreros, considerándolos. No parecían llevar ningún tipo de uniformes, y no parecían ser Testigos.

Arriesgándose, dijo:

—Somos amigos del príncipe Hassan.

La sorpresa se reflejó en los ojos de los guerreros.

—¿Qué te hace pensar que el príncipe Hassan está aquí?

—Bajad las armas —ordenó una voz autoritaria desde detrás de los guerreros.

—Sí, Generala —respondió el guerrero, envainando su espada de inmediato y poniéndose firme cuando una mujer entró en la habitación.

Anton vio que le faltaba la pierna derecha desde la rodilla. Llevaba lo que parecía una prótesis de artífice de madera y un ligero cobre, atada a su pierna con una correa de cuero.

—Mi patrulla os vio en el tejado hace horas —dijo la Generala—. ¿Quiénes sois y cómo conocéis a mi hijo?

—¿Tu *hijo*? —repitió Hector.

—Es una historia muy larga —respondió Anton—. ¿Cuánto tiempo tenéis?

La mirada de la mujer se detuvo sobre él.

—Ah —dijo ella—. Creo que ya sé quiénes sois, después de todo —Se volvió hacia los guerreros—. Continuad con la patrulla. Escoltaré a estos cinco personalmente hasta el rey.

Los soldados saludaron y la Generala sacó a Anton y a los demás del taller de artífice y los llevó al otro lado de la calle. Mientras que los cinco habían tenido que volverse anteriormente, ella se limitó a hacer un gesto con la mano. Un anillo en su mano derecha brilló ligeramente, y entró sin problemas.

—Rápido, no durará mucho tiempo desactivado —dijo por encima del hombro.

Se apresuraron a seguirla, caminando tras ella a través de las puertas de la Gran Biblioteca.

Incluso tan cerca del anochecer, los pasillos de la Biblioteca bullían de actividad. La Generala los guio a través de varios pasillos, y aunque un puñado de personas trataron de llamar su atención, dirigiéndoles miradas llenas de curiosidad a Anton y a los demás, ella no se paró ni una vez. Por fin, la Generala los condujo hasta unas puertas que parecían llevar a una sala de reuniones.

Hassan estaba frente a una alargada mesa con Khepri y algunos soldados, enfrascado en una conversación. Al oír las puertas alzaron la mirada, y Hassan abrió mucho los ojos.

—¿Qué hacéis aquí? —soltó, andando hacia ellos con Khepri pisándole los talones—. Quiero decir… ¡No es que no me alegre de veros!

—Quizá no lo hagas —dijo Anton—, cuando te contemos por qué estamos aquí.

—Así que el dios está de camino —dijo Hassan lentamente después de que Anton y los demás le contaran lo que había pasado en Palas Athos.

—La visión de Anton era clara en ese aspecto —dijo Jude con cuidado—. Nazirah es la última ciudad que atacará el dios.

Anton miró a Hassan a los ojos.

—No sabemos cuándo exactamente. Pero será pronto. Ya ha provocado la destrucción en Tarsépolis, en Palas Athos y en Endarrion. Solo quedan Charis y Nazirah.

—Íbamos… a arrebatarle a Lethia el control de la ciudad —dijo Hassan—. Íbamos a atacar mañana. Pero si lo que decís es cierto… deberíamos estar evacuando a todos los que podamos.

—No importará —respondió Jude—. No serás capaz de huir lo suficientemente rápido o lo suficientemente lejos para escapar. Por eso estamos aquí, para pararlo antes de que destruya Nazirah.

—¿Cómo? —preguntó Hassan.

Anton observó a través de los ventanales el cielo nocturno en lugar de mirarlos a ellos. No podía mirar a Jude mientras explicaba con aquella voz calmada y calculada lo que habían venido a hacer. No podía mirar a Hassan a la cara cuando se diera cuenta del sacrificio que Jude iba a hacer.

Sentía como si se estuviera ahogando de nuevo, siendo empujado bajo el hielo por una fuerza tan férrea como el metal.

BAJO LA LUZ MORTAL

Antes de saber lo que estaba haciendo, Anton salió de la habitación y se dirigió hacia el pasillo. Oyó vagamente a los demás llamándolo, pero no se detuvo.

Cuando estaba girando por una esquina del pasillo, vislumbró unas puertas que parecían llevar a un patio, aunque apenas distinguía nada en la oscuridad. Anton empujó las puertas y se lanzó al aire de la noche. Estaba temblando, siendo sacudido por incontrolables estremecimientos. Se desplomó en los escalones, se apoyó contra una columna y contó sus respiraciones durante un rato.

Cuando oyó unos pasos a su espalda, se volvió.

Ephyra lo miraba desde el umbral con una jarra colgando de una mano, mientras sujetaba la puerta con la otra. Había algo totalmente expuesto en su expresión, algo que hizo que a Anton se le encogiera el corazón.

Sin decir una palabra, Ephyra se acercó y se sentó despatarrada sobre los escalones junto a él. Dio un trago a la jarra, se limpió la boca con la mano y entonces se la ofreció a Anton.

Anton la aceptó indeciso y se la llevó a los labios. Un dulce y agrio vino se arremolinó alrededor de su lengua.

—Vino de granada herati —dijo Ephyra—. No está mal, ¿no?

Anton dio otro sorbo y le devolvió la jarra a Ephyra.

De pronto, se puso a llorar, profiriendo unos sollozos tan grandes que se desplomó contra Ephyra y enterró la cara contra su hombro.

—No puedo hacerlo —dijo, aferrándose a ella.

—Lo sé —respondió, pasándole un brazo alrededor—. Lo sé.

—Lo necesito demasiado.

Ephyra le apretó el hombro, y Anton supo que ella entendía el dolor tan profundo que sentía. Era el mismo dolor que había llevado a Ephyra a traer a su hermana de entre los muertos, a matar una y otra vez para mantenerla con vida.

Ephyra se quedó allí sentada, rodeándolo con un brazo mientras él lloraba contra su hombro, y cuando los sollozos se atenuaron, le ofreció de nuevo el vino.

—Oye —dijo Hector a su espalda—. ¿Os importa si me uno?

Anton echó un vistazo a Ephyra, consciente de que la relación entre ella y Hector aún era algo delicada. Pero la expresión de ella se suavizó cuando vio a Hector en el umbral de la puerta.

Anton asintió, y Hector se sentó a su otro lado, aceptando el vino cuando Anton se lo ofreció.

—Sé que parece que no serás capaz de sobrevivir a perderlo —dijo Hector en voz baja—. Pero sí que lo harás.

Si su plan funcionaba al día siguiente, Hector perdería a las dos únicas personas a las que había amado realmente. Si alguien sabía cómo se sentían Ephyra y él, era Hector.

—¿Cómo lo sabes? —preguntó Anton, con la voz quebrada por las lágrimas.

—Porque nos tienes a todos nosotros —dijo Hector—. A mí, a Ephyra, Hassan, Khepri... Incluso a Ilya. No estás solo. —Miró a Ephyra—. Ya no.

Se quedaron en los escalones pasándose la jarra de vino hasta que estuvo vacía.

—Bueno, venga —dijo Ephyra, levantándose y lanzando la jarra de una patada hacia el patio. Cayó en algún sitio en la oscuridad y se hizo añicos. Hector se rio.

—¿A dónde vamos? —preguntó Anton, dejando que Hector lo pusiera en pie.

—No podemos irnos a dormir después de haber bebido vino con el estómago vacío —respondió Ephyra, empujando las puertas. Anton no creía que fuera a dormir mucho de todas formas, pero la siguió.

Los otros los encontraron una hora después, sentados en el suelo entre las estanterías de libros y engullendo una bandeja de pasteles bañados en azúcar que habían robado de la cocina, mientras Ephyra contaba la vez que Beru había adoptado accidentalmente a una decena de gatos callejeros en Tarsépolis.

—Nos preguntábamos dónde os habíais metido —dijo Hassan desde la puerta, flanqueado por Khepri, Jude e Ilya.

Khepri fue directa hacia los pasteles, que estaban entre Hector y Anton.

Anton miró a Jude. No parecía enfadado porque Anton hubiera huido. Parecía... casi aliviado. Y comprensivo.

—Hector, Jude, venid conmigo un momento —dijo Hassan, saliendo de nuevo de la habitación.

Jude le dirigió una última mirada a Anton y siguió a Hassan sin protestar. Hector los miró con curiosidad y desapareció tras ellos.

Ephyra siguió contando su historia, y Hassan, Hector y Jude reaparecieron cuando llegaba al final, cargando con varias cestas de panes, un plato de brochetas de carne aún humeantes y varias jarras grandes de vino.

—Esto —dijo Khepri, poniéndose en pie para ayudarlos— es exactamente para lo que deberías estar usando tu poder como rey, Hassan.

—Estoy totalmente de acuerdo —dijo Ephyra, agarrando un pan.

Hassan se encogió de hombros.

—Se me ha ocurrido que… mañana puede que el mundo se acabe, ¿no? ¿Por qué no divertirnos todo lo que podamos esta noche?

Todos guardaron silencio. Todos sabían lo que pasaría al día siguiente si Anton y Jude fracasaban.

El silencio fue interrumpido cuando Ephyra agarró una jarra de vino y se sirvió una copa.

—¿Qué? —preguntó, devolviéndole la jarra a un sorprendido Hector—. No le falta razón.

Hector soltó una risotada, y se sirvió otra copa antes de ofrecérsela a Khepri.

Cuando todos tuvieron una copa en mano, Hassan alzó la suya.

—Un brindis, entonces —dijo—. Por el fin del mundo.

Todos alzaron sus copas.

—Por Beru —murmuró Ephyra.

—Por Ananke, la Vagabunda —añadió Anton.

—Por nosotros —dijo Khepri simplemente cuando hicieron chocar las copas en el brindis.

Muy pronto, los siete estuvieron tumbados por el suelo, apoyados en las estanterías o en suaves cojines, metiéndose los unos con los otros o contando historias. Anton sacó una baraja de cartas del bolsillo. Era la baraja que la Vagabunda le había regalado, con la parte trasera de las cartas de un dorado que brillaba bajo la tenue luz. Repartió cartas a Ephyra, Hassan y Hector, como si fuera una noche más de las que habían acampado bajo las estrellas, pasando el rato y animándose los unos a los otros.

Anton ganó la primera partida con facilidad, y también la segunda.

—Venga ya —dijo Hassan—. Es la última noche antes de que el mundo acabe. ¿No puedes ser un poco más indulgente con nosotros?

—¿Qué habría de divertido en eso? —respondió Anton, recogiendo las cartas para repartirlas de nuevo.

En una esquina, Jude y Khepri hablaban en voz baja, aunque Jude miraba hacia ellos de vez en cuando, y sus ojos siempre aterrizaban en Anton. Se les unió Ilya, quien contempló la partida de cartas con anhelo.

Sin pensarlo mucho, Anton se hizo a un lado para dejar un espacio entre Hassan y él, y cuando repartió de nuevo, hizo cinco montones. Miró a Ilya y asintió una sola vez con la cabeza.

Sin decir nada, Ilya se sentó junto a él y tomó sus cartas. Nadie hizo ningún comentario, simplemente reanudaron el juego, provocándose mientras Ilya y Anton alternaban las victorias.

—Así que por eso no lo dejabas jugar con nosotros —dijo Hassan sabiendo que no era así cuando Ilya ganó otra ronda—. Es el único que puede ganarte.

Anton miró a Ilya por encima de sus cartas, y él le dedicó una sonrisa dubitativa. La sonrisa de Anton en respuesta no fue amplia, pero sí sincera.

Aún se sentía algo expuesto sentado junto a Ilya, jugando a las cartas y bromeando como si todo hubiera sido perdonado. No era así, y quizá nunca lo sería, pero aun así era importante que estuviera allí. Para esa noche, en el umbral del fin de los tiempos, era suficiente.

CAPÍTULO CUARENTA Y TRES

EPHYRA

La noche pasó y aun así siguieron allí, comiendo y bebiendo mientras las velas se consumían y sus historias pasaban de graciosas y extrañas a melancólicas y nostálgicas.

A Ephyra le reconfortaba que volvieran a estar todos juntos, de alguna manera y contra todo pronóstico. Tenía amigos. Anton, Jude, Khepri, el príncipe Hassan. Incluso Hector, supuso. Gente en la que confiaba y que confiaba en ella. Rodeada de esa gente, sentía que una parte que ni siquiera sabía que estaba hecha pedazos comenzaba a sanar.

Su mirada encontró a Ilya sin que ella pudiera evitarlo, al otro lado del irregular círculo que formaban. Estaba sentado en una postura relajada, con un brazo alrededor de la rodilla y el otro aguantando su propio peso detrás de él. La luz de las velas hacía que se reflejaran sombras en su rostro y sobre su afilada mandíbula. Ephyra se permitió mirar. Era lo más relajado que lo había visto nunca, a kilómetros de distancia del chico estirado y reservado que había conocido en Palas Athos. Él no la miraba, centrado en su lugar en Hector, que gesticulaba mientras contaba algo. Ephyra había perdido el hilo de la conversación hacía rato.

Sabía que le debía a Ilya una disculpa. Lo había tratado con crueldad, sumergida en su dolor y en su rabia.

Pero las disculpas no eran algo que se le diera bien a Ephyra. Miró a Hector. Le había llevado años admitir que sentía haberle quitado a su familia y la vida.

Pero no le quedaban años. Aquella noche podía ser la última de todos.

Mientras Hassan se reía en voz alta de algo que había dicho Hector, Ephyra vio a Anton ayudando a Jude a levantarse, y ambos abandonaron la habitación sin una palabra. Jude se volvió en el último momento y, al ver que Ephyra lo miraba, le dedicó una pequeña sonrisa.

Ella le devolvió la sonrisa, y no les dijo nada a los demás cuando Jude y Anton desaparecieron tras las puertas.

Mientras Hector, Khepri y Hassan se entretenían en un lado de la habitación, Ephyra se levantó y fue hasta Ilya. Él la miró acercarse, pero no dijo nada cuando ella se sentó a su lado y se apoyó contra una de las estanterías.

—Tu también estás preocupado por lo de mañana —dijo Ephyra tras un momento. No era una pregunta.

Ilya asintió.

—¿Por Anton?

—Claro.

—Hay algo que siempre me he preguntado —dijo ella—. Hace tiempo, cuando intentabas manipular a las ladronas de tesoros de Shara para que te dieran el Cáliz, dijiste que Palas te obligó a torturar a tu propio hermano. ¿Era eso cierto?

Él inclinó la cabeza.

—Sí.

—¿Por qué lo hiciste?

—El Hierofante quería…

—No —dijo ella—. Quiero decir, ¿por qué?

Él la observó un momento, y entonces dejó escapar un suspiro y se pasó la mano por el pelo.

—Creo que una parte de mí quería castigarlo.

—¿Castigarlo por qué?

—Había momentos cuando éramos niños… —dijo de forma vacilante— que veía solo un destello de… de lo que el poder le haría. De lo que tendría que dar a cambio. En esos momentos era cuando más fuerte lo atacaba. Le hacía daño. Y después, por la noche, cuando estaba dormido, me… me sentaba allí, mirándolo, y lloraba.

Él se limpió la cara, dejando escapar un suspiro entrecortado. A Ephyra se le encogió el corazón, y no se contuvo a la hora de alargar la mano y posarla sobre su hombro de forma cuidadosa.

—Yo… jamás le había contado eso a nadie —dijo él con la voz ronca.

Ephyra guardó silencio un largo rato.

—¿Te sentías culpable? ¿Por lo que le hacías?

Él se encogió de hombros.

—Me odiaba a mí mismo. Sabía que lo que hacía estaba mal, pero aun así lo hacía. Cuando su Gracia se manifestó, yo… lo supe. Supe que nuestra vida cambiaría a partir de entonces. No teníamos mucho, pero nos teníamos el uno al otro. Y yo… supe que iba a dejarme. De alguna manera, sentía que ya lo había hecho. Supongo que quería castigarlo por eso. Creo que solo quería obligarme a odiarlo, y a hacer que él me odiara, para que cuando me dejara no me doliera tanto.

Ephyra sintió un escalofrío. Entendía demasiado bien a qué se refería Ilya. Ella había vivido con el mismo miedo toda su vida… El miedo a que Beru la dejara y ella se quedara sola. Y aunque no había dejado que aquel miedo la volviera contra su hermana, veía ahora cómo había dejado que la corrompiera de otras maneras. Lo había usado a lo largo de su vida, contra las personas que se atrevían a acercarse demasiado.

—Es horrible, ¿verdad? —dijo en un tono arrepentido, agarrándose el pelo con una de las manos—. Y no sirvió de nada. Bueno, él sí que me odia, esa parte salió bien. ¿Pero el resto…? Me destrozó cuando huyó. Aquello casi me mata.

—Sí que es horrible —dijo Ephyra, y cuando Ilya la miró ella se encogió de hombros—. Pero… ¿alguna vez le has dicho todo esto?

Ilya se tiró del pelo hasta que se le quedó de punta, y Ephyra tuvo que resistir el deseo de peinárselo con los dedos.

—Más o menos. Aquella noche en Palas Athos, ¿recuerdas?

—Creo que lo arruinó el hecho de que hicieras que los centinelas nos arrestaran cinco minutos después —le recordó Ephyra—. Así que no sé si eso cuenta.

Ilya se rio sin alegría.

—Tienes razón. Pero ¿qué más da? No lo quise lo suficiente. Debería haberlo hecho, y no lo hice. Puede que no supiera cómo hacerlo.

Ephyra apartó la mirada, recordando la acusación que le había espetado a Ilya.

—Ilya —dijo en voz baja—. Acerca de… lo que me dijiste.

Él negó con la cabeza.

—No tenemos que hacer esto. Esta noche, no.

Ella se giró para mirarlo, llevándose las rodillas al pecho.

—Quizá yo sí necesite hacerlo. —Él esperó—. Tú estuviste ahí cuando me quedé sin nadie más —empezó a decir, con voz temblorosa.

—Ya lo pillo —dijo él—. Era el único y no había otra opción. Estabas de luto, y yo me aproveché de eso...

—No lo hiciste —ella lo miró a la cara. Siempre había sido atractivo, eso podía admitirlo por mucho que la hubiera irritado—. No... No digo que estuviera pasando por un buen momento, o que lo hubiera hecho en otras circunstancias, pero fue mi elección.

Él la miró durante un largo rato.

—Te gustaba porque no tenías que intentar ser buena mientras estuvieras conmigo. Porque no tenías que preocuparte de hacerme daño o decepcionarme.

Por supuesto, tenía razón.

—Y, sin embargo, sí que te hice daño —dijo ella, mirando los libros de las estanterías en lugar de a él—. Intenté convencerme de que no podría hacerte daño, pero la verdad era que sabía exactamente cómo hacértelo, y eso hice. Y cuando dije... aquello de que no sabes cómo querer a alguien... estaba hablando de mí misma.

Cuando ella lo miró de nuevo, él estaba perplejo.

—Tú amas más fieramente que nadie que haya conocido nunca.

—No —dijo ella—. Eso no es amor. O... si lo es, es un amor egoísta. Mira lo que ha desencadenado, todo lo que he hecho.

Pensó en Anton llorando en su hombro. En los hombros tensos de Jude cuando les había contado lo de la Palabra Sagrada y lo que le costaría liberarla.

Ephyra tenía la culpa de todo aquello. Había traído al dios de entre los muertos en Behezda. Había hecho que todo empezara. Había hecho cosas terribles e impensables para evitar que se le rompiera el corazón. E iba a rompérsele de todas formas. Llevaba siete años rompiéndosele.

—Destrocé el mundo por completo por mi hermana —dijo ella—. Pero no pude hacer lo único que ella quería, la única cosa que me ha pedido que hiciera en su vida.

—¿El qué? —preguntó Ilya con suavidad.

—Dejarla ir.

Pensó en Beru usando sus últimas fuerzas para pedirle, o más bien rogarle, a Ephyra que parara.

—Pero lo voy a hacer —dijo Ephyra, limpiándose una lágrima que se había deslizado silenciosamente por su mejilla—. Puede que eso me mate, pero lo haré.

—Bueno, pues yo estaré a tu lado —dijo él—. Si me dejas.

—No me debes nada.

Él sonrió irónicamente.

—Lo gracioso es que, mientras estabas convencida de que solo podías empeorar las cosas, hiciste que quisiera ser mejor. Me hiciste creer que podía serlo. Que podía abrirme a alguien de nuevo, y que el dolor merecería la pena.

—¿Y lo es? —preguntó ella, temiendo la respuesta.

—Aún espero poder descubrirlo.

Ella inhaló con fuerza.

—Ilya…

—No te estoy pidiendo nada —dijo él—. Es tarde, y el mundo probablemente se acabe mañana. Así que, si quieres, me quedaré aquí sentado contigo hasta que se acabe, o hasta que salga el sol. Lo que ocurra primero.

—De acuerdo —dijo ella con suavidad, y apoyó la cabeza contra su hombro mientras oía las voces de los demás.

CAPÍTULO CUARENTA Y CUATRO

JUDE

Jude no preguntó a dónde iban. No dudó cuando Anton lo guio por los pasillos oscuros de la Biblioteca. En aquel momento era muy simple: allí donde fuera Anton, Jude lo seguiría.

Ascendieron las escaleras y salieron a un amplio patio con un jardín con pequeños riachuelos entrecruzados; lo atravesaba un puente hasta un pabellón cerrado.

Jude se detuvo mientras Anton empujaba la puerta del pabellón hasta abrirla. El interior estaba techado con una tela diáfana, ondulada hacia dentro, dando la impresión de que estaban en una tienda de campaña en lugar de una habitación. Había una cama en una esquina, llena de grandes cojines y cubierta de suaves sábanas.

Pero lo que atrajo la atención de Jude fue la mesita baja al otro lado de la habitación, donde había una vela encendida y otra apagada. Había un cáliz con vino entre las velas, también un amplio cuenco damasco de plata lleno de aceite crismal, y dos coronas de laurel. Frente a la mesa había una pequeña alfombra de color rosa.

—Anton —empezó a decir Jude, pero no supo cómo continuar. Miró con cuidado a Anton y de nuevo la mesa, y una alegría inmensa aceleró su corazón, esquivo como la luz moviéndose a través del agua—. ¿Has hecho tú todo esto?

—Lo organicé y pedí que lo prepararan —respondió Anton.

—Yo no… —No sabía cómo preguntar. Sabía lo que era. Lo que se suponía que era. Pero necesitaba estar seguro—. ¿Esto es…?

Anton asintió rápidamente, sintiéndose de pronto tímido.

—¿Y estas? —preguntó inseguro, tocando una de las coronas de laurel.

—Bueno —dijo Anton—. Los novogardianos hacen algo distinto cuando contraen matrimonio.

—La Orden no permite el matrimonio —le recordó Jude con cuidado—. Anton…

—Es solo que… —Empezó a decir Anton, vacilante. Su mirada estaba puesta en la mesa en lugar de en Jude—. Hemos estado unidos desde el principio. Desde el día en que vi tu barco llegando a Palas Athos. Desde incluso antes. Y ninguno de los dos tuvimos elección en una primera instancia, y cuando la tuvimos… Nos elegimos el uno al otro una y otra vez, ¿no?

Solo en ese momento alzó la mirada. Jude asintió despacio, sin hablar, sabiendo que Anton no había acabado.

—Así que pensé: ¿y si pudiéramos unirnos el uno al otro de una manera diferente? —dio un paso hacia Jude—. De una manera en la que ambos tuviéramos elección.

Jude lo miró, la suave luz de la vela delineando su rostro, tan parecido a la noche en que lo había conocido. También lo había dejado sin aliento en aquel entonces, con su sonrisa fácil y sus bromas obscenas. Y Jude ni siquiera había sabido entonces todo lo que aquel chico exasperante, dulce e imposible contenía.

Respiró hondo y se armó de valor. Necesitaba estar seguro.

—¿Y si…? Lo que tenemos que hacer mañana —dijo—. Si no lo tuviéramos que hacer, si esta noche solo fuera una noche como otra cualquiera, ¿aún querrías hacer esto?

Le dolía pensar en un mundo en el que pudieran tener años, incluso décadas por delante. Un futuro en el que esa noche solo fuera la primera de muchas, y no la última.

Anton lo agarró de la mano.

—Si me estás preguntando si quiero hacer esto porque me siento culpable o en un estúpido intento de reconfortarte o… porque me asusta no experimentarlo si no fuera así… La respuesta es «no». Quiero hacer esto porque te quiero. Quiero estar contigo, ahora y siempre, y si no puedo tener un «para siempre», entonces tendré el «ahora».

A Jude se le cortó la respiración. No había nada en el mundo que quisiera más que besar a Anton en ese momento. Un segundo después se dio cuenta de que no había ninguna razón para no hacerlo. Se lanzó hacia él, envolviéndolo y besándolo casi frenéticamente.

Cuando se apartó, oyó las respiraciones de ambos en el silencio del pabellón.

—¿Eso es un… «sí»? —preguntó Anton tras un momento.

—Sí —dijo Jude, enfatizándolo con otro beso—. Claro que sí.

Se arrodillaron en la alfombra, el uno junto al otro. Anton tomó la vela encendida y Jude la otra. Anton le ofreció la llama de la suya, y tras un momento Jude acercó su mecha para que prendiera.

—No sé qué se supone que tenemos que hacer —confesó Jude.

No era como si hubiera habido muchas ceremonias de matrimonio en Kerameikos a las que asistir. Solo había oído hablar de ellas a los otros Paladines que no habían crecido allí, y habían sido conversaciones breves en las que Jude había estado demasiado avergonzado para preguntar más.

Anton sonrió.

—Tendremos que inventárnoslo, entonces.

Tomó la corona de laurel y se la puso a Jude en la cabeza. Jude coronó a Anton con la otra y dejó que sus manos se deslizaran por su cuello hasta sus hombros, donde las posó con cuidado.

Anton agarró entonces el cáliz con vino, tomó un largo trago mientras observaba a Jude con sus ojos oscuros por encima del borde. Después se lo ofreció a Jude, quien puso las manos por sobre las de Anton y se llevó el cáliz a los labios. Cuando Anton dejó el cáliz de nuevo en la mesa, sus ojos se oscurecieron más, penetrando a Jude con la mirada.

Entre ellos surgió una nueva intensidad. A Anton le temblaron las manos cuando mojó los dedos en el cuenco plateado y frotó el aceite perfumado sobre la frente de Jude antes de repetir el gesto en su propia frente.

—Si pudiera darte el «para siempre» —susurró Jude—, te lo daría.

Anton le dio un beso en la palma de la mano.

—Ya lo estás haciendo. Esto es para siempre, Jude. Aquí y ahora.

De alguna manera, el retorcido camino de la vida de Jude lo había llevado allí, a ese chico. Y ya fuera por el destino, el azar, la elección o las tres cosas juntas, sabía que tenía que aferrarse a él, amarlo todo lo que pudiera durante el tiempo que pudiera. Anton ahora formaba parte de él, como sus manos, sus pulmones o su corazón.

Jude cerró los ojos mientras Anton le acariciaba la sien con el pulgar, y después el labio inferior.

—Anton —dijo Jude de nuevo, mojando los dedos en el aceite crismal y rozándole la boca con sumo cuidado.

Anton separó los labios, y Jude se inclinó hacia él. No fue un beso, sino la promesa de uno, pero hizo que a Jude le doliera algo en su interior mientras Anton lo besaba de nuevo, con los labios amargos por el aceite.

Cuando se separaron Anton se puso en pie, cruzando el pabellón en solo unos pasos antes de volverse para ofrecerle la mano a Jude.

Jude no se movió durante un momento y observó a Anton. Casi dijo: *Para.* Casi dijo: *Un día más. Una noche más como esta. Solo una, y eso será suficiente. Quedémonos aquí hasta que las estrellas desaparezcan y el cielo se oscurezca, y este momento, esta noche, se alargue para siempre.*

En su lugar, tomó la mano de Anton y entrelazó sus dedos.

Una noche. Para siempre.

En el fin del mundo, ¿cuál era la diferencia?

CAPÍTULO CUARENTA Y CINCO

BERU

El pueblo de Charis cayó de rodillas, doblegándose ante su dios. Tras ellos, los volcanes que rodeaban la isla despedían un espeso humo negro.

El dios los observó desde lo alto de la Gran Escalera.

Las llamas llovieron del cielo en Tarsépolis. Palas Athos había sido ahogada en un río de sangre. Endarrion había caído ante una plaga. Y ahora Charis sería destruida, enterrada en un manto de humo de alquitrán y ríos de roca fundida.

ESTOS VOLCANES CREARON LA ISLA, dijo el dios. TAL Y COMO YO CREÉ EL MUNDO. PERO AHORA EL CREADOR SE CONVIERTE EN EL DESTRUCTOR. ES NATURAL, COMO VERÁS.

La lava descendía en cascada desde la montaña, fluyendo en unas olas espesas que ondeaban a su paso. Beru observó impotente cómo la ciudad desaparecía bajo el humo, ocultando a la gente que huía hacia el mar, desesperada, rogándole a un dios al que no le importaba.

Si no paras, pensó Beru desesperada, *no quedará nada.*

QUEDARÉ YO.

CAPÍTULO CUARENTA Y SEIS

HASSAN

La mañana amaneció lluviosa.

La lluvia caía sobre el techo de la Gran Biblioteca mientras Hassan miraba al escuadrón de soldados en el observatorio. Khepri los había escogido personalmente de las fuerzas rebeldes que quedaban, incluidos Sefu y Chike. Para sorpresa de Hassan, Hector se había ofrecido a unirse a ellos.

—No puedo quedarme aquí y no hacer nada —había dicho—. Y no puedo ver cómo Jude se sacrifica. Necesito sentirme útil.

Hassan entendía a la perfección la frustración de quedarse parado. Y se sentía agradecido de que Hector quisiera luchar por él: se sentía mejor teniendo a su amigo a su lado.

Su madre y el resto del ejército estaban en posición repartidos por la ciudad. Retomar Nazirah requeriría varios ataques coordinados, pero el principal sería en el propio palacio. Lo rodearían y forzarían a Lethia a llamar a sus soldados mientras el resto del ejército de su madre marchaba por la ciudad. Una vez que aseguraran la calle Ozimandith, Hassan y su escuadrón liderarían la carga contra el palacio.

La espera era insoportable. Hassan no tenía nada que hacer excepto pensar en todo lo que podría salir mal. La pérdida de las Gracias había sido un duro golpe para los rebeldes. Sin la fuerza aumentada de los legionarios, habían perdido la ventaja que tenían. Por suerte, los explosivos y las bombas de humo que Zareen y sus alquimistas habían creado antes de perder sus Gracias aún funcionaban. Hassan esperaba que eso fuera suficiente.

Como si pudiera leer sus pensamientos, Khepri lo tomó de la mano.

Fue entonces cuando lo vieron: un humo rojo que brillaba contra el cielo gris, alzándose desde la calle Ozimandith.

—Es la hora —les dijo Khepri a los demás.

—Buena suerte —dijo Ephyra desde una esquina de la habitación. Ilya y ella se quedarían en la Biblioteca, alejados de la batalla.

Hassan y su escuadrón se movieron con rapidez, preparándose para el aguacero. Khepri los guio por la carretera, donde a casi dos kilómetros del palacio podía ver a los soldados de su madre protegiendo la calle de los lacayos herati.

—Tenemos que acercarnos más —dijo Khepri, mirando al otro lado de la calle Ozimandith.

Ella y los demás formaron un escudo alrededor de Hassan mientras avanzaban por la calle.

A unos treinta metros de las puertas, una fuerte explosión sonó en el aire. Alguien tiró a Hassan al suelo, y el miedo brotó en su interior al tiempo que el mundo giraba a su alrededor. Escombros y polvo llovieron sobre ellos.

Hassan no podía pensar, un pitido le resonaba en los oídos. Se quedó allí tendido, sujeto por alguien y sin poder moverse, hasta que sintió a Khepri incorporándose y tocándole el codo.

—¿Estás bien? —le preguntó, y su voz sonaba extraña, como si estuviera muy lejos a pesar de encontrarse a su lado.

Hassan se sentó en el barro, con la cabeza dándole vueltas.

—¿Qué ha pasado?

A su otro lado, Hector alzó la mirada hacia las puertas.

—Parece que los soldados de tu tía tienen algún tipo de explosivo. Unas llamaradas blancas brillantes.

—Fuego Divino —dijo Hassan. Y, seguramente, aceite crismal. Un truco que Lethia debía de haber aprendido de él cuando había derrumbado el faro.

—Pues sea lo que fuere, ha funcionado —dijo Hector—. Los soldados de tu madre se están retirando.

—Lethia sabe que está perdida —dijo Hassan—. Esto no es más que una treta desesperada.

—¡Príncipe Hassan! —Faran emergió de entre la batalla, lleno de barro y cojeando.

Hassan se puso en pie rápidamente.

—¡Faran!

—La usurpadora se ha encerrado en la sala del trono —dijo, trastabillando hasta llegar a ellos—. Pero saltaremos por los aires si intentamos pasar por las puertas.

—Entonces esperaremos —dijo Khepri—. La asediaremos.

Y mientras tanto los soldados continuarían matándose hasta que el dios llegara y los destruyera a todos.

—No —dijo Hassan—. Conozco a Lethia. Dejará que todos y cada uno de sus soldados muera antes de rendirse. La única manera de acabar con esto es llegar a ella.

—¿Te refieres a entrar al palacio? —preguntó Faran—. No hay ninguna manera, comprobamos todos los puntos de ingreso. Están demasiado bien defendidos.

—Quizá tenga una idea —dijo Hassan—. La noche en que los Testigos tomaron el palacio, hubo un guardia que me sacó a escondidas. Fuimos por el jardín del este y a través de la muralla. Podemos entrar de esa forma.

Faran no parecía muy convencido.

—¿Con un escuadrón entero? Llamará mucho la atención.

Hassan negó con la cabeza.

—Un escuadrón, no. Solo yo.

—Ni hablar —dijo Khepri enseguida—. No vas a ir solo, no sabes cuántos soldados hay dentro.

—Lethia no malgastará sus tropas dentro del palacio. Estarán todos en la muralla —dijo Hassan—. Además, sé moverme por el palacio mejor que nadie. Puedo entrar en la sala del trono sin que me vean.

—¿Y una vez que estés allí? —preguntó Khepri—. ¿Qué pasa con los guardias que estarán con Lethia?

—No habrá ninguno —respondió Hassan—. Lethia sabe que ya ha perdido. No dejará que nadie esté ahí para presenciar su derrota.

—Aun así, no vas a ir solo —dijo Hector—. Llévanos a nosotros, al menos. Por si estás equivocado.

—De acuerdo —accedió Hassan—. Hector, Khepri, Sefu, Chike, conmigo. Faran, encuentra a mi madre e infórmala. No le digas a nadie más lo que planeamos.

Faran dudó un momento, y después asintió.

—Sí, su Alteza.

Un segundo después se escabulló a través de las tropas de las primeras líneas de ataque.

—Vámonos —dijo Hassan, y corrieron en la dirección contraria.

Hector, Khepri y Hassan estaban agachados tras un ciprés al límite de las murallas de palacio mientras Sefu y Chike creaban una distracción.

Esperaron varios minutos antes de oír unos gritos desde la muralla, y el sonido de las ballestas al tiempo que Chike y Sefu alejaban a los guardias de sus puestos.

—Ahora —ordenó Khepri, y los tres salieron corriendo a través de la hierba hasta las imponentes murallas de arenisca.

Los grandes y ásperos ladrillos sirvieron de excelente agarre cuando empezaron a escalar. Khepri iba primera, después Hassan y Hector el último. Pero la lluvia hacía que la pared estuviera algo resbaladiza bajo sus pies.

Habían escalado la mitad cuando el primer dardo de ballesta le pasó a Hassan por la oreja.

—¡Cuidado! —gritó, pegándose contra la pared.

Miró hacia arriba y vio a un solo guardia con una ballesta, apuntándolos. Hassan lanzó una maldición. Deberían haberse asegurado de que la muralla estuviera vacía antes de intentar escalarla.

Por encima de él Khepri continuaba trepando, impulsándose por la arenisca con movimientos rápidos y certeros. El guardia se asomó por el parapeto para apuntar con su ballesta.

Khepri maldijo y entonces se lanzó hacia arriba mientras el guardia orientaba la ballesta. Se quedó colgando de una mano cuando el dardo pasó junto a ella.

—¡Khepri! —gritó Hassan, pero no podía hacer nada desde su posición.

Ella se balanceó como un péndulo y encontró otro punto de apoyo con el pie, usándolo para lanzarse sobre el borde hasta la muralla. El guardia se apresuró a recargar la ballesta, pero Khepri ya estaba encima de él, aferrándolo por el tobillo y usándolo para ascender a la parte superior de la muralla. El guardia cayó, y la ballesta salió rodando mientras ella trataba de agarrarse a algo.

Khepri se puso en pie, tirando la ballesta por el borde de la muralla de una patada, y después se volvió para asestar un golpe con la rodilla en la cara del guardia. Con un quejido, este cayó de nuevo sobre la arenisca mojada. Khepri se lanzó hacia él, sujetándolo con un pie sobre la garganta.

—Por favor —gimió—. No me mates.

Con el corazón latiéndole en la boca, Hassan por fin reanudó su ascenso tras ella. Cuando llegó arriba le ofreció la mano a Hector y lo ayudó a subir.

—No voy a matarte —le dijo Khepri al guardia al que aún sofocaba con el pie—. Tu bando ha perdido. Puedes seguir siendo leal a tu usurpadora derrotada, o puedes rendirte. ¿Qué me dices?

El hombre parecía aterrado.

—No haré sonar la alarma. Solo dejadme ir.

—Buena elección —dijo Khepri, satisfecha. Dejó que se levantara, y el hombre corrió por la muralla.

Hector se quedó mirando a Khepri, asombrado.

—Creo que me acabo de enamorar un poco de ti.

Hassan entrecerró los ojos, pero Khepri se rio.

—¿Cómo has hecho eso sin tu Gracia? —le preguntó Hector mientras tiraban una cuerda por el otro lado de la muralla.

—Se llama confiar en una misma —respondió Khepri, haciéndole un nudo a la cuerda. Y echándole un vistazo a Hassan, añadió—: Además, aprendí del mejor.

Hassan se percató de la tierna mirada antes de que Khepri desapareciera por el otro lado de la muralla. Hector y él la siguieron, con la cuerda facilitándoles el camino.

—Permaneced en guardia —dijo Khepri cuando se reagruparon en un lado del jardín.

Asintiendo una vez, los guio corriendo a toda velocidad por una pasarela hacia una ventana abierta que daba al jardín. Hassan sabía exactamente a dónde llevaba esa ventana; había escapado por allí la noche en la que el Hierofante había tomado el palacio. Era un recuerdo lleno de vergüenza, un recuerdo de que había huido en lugar de haber plantado cara.

—Por aquí —dijo, agarrando el alféizar e introduciéndose por la ventana. Cayó de rodillas sobre el duro suelo de madera de la biblioteca. Khepri y Hector lo siguieron mucho más grácilmente.

—¿Oyes algo? —susurró Hector.

Hassan negó con la cabeza. Se escabulleron de la biblioteca y se dirigieron hacia el pasillo contiguo. Estaba extrañamente vacío.

—¿Por dónde se va a la sala del trono? —preguntó Hector.

Hassan los guio a través de los pasillos y escaleras arriba. Cuando se acercaron a la entrada interior de la sala del trono, vio los primeros signos de guardias dentro del palacio. Había seis apostados a lo largo del pasillo.

—Hassan —le advirtió Khepri mientras se llevaba la mano a la espada de su cinturón.

Tras los guardias, Hassan veía las puertas de la sala del trono.

Se volvió hacia Khepri.

—¿Podéis entretenerlos vosotros dos?

Ella dudó un segundo, y entonces asintió.

—Voy a ir solo —dijo él—. Vosotros impedid que los guardias entren.

Khepri lo miró fijamente con una expresión fiera en los ojos, y entonces se inclinó hacia delante, besándole brevemente.

—Arregla esto, Hassan —dijo contra sus labios—. Creo en ti.

Sin una palabra más, se giró y subió por las escaleras con Hector, lanzándose hacia los guardias.

Hassan esperó hasta que oyó el sonido de las espadas al chocar y entonces los siguió. Khepri tenía a la mitad de los guardias aglomerados, Hector a la otra mitad. Mientras Hassan corría por las escaleras, escuchó a los guardias llamándole la atención, pero él agachó la cabeza y siguió corriendo, confiando en que Hector y Khepri los mantendrían a raya.

Le habían despejado el camino hasta la puerta, y Hassan cargó contra ella con todas sus fuerzas.

Pero en el momento en que llegó a ella, sin embargo, dudó. Sabía lo que le esperaba al otro lado. Lethia y el trono. La oportunidad de conquistar por fin su legítimo derecho de rey.

Esta vez, no fallaría.

CAPÍTULO CUARENTA Y SIETE

ANTON

El mar se estrellaba contra la desnuda roca donde una vez se había alzado el faro. El viento era atroz; el oleaje, furioso con la lluvia.

Anton no había dormido nada la noche anterior. Apenas había cerrado los ojos. Jude se había dormido durante una hora más o menos, acurrucado contra Anton, con su cuerpo tibio y el latido de su corazón bajo la palma de su mano. Anton había recordado la primera noche que habían pasado juntos, la dulce e incómoda inexperiencia de Jude dando lugar a una confianza entusiasta con cada palabra de ánimo.

«Te encontré. Eso significa que puedo quedarme contigo», había dicho Jude.

No es justo, pensó Anton. *Yo también tendría que poder quedarme contigo.*

Había sujetado a Jude de la mano desde que salieron del palacio, y no lo soltó cuando estuvieron en el perímetro de las ruinas del faro, encarando el mar. Era extraño recordar que Jude y él habían estado en la torre cuando había caído. Que habían caído con ella, juntos.

Jude tiró de Anton para rodearlo con los brazos, escudándolo del viento. Lo besó mientras el temporal aullaba a su alrededor.

Cuando fue a retirarse, Anton volvió a besarlo con las mejillas llenas de lágrimas.

—Tenemos que hacerlo ya —murmuró Jude—. O no creo que tenga la fuerza necesaria.

Le dio otro beso a Anton en la mejilla y cerró los ojos.

Anton inhaló y sintió el reverberar del *esha* de Jude inundándolo. Lo abrumó durante un momento, tirando de algo que había en su interior, una parte central de sí mismo. Anton sintió el pulso de Jude contra el pulgar, latiendo con una preciada energía vital.

Colocó una mano en el rostro de Jude y apoyó su frente contra la suya, con un sollozo subiéndole por la garganta que trató de reprimir.

Inhaló de nuevo y expandió su Gracia en una ola, aferrándose al *esha* de Jude y ahondando con cada vibración. Buscando el poder que había sentido desde el principio, aunque entonces no había sabido qué era.

La Palabra Sagrada. Podía sentirla, latiendo dentro del *esha* de Jude. Para invocarla, Anton tendría que usar su Gracia para desenmarañar el *esha* de Jude, y devolverlo al mundo.

Te quiero, pensó con desesperación. *Lo siento. Te quiero.*

Era una súplica, una promesa. Era el latido de su corazón tamborileando contra un dios despiadado. Era cada temor y cada esperanza, cada herida y cada caricia, aullando a la vez. Era su propio ser, desnudo y expuesto. Era una verdad y un sueño, y el delicado lugar donde uno se convertía en el otro. Eran las manos de Jude sobre él, su dulce y preciada sonrisa, cada adorada línea de su cuerpo contra el suyo.

La Gracia de Anton tocó la tensa pared del *esha* de Jude y encontró resistencia. El *esha* de Jude estaba firmemente envuelto alrededor de la Palabra Sagrada. No quería dejarla marchar. Jude no quería marcharse.

Y Anton no quería que se fuera.

Pero tenía que hacerlo. Tenía que destrozar la sagrada energía del chico al que amaba, agonizando pedazo a pedazo. Esto era lo que habían decidido. Lo que habían elegido. Incluso si una parte de Jude luchaba contra ello.

Los sollozos salieron del pecho de Anton al tiempo que su Gracia tiraba hilo a hilo del *esha* de Jude. Rugió contra él como una tormenta. Y en esa tempestad, Anton lo vio. Los vio a los dos. Arrodillados en el jardín; Anton le tiraba un puñado de tierra a Jude antes de que este contraatacara placándolo contra el suelo. Después, de pie entre una multitud con el brazo de Jude alrededor de los hombros, con el rostro alzado hacia el cielo nocturno al tiempo que unas luces de colores explotaban y la gente vitoreaba a su alrededor. Jude, mayor de lo que era ahora, su cara delgada y con arrugas, dándole un beso a Anton en la frente mientras dormía.

Ninguna de esas cosas había pasado, ni siquiera en los sueños en los que Anton había caminado.

¿Qué es esto?, quiso gritar. Un último intento de su mente para torturarlo. El sueño de una vida que nunca tendría. Otra visión que lo perseguiría hasta el fin de sus días.

CAPÍTULO CUARENTA Y OCHO

HASSAN

La puerta se cerró de un golpe por detrás de Hassan.

Se quedó plantado en la silenciosa sala del trono, y una quietud lo invadió tras el caos de la batalla que se libraba afuera.

—Esperaba que llegaras pronto. —La voz de su tía hizo eco en las paredes cavernosas.

Estaba sentada con su caftán verde subido por las rodillas, con los pies en la piscina alicatada bajo el trono y la pirámide sobre la que este se alzaba. Llevaba el pelo suelto, sin recoger, y en una mano tenía una jarra de vino.

—¿Una copa, sobrino?

Hassan cruzó la habitación en su dirección.

—Se acabó, Lethia. Ambos lo sabemos. El ejército de mi madre está frente a las puertas, y tus fuerzas no son rivales para ellos.

—Mmm… —respondió ella.

—¿No tienes nada que decir?

—¿Vas a matarme, Hassan? —preguntó ella, pronunciando cada palabra de una manera que dejó claro que se había bebido casi todo el vino.

—¿Tendré que hacerlo? —preguntó Hassan—. ¿O vas a rendirte y acabar con esto?

Ya sabía la respuesta, pero había ido allí esperando una diferente.

—Creí que tu padre aceptaría su derrota —reflexionó Lethia—. Que se marcharía en silencio y dejaría el trono. Pero me equivoqué. ¿Sabes lo que dijo, justo antes de que le cortaran la cabeza?

Hassan apartó la mirada. Quería saberlo, con tanta fuerza que se le encogió el corazón. Pero no sabía si podría soportar escuchar las últimas palabras de su padre en boca de su asesina.

—Dijo: «Puedes quitarme el trono, pero Hassan es el destino de Herat» —dijo Lethia—. *Destino*. Siempre he odiado esa palabra. No hay destinos grandilocuentes para gente como yo, así que me forjé el mío propio. ¿Cuál de tus preciados reyes y emperadores puede decir lo mismo? Todo lo que les regalaron… Yo tuve que arrebatarlo.

—Y no te importó a quién pudieras hacer daño para quedarte con ello —dijo Hassan—. Mientras tuvieras el poder que tanto ansiabas… No me extraña que tú y Palas trabajarais tan bien juntos.

—Palas —espetó Lethia—. Sabía que no debía confiar en él, después de lo que les hizo a los otros Profetas.

—¿Lo sabías? —le preguntó Hassan con brusquedad.

Lethia se volvió hacia él alzando una ceja.

—¿Crees que no me informé de todo lo que había que saber sobre el hombre que se hacía llamar Hierofante antes de acceder a ayudarlo? Busqué sus secretos más oscuros para que, si algún día lo necesitaba, pudiera usarlos contra él. Por supuesto, parece que de eso se han ocupado otros.

—Qué suerte la tuya.

—No me sorprendió saber que había matado a los otros Profetas —dijo Lethia—. Solo tuve que hablar con él una vez para darme cuenta de que era un hombre al que no le gustaba compartir el poder. Así que me aseguré de que no pareciera que intentaba quitarle autoridad, del modo en que los otros Profetas trataron de hacerlo.

—Quieres decir porque trataron de frenarlo cuando quiso adueñarse del *esha* del dios —dijo Hassan.

—Ciertamente aquello no le hizo gracia —dijo Lethia—. Pero eso no fue por lo que los mató.

—Entonces ¿por qué? —preguntó Hassan, y se arrepintió al instante. Lethia parecía estar disfrutando. Había captado su atención, provocándolo con información que ansiaba saber. ¿Estaba ganando tiempo? ¿Negociando? ¿O simplemente jugando con él, como a ella le gustaba hacer?

Ella alzó el pie del agua y dejó caer el caftán alrededor de sus tobillos, dando un paso hacia Hassan y dejando un charco de agua detrás.

—¿De verdad quieres saberlo?

Él vaciló.

—Te lo diré —dijo ella—. Los otros Profetas habían averiguado algo que Palas no quería que supieran. Un plan que a Palas le pareció tan abominable, que los mató antes de que pudieran llevarlo a cabo.

Sus palabras hicieron que Hassan recordara algo. Justo antes de su muerte, Palas había dicho: «Los otros Profetas temían mi plan, pero el suyo estaba destinado a fracasar».

—Intentaban crear más Profetas —dijo Lethia, observando con cuidado el rostro de Hassan cuando entendió sus palabras.

—¿Qué? —preguntó Hassan en un susurro—. Mientes.

—¿Por qué iba a hacerlo? —preguntó ella—. Tiene sentido, ¿no? Nada amenazaría más el poder de Palas que la posibilidad de que hubiera otros que tomaran su lugar. Era la traición definitiva para él. Así que tenían que morir.

La mente de Hassan iba demasiado deprisa.

—¿Por qué me cuentas esto?

—Considéralo mi regalo de despedida.

Antes de que Hassan supiera qué ocurría, ella desenvainó la espada del cinturón de Hassan.

Hassan se echó atrás, bamboleante.

—¿Qué haces?

—No dejaré que me tomen prisionera —dijo ella.

Hassan se quedó petrificado.

—Adiós, Hassan.

Se atravesó el pecho con la espada. Hassan vio con horror cómo su caftán se oscurecía con la sangre, y ella se tambaleó hacia atrás dos pasos antes de desplomarse sobre el agua de la piscina.

—¡No! —gritó Hassan, zambulléndose tras ella.

Pero era demasiado tarde. De su boca y su pecho brotaba sangre, volviendo el agua rosa. Ella intentó respirar, ahogándose en su propia sangre mientras Hassan sujetaba su delgado cuerpo, tratando en vano de contener la herida.

—No, no, no… —imploró Hassan con un nudo en la garganta.

Su cuerpo convulsionó en sus brazos y sus ojos se tornaron vacíos al tiempo que se quedaba muy quieta.

Hassan no supo cuánto tiempo permaneció allí, medio sumergido en el agua, antes de que las puertas de la sala del trono se abrieran y Hector y Khepri corrieran dentro.

—¡Hassan! —gritó Khepri. Se quedó congelada cuando lo vio, y entonces corrió hacia él, y lo sacó del agua, alejándolo del cuerpo de Lethia.

—Estoy bien —dijo Hassan.

Khepri no parecía muy convencida.

—Estás cubierto de sangre.

—No es mía —les aseguró—. Lethia, ella…

Khepri lo abrazó con fuerza, y solo entonces Hassan se dio cuenta de que estaba llorando.

—No pasa nada —lo calmó ella—. Ya se ha acabado. Se acabó. Herat es libre.

Las palabras de Lethia volvieron a él, abriéndose paso entre el horror y la conmoción de su muerte. Hassan agarró a Khepri de los hombros.

—Tenemos que irnos —dijo él—. Ahora mismo.

—Sefu y Chike ya han dado la señal de que el trono se encuentra en nuestro poder —dijo Khepri—. La lucha terminará pronto.

—No —dijo Hassan—. No es eso. Lethia me dijo algo antes de morir. Tenemos que llegar hasta Jude y Anton antes de que…

Un clamor ahogó las palabras de Hassan. La sala del trono comenzó a temblar con violencia.

—¿Qué pasa? —gritó Khepri.

Se oyó un crujido tan fuerte como un trueno al tiempo que el techo de la sala del trono se desprendía por completo de las paredes. Khepri empujó a Hassan al suelo mientras llovían trozos de roca a su alrededor.

—Creo —dijo Hector, gritando por encima del aullido del viento y del ruido de los escombros que caían— que el dios está aquí.

Aturdido, Hassan miró hacia el cielo. Ya no estaba gris y lleno de nubes: ahora era del color de la sangre.

Se oyó otro crujido ensordecedor. El cielo se iluminó y la lluvia cayó sobre la cara de Hassan.

—Tenemos que irnos —gritó Khepri; arrastró a Hassan hasta ponerse en pie y echó a correr hacia las grandes puertas que llevaban a la parte delantera del palacio, con Hector pisándoles los talones.

Salieron a través de las puertas y cruzaron el porche que iba hacia el patio central. Más allá, las puertas estaban destrozadas y la calle Ozimandith, atestada de lluvia, cadáveres y escombros.

Hassan no podía ver al dios, pero había indicios de su llegada por todas partes. Humo que salía del distrito de los artífices. Edificios enteros aplastados por el poder del dios; la plaza del mercado y estadios reducidos a una pila de arenisca.

Era lo mismo que había pasado en Behezda. Excepto que esta vez, era la ciudad de Hassan la que el dios estaba destruyendo.

Un fogonazo plateado partió el cielo, sacando a Hassan de su estupor, y espoleándolo de nuevo a la acción.

—¡Vamos! —les gritó a Khepri y a Hector, bajando las escaleras.

Podían atajar a través del patio central y salir por las puertas del sur, lo que los llevaría casi a las ruinas del faro. Podrían llegar hasta Jude y Anton.

Solo esperaba que no fuera demasiado tarde.

Otro rayo cayó del cielo, y partió una de las columnas que había en las escaleras.

—¡Hassan! —gritó la voz aterrada de Khepri.

Fue lo último que oyó antes de que la columna cayera sobre él.

CAPÍTULO CUARENTA Y NUEVE

EPHYRA

Ephyra no estaba acostumbrada a esperar. Eso siempre había sido cosa de Beru: durante las incontables noches que había aguardado a que Ephyra regresara de matar, sin saber si volvería herida. O si volvería siquiera.

Ephyra nunca se había dado cuenta de lo insoportables que debían de haberle resultado esas noches a Beru. No hasta que ella estuvo en la misma situación. Solo que ahora no podía esperar a que Beru regresara a ella. Porque si Jude y Anton tenían éxito, Beru moriría. Y Ephyra tendría que averiguar cómo seguir adelante.

Ilya había mantenido su promesa la noche anterior. Se había quedado a su lado durante toda la mañana mientras la tormenta arreciaba en el exterior de la Gran Biblioteca y empeoraba a cada minuto. De vez en cuando, algunos soldados llegaban transportando a los heridos y caídos en combate. Ephyra los veía corriendo por los pasillos, pero sin su Gracia no había mucho que pudiera hacer para ayudarlos.

La tormenta en el exterior llegó a su peor momento unas dos horas después de que Hassan y los demás se hubieran ido. Los truenos rugieron en el cielo, tan fuertes y persistentes que al principio Ephyra pensó que eran los explosivos de Zareen, resonando desde el palacio. Pero echando un vistazo a la ventana del claustro, vio que el cielo se había tornado rojo y unos cegadores rayos de luz lo iluminaban.

Las puertas del claustro se abrieron de golpe y una cascada de viento y granizo siguió a las dos figuras que entraron.

Eran Sefu y Chike, los hermanos de Khepri.

—¿Qué ocurre ahí fuera? —preguntó Ilya, apresurándose a acercarse a ellos.

—La lucha ha terminado —dijo Sefu—. Pero la tormenta...

—Está aquí —dijo Ephyra. El dios había llegado a Nazirah. El fin se acercaba.

—Ha atacado el palacio —dijo Chike—. Ha arrancado el techo por completo. Khepri, Hassan y Hector estaban dentro, no sabemos qué les ha pasado.

Ephyra estaba a medio camino de la puerta antes de darse cuenta de que se había puesto en marcha.

—¿Qué haces? —le preguntó Ilya, echando a correr para darle alcance.

—No podemos quedarnos aquí —dijo ella—. Tenemos que ayudar a encontrarlos.

Ilya alargó la mano y le rodeó la muñeca, atrayéndola hacia él. No dijo nada, solo estudió su rostro, con sus ojos dorados ensombrecidos por la preocupación. Ella sabía lo que estaba pensando: si el dios estaba en el palacio, Ephyra no podría soportar verlo. Verla a ella.

Entonces pestañeó, armándose de valor, y asintió.

—De acuerdo. Vamos.

Aquella tormenta era peor que cualquiera que Ephyra hubiera visto en su vida. Las calles parecían ríos con el agua llegándoles casi a la rodilla, y se hallaban atestadas de escombros. Los rayos chisporroteaban en el cielo, parpadeando e iluminándose a su alrededor, y los truenos eran tan sonoros que parecían cometas estrellándose. La lluvia que había caído incesante desde la mañana se había convertizo en bolas de granizo del tamaño de un puño, golpeándolo todo con la fuerza suficiente como para romper tejados y causarles heridas.

El viendo los zarandeó mientras vadeaban hacia el palacio, moviéndose lentamente por la pasarela cubierta junto a la calle Ozimandith. Cuanto más se acercaban a las puertas de palacio, más signos de la batalla y de la destrucción veían. Soldados de ambos bandos se apresuraban a encontrar algo de refugio del viento y el granizo.

Cuando por fin tuvieron las puertas de palacio a la vista, Ephyra ahogó un grito de horror. Los muros habían sido arrancados por completo: la arenisca y el metal formaban una especie de dique contra el agua que fluía hacia el edificio.

—¿Qué hacemos? —preguntó Ilya por encima del ruido del viento.

Ephyra se adelantó a los demás, observando las ruinas de las puertas. Sería complicado, pero podía trepar por ellas, y con suerte avistaría a Hassan y a los otros desde una posición más elevada.

—Voy a subir —le dijo a Sefu, y antes de que cualquiera pudiera objetar, salió de la cubierta de la pasarela y se balanceó hasta el primer punto de apoyo estable que encontró.

Un movimiento en falso podría hacer que la muralla entera se desplomara, así que Ephyra se concentró, ascendiendo de forma meticulosa. Sintió que una implacable calma la invadía, la misma en la que se había sumergido cada noche como la Mano Pálida.

Las manos se le entumecieron para cuando alcanzó la parte superior de la muralla, o lo que quedaba de ella, y echó un vistazo al jardín bajo sus pies, que ahora estaba lleno de columnas caídas y arcos derrumbados. Y allí, en el lugar más alejado del patio bajo las grandes escaleras, Ephyra los vio. Dos figuras agachadas junto a una columna caída.

—¡Los veo! —gritó Ephyra a Ilya, Sefu y Chike.

Había un hueco entre los escombros a unos metros de donde ella estaba. La corriente del agua era el doble de rápida en ese punto, convirtiéndolo en un sitio arriesgado para cruzar. Sefu lideró la marcha, enganchándose con fuerza a la arenisca desnivelada mientras luchaba contra la corriente. Chike lo siguió, e Ilya tomó la retaguardia con paso inseguro.

En mitad del hueco, Ilya perdió el equilibrio y la corriente rápidamente lo atrapó, arrastrándolo bajo la superficie.

—¡Ilya! —gritó Ephyra con el corazón en un puño. Descendió la abrupta muralla hacia donde había estado.

Chike fue más rápido, y agarró a Ilya del brazo antes de que el agua se lo llevara por completo. Ephyra se deslizó por el lado de la muralla y hundió la mano en la gélida agua para ayudar a Chike a sacar a Ilya a la superficie.

Emergió escupiendo agua como un gato ahogado, y Ephyra no le soltó el brazo ni cuando hubo recuperado el agarre.

—Estás temblando —le dijo él.

Ambos estaban calados por la lluvia y la helada agua del río, pero no era por eso por lo que temblaba.

Ephyra le soltó el brazo y bajó por el otro lado de la muralla hasta el patio inundado. El agua le llegaba hasta la cintura, forzándola a medio nadar hacia los escalones de palacio.

—¡Khepri! —gritó Ephyra cuando estuvieron lo suficientemente cerca.

Khepri apareció tras la columna caída con Hector junto a ella.

—¿Ephyra, Sefu? ¿Qué estáis…?

—¿Está aquí? —preguntó Ephyra, saliendo del agua y parándose en los escalones—. Beru… el dios. ¿Está aquí?

—Estaba —respondió Hector—. No la hemos visto, pero destrozó medio palacio y debe de haberse marchado a otra parte de la ciudad.

—Tenéis que ayudarnos —dijo Khepri, frenética—. Por favor, es… Hassan. Está atrapado bajo la columna. No sabemos si está… —Dejó de hablar con la respiración entrecortada.

—¿Qué quieres que hagamos? —preguntó Chike.

—Casi puedo alcanzarlo —dijo Khepri—. Pero necesito ayuda para mover esto.

La columna a la que señalaba estaba atrapada contra el pedestal en la parte baja de los escalones. Con la suficiente fuerza, podrían usar el pedestal como una especie de punto de apoyo para elevar la columna y permitir que Khepri reptara por debajo.

Los cinco se alinearon y empujaron la columna con la espalda, apoyando los pies contra los escalones para hacer palanca.

Cuando Khepri contó hasta tres, empujaron tan fuerte como pudieron. Muy lentamente, comenzó a moverse.

—¡Un poco más! —gritó Khepri desde detrás de ellos.

Los músculos de Ephyra se resentían, las piernas le temblaban. Si lo soltaba ahora, la columna caería de nuevo y no solo sobre Hassan, sino sobre Khepri también. Tomó una bocanada de aire y apretó los dientes.

—¡Ya está! —gritó la voz de Khepri justo cuando Ephyra creyó que las fuerzas iban a fallarle.

Ephyra lo soltó, desplomándose contra la columna cuando esta viró a su posición original. Khepri estaba agachada sobre Hassan, con su rostro entre las manos.

Ephyra gateó hasta ellos, ahogada por el miedo mientras agarraba la cara de Hassan; Khepri, con la voz rota, repetía su nombre una y otra vez.

Ephyra recordaba haber curado a Hassan después de que el dios tomara el control sobre Beru. Deseó que hubiera algo, cualquier cosa que pudiera hacer en ese momento.

—Khepri —dijo Hector en voz baja, tocándole el brazo para detenerla.

Los ojos de Khepri se encontraron con los de Hector, y Ephyra reconoció esa desesperación que le resultaba tan familiar.

—No —dijo ella—. No, no está…

Hector le puso una mano alrededor y la estrechó contra él. A Ephyra se le encogió el pecho. Un denso silencio se instaló entre ellos a pesar de la tormenta que aún rugía a su alrededor.

Ephyra inclinó la cabeza. No podía mirar la cara inerte de Hassan. Él no se lo merecía. Y Khepri… no se merecía el dolor con el que ahora tendría que vivir.

Sintió la mano de Ilya en su hombro, y sin pensarlo, Ephyra la tomó, apretándola con fuerza.

—Espera —dijo Ilya en voz baja. Ephyra alzó la cabeza y vio que su mirada estaba puesta en Hassan. Se agachó junto al príncipe y comprobó su pulso con los dedos—. Khepri…

Ella se giró de nuevo.

Hassan tosió y resolló, abriendo los ojos de pronto.

—¡Hassan! —gritó Khepri, con las lágrimas fluyendo de sus ojos mientras se lanzaba contra él y apartaba a Ilya.

Ephyra se dejó caer aliviada, apretando los puños.

—¿Qué…? —Hassan parecía estar confuso, mirando a su alrededor para comprender lo que ocurría. Entonces se incorporó muy rápido, casi golpeando con la cabeza a Khepri.

—Eh, tranquilo —aconsejó Hector, acercándose desde su otro costado—. Descansa un momento y…

—¿Qué ha pasado? —exigió saber Hassan—. ¿El dios está muerto? ¿Lo han matado ya?

Como si quisiera responder por sí mismo, el cielo rugió con un trueno.

—Bien —dijo Hassan.

—¿Bien? —repitió Ilya—. ¿Cómo que *bien*?

—Tenemos que irnos, ya —dijo Hassan, tratando de ponerse en pie a pesar de las protestas de Khepri y de Hector—. No hay tiempo. Sefu, Chike, buscad a mi madre y a Zareen, aseguraos de que estén a salvo.

Ambos asintieron y se retiraron en dirección a la calle Ozimandith.

—Los demás, venid conmigo —dijo Hassan—. Os lo explicaré de camino, pero tenemos que encontrar a Jude y a Anton ya.

Otro trueno rugió en el cielo, tan fuerte que hizo que a Ephyra le temblara todo.

—De acuerdo —dijo ella antes de que los demás pudieran hablar—. Entonces vámonos.

Con el aullido del viento en sus oídos y la destrucción de Nazirah a sus espaldas, echaron a correr.

CAPÍTULO CINCUENTA

JUDE

La Gracia de Anton vibraba alrededor de Jude. No la había sentido tan intensamente desde aquel día en el faro, en el lugar en el que se encontraban ahora mismo, cuando la Gracia del Profeta lo había llamado por primera vez.

Pero esta vez no era a Jude a quien Anton llamaba. Sino a su poder, a aquel elemento milenario que había en su interior. La Palabra Sagrada. Desenmarañándola poco a poco de su escondite.

La tormenta rugía a su alrededor, tan despiadada e inflexible como el poder que estaba atravesando el *esha* de Jude.

Dolía. No era el abrasador dolor del Fuego Divino, sino algo más profundo y visceral. Cada parte de Jude, sus huesos, su piel y su sangre, vibraba a una frecuencia distinta. Temía el momento en el que se desmoronara y su cuerpo se convirtiera en polvo, en nada.

Y a pesar de todo eso, Jude notaba las manos de Anton aferradas a las suyas, como si sujetándose lo suficientemente fuerte pudiera hacer que se quedara.

Es lo único que quiero, pensó Jude con desesperación.

Hacer esto mataría a Anton por dentro. Jude había tratado de ahorrarle aquel dolor, al menos. Pero había fracasado también en eso.

Y allí estaban ahora, en el final de los tiempos. El camino se había acabado, y Jude no podía dejarlo ir.

A pesar de su decisión, a pesar de todo, quería vivir. Una parte profunda y central de sí mismo se resistía a la llamada de la Gracia de Anton. Luchaba contra la Palabra Sagrada, luchaba por seguir viviendo.

—¡Parad!

Al principio Jude creyó que había imaginado la voz. Que era solo una manifestación de su propio corazón, pidiendo la salvación.

Pero entonces la oyó de nuevo.

—¡Parad!

De forma instintiva Jude se tambaleó hacia atrás; abrió los ojos y encontró a Anton mirándolo fijamente con el horror destellando en sus ojos oscuros y las mejillas llenas de lágrimas y lluvia. El cielo se iluminó a su alrededor.

—¡Jude! ¡Anton!

Jude se sobresaltó ante el sonido de más de una voz. Y allí, por encima del hombro de Anton, a través del aguacero, Jude los vio: Hassan, Khepri, Hector, Ephyra e Ilya, todos corriendo hacia ellos y haciendo gestos con las manos mientras gritaban.

Pero antes de que Jude pudiera comprender por qué estaban allí, Anton dejó escapar un sollozo y se desplomó de rodillas.

—¡Anton! —Jude se agachó junto a él, con las manos levitando por encima de sus hombros.

Anton negó con la cabeza, temblando.

—Lo siento. Lo siento, Jude, lo siento tantísimo.

Hassan derrapó; se dobló con las manos en las rodillas mientras Khepri llegaba a su lado.

Jude alargó la mano hacia Hassan instintivamente.

—Príncipe Hassan, ¿qué…?

—No tienes que hacerlo —jadeó Hassan—. No tienes que sacrificarte. Hay otra manera.

Todo pareció congelarse a su alrededor. Jude solo podía oír el aullido del viento y la sangre que se le agolpaba en la cabeza.

Entonces Anton se levantó y agarró a Hassan con ambas manos.

—Cuéntamelo —le dijo, con la voz llena de determinación.

—Lethia —dijo Hassan enseguida—. Ella sabía que Palas había matado a los Profetas. Y sabía por qué. Palas quería pararlos antes de que los Profetas crearan a más de ellos. Más Profetas.

—Quieres decir… —empezó a decir Anton, soltando a Hassan—. ¿Quieres decir que yo podría crear más Profetas?

Hassan asintió.

—Hicieron falta Siete Profetas para derrotar al dios —Extendió los brazos al tiempo que otro trueno hacía temblar todo—. Nosotros podemos derrotarlo.

Jude pasó la mirada por los siete, entendiendo al fin lo que Hassan quería que hicieran. Se le encogió el pecho.

—¿Cómo sabes que Lethia no mentía? —preguntó—. E incluso si decía la verdad, ¿cómo sabemos que es posible crear más Profetas? Puede que se equivocaran. O puede...

—Si hay alguna posibilidad —dijo Hassan con fervor—. Alguna esperanza... Tenemos que intentarlo.

Jude no lo entendía. Ya lo habían intentado. Se habían aferrado antes a la esperanza, y todas las veces se la habían arrebatado. Cada vez, el destino de Jude se había vuelto un poco más difícil de aceptar.

Y ahora estaban al borde del abismo, y por mucho empeño que pusieran, por mucha esperanza que albergaran... no podían darle la espalda al destino.

—Es demasiado tarde —se oyó a sí mismo decir Jude en un tono de voz vacío.

La expresión de Hector destelló de rabia. A unos pasos de él, Ephyra e Ilya dudaron.

Un rayo cayó sobre el mar con una violenta explosión.

—El dios ya está aquí —dijo Jude en un tono más seguro—. Y cuanto más lo retrasemos, más gente sufrirá. Ni siquiera sabemos cómo hacer lo que estás sugiriendo.

—Pero puedo descubrirlo —dijo Anton en voz baja. Miraba a Jude con los ojos oscurecidos y llenos de desafío—. La Vagabunda me enseñó a escrutar el pasado. Tal vez pueda ver lo que intentaban hacer. Y tal vez pueda acabar lo que empezaron. Podemos acabar lo que empezaron. Pero solo si... solo si todos estáis dispuestos.

Miró a los demás.

—Nadie me preguntó a mí —dijo Anton—. Nadie me dio a elegir. Así que os lo pregunto, a todos vosotros. La elección es vuestra.

Todos guardaron silencio durante un largo rato.

Hector fue el primero en hablar.

—Mi respuesta es claramente «sí».

—La mía también —dijo Khepri.

Hassan asintió.

—Yo también.

—Nada de esto habría pasado si no llega a ser por mí —dijo Ephyra—. Así que, si puedo salvar a una sola persona, si puedo ayudar a Jude… Contad conmigo.

Anton miró a Ilya.

—Me dijiste que dejara de tratar de redimirme por ti —dijo Ilya—. Así que no te tomes esto como un intento por ganarme tu perdón. Pero, sí, claro. ¿Por qué no? Salvemos al mundo.

—Gracias —dijo Anton. Miró entonces a Jude—. Es elección tuya también, Jude. No lo haré si no estás de acuerdo.

Durante un momento Jude fue incapaz de hablar. Quería decir que sí más que nada en el mundo. Pero no pretendía que los demás se pusieran en peligro por él. No quería que Anton se arriesgara más de lo que ya lo estaba haciendo.

—No podemos… —dijo con voz temblorosa. Sonaba desesperado, como si estuviera formulando una pregunta—. No…

—He tenido una visión —dijo Anton de pronto—. O… creo que era una visión. Vi… Te vi a ti. Y a mí. Bajo las estrellas, en un jardín… juntos. Vi la vida que podríamos tener.

Jude sintió como si Anton hubiera introducido la mano en su pecho y le hubiera arrancado el corazón de un tirón. Lo único que podía hacer era mirarlo. Quería saber todo lo que había visto.

Y sabía que, si se lo contaba, lo destrozaría.

Anton temblaba, tenía los labios azules a causa del frío.

—¿Y si era real? ¿Y si es ese nuestro futuro?

—No lo era —dijo Jude, demasiado deprisa—. Ya lo sabes. Sabes que no tenemos… futuro.

El corazón de Jude latía muy fuerte; un lugar muy recóndito de su interior luchaba contra sus palabras. La parte que era más íntima que el pensamiento, más que la emoción. Era pura voluntad.

Anton alzó una fría mano, posándola en la mejilla de Jude.

—Pero ¿y si pudiéramos tenerlo?

Se miraron a los ojos, y Jude sintió que su mirada se colaba entre sus costillas y acariciaba aquello que latía en su pecho. Jude estaba embelesado por Anton: por sus ojos, por su cara, por las pecas que le salpicaban el puente de la nariz y que tanto le gustaban; el verdadero norte de su corazón.

«Confía en mí», le había dicho Anton una vez.

Recordaba cuando habían estado en el parapeto del faro al derrumbarse. Recordaba haber saltado tras Anton. Recordaba haberlo besado sobre el río en Endarrion. Recordaba haberle agarrado la mano para huir de la Guardia de Paladines.

Agarró la mano de Anton de nuevo y se la llevó a la boca, donde besó el interior de su muñeca. La mirada que Anton le dio como respuesta fue más brillante que el sol del amanecer.

Era simple. Siempre lo había sido.

Allá adonde Anton fuera, Jude lo seguiría.

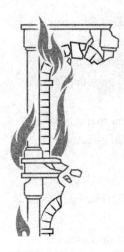

CAPÍTULO CINCUENTA Y UNO

ANTON

Anton estaba sobre las ruinas del faro con la Piedra del Oráculo agarrada entre las manos. La última vez que había escrutado el pasado, lo había guiado la Vagabunda.

Ahora, solo se tenía a sí mismo.

Invocó su Gracia y cerró los ojos. Inhaló y exhaló, y dispersó su Gracia en ondas hacia fuera, desenrollándola a través del complicado despliegue de *esha* que fluía en el mundo. Buscando. Siguiendo. Se aferró al recuerdo del *esha* de los otros Profetas, a cómo había reverberado en el Círculo de Piedras, y dejó que eso lo guiara.

Repitió sus nombres en su cabeza. Tarseis. Behezda. Nazirah. Endarra. Keric.

Su Gracia los llamó.

Y algo le respondió.

Anton abrió los ojos en el centro de una plataforma de piedra circular que le era familiar. Cinco figuras lo rodeaban. Anton los reconoció al instante de la primera vez que había escrutado el pasado. Cuando los había visto matar al dios.

Los Profetas.

Pero al contrario que aquella vez, ahora lo miraban directamente.

—Bien —dijo Behezda, echando hacia atrás su melena de oscuros rizos—. Nos preguntábamos cuándo te ibas a presentar.

Anton estaba tan sobresaltado que casi se cayó al suelo. Miró a su alrededor para asegurarse de que Behezda no le hablara a otra persona. Pero allí no había nadie más. Le hablaba a él. Lo miraba a él.

A su izquierda, Keric sonrió. La barba lo hacía parecer mayor, pero sus ojos tenían un brillo juvenil. Había algo en ellos que hizo que Anton quisiera confiar en él.

—¡Bienvenido!

—¿Qué…? —Anton no sabía por dónde empezar. Finalmente, dijo—: ¿Es esto una visión?

—No exactamente —dijo Nazirah—. Estás escrutando el pasado.

—Eso ya lo sé —dijo Anton—. ¿Pero cómo estáis hablando conmigo? He escrutado el pasado con anterioridad, y no fue para nada como esto.

—Bueno —dijo Tarseis con rostro adusto mientras se ajustaba las mangas de su túnica oscura—. Mientras tú escrutas el pasado, nosotros estamos escrutando el futuro. Llevamos intentándolo un tiempo.

Nazirah dio un paso hacia ellos, gigante al lado de la diminuta Behezda, con su pelo largo veteado de gris.

—Tenemos razones para creer que seremos asesinados antes de que podamos hablar contigo en persona. Tenemos un mensaje para ti, y ahora que Palas se ha vuelto contra nosotros, no podemos confiar en la Orden para ello.

—¿Por qué no se lo decís a la Vagabunda? —preguntó Anton. Los otros parecían confundidos—. Aún está viva, en vuestro presente. Ella… intentó ayudarme.

—Si pudiéramos encontrar a la Vagabunda, lo haríamos —dijo Endarra. Parecía triste, su bello y etéreo rostro estaba lleno de arrepentimiento—. Perdimos su confianza hace años. Dudo de que nos ayudara ahora, incluso aunque pudiéramos encontrarla.

—¿Por qué…? —Anton dejó de hablar—. ¿Por qué ahora? ¿Si habéis intentado escrutar el futuro durante algún tiempo, por qué ha funcionado ahora?

Los Profetas intercambiaron una mirada.

—No lo sabemos con exactitud —dijo Behezda con suavidad—. Fuiste tú quien nos llamaste a nosotros. Tú nos pediste ayuda.

—Así que dinos, joven Profeta, ¿cómo podemos ayudarte? —preguntó Keric.

Anton tragó saliva.

—El dios ha vuelto. Está aquí y pretende destrozar el mundo. La única manera de pararlo es haciendo lo que hicisteis la última vez: usar la Palabra Sagrada para matarlo.

—Si sabes todo eso, entonces debes saber que escondimos la Palabra Sagrada en el Guardián —dijo Nazirah con suavidad.

—Sí —dijo Anton—. Pero desencadenarla lo matará. Aunque hay otra manera. Vosotros encontrasteis otra manera. Mostradme cómo crear más Profetas, y podremos crear una nueva Palabra Sagrada.

—Tú debías ser el Último Profeta —dijo Tarseis en un tono frío de voz—. Es lo que estaba escrito en la profecía final.

Anton pestañeó tratando de no llorar. Desde el momento en que había tenido la visión del fin del mundo, había comprendido lo solitaria que sería su vida. El Último Profeta. El único Profeta. Pero solo porque su destino hubiera sido escrito, no significaba que tuviera que aceptarlo.

Todo había empezado con Jude a su lado en el faro. Pero no había acabado allí. Después había llegado Hector, cuando ayudó a sacarlo de los escombros de la Puerta Roja incluso antes de saber quién era Anton. Hassan, que había tenido muy buenas razones para odiar a Anton, pero que en su lugar se había unido a él. Khepri, que había ido con ellos al fin del mundo cuando había incontables razones para que se hubiera quedado atrás. Ephyra, quien, como Anton, había aprendido a no confiar en nada que fuera gratis, y quien se había arriesgado una y otra vez por Anton y por aquellos que le importaban. Incluso Ilya, a quien Anton no había perdonado y puede que jamás lo hiciera, pero que había puesto su destino en sus manos de todas formas.

Y Beru, que era la persona de entre todos los que Anton había conocido que siempre parecía saber cómo hacer lo correcto, y nunca dudaba en hacerlo. Quien había luchado con más fuerza que ninguno de ellos por un mundo en el que nunca podría llegar a vivir.

—Me da igual lo que diga la profecía —dijo Anton con fiereza—. No me importa el destino, ni la suerte, ni nada de eso. Me importa frenar al dios. Me importa encontrar la manera de salvar a Jude.

Tarseis hizo un sonido con la lengua.

—Este es el motivo por el que nos separamos de todo. Por el que no tomamos amantes ni tenemos descendientes. Cuando tu destino está enredado con el de otros, cuando tienes el poder de hacer lo que nosotros hacemos, siempre estarás tentado de cambiarlo.

Nazirah miró a Anton, pensativa.

—Se supone que tenías dos opciones. Podías observar el mundo caer. O podía sacrificar lo que amabas para salvarlo.

—No lo entiendo —dijo Anton—. Esto era lo que tratabais de hacer, ¿no? Crear más Profetas para que os reemplazaran después de que vuestros poderes dejaran de funcionar. Entonces, ¿por qué no me ayudáis?

—Lo que hicimos seguía las líneas del destino —respondió Tarseis bruscamente—. Nosotros cumplimos nuestra Última Profecía.

—¿Te refieres a mí?

—Tú debías ser el Último Profeta —dijo Tarseis de nuevo—. Así que te hicimos el Último Profeta.

—Vosotros… —dijo Anton, la voz fallándole—. ¿Vosotros me convertisteis en un Profeta?

Nazirah asintió.

—Entonces podéis hacerlo —se dio cuenta Anton—. Podéis crear más Profetas.

—No sin desafiar al destino.

—¡Entonces desafiadlo! —exigió Anton—. ¿Qué os frena?

—Durante dos mil años tuvimos cuidado de no salirnos de los límites de nuestras profecías —dijo Nazirah—. De no cambiar nunca el resultado final.

—Lo que Nazirah quiere decir —interrumpió Keric— es que, si haces esto, destrozarás la senda del destino para siempre. No habrá más profecías. No habrá más visiones del futuro. Tus nuevos Profetas tendrán el poder que tenemos ahora, el poder de la Gracia de la Vista. El poder para crear la Palabra Sagrada. Pero no el poder para dar forma al destino. Estaréis ciegos ante el futuro.

—Bien —dijo Anton con firmeza—. Encontraremos nuestro propio camino. Tomaremos nuestras propias decisiones. Si ese es el precio a pagar para salvar al mundo y al chico al que amo, lo pagaré con gusto.

—Nos pasamos dos mil años negando nuestra humanidad —dijo Tarseis bruscamente—. Y tú rechazas seguir nuestros pasos. En el fin del mundo, vienes a nosotros y nos pides, ¿qué? ¿Amor?

Anton no vaciló a la hora de contestar.

—Sí.

Endarra lo consideró con cuidado.

—Nunca has pedido eso antes.

—No sabía cómo hacerlo.

—¿Pero es eso lo que quieres?

—Sí —dijo Anton de nuevo.

—Eso era lo que Ananke quería, también —dijo Behezda en voz baja. Había dolor en su rostro redondo—. Siempre me arrepentí de que se lo arrebatáramos.

—Quizá... —dijo Nazirah, pensativa—. Quizá nos equivocamos después de todo. Quizás apartarnos del mundo fue un error, si ha llevado a esto. Quizá tengas derecho a ello —Se volvió hacia los demás—. Yo digo que hagamos lo que el joven Profeta nos pide.

El corazón de Anton latió con esperanza.

Miró a Tarseis. El Profeta de la Justicia parecía más reticente.

—Te concedimos este poder —dijo Tarseis por fin—. Supongo que significa que te corresponde a ti decidir cómo usarlo.

El alivio invadió a Anton.

—¿Qué hacemos?

—Las primeras personas Agraciadas no nacieron, sino que fueron creadas —dijo Keric—. Les concedimos la Gracia con las Reliquias.

—La reina Mártir —dijo Behezda—. La Guardiana de la Palabra.

—El primer rey de Herat —dijo Nazirah.

—Pero, por supuesto, nuestros poderes no se originaron con las Reliquias —dijo Tarseis—. Los obtuvimos del dios. Nos escogió. Así que nosotros podemos escoger a otros.

—¿Quieres decir que podéis darle vuestras Gracias a alguien? —preguntó Anton—. Pero... estáis muertos. O, al menos, en mi presente lo estáis.

Nazirah le dedicó una triste sonrisa y extendió los brazos.

—Este sitio, como el Círculo de Piedras de Kerameikos, es un conducto para el *esha*. Construimos estos monolitos para que, cuando muriéramos, nuestro *esha* continuara dentro. Preservado, para que otro Profeta pudiera tener acceso. Tú.

—Por eso lo sentía —comprendió Anton—. Cuando la Vagabunda y yo os buscamos en el Círculo de Piedras, me llevó hasta aquí. Hasta vuestro *esha*.

—Así que funcionó —dijo Nazirah, satisfecha—. ¿Asumo que tienes la Reliquia de la Vista?

Anton alzó la Piedra, cálida en su mano, y se la entregó. Ella la tocó con reverencia, cerrando los ojos.

La Piedra comenzó a brillar y Anton sintió su poder invadiéndolo por completo, como la llamada del Círculo de Piedras. Nazirah se retiró, bajando los brazos, pero la reverberación no paró. Endarra fue la siguiente, dedicándole una sonrisa a Anton y acunando la piedra con la mano para añadir su propio poder. La reverberación aumentó, más fuerte, más brillante, añadiendo otra capa de poder. Keric la siguió, guiñándole el ojo a Anton como si fueran cómplices, y añadió su poder. Tarseis le dedicó una mirada de desaprobación antes de hacer lo mismo.

Behezda fue la última en sumar su propio poder a la armonía. Cuando terminó y el hilo de su Gracia se hubo unido a los demás, se inclinó hacia Anton y le dio un beso en la frente.

—Ve —le dijo—. Ve y acábalo.

CAPÍTULO CINCUENTA Y DOS

JUDE

Un rayo partió el cielo en dos en el momento en que Anton se desplomó. Jude se lanzó hacia él, frenando su caída.

Anton abrió los ojos de forma agitada. Agarró con fuerza la brillante Piedra del Oráculo.

—¿Qué ha pasado? —preguntó Jude.

Anton le tocó la cara con una expresión aturdida.

—¿Los has visto? —preguntó Hector a su espalda.

—He hablado con ellos —dijo Anton suavemente mientras Jude lo ayudaba a incorporarse.

—¿Con los *Profetas*? —preguntó Hassan.

Anton alzó la brillante Piedra del Oráculo.

—Me han dado sus poderes. Nos los han dado.

Jude abrió la boca para formular una de las mil preguntas que le pasaron por la cabeza. Preguntas tales como ¿*cómo*? y ¿*qué te han dicho*? Pero lo que dijo fue distinto.

—¿Entonces es posible? ¿Puedes convertirnos en Profetas?

Anton asintió.

—Bueno —dijo Hassan con seriedad—. No perdamos más tiempo. ¿Qué tenemos que hacer?

—Quedaos donde estáis —respondió Anton—. Puedo…

—Espera —dijo Jude bruscamente, agarrando a Anton de la muñeca—. A mí primero. Debería ser yo el que asumiera el riesgo. Si algo sale mal, aún podrás liberar la Palabra Sagrada.

Anton parecía dispuesto a discutírselo, pero en su lugar miró a Jude y asintió. Cerró los ojos de nuevo y Jude le soltó la mano. Vio cómo Anton respiraba hondo, y en una exhalación, la Piedra del Oráculo brilló con más fuerza. Anton sostuvo la Piedra con una mano mientras con la otra pareció tirar de un hilo de luz. No, no era luz: Gracia. Jude oyó una leve reverberación y, cuando Anton puso la palma de su mano en el pecho de Jude, el sonido aumentó hasta bloquear todos los otros sonidos excepto el latido de su propio corazón.

Un fogonazo de luz parecido al de una explosión iluminó el aire a su alrededor. Jude cayó de rodillas al tiempo que la luz lo rodeaba. El primer roce contra su *esha* dejó a Jude sin aliento. La Gracia lo quemó por dentro, casi como las llamas de Fuego Divino, excepto por que aquello era lo opuesto. Mientras que el Fuego Divino lo había dejado vacío, aquello lo colmó, como una oleada de agua entrando a través de un dique roto.

—¡Jude!

Anton lo agarró, pero era demasiado tarde. La Gracia de los Profetas estaba en su interior, latiendo como una estrella, y lo único que podía hacer Jude era aguantar y esperar que no lo consumiera. Por un momento lo abrumó: no podía ver, no podía oír, no podía sentir nada excepto la Gracia que reverberaba dentro de él.

Y entonces, cuando Jude pensó que iba a romperse en dos, el mundo volvió a aparecer a su alrededor. De repente podía sentirlo *todo*: las suaves olas del *esha* de Anton a su lado, el viento que soplaba entre la hierba, el nítido *esha* de cada uno de los otros, y la conciencia de cómo todos encajaban, las conexiones y complicados patrones que unían al mundo entero.

Jude abrió los ojos y encontró a Anton mirándolo fijamente con una expresión de terror.

—Estoy bien —dijo Jude enseguida, tocándole la mejilla. La sensación pura y física lo dejó sin habla. Todo parecía más nítido, más intenso, más armonioso al mismo tiempo—. ¿Es así como te sentías tú todo este tiempo?

El miedo desapareció de la cara de Anton y dejó escapar un suspiro a la vez que se inclinaba hacia su mano.

—¿Ha funcionado? —oyó preguntar a Hector.

Jude se volvió para mirarlo.

—Puedo sentir tu *esha*. Es como… acero y piedra.

Hector parecía confundido.

—Eso ha tenido pinta de… doloroso —dijo Ilya, dubitativo.

—Ha sido… —Jude no sabía cómo seguir. Jamás había sentido nada igual. Era trascendente.

—Si alguien quiere echarse atrás, ahora es el momento —les advirtió Anton.

Ninguno se movió.

—De acuerdo —dijo Anton, cerrando los ojos—. Permaneced quietos, y no sintáis miedo.

En esa ocasión, Jude observó cómo Anton sacaba cinco hilos de poder de la Reliquia de la Vista y los enviaba como una espiral hacia los otros. La Gracia los rodeó, y Jude sintió exactamente lo que estaba haciendo: entretejiéndose con el *esha* de los demás hasta que el *esha* y su Gracia fueran uno.

La Reliquia de la Vista se hizo añicos en las manos de Anton cuando toda la luz se hubo derramado.

Los otros cayeron de rodillas tal y como le había pasado a Jude. Ephyra dejó escapar un grito, y Hector, un quejido de dolor. Ilya parecía al borde de las lágrimas.

Pero entonces, el dolor pareció desaparecer. Abrieron los ojos y se pusieron en pie, fascinados y perplejos ante sus nuevos sentidos. Mientras los demás se recuperaban, Jude se dio cuenta de que Anton estaba temblando y le costaba respirar.

Por instinto, se arrimó a su costado.

—¿Estás bien?

—Bien —respondió Anton, pero seguía temblando—. Solo… dame un segundo.

—¿Es esto lo que se siente al ser Profeta? —preguntó Hassan, mirándose las manos como si esperara que salieran llamas de ellas.

Jude observó a los otros cinco, y un extraño sentimiento lo invadió. Había dedicado su vida entera a los Siete Profetas. A gente que consideraba más sagrada y digna que él, y cuyo legado sentía que nunca podría ser capaz de mantener.

Y ahora allí estaba. Allí estaban todos. Los Siete Profetas. Los Nuevos Profetas.

—Tenemos que actuar rápido —dijo Anton—. No tengo tiempo para enseñaros a usar vuestro poder, así que haced lo que os diga. Tenemos que usar el poder juntos. Cada una de nuestras Gracias saldrá a una frecuencia ligeramente distinta. Pero, al combinarlas, crearán la Palabra Sagrada. Una vez que esté formada, uno de nosotros tendrá que tocar al dios y la Palabra hará arder su *esha*, destruyéndolo.

—Lo cual significa que uno de nosotros tiene que acercarse a Beru —dijo Ilya—. No va a ser fácil.

Jude, Anton e Ilya miraron a Ephyra y a Hector.

—Puedo… —empezó a decir Hector.

Pero Ephyra lo interrumpió negando con la cabeza.

—Debo ser yo. Soy la razón de que todo esto esté pasando.

—No —dijo Hector con firmeza—. Escúchame, sé lo que se siente al perder a tu familia. No puedo dejar que hagas esto. No puedo dejar que seas tú quien le arrebate la vida.

Ephyra lo miró fijamente con los ojos llenos de lágrimas. Pestañeó y asintió.

—Gracias.

A Jude se le encogió el estómago al ver a Hector poniéndose en peligro, pero todos estaban expuestos al peligro en ese momento.

—El resto te protegeremos como podamos hasta que puedas acercarte lo suficiente —dijo Jude.

—¿Cómo lo hacemos? —le preguntó Hassan a Anton.

—Cerrad los ojos —dijo Anton—. Concentraos en vuestra Gracia.

Jude cerró los ojos y dejó que su Gracia fluyera a través de él como había hecho anteriormente con sus koahs. Su Gracia reverberó a través del aire a su alrededor, chocando contra las de los otros. Podía sentirlas todas, brillantes y oscuras, altas, bajas, ondulando y estrellándose.

—¡Vamos! —les dijo la voz de Anton por encima de la cacofonía.

Jude obedeció intentando imitar la sensación de cuando usaba su Gracia para dar poder al golpe de su espada. Al principio fue demasiado, el torrente de sonido chocaba contra él mismo, pero lentamente empezó a fortalecerse.

Estaba funcionando. Sentía las Gracias de los otros reverberando contra la de él, bañándolo con un poder que solo había vislumbrado antes, cuando había sentido a Anton usar el suyo en el Círculo de Piedras, cuando había desenvainado la Espada del Pináculo o cuando había sentido el nacimiento del Último Profeta.

Aquella era la misma sensación, pero multiplicada por diez. Su cuerpo vibraba con ella, y el aire temblaba con la llamada de sus Gracias.

Abrió los ojos. Sus amigos, los Profetas, resplandecían.

Jude se quedó sin respiración. Notaba cómo la Palabra Sagrada se formaba, un poder tangible que parecía electricidad recorriéndole las venas.

Entonces el rugido de un trueno ahogó todos los demás sonidos, y un fogonazo de luz explotó sobre la roca desnuda. Jude saltó hacia un lado por instinto, y durante un segundo fue incapaz de ver nada.

Cuando recuperó la vista, advirtió un cráter aún humeante. Y en el centro, estaba el dios.

Beru estaba allí, inmóvil aunque de forma antinatural, y con una expresión vacía e inhumana en el rostro mientras los observaba a los siete, tirados sobre la roca.

—¿QUÉ HAS HECHO? —exigió saber el dios, mirando a Anton—. ¿POR QUÉ HAS CREADO ESTAS ABOMINACIONES?

Jude reprimió un escalofrío, incapaz de frenar la reacción visceral que su cuerpo tenía ante aquella milenaria y terrible voz. Se puso en pie con dificultad, resbalando sobre la roca, y gateó hasta Anton.

—¿A quién llamas «abominación»? —le gritó Khepri al dios desde el otro lado.

El dios se volvió hacia ella. Jude, agradeciendo la distracción, corrió hasta llegar a Anton.

—Estoy bien —dijo Anton en voz baja mientras Jude lo ayudaba a levantarse—. Jude, la Palabra Sagrada…

Jude lo interrumpió asintiendo con la cabeza. Sentía el poder combinado de todas sus Gracias, pero la Palabra Sagrada aún estaba a medio formar. Necesitaban ganar tiempo.

Dio un paso en dirección al dios, interponiéndose entre Anton y él.

—¿Por qué haces esto? ¿Por qué no puedes dejarnos vivir en paz?

El dios se giró hacia él.

—¡NO HABRÁ PAZ MIENTRAS LA HUMANIDAD EXISTA!

El dios agarró a Jude con su poder, alzándolo en el aire. Jude ahogó un grito. Tenía que concentrarse. Mientras el dios estuviera distraído, aún podían acabar lo que habían empezado.

—Puede que sea verdad —le respondió. Inhaló una vez, y después otra.

Percibía cómo las Gracias de los demás se unían de nuevo, reforzando la semilla de poder que habían creado.

El dios intensificó la fuerza con que lo tenía agarrado.

—NO EXISTE LA VERDAD NI LA MENTIRA —dijo—. SOLO EXISTO YO.

El agarre del dios se volvió aún más doloroso, apretando tanto a Jude que no podía respirar.

Pero no importaba, porque Jude pudo sentir de pronto la Palabra Sagrada a su alrededor, en todas partes. Los hilos de sus Gracias llevaban hasta un nudo que brillaba dentro de cada uno de ellos. Una diminuta estrella.

La sensación de Jude era triunfal. Lo habían conseguido. Habían creado una nueva Palabra Sagrada.

—¿QUÉ ES ESO? —El dios inclinó la cabeza, como si tratara de escuchar mejor.

La euforia de Jude estalló en mil pedazos.

No, pensó con impotencia.

Pero por supuesto que el dios podía sentir el poder que reverberaba alrededor de ellos. Después de todo, la Palabra Sagrada era un pequeño trozo de su propio poder.

—¿CREÉIS QUE PODÉIS MATARME IGUAL QUE LO HICIERON LOS PRIMEROS PROFETAS? —preguntó el dios—. SOIS MÁS DÉBILES DE LO QUE ELLOS FUERON JAMÁS.

Jude trató desesperadamente de tomar aire, ya que la visión empezaba a oscurecérsele. El dios iba a asfixiarlo hasta matarlo.

—¡Jude, no! —se elevó el grito aterrado de Anton.

Jude luchó por mantenerse consciente, sintiendo una presión creciente en el pecho y en la cabeza. Lo vio todo negro. Después de todo, después de todo lo que los demás habían hecho al arriesgar sus vidas por él, Jude iba a morir de todas formas.

Desde algún lugar, oyó la voz de Hector.

—Beru, sé que puedes oírme.

De pronto, Jude cayó al suelo, estrellándose contra la roca.

—EL CORAZÓN MORTAL DE MI INTERIOR NO ME FRENARÁ A LA HORA DE MATARTE —dijo el dios—. PUEDE QUE UNA VEZ LO HICIERA, PERO YA NO.

Jude inhaló el preciado aire.

—Jude —murmuró Anton, en voz baja pero apremiante.

Notó las manos de Anton en la cara, y Jude abrió los ojos con un quejido. Incorporándose de manera temblorosa, buscó con la mirada a Hector.

—Sé que aún estás ahí dentro, luchando —le dijo Hector a Beru, dando un paso hacia ella.

En una espiral de viento y luz, el dios alzó a Hector del suelo.

—ESTE. ES A ESTE AL QUE ELLA AMA. AHORA MISMO ME ESTÁ ROGANDO QUE NO LO MATE.

El terror distorsionó las facciones de Hector, y Jude vio cómo pataleaba, como si intentara nadar a través del aire mientras el dios solo lo elevaba a más y más altura.

—ELLA HARÍA LO QUE FUERA POR SALVARLO.

—¡Hector! —vociferó Jude.

—PERO NO PUEDE HACER NADA —dijo el dios—. Y VOSOTROS TAMPOCO. SOY UN DIOS. Y NO PODÉIS DESTRUIRME.

Jude no pudo apartar la mirada cuando el dios alzó la mano de Beru. Ni tampoco cuando la expresión de Hector reflejó su miedo y este lanzó un grito. Ni tampoco cuando un rayo de brillante luz blanca lo atravesó, y el grito murió abruptamente.

Un chillido apagado le llenó los oídos, y Jude tardó un momento en darse cuenta de que era su propia voz, un lamento que salía de su interior.

Hector estaba muerto.

El dios se volvió hacia él, impasible.

—VUESTRO MUNDO LLEGA A SU FIN. NO HAY NADA QUE PODÁIS HACER PARA SALVARLO.

Jude cerró los ojos y apoyó las manos contra el suelo rocoso. Aún percibía la Palabra Sagrada vibrando a través de él, pero la sentía apagada, disonante.

—EN SU LUGAR CONSTRUIRÉ UN MUNDO MEJOR. UNO MÁS BELLO, LLENO DE CREACIONES QUE NO ME TRAICIONEN. CREACIONES QUE ESCUCHARÁN MIS PALABRAS Y VIVIRÁN EN ARMONÍA. TRIUNFARÁN DONDE VOSOTROS HABÉIS FRACASADO UNA Y OTRA VEZ.

El dolor por la pérdida de Hector invadió a Jude por completo, ahogando su última chispa de esperanza. Habían estado en esa situación antes, enfrentándose a un dios vengativo mientras la destrucción llovía a su alrededor. Pero aquella sería la última vez. Su último fracaso.

—ESTE ES VUESTRO FINAL.

El fin del mundo había llegado tal y como Anton había predicho, y no podían hacer nada para frenarlo.

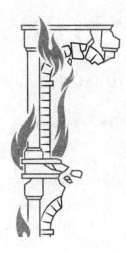

CAPÍTULO CINCUENTA Y TRES

EPHYRA

Ephyra observó horrorizada y petrificada cómo Hector caía al suelo.

Las palabras del dios resonaban a su alrededor, pero Ephyra apenas podía escucharlas. Hassan y Khepri se apresuraron a llegar hasta Hector. Pero todos sabían que era demasiado tarde. Habían sentido el momento en el que su *esha* se había apagado.

La Palabra Sagrada invadió a Ephyra como un vendaval.

Puedes hacerlo, pensó. *Por ella. Puedes hacerlo por ella, y por los demás.*

Todo dependía de ella. Siempre había dependido de ella. Era la Mano Pálida de la Muerte, cazadora de monstruos, asesina de humanos y dioses por igual.

Y aquella sería la última vida que arrebataría.

Dio un paso en dirección al dios.

Este reaccionó al instante, mirándola.

—¿CREES QUE NO TE MATARÉ A TI TAMBIÉN?

Ephyra no se detuvo. Caminó hacia el dios, hacia su rostro enfadado, que era una mofa de lo que había sido su amable y dulce hermana.

—SOLO PORQUE SEAS SU HERMANA, SOLO PORQUE ME TRAJERAS DE VUELTA A LA VIDA… ESAS COSAS YA NO TE PROTEGERÁN, EPHYRA.

Cuando Ephyra habló, se dirigió a Beru, y no al dios.

—Beru —dijo, tratando de que la voz no le temblara—. Recuerda lo que te dije.

El dios alzó los brazos y unos rayos de luz se estrellaron contra la roca. Ephyra no vaciló.

—Nunca me rendiré. *Jamás.*

—BASTA. AMBOS SABEMOS QUE NO LO HARÁS. NO LA MATARÁS.

Pero Ephyra no se interrumpió. Se acercó más al dios, lo suficiente para tocarlo.

—Lo siento, Beru —dijo ella—. Te quiero.

Cerró los ojos. Envolvió la muñeca de Beru, donde aún tenía la huella negra de su mano.

La Palabra Sagrada las abrasó a ambas.

CAPÍTULO CINCUENTA Y CUATRO

BERU

Beru no recordaba la primera vez que había muerto. Solo recordaba el después, la fuerza con la que su hermana la había agarrado y la quietud que las había rodeado.

Pero ahora sintió cada segundo, extendiéndose, durante una vida entera.

La Palabra Sagrada abrasó al dios. Beru lo sintió en sus venas, su calor quemándole los huesos.

El dios rugió en su mente. Recordaba el frío de la creación, el tormento de aquellos primeros eones, la agonía de empezar a existir.

Beru también lo recordaba. Cómo el mundo surgió en medio de un caos, en oscuridad y luz.

Morir era igual.

La agonía del dios la recorrió. Estalló como una estrella, brillante y ardiente, consumiendo el espacio frío y oscuro a su alrededor.

Esperó que lo abrasara todo hasta reducirlo a la nada, pero ese momento no llegó.

En su lugar, sentía más cosas que nunca. Hilos de *esha* que vibraban, abriéndose paso hacia ella.

Se dio cuenta de que aquello era lo que había hecho el dios una vez. Lo había sido *todo*.

Y cuando los Profetas lo habían matado, lo habían separado del hilo del *esha* que fluía alrededor del mundo.

La voz de su cabeza, la criatura que se había apoderado del control del mundo, no era el dios. O no era *todo* lo que era el dios.

Ahora podía verlo.

Veía las partes que habían sido olvidadas, también.

Te conozco, pensó mientras sentía el *esha* del mundo saliendo de su interior. Igual que el dios una vez lo había sido todo, también lo había sido *ella*.

El dios gritó en su interior, y Beru se dirigió a él.

Los amabas. Amabas a estas criaturas que tú creaste, que se convirtieron en mucho más y a la vez en mucho menos de lo que tú querías. Los amabas, incluso su maldad y su egoísmo. Amabas su tristeza, su alegría, todas las partes rotas y todas las cosas que no entendías de ellos.

NO.

Los amabas incluso cuando te traicionaron.

Lo recordaba. Esas criaturas mortales que había creado. Cómo hicieron que el dios fuera más de lo que nunca había sido antes. Cómo hicieron que fuera demasiado. Cómo crearon sus propias voluntades tal y como el dios había creado la suya propia.

Incluso los amas ahora.

TE EQUIVOCAS.

Puedo verlo en tu corazón.

EL AMOR ES HUMANO.

Y también es divino.

Beru fue hasta el dios, notando el tirón de cada hilo de su *esha* mientras aquel ser ardía y ardía.

Puedo ver tu corazón, ya que es el mío. Puedo ver tu mente, ya que es la mía. Y puedo ver tu amor… ya que es mi amor.

Con una voz que hizo temblar el cielo, Beru dijo el nombre del dios. El nombre que había habitado en su núcleo, el que lo unía todo y podía destrozarlo. No era un nombre como aquellos que los mortales se daban los unos a los otros, sino un nombre que existía en el lenguaje de todas las cosas, el lenguaje que componía el universo: una vibración, una resonancia, trueno y luz.

Dijo el nombre del dios, y también era el suyo.

El nombre de la chica bajo la sombra de la acacia que se despedía de su hermana. La chica que ensartaba abalorios y cristales, que buscaba la belleza en un mundo horrible y cruel. La chica que se adentró junto a Hector en una gruta oculta, incapaz de esconder el amor que rebosaba en su corazón como el agua de un vaso lleno.

La chica que había vivido, muerto, y vivido de nuevo.

Aquel nombre era una carga, un dolor, una expiación. Era amor y alegría y bondad. Era ira. Era una furia sofocada por amor. Era esperanza. Resurrección y renacer.

Y el dios le respondió, hablándole también hasta que sus voces fueron una, y Beru fue incapaz de escucharlo o de sentir su voluntad separada de la suya.

Cantó el nombre del dios, y el universo respondió.

La luz se abrió paso a través de la oscuridad.

Beru sintió cómo el aire entraba en sus pulmones. Se levantó, y cuando miró hacia abajo, pudo ver que la roca había sido abrasada por una luz blanca con el patrón de una estrella de muchas puntas, y ella estaba en el centro.

A sus pies, Ephyra se encontraba agazapada en el suelo con los brazos por encima de la cabeza, escudándose.

Beru le tocó el hombro. Ephyra se sobresaltó, pero entonces bajó los brazos y miró a Beru con los ojos llenos de lágrimas.

—¿Beru?

—Soy yo —confirmó Beru—. Y a la vez… no lo soy.

—El dios, está… ¿está muerto? —preguntó Ephyra.

Beru negó con la cabeza.

—Ahora forma… parte de mí.

—¿Qué significa eso?

—Significa que no os hará daño. Yo no os haré daño —Miró a los otros, que estaban petrificados, y la contemplaban con una expresión de horror y asombro—. A ninguno de vosotros.

Miró entonces el lugar donde yacía el cuerpo de Hector. Hassan y Khepri estaban arrodillados junto a él. Fue hasta donde estaban, y se fijó en que Hassan se encogía cuando se acercó.

Sintió una punzada en su corazón mortal, sintió el dolor de la pérdida intensamente, incluso siendo consciente de que ella, o una parte de ella, lo había matado. Pero el dolor era diferente a lo que había sentido siendo humana. Sentía el *esha* de Hector, esa energía sagrada que había sido tan única de Hector, dispersándose en el aire y regresando a la tierra. Regresando a *ella*. Y durante un momento vislumbró en lo que se convertiría: se formaría de nuevo, transformándose en nueva vida.

Se volvió para mirarlos a todos. Anton la miraba fijamente, con el cansancio reflejado en su pálido rostro. Junto a él estaba Jude, y el suyo mostraba dolor y esperanza. Ilya evaluaba cuidadosamente a Beru. Khepri estaba asombrada y algo asustada, pero el brillo de coraje que siempre había en sus ojos seguía ahí, como si estuviera dispuesta a enfrentarse al mundo entero si debía hacerlo. Y Hassan, que se encontraba pensativo y receloso.

Y finalmente Ephyra, quien miraba a Beru con amor. Siempre con amor.

—No soy la chica a la que querías salvar —le dijo a Ephyra. Y entonces se dirigió a los otros—. Pero tampoco soy el dios ancestral al que queríais matar. El dios está muerto, y también la chica.

—Entonces, ¿qué eres? —preguntó Anton.

Les dijo la verdad.

—No lo sé —Ya no era mortal. Pero en su pecho latía un corazón mortal—. Pero podéis confiar en que no os haré daño. A ningún humano.

—¿Cómo podemos confiar en ti? —preguntó Hassan.

—Supongo que tendréis que tener fe.

Y les demostraría que su fe sería bien merecida.

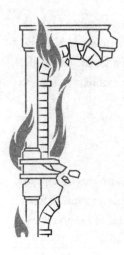

CAPÍTULO CINCUENTA Y CINCO
ANTON

Anton vio una brillante luz que envolvía a Beru, o a lo que anteriormente había sido Beru. Se cubrió los ojos con las manos, y cuando la luz se atenuó, ella había desaparecido.

Durante un largo rato, nadie habló. El único sonido que se oía era el de las olas estrellándose contra las rocas y el viento silbando entre las ruinas del faro.

—¿Confiamos en eso? —preguntó Hassan rompiendo el silencio—. ¿En ella? ¿Y si solo pretende acabar lo que el dios empezó?

Anton dirigió la mirada hacia el mar. Quien les había hablado había sido la voz de Beru, no la del dios. Y si lo que decía era cierto, entonces el dios estaba muerto.

—Yo confío en ella —dijo Anton con firmeza.

Ephyra estaba extrañamente callada, y no dejaba de mirar el lugar donde Beru había desaparecido. Khepri, quien estaba más cerca de ella, dio un paso y le posó la mano en su hombro con suavidad. Ephyra se sobresaltó un poco ante el contacto.

Jude también estaba muy callado. Permanecía arrodillado a varios metros de donde yacía Hector, mirándolo fijamente y sin moverse. Anton ignoró las voces de los otros y fue hasta Jude. Sin decir una palabra, lo envolvió en un abrazo y dejó que la cabeza de Jude cayera sobre su hombro mientras lloraba.

—Tendría que haber sido yo —susurró Jude—. Si hubiera hecho lo que… —Un sollozo lo interrumpió.

Anton no dijo nada. No dudaba de que habían hecho lo correcto. Y de que Hector también lo creía así. Más tarde, cuando el polvo se hubiera asentado y hubieran enterrado a Hector, Anton se lo diría. Se aseguraría de sellar sus palabras en la piel de Jude con sus labios y sus manos.

Pero, por ahora, simplemente lo sostuvo y no lo soltó.

Jude y Hassan prepararon el cuerpo de Hector. Cortaron un mechón de su pelo y lo metieron en un relicario de aceite crismal. Jude pronunció una bendición, y Hassan, Khepri y Anton encendieron la pira. El humo ascendió en espirales sobre el resplandeciente sol que se ocultaba.

Cuando el fuego se hubo consumido, solo quedaron las brasas y el cielo se hubo oscurecido, se marcharon. Hassan y Khepri se fueron primero, dejándoles una invitación para que fueran al palacio, a descansar. Después, Ilya y Ephyra. Y finalmente quedaron Jude y Anton.

—Deberías irte —le dijo Jude a Anton—. Pareces agotado.

—Puedo quedarme contigo —dijo Anton enseguida—. No me importa.

Jude le dedicó una leve sonrisa y le acarició la cara antes de darle un beso en la frente.

—Ve. Quiero… estar a solas. Solo un rato.

Anton se mordió el labio, pero asintió. Le dolía el corazón. Pero en lugar de volverse enseguida, se acercó a la pira y puso una mano sobre un trozo de madera abrasado, aún caliente.

—Cuidaré de él. Te lo prometo —dijo Anton.

Solo entonces se alejó, siguiendo el camino de vuelta al palacio.

Los signos de la destrucción del dios eran evidentes a cada paso que daba. Edificios que habían sido arrancados, escombros que bloqueaban calles enteras. Pequeños incendios que aún ardían, mientras los vecinos se afanaban en apagarlos. Las personas se apiñaban bajo puertas rotas, heridas y confundidas, mientras desconocidos las ayudaban a ir a un sitio seguro.

Pero, tras la destrucción, Anton también vio evidencias de una ligera alegría y de resistencia. La gente salía a las calles hablando entre ella e incluso riendo, compartiendo vino y comida. Las voces se unían en un eco melodioso que provenía de los tejados.

El sonido de la celebración acompañó a Anton hasta las diezmadas puertas del palacio. En los jardines había más grupos de gente. Una persona que se había subido a una muralla derrumbada lanzaba luces alquímicas brillantes al cielo oscuro. La música se filtraba desde la sala de banquetes, donde Anton veía gente bailando y bebiendo. La oscuridad había desaparecido, y el mundo se había despertado.

Rodeó la sala de banquetes y entró por un pasillo diferente; subió las escaleras y vagó por unos pasillos que no le eran familiares, hasta que por fin encontró un dormitorio abierto.

Una vez dentro, se dio cuenta de lo cansado que estaba realmente. No había dormido nada la noche anterior, ya que no había querido perderse ni un segundo de las que pensaba que eran las últimas horas que pasaría con Jude. Y el proceso de escrutar el pasado, convertir a los otros en Profetas y enfrentarse al dios casi había agotado toda su energía.

Se hizo un ovillo en las sábanas arrugadas y, quizá por primera vez en su vida, cayó dormido al instante y no soñó.

Anton sintió unos dedos acariciando su pelo. Dejó escapar un leve suspiro.

Los dedos desaparecieron de entre su pelo y Anton se quejó, disgustado.

—Ah, así que estás despierto —le dijo Jude de broma.

Anton abrió los ojos y se encontró al guerrero sentado al borde de la cama.

—Buenos días —dijo Jude en un tono impregnado de cariño.

—¿Ya es de día? —preguntó Anton. Había pensado que se despertaría cuando Jude regresara. Se pasó una mano por la cara—. He dormido toda la noche.

—Has dormido *tres* noches enteras —lo corrigió Jude—. Y dos días.

—¿Cómo? —preguntó Anton, incorporándose.

—Bueno, te despertaste en algún momento y te comiste tu peso en pan —corrigió Jude—. Y volviste a dormirte. Después te despertaste otra vez en mitad de la noche y trataste de convencerme de que nos casáramos.

—Yo no hice eso —dijo Anton, tratando de no sonreír mientras se sonrojaba, avergonzado.

—Sí, sí que lo hiciste —le aseguró Jude—. Te enfadaste mucho cuando te dije que ya estaba casado.

Anton tiró de él de la camiseta.

—Deja de meterte conmigo.

—Jamás haría tal cosa —le dijo Jude solemnemente, dejando que Anton lo guiara para darle un lento y adormilado beso.

—¿Y tú? —le preguntó Anton cuando se separaron, peinando el pelo de Jude hacia atrás—. ¿Has dormido algo?

—Algo —dijo Jude, lo cual significaba que no lo había hecho.

—¿Qué ha pasado mientras dormía? —preguntó Anton—. Quiero decir… Beru, el dios. Donde quiera que esté ahora.

—Hemos recibido noticias —respondió Jude—. Rumores de que el dios ha aparecido en Endarrion y en Tarsépolis. Dicen que está reconstruyendo Behezda. No ha habido más plagas, ni tormentas de fuego, ni erupciones volcánicas. Las cosas parecen estar… en paz.

—¿Has hablado con Ephyra? —preguntó Anton.

—Un poco —respondió Jude—. Está… bien.

Anton asintió. Sabía que lo más seguro era que en realidad no estuviera bien, pero confiaba en el juicio de Jude.

—Supongo que la gente debe estar preguntándoselo. ¿Qué pasa si provocan la ira del dios de nuevo?

Jude negó con la cabeza.

—Puede que se lo pregunten, pero tú y yo sabemos la verdad. —Le agarró la mano a Anton y se la llevó a los labios—. No nos hará daño de nuevo. Ella… sigue siendo Beru, de alguna forma. Protegerá esa parte de sí misma. La parte mortal. La parte que aún nos quiere.

—Eso crees —dijo Anton.

—Eso elijo creer, sí —respondió Jude—. Hay algo más.

Jude le dedicó una leve pero radiante mirada que hizo que a Anton se le encogiera el corazón.

—¿Qué pasa?

—¿Recuerdas que el dios destruyó las Reliquias, y con ellas, todas las Gracias?

—Me suena de algo —dijo Anton irónicamente, entrecerrando los ojos.

—Algo pasó cuando la diosa… renació —dijo Jude—. No sé cómo explicarlo, pero sentí…

—¿Tienes tu Gracia de nuevo? —preguntó Anton.

Jude hizo una pausa.

—Más o menos. Es… diferente de lo que era.

—¿A qué te refieres?

—No es mía —dijo Jude—. Solo… *existe*. Puedo invocarla y usarla, pero no me pertenece. Y no soy solo yo, les pasa a todos.

—¿A todos los Agraciados? —preguntó Anton.

Anton negó con la cabeza.

—A *todo* el mundo.

Anton pestañeó.

—¿Quieres decir que todo el mundo puede invocar la Gracia?

—Eso parece —respondió Jude—. Algunos son más adeptos que otros. Y otros están más en sintonía con una Gracia u otra. Mi teoría es que cuando usamos la Palabra Sagrada contra el dios, no solo se convirtió en una parte de Beru. Se convirtió en parte de todo. Y su *esha* está conectado, de alguna manera, a todo el mundo. De modo que podemos acceder a él, invocar su poder.

—Eso es… —Anton no supo cómo continuar. No sabía exactamente lo que significaba. Podía ser peligroso.

Pero también podía ser increíble.

—Ya hablaremos sobre eso luego —le prometió Jude—. Pero ahora vístete y vayamos a desayunar.

—Tengo una idea mejor —argumentó Anton, robándole otro beso—. Nos quedamos aquí, tú te quitas la ropa, y… ¡oye!

Jude le había tirado una camiseta a la cabeza. Anton se la puso a regañadientes.

—Hoy es un gran día, no queremos llegar tarde —le dijo Jude.

—¿Por qué? ¿Qué pasa hoy? —preguntó Anton, poniéndose unos pantalones.

Jude sonrió.

—Es la coronación del rey Hassan.

CAPÍTULO CINCUENTA Y SEIS

HASSAN

—¿Estás seguro de esto, Hassan? —preguntó Khepri con las manos en el cuello de Hassan mientras le ponía el escarabeo de oro sobre el brocado de la chaqueta.

Hassan lo miró.

—Yo creo que me queda bien.

Khepri le dedicó una sonrisa irónica.

—No me refiero a la ropa.

Él le agarró las manos.

—Estoy seguro. Esto es lo que Herat necesita. Por el bien de su futuro.

—Hay muchos que no estarán de acuerdo —dijo Khepri.

—¿Lo estás tú?

Ella guardó silencio durante un momento, mirando sus manos unidas.

—Ya sabes mi opinión al respecto —dijo al fin—. La que siempre he tenido.

Hassan le dio un beso en los nudillos.

—Espero que te acuerdes de lo que has dicho cuando estés atrapada en tu quincuagésima reunión sobre la ley de impuestos conmigo.

Khepri dejó escapar un quejido, apoyando la frente en su hombro.

—¿Dónde están tus hermanos, por cierto? —le preguntó Hassan.

—Están con Zareen —dijo Khepri—. Ayudándola con una especie de exhibición de luces.

—Eso me preocupa.

Tras ellos, las puertas se abrieron de pronto.

—¡Hassan! —gritó su madre—. Todos te esperan en la sala del trono.

Ella se detuvo en el umbral de la puerta, contemplando fijamente a Hassan con una mirada llena de cariño.

—¿Qué pasa? —preguntó Hassan.

Ella se acercó a él y le pasó las manos por los hombros.

—Tu padre estaría orgulloso.

Hassan sonrió con los ojos llenos de lágrimas y la abrazó mientras sentía una oleada de anticipación y nervios. Esperaba que tuviera razón y que su padre hubiera estado orgulloso del hombre en que Hassan se había convertido, y de lo que estaba a punto de hacer.

Hassan tenía que admitir que Zareen había hecho un gran trabajo con las luces. Una luz dorada brillaba desde el agua que rodeaba la plataforma piramidal. El sol se colaba por el techo aún descubierto, iluminando el trono en lo alto de la pirámide. Incluso el halcón que había pintado en la pared trasera parecía brillar.

Khepri se quedó en el borde del foso mientras Hassan y su madre ascendían las escaleras que llevaban a lo alto de la pirámide, seguidos por el portador de la corona. Era tradición que fuera un civil, y no un noble, el elegido para llevar la caja de oro que contenía la corona de Herat. Para aquel sagrado deber, Hassan había escogido una cara familiar: Azizi, el chico refugiado a quien había conocido en el ágora de Palas Athos tantos meses atrás. Él, junto con el resto de los refugiados, habían llegado a Nazirah la noche anterior.

Hassan sonrió al niño, con el corazón lleno de alegría por haber podido mantener la promesa que le había hecho: conseguir que Nazirah fuera un lugar seguro de nuevo para que pudiera regresar. Azizi no le devolvió la sonrisa, ya que estaba muy concentrado en parecer serio y solemne mientras transportaba la corona respetuosamente hasta lo alto de la pirámide.

Hassan miró a la multitud congregada en la sala del trono, que rebosaba por las puertas y se desplegaba por los escalones y el patio central. Probablemente se extendería a través de las puertas destrozadas y por la calle Ozimandith.

Pero allí, casi en primera fila, vio a sus amigos: Anton, Jude, Ephyra, Ilya y Zareen. La ausencia de Hector era como una herida aún abierta en su pecho, pero ver los rostros de los otros resultaba como un bálsamo. Incluso Ephyra parecía feliz, sonriendo por primera vez en días.

Hassan recordó el sueño que había tenido hacía una vida entera, de él volviendo a Nazirah triunfante, y siendo coronado. Estando allí ahora era muy distinto a como lo había imaginado. En aquel momento había parecido que aquello sería un final.

Ahora, parecía más bien un principio.

Azizi abrió la caja dorada, y la madre de Hassan alzó la corona hacia la luz. Hojas de laurel doradas y entrecruzadas formaban una diadema. Aquella era la corona que habían llevado todos los monarcas desde que la Corona de Herat, la cual era la Reliquia de la Mente, había sido escondida por la Rosa Extraviada.

Hassan inclinó la cabeza para que su madre lo coronara. La multitud estalló en vítores mientras todos se arrodillaban.

Hassan esperó a que el ruido cesara y dio un paso al frente para hablar.

—Pueblo de Herat —dijo, con la voz aumentada a través de la insignia del escarabeo, que había sido alterado por un artífice—. Es un honor ser coronado como vuestro rey. Mi padre se sentó en este trono durante dos décadas. Murió tratando de proteger a su país de la tiranía y el fanatismo, e intentando continuar el legado de la luz y la sabiduría que nos otorgó la Profeta Nazirah hace dos mil años.

Hassan hizo una pausa para recuperar el aliento, y vio a Khepri mirándolo desde la primera fila. Sintió lo mismo que la primera vez que la había visto. Un sentimiento de propósito. Como si fuera el principio de algo tan grande que aún no podía ni imaginar cuánto.

—Juro servir a este país tanto tiempo como viva —continuó—, pero mi reinado como rey acabará exactamente dentro un año.

Hizo una pausa mientras unos murmullos de confusión y consternación invadían a la multitud. Advirtió que su madre se volvía hacia él, pero por muy alterada que estuviera, sabía que no lo interrumpiría.

—Durante mi reinado de un año, me reuniré con los líderes y los ciudadanos de Herat, desde comerciantes hasta académicos, desde soldados a granjeros. Juntos concebiremos un nuevo sistema de gobierno que proteja a todo el pueblo de Herat, un sistema que otorgue su poder no a un solo monarca, sino a la gente en sí misma. Un sistema que no sea impuesto en nuestro país por el destino, sino que sea elegido por su pueblo.

»La Era de la Oscuridad ha acabado —continuó Hassan—. El faro ha caído. El amanecer comienza ahora. El linaje Seif es el pasado. Es hora de que Herat elija su propio destino.

La multitud guardó silencio cuando Hassan terminó su discurso. Durante un rato, él se quedó allí, mudo, sin saber si iba a haber un motín o si su madre iba a quitarlo por la fuerza del trono.

Pero entonces, desde las primeras filas, una sola voz dejó escapar un grito de alegría.

Otro se unió. Y otro. Muy pronto todos aplaudían y aclamaban, lanzando bufandas y papeles de colores al aire.

La procesión real fue acompañada de tambores, campanas tintineantes y trompetas mientras recorrían la sala del trono y bajaban las escaleras. A su alrededor había bailarines, músicos y artistas lanzando fuego por el pasillo.

Hassan dejó que la celebración lo inundara un momento, y entonces se volvió para descender los escalones. Pero en cuanto vio a su madre tras el trono con una expresión seria, se detuvo.

Se observaron un momento.

—Debo decir que no esperaba eso para nada —dijo por fin—. Aunque quizá debería haberlo esperado.

Hassan no dijo nada, simplemente aguardó su aceptación o su ira.

—Los nobles estarán enfadados —dijo, con el principio de una sonrisa asomando a sus labios.

—Puedo con ellos —le aseguró Hassan.

Ella lo recorrió con la mirada.

—¿Sabes qué? Creo que tienes razón.

Él le dedicó una gran sonrisa, abrumado por una inmensa gratitud.

Ella indicó con la cabeza las escaleras.

—Ve. Tu procesión real te espera.

Con un último vistazo, Hassan descendió las escaleras y se unió a Khepri, sus hermanos y Zareen, que componían sus escoltas reales. Juntos caminaron entre la multitud. Los soldados, la alquimista, y el último rey de Herat.

CAPÍTULO CINCUENTA Y SIETE

EPHYRA

Ephyra se arrodilló en los acantilados desgastados por el oleaje que daban a la Ciudad de la Caridad, ante el santuario Navarro, y ofreció un juramento.

La Mano Pálida nunca arrebatará otra vida, juró con una inclinación de su cabeza.

Jude estaba arrodillado junto a ella con el relicario de Hector en sus manos. Lo colocó en el santuario junto al relicario del hermano de Hector y debajo del de sus padres.

—Siempre me pregunté cómo era el hogar de Hector —dijo Jude después de un momento, mirando la sencilla casa de tres habitaciones.

Ephyra cerró los ojos, recordando aquellos seis meses que Beru y ella habían pasado en esa casa cuando eran jóvenes.

—Era cálida —dijo ella—. Abarrotada cuando los seis vivimos aquí. Pero siempre había suficiente para comer. Su padre tenía la risa más escandalosa que nunca he oído. Su madre adoraba a sus dos hijos, y luego a Beru y a mí cuando nos recogieron. Siempre había querido tener una hija, aunque amaba a sus hijos con locura. Hector idolatraba a Marinos. Tenía un temperamento fuerte incluso de niño, y Marinos era el único que podía calmarlo cuando se ponía así. Bueno, Marinos y a veces Beru.

Jude la miró y Ephyra le sostuvo la mirada.

—Arriesgó su vida por mí —dijo Jude—. Todos vosotros lo hicisteis. Pero Hector fue el único que perdió la vida. Y no dejo de pensar… que tengo que hacer lo correcto por él. No sé cómo, pero tengo que hacer que haya valido la pena.

—¿Que haya valido la pena el qué? —preguntó Ephyra.

—Mi vida.

—No podemos volver atrás —dijo ella, recordando las palabras de Hector—. Solo podemos avanzar. No podemos tomar una decisión distinta a la que tomamos, pero podemos tomar decisiones nuevas y diferentes. Aunque… Para que conste, Jude, no creo que ninguno de nosotros hubiera elegido de forma diferente. Ni siquiera Hector. Te quería. No de manera perfecta o infalible, pero te quería.

Jude la miró de nuevo, pero parecía sumido en sus pensamientos.

—Ephyra —la llamó Anton desde fuera del santuario. El tono de su voz era el habitual, apenas más alto que el que usaba para hablar normalmente, pero detectó un dejo de alarma que hizo que a Ephyra se le disparase la adrenalina. Por la rápida y preocupada mirada que Jude le dedicó, supo que él también lo había notado.

Salieron a toda prisa. Ephyra dio dos pasos y se detuvo.

Estaba atardeciendo, la luz se había vuelto de color violeta y gris mientras los últimos vestigios de sol brillaban en el cielo. Al filo del acantilado, con los rayos de sol moribundos tras ella, estaba la diosa.

—He venido para presentar mis respetos a Hector y su familia —dijo ella.

El corazón de Ephyra latió con fuerza. Era muy difícil no pensar en la chica que había frente a ella como su hermana. Y también recordar que no era Beru la que le devolvía la mirada al otro lado del patio.

Habían pasado casi dos semanas desde que había desaparecido tras su intento de matar a la criatura de su interior. Casi dos semanas desde que Ephyra había pensado que no volvería a verla.

Ephyra dio un paso más en su dirección.

—Te esperaremos en el sendero —dijo Anton suavemente, y tomó a Jude de la mano y se lo llevó.

—Beru —dejó escapar finalmente Ephyra—. Beru…

Y entonces se acercó a ella rápidamente y la rodeó con sus brazos. Beru dejó que Ephyra la abrazara, apoyándole una sola mano entre los omóplatos.

Ephyra sintió que algo en su interior se quebraba ante el contacto, y las lágrimas se le derramaron.

—Voy a hacerlo, Beru —le dijo—. Salvaré cien vidas. Y después cien más. Tantas como pueda.

Deseó de forma desesperada que Beru pudiera ir con ella. Que todo pudiera volver a ser como antes, cuando ambas viajaban de ciudad en ciudad juntas. Pero en esta ocasión, ayudarían a la gente en lugar de matarla.

Como si Beru le hubiera leído la mente, se apartó de Ephyra y le puso una mano en la mejilla.

—Tienes que dejarme ir.

—Lo sé —dijo Ephyra a través de sus lágrimas—. Ya lo sé.

Aunque no sabía cómo sería posible.

La diosa retrocedió y, con una sonrisa que era completamente de Beru, se desvaneció.

Ephyra se quedó mirando el lugar donde había desaparecido mientras la noche invadía por completo el cielo y las primeras estrellas se asomaban en la oscuridad.

Llevaba perdiendo a Beru una y otra vez más de la mitad de sus vidas, y nunca se volvía más fácil. Siempre quedaba destrozada. Y aquella vez no era diferente.

Pero haría lo que jamás había tenido la fuerza suficiente para hacer. Se alzaría de entre los escombros. Reuniría los trozos de ella misma que quedaban, y trataría de unirlos para crear algo nuevo.

—Así que ya está —dijo Ilya, dándole a Ephyra su mochila—. El principio de tu búsqueda de la expiación.

Ephyra frunció el ceño, tomando la mochila y echándosela al hombro. Dio una ojeada al barco que iba a zarpar en cualquier momento con Ephyra en su interior. Ilya había insistido en acompañarla al puerto. Jude y Anton se habían despedido esa mañana.

—¿Te estás burlando de mí? —le preguntó a Ilya.

—Jamás —dijo él. Entonces dijo de forma informal—: Podría acompañarte, ¿sabes?

Ella lo miró sorprendida.

—¿De verdad?

—Si tú quieres —dijo él, y la miró de una forma que parecía más una caricia.

Sí que quería. Probablemente demasiado. Se permitió considerarlo por un momento. No tener que ir sola y contar con Ilya. Ilya, que la había visto en su peor momento y aun así se había quedado. Ilya, que la quería y no le pedía nada a cambio. Todo sería más fácil si él estuviera a su lado.

Y fue por eso, quizá, por lo que tomó la decisión.

—Quiero decir que sí.

—¿Pero?

—No puedo —dijo ella—. Creo... creo que necesito hacer esto por mi cuenta.

Él sonrió, resignado. Ya había sabido cuál sería su respuesta.

—¿Tú qué vas a hacer? —Se dio cuenta de que él no le había contado sus planes, y que ella no le había preguntado.

—Volver a casa, al menos durante un tiempo —dijo Ilya—. Anton me dijo que nuestra abuela aún sigue viva.

—Creía que la odiabas.

—Sí —respondió Ilya—. Estoy bastante seguro de que ella también me odia. Pero Anton sugirió que podría ayudarme a... Bueno, ya sabes. Superarlo todo.

Sabía lo imposible que sería aquella tarea. En un impulso, alzó la mano y la puso en su mejilla. Ilya abrió mucho los ojos, y el negro de sus pupilas engulló por completo los iris dorados. No creía que lo hubiera tocado nunca de forma tan afectuosa.

—Nos veremos de nuevo —le prometió ella.

Él le puso las manos en la cintura y la atrajo.

—Lo sé.

Ilya la besó. Podía sentir su anhelo, incluso después de que se hubieran separado.

—No querrás perder el barco —le dijo.

—¿Qué? —Estaba aún algo aturdida por el beso.

Él señaló con la cabeza tras ella, y cuando se volvió vio al contramaestre ondeando una bandera de franjas blancas y azules, indicando que zarparían enseguida.

Ephyra maldijo en voz baja, volviéndose.

—Ilya...

—Vete —dijo él, con el rostro iluminado por una pequeña y sincera sonrisa—. Puedes decírmelo la próxima vez.

Con aquella promesa resonando en sus oídos, ella se volvió y se dirigió hacia el barco.

CAPÍTULO CINCUENTA Y OCHO

JUDE

Jude adoptó el siguiente movimiento del koah, con los brazos cruzados frente a él y las palmas apuntando afuera.

Era distinto a como solía sentirlo. Ahora, cuando invocaba su Gracia, era como llamar al mismísimo universo y sentir la respuesta enroscándose en sus huesos. Aún estaba aprendiendo y acostumbrándose a aquella nueva forma de Gracia. Pero en mañanas como esa, era instintivo.

Mientras Jude cambiaba a la segunda parte de la secuencia del koah, se dio cuenta de que había alguien observándolo.

—Estoy en mitad de algo —dijo ligeramente sin mirar atrás.

—Ya lo veo —respondió Anton con un tono cálido y lleno de admiración.

—Pues a no ser que sea urgente… —dijo Jude, cambiando a una posición que le permitiera mirar a Anton. Estaba apoyado contra uno de los árboles del huerto, observándolo.

Estaba bastante seguro de qué pretendía Anton, así que Jude volvió a sus koahs como si no estuviera allí. Había llovido los días anteriores, y de noche la lluvia se había congelado, haciendo que las hojas de los naranjos brillaran ahora con la luz de la mañana.

—Jude —dijo Anton.

Jude respiró hondo y cambió a la siguiente secuencia.

—Jude —repitió Anton, arrastrando las sílabas—. ¿Has acabado?

Jude siguió sin responder.

Anton resopló, golpeando el árbol con la cabeza.

—Al menos acabarás pronto, ¿no?

Jude concluyó la secuencia y se detuvo de pronto, antes de girar sobre sus talones y acercarse a Anton en unas zancadas largas.

Anton abrió mucho los ojos, pestañeando mientras Jude lo arrinconaba contra el árbol.

—¿No querías que te prestara atención? —le preguntó Jude en voz baja y algo amenazante—. Pues aquí me tienes.

Anton se sonrojó con un tono rosado que hizo resaltar sus pecas aún más.

—Es solo que he pensado... —sus ojos descendieron hasta los labios de Jude—. Que podríamos desayunar, si ya has terminado con tus koahs.

—Creo —dijo Jude lentamente— que has venido solo para distraerme.

Anton tuvo un escalofrío. Era extraño que Jude pudiera ponerlo tan nervioso como Anton hacía con él tan a menudo. Así que planeaba saborear cada segundo.

—Y crees que eres lo bastante encantador como para salirte con la tuya.

Anton le dedicó una sonrisa despreocupada, y luego giró la cara hacia él.

—Sé que soy lo bastante encantador como para salirme con la mía.

—¿Estás seguro?

Anton asintió.

Jude se inclinó hacia delante y Anton cerró los ojos.

Pero antes de que sus labios se tocaran, Jude se echó hacia atrás.

—Deberías aprender a ser paciente.

Anton abrió los ojos de nuevo, haciendo una mueca con la boca.

—Y tú deberías aprender a ser más bueno conmigo, o acabaré dejándote por Tuva.

—Temía que este día llegaría —dijo Jude con un suspiro—. Es por sus pasteles de frutas del bosque, ¿no?

Como si hubiera sido invocado por sus palabras, el estómago de Anton rugió.

Jude se rio.

—Supongo que sí.

Jude lo agarró de la mano y guio a Anton a través del huerto, hacia el sonido del río, en cuya orilla estaba la cabaña. Habían impuesto su presencia en la casa de Tuva, y hecho del refugio de la Rosa Extraviada su hogar durante el invierno. Entre su viaje a Charis con Ephyra y el viaje a Anvari para visitar a Lady Iskara, no habían tenido tiempo de pensar adónde irían antes de que el invierno hiciera que trasladarse fuera imposible. Por suerte, a Tuva no le importaba tener unas bocas más que alimentar, y aunque la primavera se acercaba con rapidez, ellos seguían allí.

—Hay noticias —dijo Anton mientras pasaban por el campo vacío y la gravilla crujía baso sus pies—. Nada urgente. Evander me escribió desde Endarrion. Dice que las cosas van mejorando. El consejo recién elegido se ha reunido para su primera sesión. Y por supuesto ha preguntado otra vez si iríamos para el festival de la luna.

—¿Y qué le has dicho?

—Que lo hablaríamos —respondió Anton.

Aún le resultaba extraño a Jude la idea de que pudieran ir donde les apeteciera, que sus obligaciones empezaran y terminaran en el pequeño jardín que había frente a la cabaña, y que cada tanto recibieran una carta de una de las cinco personas que conocían su paradero.

No duraría para siempre. Aún había vestigios de los Testigos causando problemas por las Seis Ciudades Proféticas. Habían creado una nueva forma de Gracia sin querer, y la gente iba a necesitar entrenamiento para aprender a controlar el poder. Y estaba la diosa, que aparecía en ciudades al azar y parecía estar reparando el daño que había infligido el dios. Había todo un mundo desestabilizado ahí fuera, alejándose poco a poco del abismo.

Pero también había gente especial: gente como Lady Iskara, como Evander o el rey Hassan, Khepri, y como Ephyra, dondequiera que estuviese... Gente que intentaba ayudar al mundo. Y durante un momento parecía que Jude y Anton podían tomarse un descanso.

—También ha llegado una carta de Kerameikos. —La duda en la voz de Anton era evidente.

Las palabras fueron como un puñetazo para Jude. Le había escrito a Penrose hacía un mes, para averiguar qué había pasado tras el ataque de Palas y para contarle qué le había ocurrido a Yarik.

—Están decidiendo qué hacer —continuó Anton—. Si disolver la Orden o continuar con ella. Parece que un buen número de Paladines ya se han marchado, incluida Annuka. Ha vuelto a la estepa, a unirse a la Ciudad Errante. Penrose dijo que tu opinión sería bien recibida.

Jude apretó la mano de Anton con más fuerza, mirando el pacífico fluir del río. Con la paciente ayuda de Anton, había empezado a tratar de desenmarañar los complicados sentimientos que tenía acerca de la Orden: su culpa, su enfado, su dolor. Una parte de su corazón siempre viviría entre las desmoronadas murallas del Fuerte, pero no sabía si estaba realmente preparado para volver allí. Ni si alguna vez lo estaría.

—Deberían decidirlo ellos —dijo Jude al fin—. Yo tomé mi decisión. Ahora ellos deben tomar la suya.

Anton se llevó sus manos entrelazadas a los labios y besó los nudillos de Jude, en forma de bendición y como promesa de que, en este tema, aceptaría lo que Jude decidiera.

Pasaron bajo una higuera torcida al borde del jardín. Los polluelos del nido de torcazas que Jude había visto a principios de semana se habían despertado, y arrullaban a la luz del sol. El sonido le produjo una inmensa felicidad y se detuvo allí, tirando de Anton para que se colocara junto a él y disfrutaran del momento.

—Esto es lo que siempre quise —le dijo.

Anton lo miró con curiosidad.

—Hace tiempo, Hector me preguntó qué habría querido hacer si los Profetas no me hubieran hecho Guardián de la Palabra —explicó Jude. El recuerdo era doloroso, como lo eran ahora todos sus recuerdos con Hector—. Era esto. Una casa. Un jardín. Grillos que nos acunen de noche y pájaros que nos despierten por la mañana. Un hogar. Y tú.

—Bueno, a mí me tienes —dijo Anton, dándole un beso en la mejilla—. Ahora y para siempre.

Miró a algún punto junto a Jude y su rostro se iluminó de pronto. Antes de que Jude supiera lo que estaba pasando, Anton lo arrastró hacia el jardín.

—¡Mira! —le dijo, arrodillándose en la tierra y haciendo que Jude tuviera que seguirlo—. ¡Las zanahorias que planté la semana pasada, mira, Jude!

Jude se arrodilló también, acercándose a Anton al tiempo que ambos miraban entre la tierra. Allí, entre los dedos de Anton, habían nacido dos diminutos brotes verdes.

—Debe de haber sido a causa de la lluvia —dijo Anton, asombrado.

—Me sorprende que sobrevivieran a la helada de anoche —dijo Jude—. Son tan pequeños.

—Pero fuertes —Anton sonrió mirando los brotes. Era una sonrisa tierna y cariñosa, que reservaba normalmente para Jude—. Crecerán.

DESPUÉS

El invierno se derritió dando paso a la primavera. El mundo cambió. La diosa reconstruyó las ciudades que había destruido, y cuando su trabajo hubo concluido, desapareció. Según algunos, se retiró a las Montañas Innombrables, en los confines del mundo.

Hubo muchos que le rezaron para que aliviara su sufrimiento o perdonara sus pecados. Ella no respondió, pero en la última pared que quedaba en pie del Templo de Palas había una anotación, tallada en piedra, de su primer y último sermón.

Decía así:

No me busquéis; no hallaréis lo que ansiáis. Os dejo sin mandatos ni leyes. No seré vuestro dios vengativo, ni vuestra benevolente líder. No recéis en mi nombre, rezad los unos en nombre de los otros. Cuidaos los unos a los otros. Vuestro destino está en vuestras manos, y en las manos de aquellos que construyen su vida junto a la vuestra.

Si hay una cosa que he aprendido durante mi tiempo entre vosotros, es esto: el amor puede hacer pedazos el mundo, y rehacerlo como algo nuevo.

AGRADECIMIENTOS

Hay muchísima gente a la que le debo mi más profunda gratitud, pero el primer agradecimiento pertenece a los vendedores de libros, a los blogueros y bibliotecarios que han luchado por esta saga, y a todos y cada uno de los lectores que eligieron este libro y encontraron algo que amar. Puede que esta saga haya acabado, pero nunca terminará del todo mientras haya lectores que la descubran, y por ello estoy eternamente agradecida.

No podía haber pedido un mejor compañero para traer al mundo esta saga que Brian Geffen, cuya habilidad para dirigir estos libros para que se acercaran más a mi propia visión de ellos nunca dejará de asombrarme. Gracias también a Starr Baer, Banafsheh Keynoush, Jodie Lowe y a todos los involucrados en la producción de esta obra. Estoy eternamente agradecida también al increíble equipo de marketing, ventas y publicidad de Holt Books for Young Readers y Macmillan Children's, incluidos Brittany Pearlman, Molly Ellis, Allison Verost, Johanna Allen, Allegra Green, Julia Gardiner, Gaby Salpeter, Mariel Dawson y muchos más. Gracias también a las mentes brillantes de Mallory Grigg, Rich Deas y Jim Tierney, por el diseño más maravilloso para una saga que una chica podría desear. Y por supuesto a Jean Feiwel y Christian Trimmer, por haber traído estos libros al mundo.

A Hillary Jacobson y Alexandra Machinist: estoy tan agradecida de tener a este equipo de ensueño a mi lado. Gracias también a Lindsey Sanderson y al resto del equipo de ICM, al igual que a Roxane Edouard, Savannah Wicks y el equipo de Curtis Brown. Gracias también a Emily

Byron, James Long y al resto del equipo de Little Brown/Orbit UK, así como a Leo Teti de Umbriel Editores y a las increíbles traductoras y las empresas editoras que han luchado por publicar la saga de La Era de la Oscuridad por todo el mundo.

Gracias a Janella Angeles, Erin Bay, Ashley Burdin, Alexis Castellanos, Kat Cho, Madeline Colis, Mara Fitzgerald, Amanda Foody, Amanda Haas, Christine Lynn Herman, Axie Oh, Claribel Ortega, Meg RK, Akshaya Raman, Tara Sim y Melody Simpson. Vuestra amistad, apoyo y sentido del humor han sido absolutamente esenciales para mí, en especial este último año.

Gracias también a Swati Teerdhala, Patrice Cauldwell, Scott Hovdey, Laura Sebastian y Sara Faring, por cada discurso motivacional y por cada llamada.

A mi familia: mamá y papá, por ser los padres que más me han apoyado en el mundo. Sean, Julia, Riley y ahora Theodore Wilder: hacéis que mi vida sea mucho mejor solamente con estar en ella. Erica, sería imposible expresar con palabras lo mucho que esta saga te debe a ti y a tu entusiasmo por escuchar, compartir ideas y ser la mejor orientadora y hermana del universo conocido. Resucitaría a cien dioses malvados por ti, sin dudarlo.

ACERCA DE LA AUTORA

Katy Rose Pool nació y creció en Los Ángeles, California. Después de graduarse en Historia por la Universidad de California en Berkeley, Katy pasó algunos años diseñando páginas web de día y soñando con profecías de noche. En la actualidad, vive en la zona de la bahía de San Francisco, donde se la puede ver comiendo sándwiches, alentando a los Golden State Warriors y leyendo libros que la apasionan. Síguela en Twitter: @KatyPool.